编 委 会

主　编：

　　　韩长江

副主编：

　　　诸雄潮　万　梅　胡　翼　史　红

撰稿人名单（排名不分先后）：

　　　王　求　赵铁骑　杜嗣琨　杨文延　韩长江　诸雄潮
　　　万　梅　胡　翼　史　红　李　源　胡　军　邵丽丽
　　　孙洪涛　陈燕霞　蒋蔓菁　杨春民　梁卫浩　杜　炜
　　　朱红娜　宋　雪　刘文燕　谢　喆　贾　雯　王文娟
　　　李梦云　赵婷婷　罗　武　邓泽宇　孙新军　黄　倩
　　　程穗儿　王亦佳　马　睿　雷　鹏　王　臻　田　雅
　　　舒　鹏　毛　强　段媛媛　刘　辉　董　闯　孟祥海
　　　黄艳玲　刘曼斯　张宝东　郑　博　张　蓓　徐　婧
　　　孔艺霏　刘　超　袁根生　鲁晓妍　周伟琪　陈健光
　　　王冰月　陈　菲　余玉婷　陆　炜　于鑫淼

见证辉煌

韩长江 主编

中华书局

图书在版编目（CIP）数据

见证辉煌/韩长江主编. —北京：中华书局,2019.8
ISBN 978-7-101-13944-0

Ⅰ.见… Ⅱ.韩… Ⅲ.新闻报道-作品集-中国-当代
Ⅳ.I253

中国版本图书馆 CIP 数据核字（2019）第 138362 号

书　　名　见证辉煌
主　　编　韩长江
责任编辑　罗华彤　葛洪春
出版发行　中华书局
　　　　　（北京市丰台区太平桥西里 38 号　100073）
　　　　　http://www.zhbc.com.cn
　　　　　E-mail:zhbc@zhbc.com.cn
印　　刷　北京市白帆印务有限公司
版　　次　2019 年 8 月北京第 1 版
　　　　　2019 年 8 月北京第 1 次印刷
规　　格　开本/920×1250 毫米　1/32
　　　　　印张 13¼　插页 2　字数 330 千字
印　　数　1-2000 册
国际书号　ISBN 978-7-101-13944-0
定　　价　62.00 元

前　言

历史是长河，文化是血脉，众生皆过客，虽一闪而逝，但曾经真实地存在过。奋斗者的足迹对每个个体而言都是非常重要的，所以我们还是斗胆为本书命名为《见证辉煌》。

《见证辉煌》收录了港澳节目中心创作的多项获奖节目，有新闻评论，有人物访谈，有系列报道，有大型直播，虽然不敢说篇篇精彩，但是我们用心了。我曾经写过几句话：一份耕耘未必有一份收获，但一份收获一定是辛勤耕耘的成果，再次证明有志者事竟成，为我的团队点赞，也为自己点赞！

从2009年到2018年，十年拼搏，不断成长，创作了近百篇荣获中国新闻奖、中国广播影视大奖和中央人民广播电台、中广联合会台港澳节目委员会一等奖的作品，在人生的道路上，已经不虚此行了。在这里特别感谢领导的支持，感谢朋友的帮助，感谢听众和读者的厚爱。

历史的脚步永不停息，文化的创新永无止境，我们将继续前行。

目 录

评　论

西方一些政要正在充当香港民主道路的绊脚石

中国政府恢复对香港行使主权16年来，香港经济繁荣发展，民主进程平稳进行。香港回归16年的巨大变化，完全见证了"一国两制，港人治港，高度自治"方针的正确。正当香港在经济、民主两条路上走得既平且稳的时候，西方一些政要却在路边鸣响扰乱视听的喇叭，干扰香港内政事务。

先是美国驻港总领事夏千福发表公开演说，声称美国政府会支持香港逐步实现"真普选"：

美国政府将继续支持香港逐步实现真正普选，对于香港的选举进程，我们没有任何方案。

接着，英国负责东亚及香港事务的高官施维尔在香港报章上撰文，表示英国对香港2017年的行政长官普选"随时准备提供任何支持"。

全国人大代表、香港新界社团联会理事长陈勇：

这个"任何支持"只会产生灾难。我们看到近代的历史，7月1日前，港督还是英国百分百委任的，而且宣誓时候是要对英女王效忠。我们香港真正有民主进程是1997年7月1日后，我们的行政长官才是由选举产生的。香港的民主进程是《基本法》里面赋予的，所以要根据《基本法》去逐步落实。

香港行政长官实行普选不是西方殖民者给香港人民的"福利"，这个权力是《香港特别行政区基本法》赋予的。《基本法》第四十五条和第六十八条，肯定行政长官和议员最终将由普选产生。2007年12月29日，第十届全国人民代表大会常务委员会第三十一次会议通过了《全国人民代表大会常务委员会关于香港特别行政区2012年行政长官和立法会产生办法及有关普选问题的决定》，决定明确2017年香港特别行政区第五任行政长官的选举可以实行由普选产生的办法；在行政长官由普选产生以后，香港特别行政区立法会的选举可以实行全部议员由普选产生的办法。2010年6月25日，香港2012年政改方案在立法会高票通过。

而就当香港各界就行政长官普选展开讨论，为2017年实行普选做好一切准备的时候，一些杂音开始粉墨登场，部分反对派以所谓"国际公约"为借口，企图把香港完全当成独立政治实体对待。这一要求，明显与香港是中国特别行政区的法律地位相抵触。

香港的部分反对派为什么会在普选、民主的议题上一再质疑？其真正的原因是什么？

清华大学法学院院长王振民：

就是逢中必反的心态，中央提出什么，我都反对，即便是正确我也反对，香港的泛民一直是以争民主为他们主要的诉求，实际上这个民主已经是写在《基本法》里，不需要争的，它已经是按照《基本法》规定，按照全国人大的决定，肯定要在香港实行完全的民主，也就是最终实现双普选。

全国人大代表、经济学家刘佩琼：

他本身违反《基本法》，他们的行为最终破坏香港的繁荣稳定，破坏香港秩序的政治进程。

全国人大法律委员会主任委员乔晓阳谈到香港普选问题时，提出了行政长官普选的两个前提：一是符合基本法和人大决定；二是不允许与中央对抗的人担任行政长官。

清华大学法学院院长王振民：

作为一个主权国家地方的行政首长，热爱这个国家，热爱这个地方，这是天经地义的。如果一个人举出了旗帜，就说我是跟这个国家是对立的，我不热爱这个国家，那肯定不能胜选的。

可是，就在此时，外部势力蠢蠢欲动了，他们开始插手干预，以不同的角度和目的，向中国施压，向中国香港施压，企图让香港独立于中国之外，脱离"一国两制，港人治港，高度自治"的轨道，分裂中国，破坏中国的领土完整和主权统一。

英国、美国它们提出的所谓的"普选"错在哪儿？

清华大学法学院院长王振民：

这个普选全世界没有统一的标准，关于普选的国际公约，就是普选要满足哪些基本条件？国际社会不可能制定一个统一的政治体制公约，我觉得香港的普选一定要根据香港的情况、香港的历史、香港的特点，产生一个香港模式的普选制度，来解决香港的问题。

中山大学港澳事务中心副主任袁持平：

我们现在发现，西方的这种超重式的民主，也给整个世界经济的发展带来了一种乱象，一个普通的价值，和一个区域、一个国家的实际是否吻合？这是决定你这个判断、你这个价值实施是否有效的最基本的条件，现实告诉我们很多是不吻合的，这已经在很多国家区域已经证明了，它与整个民主的终极目标是相违背的。

英美有关人士一再对香港的行政长官普选乃至民主议题说三道四，背后的真实目的到底是什么呢？

中山大学港澳事务中心副主任袁持平：

英国、美国它们就是追求利益，美国的名言就是没有永远的朋友，只有永远的利益，它是公开追求利益的。它可以在任何地方追求利益，最后导致香港的一些混乱，整个香港的一系列的好的东西都会遭到损失，损害一个地区的繁荣稳定。英国、美国企图干预香港政治发展，最终的结果可以预期，那香港将来就会出现整个民主的目标达不到，我们中国也得不到利益。

英国人这方面是恶名远扬的，当年印巴分治的"蒙巴顿方案"给印度、巴基斯坦人民留下了无数的灾难，至今天印巴还在为此流血。在英国人不得不交出香港的前夕，打算在香港实行他们统治香港100多年都不曾实行过的所谓的"民主"，以便在以后可以继续操纵香港政局，但是由于中国政府的强硬态度，英国人的花招才没有得逞。

欧洲大陆人经常嘲讽英国人在试过其他一切之后才做正确的事。现在看来，他们还不思悔改，他们并不懂得"正确"的含义。150年前，英国著名法律学家梅因在其代表作《古代法》一书中道出了一句不朽的名言："我们可以这样说，所有进步社会的运动，到此为止，都是一个'从身份到契约'的运动。"但他们至今没有吸取教训，还在不停地想要以"提供任何支持"来破坏中英谈判后制定的法律。

对于英国高官施维尔表示的英国对香港普选"随时准备提供任何支持"的言论，香港行政长官梁振英明确回应：香港不需要英国政府和任何其他外国政府提供"支持"，因为那将是带"血"的支持。

我们2017年政改的目标是特区市民、特区政府和人大，完全是我们中国人范围内的一件事，与包括英国政府在内的外国政府无关。

香港各界爱国爱港人士更是纷纷表达自己的看法，这些观点，从不同的角度，点明了问题的实质：

十二届全国人大常委会委员、香港立法会前主席范徐丽泰表示：外国政府所谓的"支持"，就是要把香港弄乱，希望大家不要被人利用。

他们说的支持我们，其实就是空口说说而已，到时候不会真的支持我们，他们要把香港弄乱，所以我希望大家了解这件事，不要被人利用。

香港教育工作者联会名誉会长吴康民说：

香港应该保持永远都是爱国爱港的人执政。

香港普通市民：

中国自己的事情，中央政府给予我们的权利，我们享受我们的权利义务就行了。

英美在谈香港民主问题时没有资格发声，更没有资格"助选"。香港社会应该认清少数别有用心的人言行的本质，如果有人想挟洋自重，就是不辨是非敌友，置香港利益与港人利益于不顾的危险行为。

12月18日，国家主席习近平会见来北京述职的香港特区行政长官梁振英。习近平表示：

中央对此的立场是一贯的，明确的，希望香港社会各界人士按照《基本法》的规定和全国人大常委会的决定务实讨论，凝聚共识，为2017年香港行政长官普选打下一个好的基础。

中国的香港，中国香港的普选，无论是民主与法治，都是中国的内政、香港的内政。作为主权国家中国，绝对不会容忍英美的插手，不会容忍一些人违反中国宪法、香港基本法和全国人民代表大会常务委员会的决定另搞一套，不会容忍任何势力阻碍和破坏2017年的香港普选。

（《新闻时空》2013年12月19日）

只有依法普选才能依法治港

香港社会近来景象复杂，起伏不定，也波及了香港百姓的日常生活。这种纷乱的景象与内地百姓和大多数港澳民众的愿望是不相符的。

6月22日，香港"占领中环"行动发起行政长官普选方案"全民投票"活动。根据这次投票设计，投票者要在三个方案中选择一个，而这三个方案都允许行政长官通过收集签名成为候选人。

但这种"公投"闹剧是违背香港基本法的。基本法第四十五条规定："行政长官的产生办法根据香港特别行政区的实际情况和循序渐进的原则而规定，最终达至一个有广泛的提名委员会按民主程序提名后普选产生的目标。"所以，"公投"闹剧没有任何法律效力和参考价值。一些"占领中环"的投票者受到了"爱护香港力量"的严厉指责。

香港律政司长袁国强强调，一个负责任的政府绝对要听取民意，但同时绝对要依法办事。考虑政改建议时，也要依据基本法和全国人大常委会的决定，不能偏离法律的框架。

香港总商会主席彭耀佳说：

公投影响的不仅是中环的从业员，也有很多大中企业，塞车啊，急救、救护车都可能被阻塞。中环塞车之后，香港很多地方都会被波及，香港很多行业也会受到影响。

起先，"占中"发起人因获有几十万人的回应，兴奋莫名，就自以为是了。"占中"发起人戴耀廷说，如果政府漠视市民投票的声音，便要承担政治责任。他们摆出一副"挟民意以令中央"的架势，部分学生及激进泛民更是以身试法，搞所谓"占中"预演，甚至叫出"不止一次占中"的口号。

但这种自编自导，任意自设议题和选项，并举行所谓全民公投，既不尊重法律，也不尊重民意。而任何没有宪法性法律依据的做法，是非法的，也是无效的。

全国人大常委会委员、香港立法会原主席范徐丽泰明确表示：

占领中环的目的是迫使中央改变在政改问题上的立场。中央的立场是按照法律定出来的，要中央改变立场就是要中央不守法。这是做不到的。

国家副主席李源潮表示，香港"一国两制"的实践是世界公认的，而"一国两制"的繁荣稳定，最重要的是保证基本法。

"占中"违法非正路，普选要依基本法。6月10号，中央发布《"一国两制"在香港特别行政区的实践》白皮书。白皮书划定四条红线：一是"一国"不能被"两制"破坏；二是"两制"的利益不能在"一国"的利益之上；三是不应允许破坏香港的法律和秩序；四是不允许越过香港基本法。

8月17日，被誉为替"沉默的大多数"发声的"和平普选大游行"在香港举行，香港各界超过19万人参加了这场由"保普选，反占中"大联盟发起的游行。本身是大联盟成员之一的新民党主席叶刘淑仪呼吁大家踊跃参与大游行，向不负责任的"占中"主事者表达坚定讯息，阻止他们破坏香港繁荣稳定，危害社会安全。对即将到来的反占中大游行，全国政协委员兼香港特区政府中央政策组首席顾问刘兆佳认为，这是向外界展示香港市民对普选依法落实的渴望：

香港人的确有民主诉求，但是诉求是温和的，他们不愿意因为民主发展而产生其他代价。比如说，引起中央和香港的对抗。所以对民主派的行动，他们不赞成和中央对抗，影响到香港繁荣稳定的行为。大游行反对占中，表示香港的主流民意对激烈行动是不支持的。香港人还是希望一步一步走，循序渐进地民主发展。

而从7月19日开始，"保普选，反占中"大联盟发起组织签名，累计收到134万个实体街站签名和12.8万个网上签名。香港行政长官梁振英、政务司长林郑月娥、教育局局长吴克俭、发展局局长陈茂波，食物及卫生局局长高永文等都以个人身份签名，表达对活动的支持。

香港行政长官梁振英表示：

我们不赞成用非法、犯法的方式表达诉求，而同时政府的政策亦是支持争取香港早日落实行政长官普选。

全国工商联副主席、全国政协外事委员会副主任卢文瑞表示："占中"行动践踏香港法治核心价值；占中行动蓄意扰乱正常社会秩序，是存心制造动乱；假如中环瘫痪，每天起码损失16亿元，对香港市民的人身安全及私有财产带来极大威胁。

但"占中"闹剧的发起人既无视香港的经济发展、社会稳定和百姓生活，也置法律于不顾。他们有的人跑到英国，向前殖民地的宗主国寻求支持。有的跑到美国，寻求外部势力的支持，似乎不惜要搞乱香港以逼中央就范。

他们的做法，既不得人心，更污辱了全体中国人的心。17年来，香港有了140多年来英国政府从未给予的权力。"占中"分子们的心思在何处，人们看得清清楚楚。

白皮书指出，要始终警惕外部势力利用香港干预中国内政的图谋，防范和遏制少数人勾结外部势力干扰破坏"一国两制"在香港的实施。

事实证明，香港始终是正气主导，而这正气来自于遵守法律。香港反对派无视基本法，想要以"戕害香港"，瘫痪香港经济中枢的方式逼使中央和特区政府接受反对派的主张是断不会得逞的。

全国人大常委会副秘书长李飞说得直截了当：

这次关于行政长官普选的争议，表面是制度之争、规则之争，则实质上是政治问题。这个政治问题就是要不要遵守香港基本法，要不要坚持爱国爱港者治港的界线和标准。认清这个政治实质，对香港社会出现的各种普选的观点，我们就能作出正确的评判。

香港基本法第二条规定："全国人民代表大会授权香港特别行政区依照本法的规定实行高度自治，享有行政管理权、立法权、独立的司法权和终审权。"香港基本法第十二条规定："香港特别行政区是中华人民共和国的一个享有高度自治权的地方行政区域，直辖于中央人民政府。"中国社会科学院法学研究所港澳事务研究中心陈欣新说：

香港特别行政区实行的高度自治是由全国人大授权的。这意味着香港的高度自治权，不管它的范围有多大，程度有多高，他在本源意义上来说是全国人大授权的，不是本来所固有的。再有，香港特别行政区是直辖于中央人民政府的，这也决定了在普选的问题上，中央和特别行政区之间，在普选的相关权力上是什么关系。这两个条文实际上就揭示了中央和香港特别行政区在香港的普选，以至于包括普选在内的整个政治体制的改革过程当中的权力关系，那就是中央处于一个主导地位。

全国人大常委会副秘书长李飞说，香港有些人以为，如果不按照他们在基本法之外另搞一套所谓普选的办法，就不是"真普选"，他们就要"占领中环"，搞公民抗命，天底下哪有这样的道理？

古今中外无数的历史和现实经验告诉我们，如果因为有些人威胁发动激进违法活动，就屈服，那只会换来更多、更大的违法活动。

中国社会科学院法学研究所港澳事务研究中心陈欣新：

从选举委员会的情况来看，这个选委会的人数不断地在增加，相应来说民意代表的广泛程度也是在不断增加的。同时我们看到，在立法会的角度来看，立法会的席位从60个增加到70个后，选民范围也在不断扩大。我们看到在选举制度，包括其他政治体制循序渐进的变化充分说明，中央人民政府在香港民主发展中一直扮演着积极推进的角色。

这17年来的进步，是香港在过去的140多年里未曾有过的。有的人想在从未给过香港真正民主、权利的前宗主国那里获得支持，其中真意如同司马昭之心，路人皆知。如果让借助外部势力，不断地挑起政治纷争的人担任行政长官，必然损害中央对香港特别行政区的管治权，必然会损害国家的主权、安全和发展利益，损害香港的繁荣稳定。我们将难以向无数为香港回归祖国奋斗的先辈交代，难以向包括爱国爱港的广大香港市民在内的全国人民交代，也难以向子孙后代交代。

香港特区政府发言人表示，特区政府欢迎及支持一切推动依法落实2017年普选行政长官的活动，并反对一切影响社会及市民福祉的违法行为。全国人大常委会副秘书长李飞表示，香港行政长官普选，在任何情况下，都必须依照香港基本法的规定，即由提名委员们提名后普选，而决不能有超越这种规定的普选。

中共中央政治局常委、全国人大常委会委员长张德江说：

这个决定事前广泛地通过各种渠道、各种形式，广泛地听取了香港社会各界意见，而且考虑到香港现在的发展现状，经过认真的讨论，反复研究，非常郑重地做出决定。这个决定对香港特别行政区行政长官普选办法的核心要素做出了明确规定，应该说全国人大常委会这个决定具有最高法律权威，也为香港特区行政长官普选奠定了宪制基础。

只有做到依法普选，才有可能依法治港。而依法治港，是香港有光明未来的保证。

（《新闻空间》2014年9月28日）

在法治的通道上不允许有"违章建筑"

香港人最感自豪的是香港的社会清明与法治畅通。但前不久，这个法治社会的通道上出现了诸如"占领中环"式的"违章建筑"，而这些"违章建筑"，正是由一些只是在嘴巴上口口声声要维护严明法律的人士所搭建。他们的行为与言论恰恰相反，这表明他们并不是香港法律的维护者。

香港行政长官的选举方法，早已由基本法所规定。少数人因为不满意这一选举方法，就想以违法的、长时间破坏社会秩序的方式来迫使政府改变选举方式，以他们认可的方法来代替。更有一些人，从国外反华人士那里获取一些金钱和支持，想长时间占领中环等商业重地，来达到他们的目的。但这样的目的是不可能实现的，其做法也受到了香港大多数人的反对。一百多万人签字反对他们的做法，就是最好的证明。中国政法大学法学院教授姚国建说：

从占中行为本身来看是违反了香港的法治的，而且香港占中的组织者也是明确地承认这一点的。这个你明明知道是违法的，还是非要去做，这在某种程度上来讲是挑战法律的权威，所以我觉得这确实是对法治的破坏，对于一个健全的愿意遵守法律的香港这个法治社会形象的影响是负面的。

　　"占中"，不仅仅是占了中环，而且是占了香港人引以自豪的法治社会的通道，并为香港留下了"肠梗阻"的后患。从外在看，它影响政府工作，降低商人收入，妨碍市民出行，堵塞游人观光，更是让病人失去抢救的时间。从内在看，它阻止了香港社会的法治通道，消减了香港社会的守法信誉，也给香港未来的发展设置了障碍。民主法治的社会是公民守法的社会。如果无视法律，不遵守法律，就好比在最肥沃的土地上，种下不良的种子，所结的果子必定是有残缺的。

　　香港的法律规定，在未经许可的情况下集会被视为非法，对此警察有权强制驱散。即使是合法的，如果集会过程中出现非法活动，警察也会予以制止。香港政府对长时间"占中"行动保持了很大的克制，这种克制不应被视作软弱的表现。香港终审法院前首席法官李国能称，"占中"行动不能凌驾于法治之上。他认为，"占中"行动持续已一段日子，但法院颁布的禁制令未受尊重，这正削弱香港法治。

　　法律不容挑战，清场势所必然。在香港社会法治的通道上不允许有"违章建筑"存在。梁振英呼吁：

　　我希望在这里呼吁所有在场占领的人士，不但只有亚皆老街还有日后的香港其他的占领区域的占领人士，他们已经在过去的一段时间，长时间占领香港街道，是个明显的犯法行为。现在法院已经颁布了禁止令，香港是法治地区，大家都要守法。

　　清场是多数民心所向。清场行动有强大的民意支持。香港大学最近的调查显示，83%的受访者表示希望示威结束，超过60%的人认为应当清场，当地居民对示威日益不满由此可见一斑。逆民心而动的"占中"行动，得不到支持，注定会失败。

　　清场是保护市民利益。旺角一家药店负责人的话说，希望这次是真的"清场"。他对示威者持续"占领"行动感到厌倦，因为生意受到的影响已无法估计。政务司司长林郑月娥说：

今日警方都是在全面配合申请了禁制令的原告人和执达主任去进行执行禁制令的过程里面，正如法官所说，有需要警方的配合，警方会全面配合。对于很多受到接近两个月占领的市民和商户来说，我相信他们都会舒一口气。

清场是制止违法行为。香港是法律社会，依据香港现有法律，"占中"是违法的行动。香港中小型律师行协会副会长兼司库黄国恩律师表示：

比如说三个人在公共地方集结的话，他需要向警察申请。如果不申请的话，已经是违法的了。现在是这么多人集合在一起了，而且他们在占据马路，在公共地区造成阻碍，所以他们这样做是犯罪行为。而制止违法行为是政府的必然举措。

清场是维护社会秩序。大多数香港公民具有很强的守法意识，"占中"这种违法的做法，不会在多数人心目中得到支持。香港特区政府保安局局长黎栋国表示，非法霸占马路是违法行为，在过去一段时间，警方已作出最大的容忍，他们有决心及能力恢复社会秩序。黎栋国呼吁：

我呼吁在场所有非法集结及霸占马路的人士立即离开现场，停止堵塞道路，停止阻碍执法人员执行法庭禁制令，不再冲击警务人员。如果有人阻挠执行禁制令，或堵塞已重开的道路，甚至其他道路或扰乱公共秩序，警方会采取果断行动，恢复公共秩序，保障公共安全。我重申，警方有决心和能力严正执法，全面恢复地区交通，恢复正常社会秩序。

香港律政司司长袁国强表示，法治社会不允许以暴力表达任何诉求。警方及律政司会依法办事。他说：

有足够的证据和法律允许的话，我们一定会严格执法。不希望有人以为违法之后可以逃之夭夭。我们要维持香港有社会秩序，有法治这样基本的要求。

民主与法治密不可分。不讲法治的民主，带来的只能是祸乱。持续了两个月的非法"占中"，对香港这个原本有法可依的法制社会产生了巨大的影响。姚国建认为：

占中行为它的确是负面的，可能导致香港社会在这个过程中产生一种对立的情绪。这么大规模的人上街，持续这么长时间，其实已经把这种争议规模化、街头化，本身造成一种社会对立的情绪，所以对香港法治形象的影响是负面的。

清理通道，还路于民，给香港市民以正常的生活，这是香港政府的负责任与有担当的表现。梁振英呼吁：

在这里我呼吁当这些被占领的地区秩序恢复，交通恢复正常的时候，希望香港市民能到这些地区多一些消费，一方面在经济上支持在过去两个月中生意大受影响的商户，尤其是小商户。与此同时，也为这些商户、商场、食肆里工作的员工打气。希望占领旺角、中环等等这些事件过去之后，香港社会尤其是地区的交通秩序能够尽快恢复正常。

在香港法治建设的通道上不允许有"违章建筑"。争取更广泛的民主不在街头，而要通过对话，否则民主与法治都会被堵在路上。香港警方11月25号清理马路障碍物后，香港部分非法集结人士有预谋，有组织地以暴力围堵香港特别行政区政府总部。一些示威者11月30号晚至12月1号早晨多次在龙汇道及龙和道冲击警方防线，企图堵塞政府总部，并致使十多位警员受伤。梁振英说：

奉劝所有重返占领现场的人士，尤其是青年学生，不要以为警方过去的忍让就等于警方无力处理占领事件，不要以为警方的忍让等于软弱。

中大最新民调显示，"占中"已走进死胡同。但"占中"者们并没有就此顺从民意，偃旗息鼓。这种"占中"与"重返占领现场"反复出现，突显了香港一些人法制意识的淡薄，法制在他们的眼中不过是橡皮筋。也暴露出香港引以自豪的民主政治尚不完善，更需稳步发展。

香港人比较自豪自己本身具有较为完善的法治体系。当下的香港，只有把法治通道上的障碍物清除掉，在人们守法的前提下逐步推进政制发展进程，才有更加光明的未来。

（《香江观潮》2014年12月2日）

香港政改屡错良机，反对派沦为历史罪人

香港特别行政区行政长官普选法案18号在立法会未能获得通过。香港政改方案如同一艘穿越维多利亚海湾的航船，在经历了礁石密布的暗流后，终于即将靠岸。然而，2015年6月18日，它却在反对派的搅局之下，搁浅在无比接近彼岸的险滩。

这几天，香港媒体和社会舆论仍在关注此事：在海岸的这一边，满怀期待的香港市民本已张开手臂，准备迎接触手可及的"一人一票"普选行政长官的权利，民主的轮廓本已如渐近的航船愈发清晰。然而，少数反对派为了政治利益上的一己之私，让即将成为现实的愿景颓然破碎。政制的发展即将奏响新的乐章，却在此刻戛然而止，留下久久的遗憾和不可磨灭的创伤。

为了香港的政治发展，中央始终坚持不懈地进行着努力。落实行政长官普选，是香港基本法规定的目标，也是中央政府对全体香港市民的庄严承诺。从英国殖民管治到中国恢复行使主权；从政权交接的过渡时期，到基本法的起草与制定；从英国人治港到"一国两制"下的"港人治港"；从没有民主制度到实行行政长官和立法会选举；从承诺普选到制定明确的普选时间表……在香港政制发展的每一个关键时刻，中央政府都为香港社会释疑解惑，立牌指路，在通往民主的道路上，中央政府始终坚守承诺，与香港并肩同行。

为使普选成为可能，中央和特区政府经过反复磨合，不懈努力，终于制定出最为科学合理、符合实际、循序渐进的政改方案。最终投票表决的2017年香港行政长官普选办法，在法定的框架内，最大程度地实现了公平与竞争。香港特区政府政务司司长林郑月娥：

行政长官普选的具体方法，是一个有足够竞争性，具透明度的选举方法。只要有志参加行政长官普选的人士，他是一位有分量、有素质的参选人，他亦应该有更大的机会可以争取提名委员会的提名，而成为行政长官的候选人。

在这件事上不持偏见的欧盟在最近发表的年度报告中对香港"一国两制"也给予肯定。港英政府统治150年，香港没有实现普选，港督都是英国直派，香港市民连发言权都欠奉；回归不到20年，一人一票的行政长官普选已经近在眼前。面对这样一个不逊色于世界上任何一个国家、任何一种选举制度的普选方案，极端反对派不但不满意，竟然还宣称这是"民主的倒退"。中国社会科学院法学研究所教授莫纪宏：

一听就是不合逻辑。根本就是没有前提，是用一种极端的观点来蛊惑群众。说话要有根据，大多数人的眼睛是雪亮的。

从始至终，反对派正是这样曲解和污蔑中央的意图，在中央政府和特区人民之间，怀着不可告人的政治目的，扮演着挑拨离间的小丑角色。而在这毫无逻辑的言行背后，是反对派居心叵测的本质：逢中央必反对，为反对而反对。2014年8月31日，全国人大的决定为香港特别行政区提出行政长官普选具体办法确定了原则，指明了方向。然而在这之后，反对派却煽动发起长达79天的非法占领行动，这非法的行为，受到大多数香港百姓的反对，但反对派仍然一意孤行，给香港社会带来了不可磨灭的伤痕。

在这之后，反对派打着争取民主的旗号，恶意拉布，阻碍特区政府正常工作；操纵民调，企图掌控民意方向；煽动矛盾，甚至将矢头指向访港游客……他们一次又一次地践踏法律，扰乱治安，造谣生事，煽动民意；他们不惜以破坏香港的经济发展、繁荣稳定为代价，来达到少数个人的政治目的。深圳大学港澳基本法研究中心常务副主任邹平学：

曾提出"历史发展到了西方制度就终结了"的美国自由派学者福山近来发表了《美国民主没有什么可以教中国的》一文，单单就这一个标题就给反对派浇了一盆凉水。

民主的实质和最终目的是最大程度地遵从民意。何为民意？自香港特区政府展开首轮政改咨询以来，香港不同机构或组织的民意调查均显示，有超过六成的受访市民均支持2017年落实行政长官普选，并要求立法会议员根据民意投票。

反对派口口声声地说，他们才是高举民主旗帜的斗士，然而，却一次次漠视人民的意愿，一心要拖垮香港政改，投下反对票。一张反对票，将中央和特区政府多年的付出，将爱国爱港的香港人民共同的努力统统否决，将绝大多数的香港民意彻底否定，将民主的脚步拖进步履维艰的泥潭。在社会的发展中，我们要敬重历史，对历史视而不见的人是看不见未来的。深圳大学港澳基本法研究中心教授张定淮：

德国前总理施密特说："中国文化同西方文化有着本质的不同，因此，中国社会发展必须走与西方不同的道路。"

一个本来有利香港政制民主化的方案，竟被号称争取民主的议员所否决，怎不令人惋惜和痛心！但也必须指出，方案未获通过，天也塌不下来，香港，抗击过亚洲金融风暴，冲出过SARS的阴霾，这一次，我们同样相信，香港不会陷入无序的局面，"一国两制"依然能够继续有效运作，关注经济，改善民生，修复撕裂的伤口，香港依然有光明的未来。

（《新闻空间》2015年6月23日）

系列评论

一、将法律之剑高悬于"港独"分子之顶

11月7号，全国人大常委会全票通过了香港基本法第一百零四条的解释，为香港特区司法机构审理案件提供了更加清晰的法律依据，是利用法律武器捍卫国家根本利益的一次果断措施。

一段时期以来，"港独"分子拼命摇旗呐喊，甚嚣尘上。这些人在街上围堵、闹事；在舆论上妄言要废除基本法；在行动上炮制"香港国护照"。从舆论到行动，层层围堵，步步紧逼。另有几个人，利用身份及立法会的平台鼓吹煽动"港独"、"自决"，并在立法会宣誓时侮辱国家和同胞，自弃于国家和中华民族之外。

围绕如何理解香港基本法第一百零四条关于宣誓的规定及其法律后果，如何处理梁颂恒、游蕙祯的违法宣誓问题，在香港社会引起争执，立法会运行受阻，"港独"已经成为香港的一个"恶性肿瘤"，其言行对香港社会造成前所未有的损害。对此，香港主流民意表示强烈谴责。

我们必须正告"港独"分子，"港独"没有出路。

推行"港独"，香港将会走向动乱。"港独"的本质，是想分疆

裂土，独立成国，但这是"港独"分子非分之想。分裂违背历史，也违背包括香港同胞在内的全国人民的意愿，绝没有出路。中国没有一寸土地是多余的，都是我们共同的家园。香港中联办副主任殷晓静指出："一切鼓吹和推动'港独'的言行都不符合'一国两制'，不符合基本法，也不符合730万港人的根本利益，是在大是大非问题上触犯了原则底线。"

推行"港独"，个人将没有出路。香港特区律政司司长袁国强说："倡议'港独'是与基本法相违背的，拥护基本法是每一位立法会议员最基本的法律责任。"像梁颂恒、游蕙祯顽固坚持分裂国家，反对"一国两制"，推行"港独"的人，没有资格参选和担任基本法规定的公职。基本法规定，香港是中国的一部分。立法会前主席曾钰成表示："任何对'一国'的冲击，都会损害'两制'。"一些人在立法会宣誓时公开打"港独"横幅，严重践踏国家法律，必须依法惩治。

十二届全国人大常委会对香港基本法第一百零四条作出的权威解释，是全国人大常委会维护国家主权和"一国两制"方针必须履行的宪制责任，是维护国家安全的需要，也是香港立法会正常运转、政府依法施政和香港稳定繁荣的根本保障，其合法性、必要性和权威性不容置疑，具有十分重要和深远的意义。香港工联会九龙东议员黄国健表示，全国人大常委会此次释法，亮明了法律红线，一锤定音。

毫无疑问，此次释法一定是高悬在"港独"分子头上的一把法律之剑。

二、铲除"港独"求发展

全国人大常委会通过的关于香港基本法第一百零四条内容的解释,明确了香港基本法第一百零四条的含义,得到绝大多数香港市民的欢迎和支持。

宪法是国家的根本大法,香港基本法是保证香港长治久安的重要法律。我国宪法第六十七条第四项规定,全国人大常委会具有解释法律的权力,香港基本法第一百五十八条第一款规定,香港基本法的解释权属于全国人大常委会,按照宪法和基本法的规定,全国人大常委会可以在必要的时候、对基本法的任何条文作出解释。

纵观释法全文,每一项解释都有理有据,在程序上完全符合宪法、基本法和国家其他法律的规定,有利于香港特区各级司法机构的正常运行,更有利于香港的繁荣稳定。

香港要发展必须稳定,而"港独"只会导致社会动乱,他们大闹立法会,公然用违法的手段侮辱国家和民族,严重阻碍香港立法会有效运作;曾几何时,他们鼓动不明真相的人走上街头,围堵政府部门,甚至制造非法"占中"以及旺角暴乱,严重干扰了香港市民的正常工作和生活。任何一个国家或地区,都不可能在动乱中得到发展,人民的生活水平更不会得到提高。"港独"行径严重冲击了"一国两制"的原则底线,对国家主权、安全造成了严重威胁,破坏了香港的发展稳定,违背了包括香港人民在内的全体中国人民的共同意愿,已经引起了广大香港市民的担忧。在香港历史进程的关键时刻,全国人大常委会果断释法,打击"港独",切断乱源,是必然而且唯一可行的选择。这才是真正为香港社会好,为香港人民好。

"港独"分子具有很大的欺骗性,他们追求的极端自由给香港社会带来动乱之害,侵害了大多数市民的利益。全国人大常委会释法,明确了基本法规定的法律界限,维护了基本法的权威地位,让模糊的认识变清晰,让法条的内涵更明确,这是维护香港大局稳定作出的必然选择。铲除"港独"之祸,香港人民才会回到安定康宁的生活,回到一个有秩序的社会,经济才能发展,人民才能幸福。

香港的长期繁荣稳定是全国人民所愿,是香港民众所需,我们期盼香港市民在秩序井然的环境里,在和煦的阳光下,与全国人民一道共享改革开放的成果,安享美好的生活。

三、让爱国情怀在香港薪火相传

香港特区立法会个别候任议员日前在就职宣誓时公然宣扬"港独",并夹带侮辱国家、民族的词语,这种荒唐无耻的行径立即遭到香港各界乃至全球华人的谴责。由此可见,宣扬"港独"不得人心,这只是少数极端分子为吸引眼球、哗众取宠的拙劣表演。在中华民族的历史上,香港人民始终具有强烈的爱国情怀。

在中华文明的价值体系中,爱国情怀是一抹最靓丽的底色。"天下之本在国,国之本在家,家之本在身"的社会价值观为一代又一代中国人处理家国关系提供了理念引导。鸦片战争虽然使香港陷入了殖民统治,但香港人民始终心向祖国。抗日战争中香港东江纵队英勇卫国,浴血奋斗,成为中国革命不可缺少的光辉一页;

新中国成立后，香港作为祖国内地走出去的窗口，发挥了巨大作用；改革开放以来，港资进入内地，为内地的经济繁荣发展注入了动力；而汶川地震时七百万香港同胞无私援助，更让人体会到了亲情的温暖。祖国内地经济有了长足发展之后，对香港的支持更是坚定的，一贯的，从1997年的亚洲金融危机到2003年的非典疫情，再到2008年的全球金融风暴，中央政府一直作为坚强后盾，携手香港共度时艰。自由行的开放、CEPA的签署、十三五规划的独立专章更是为香港的发展提供了无限的机遇与可能，这份血浓于水的骨肉亲情岂能割裂开来？

那些叫嚣"港独"的人哪里知道香港人民的家国情怀。虽然这些人只是极少数，但其对香港社会毒害很深，他们试图只讲"两制"，不提"一国"，他们不知道，如果没有了一国，就等于大树没有了根基，其他都无从谈起。因此强化香港社会的国家观念，有助于香港民众准确地理解"一国两制"。

连日来的事实告诉我们，绝大多数香港人民的爱国深情坚不可摧，任何反动势力也休想破坏。香港政界、商界、教育界、专业团体、普通市民等通过各种渠道对少数候任议员宣誓闹剧表达愤慨，超过110万港人参与了由香港人士发起的网络联署，呼吁取消其议员资格。

现在香港与内地经济相融，人文相通，兄弟同心，正是这样的爱国情怀推动了"一国两制"实践得以持久深化，并温润着香港年轻一代阳光成长。香港人昔日有爱国的传统，今日有爱国的深情，未来也必将有爱国的传承！

"欲安于家，必先安于国"，执着的信仰已经溶于香港人民的血脉之中。我们相信，在爱国爱港精神的指引下，此次全国人大常委会释法一定会在香港得到准确的落实与执行！

（《新闻和报纸摘要》2016年11月8日）

香港的明天会更好

今年7月1日，是香港回归祖国20周年纪念日，谨向香港人民致以节日的祝福。20年前，香港结束殖民统治，回到祖国的怀抱，从那一刻起，香港与内地同命运，共发展，取得了举世瞩目的伟大成就，谱写了香港好，祖国好，祖国好，香港更好的壮美诗篇。

回归20年，香港用无可争辩的事实告诉世界，"一国两制，港人治港，高度自治"的"中国智慧"创造了人类文明史上前所未有的"中国奇迹"，它已经成为回归后保持香港繁荣稳定的最佳制度安排。

回归20年，香港经济社会发展令世人瞩目，香港的生产总值平均每年增长3.4%，财政储备累计增长65.2%，外汇储备增长2.3倍。瑞士洛桑国际管理发展学院最新发布的《2017年世界竞争力年报》统计，香港连续两年排名世界第一。今年2月英国发表的《半年报告书》和今年4月欧盟发表的《2016年香港特区年度报告》都认为，"一国两制"在香港行之有效，运作良好。如今，"一国两制"强大的生命力正在为这座国际化大都市注入鲜活的动力，而"坚守'一国'之本，善用'两制'之利"已经成为香港竞争力提升的"不二法则"。

回归20年，香港人民安居乐业、幸福祥和。扶贫、安老、助弱多管齐下；住房、教育、医疗多点开花。近五年来，香港教育经常性开支增加30%，公营和私营房屋增加48%，社会福利的经常开支增加71%。香港近几年失业率一直保持在3.5%以下，基本实现全民就业。通胀水平低、收入增加快、社会福利多、营商环境好成为香港民生福祉的真实写照，"马照跑，舞照跳"的承诺已经化作香港市民实实在在的获得感、满足感和幸福感。

国泰于法正，民安于律清。近年来，香港极少数激进分子扰乱社会秩序，挑战"一个中国"原则，回归祖国的香港也经历了风雨的考验，成长的磨砺。每当关键时刻，全国人大常委会依据香港基本法及时做出解释，彰显法治的力量，激浊扬清，"港独"没了市场，社会归于安宁，人民和而同，和而乐。

回望来路，眺望远方，香港的未来充满阳光，香港与内地合作共赢已经成为常态，香港依然是内地最大的外资来源地，也是内地对外投资的首选之地，是全球最大的人民币离岸中心和跨境人民币结算中心。随着国家"十三五"规划和"一带一路"倡议的实施，香港作为国家连接世界的"超级联系人"，在中华民族伟大复兴的进程中，其作用将更加凸显，这是历史赋予香港的责任与使命，也必将成为一代人的光荣与骄傲。

7月1日，既是香港回归20年的礼赞，也是迈向崭新未来的起点，让我们以诚挚的豪情，祝福香港，祝福祖国！

（《新闻和报纸摘要》2017年6月30日）

访　谈

齐心写未来

——专访梁振英

今天（2014年3月6日），香港特区行政长官梁振英做客中央人民广播电台，接受华夏之声、香港之声的独家专访。他如何理解香港与内地的关系？又该怎样看待融合发展中两地民众的分歧与矛盾？备受关注的香港2017年政改第一阶段咨询现在进展如何？怎样面对不同的声音和意见？未来的香港又将迎接哪些机遇与挑战？梁振英不吝言辞、直面问题！

梁振英：中央人民广播电台香港之声、华夏之声听众朋友大家好，我是香港特别行政区行政长官梁振英。

梁振英，祖籍山东威海，现任中华人民共和国香港特别行政区行政长官。早在内地改革开放之初，梁振英便常到内地进行义务讲课；香港回归前，他还曾担任基本法咨询委员会秘书长，参与《中华人民共和国香港特别行政区基本法》起草事务。

宋雪：您小时候在家里会和父母说威海话，在学校的时候说粤语，会这样吗同时出现两种语言？

梁振英：我们在香港出生，父母20岁不到，大概1930年左右，从家乡山东威海到香港，当时我们家里面一家两语，我和姐姐、妹妹跟父母讲话讲广东话，父母跟我们讲话讲威海话，当时父母老想

着回家，用威海话，我还能记得一点："山东人不讲山东话，将来回家怎么办？"（威海方言）

宋雪：现在听您说威海话，有点像广东话版的山东威海话。其实小时候在一个家庭里，就像您说的小家庭中一家两语，也会给您今后的生活带来影响。您23岁从英国留学回来之后，就开始到内地讲课，而且都是义务的，甚至连路费都是自掏腰包的，那个时候应该是香港和内地之间的交流往来还没有现在这么顺畅、便捷，应该有很多的困难吧？

梁振英：那时从香港到深圳，光路程加手续要3个小时，过关不方便，那时没有回乡卡，每次进去要填回乡介绍书，还要跑派出所盖章，去银行换人民币，所以手续很不方便。为什么这样做，因为在英国念书的时候，离开香港，离开中国，人在英国回头看，知道我们的落后，知道自己落后产生一种动力，所以当时我们英国留学的一帮香港学生就希望学成之后能够帮国家做点事。

现在回头看，确实心里面感到非常满足，人总有离开这个世界的一天，有一天双腿一伸的话，回想自己父母、太太、孩子之外呢，我这辈子做了两件事，一件是参与了国家的改革开放，另外也参与了香港的回归，这两个都应该说是躬逢其盛。

胡翼：当时您想象的以后的香港，比如2010年或者2014年的香港是现在这个样子吗？还是现在比当时要好？

梁振英：当时想象的没现在这么好，当时的目标就是维持香港的生活方式不变，社会制度不变，维持香港的稳定繁荣。为什么当时想象的没现实这么好呢？因为现在现实的中国比当时想象的中国要好很多，没有中国内地三十多年改革开放很大的进步，香港不可能成为今天世界上三个主要的国际金融中心之一，所以由于内地的进步发展，香港也取得了发展的动力。

关于内地与香港

今年是香港回归祖国的第17个年头，回望过去，内地与香港关系更加紧密。2003年《内地与香港关于建立更紧密经贸关系的安排》即CEPA的签署，可以说是一条"双向车道"，不单让香港企业在优惠政策下进入内地，同时也让香港成为内地企业"走向世界"的平台。

根据商务部最新统计数据显示（2014年2月），2013年内地与香港贸易额突破4000亿美元；中国公安部出入境管理局数据显示（2014年2月），2013年，中国内地居民出境前往国家、地区居首位的便是香港。

胡翼：所以我们经常说，香港和澳门是中国这辆高速列车其中的两个轮子，一起推动祖国经济的发展，您怎么形容香港和内地之间的关系？

梁振英：香港是我们国家这辆高铁很多轮子其中的一个，我们应该发挥我们应有的贡献。香港和整个内地是互动的关系，一方面，香港在某些方面是一个比较先进的城市，在其他方面，我们应该向内地学习；作为一个先进的城市，我们应该在某些方面给内地进一步发展，包括改革开放提供一些经验，接下去还有很大的空间，双方关切的本质是互惠互利，通过香港的贡献，国家发展得更好，香港也因此取得更大的发展的动力。香港第一任行政长官董建华先生，把香港与内地、香港与国家的关系总结得非常精彩，他说，国家好，香港更好，我觉得这个是至理名言。

胡翼：我们来说一些合作具体的事情，您初任行政长官时，您就表示，要把国家的支持，转化为香港经济和社会发展的成果。在您看来，国家给予香港的支持主要体现在哪些方面？

梁振英：在很多方面，一个呢，香港能够维持原来的社会制度不变，生活方式不变，这就是对香港很大的支持，这个是国家对香港很大的方针，在这以外还有很多了，比如说，从2003年开始，签的CEPA，全称是"内地与香港更紧密经贸关系安排"。这个安排是一个贸易协定，基本上给香港一些，除了澳门之外其他经济体没有的一些进入市场的待遇。

胡翼：说到CEPA，可能对我们来说，因为我们经常接触，可能比较了解。但是对于老百姓可能还不是很了解。

宋雪：对于每个个体而言，CEPA对于他们的影响、改变在哪呢？

梁振英：CEPA其中一条就是从2003年开始，允许内地某些城市的居民以个人身份来香港旅游。

胡翼：是自由行。

梁振英：我觉得这对于这49个城市的居民来说，多了一个旅游上的方便，也就是说不必随着旅游团，团进团出。我们正式的说法叫做"个人游"，在社会上也有人说是"自由行"。由于这个安排，使得香港的旅游业从2003年以后有了很大的发展，现在每年大概有4000万内地居民到香港来旅游。你们都去过？

宋雪：都去过。

胡翼：我们还带着父母去过。

宋雪：都是通过自由行去的。

胡翼：其实聊起自由行，因为我们多年在做香港方面的节目。在"非典"刚结束的时候，我们去香港几乎街道上说的都是粤语，都是本港人。现在香港街道上说的基本都是普通话。

您看香港回归快17年了，两地的合作日益密切，现在这个阶段两地的合作需要怎样地拓展呢？需要在哪方面加强呢？

梁振英：全方位的，香港与内地的合作是全方位的合作。香港只不过是一个1000多平方公里的城市，我们人口只有700多万。光看经济发展这方面，刚刚改革开放之前，香港来内地的经济投资活动主要是制造业，最近我开了一次会，找来香港大大小小的企业负责人座谈,发现香港投资者到内地投资的,首先从地点来说,已经不仅是沿海城市,一线、二线、三线城市都有,甚至比较偏远的地方都有香港的投资和项目。同时,香港的投资已经不仅是制造业了,房地产、金融发展也很快,也开始有各种各样的专业服务了。不管是地理来说,产业面来说,香港与内地在经济方面的合作已经是全方位了,除了经济以外,我知道香港很多的学者跟内地的高等院校合作,香港学生到内地来,内地学生到香港去,你中有我,我中有你。

最后,还想说一个数给听众:个人层面,现在每年在香港注册结婚的总人数中,大概有三分之一是香港与内地通婚的。

宋雪:我家就有亲戚是这三分之一里的。

梁振英:是嘛!有这样的情况。

宋雪:对,我的叔叔是在深圳,婶婶是在香港。

梁振英:有些新郎新娘,我参加婚宴的时候知道,他们都是一起读书,有些在香港念书,有些在内地,还有一些在外面其他地方,也算是青梅竹马,这很正常。

宋雪:但是任何一个事物都是有双面性的,随着两地的交往越来越多,可能会有一些误解,比如说像"蝗虫说"、"限奶令"、"双非"问题,您怎么看待?觉得该怎样去解决呢?

梁振英:在互动和发展过程中,确实有些问题我们要处理。香港面积比较小,大家去过都知道,我们的公共场所、街道等都比较狭窄,而且香港人的生活特紧张,动作很快。香港人往往对各种各样的服务,对效率要求比较高,对速度要求也比较高。现在确实出现这样一种情况,比如说由于内地来的旅客,再加上其他来的旅客人数比较多,使得中午吃饭的时候本来不必排队。现在我们有些白领就要在餐厅门口排队了。这些绝大多数香港市民都理解,其实呢绝大多数世界上的旅游城市都有这种情况。但是我们也同时知道，有的时候由于旅客人数增长太快，确实也造成一些压力，所以我们要做一些平衡。这个和政府很多公共政策一样，一方面我们要发展，同时我们要平衡。发展旅游业的同时，我们要平衡香港市民每天生活的需要，还有我们旅客的需要。其中一个比较积极的做法就是我们扩大接待旅客的容量，同时中央政府和特区政府非常关注香港接待能力的问题，比如我刚才说有49个内地城市的居民可以"个人游"的方式来香港旅游。这49的数字在过去7年都没有增加了，也就是中央政府考虑到了香港的承受能力的问题。

关于行政长官

依据《中华人民共和国香港特别行政区基本法》，在1997年香港主权移交后，香港的选举制度应逐步向普选方向改革。香港政改方案，是依据基本法的规定，对香港的选举制度提出的改革方案。

目前，香港特区政府正在进行针对2016年立法会选举和2017年行政长官产生办法的第一阶段咨询，并将形成报告，在今年8月底的全国人大常委会会议中进行审议和表决，完成"香港政改五部曲"中的第二步。

胡翼：您觉得，2017年行政长官普选，因为现在正在政改咨询，具有怎样的历史意义？

梁振英：对香港的意义非常大。在香港的历史当中，一人一票选香港这个地方政府的首长是没有过的。所以基本法有这个规定，最终实现普选这个目标，对香港这个地方来说，有重大的意义。所以我们必须把这个工作做好。同时我们也知道，香港这个地方首长的选举跟我们国家其他城市也好，或者是外国城市也好选举不一样。因为这个地方首长选出来之后呢，他是通过中央授权，在香港实现高度自治的一个地方政府首长。所以这个对我们来说应该有双重意义。第一就是选举方式；第二通过普选这个方式，选出来的地方首长他享有高度自治权。

宋雪：当然现在是在政改咨询阶段，既然是咨询，肯定会有各种各样的意见，各种各样的声音。您怎么面对，怎么看待这些声音？

梁振英：这个很正常的。香港是完全多元化的一个社会，我们非常欢迎有不同的意见。我相信通过大家的努力，求同存异，我们必然可以找到大家都能够接受的一个方案。

胡翼：因为我们中央人民广播电台华夏之声、香港之声一直是在做港澳和内地交流的工作，所以我们接触香港行政长官的机会比较多，我采访过前面两任行政长官，说实话，给我感觉就是在任行政长官这几年当中，好像苍老的过程会快一点。我们也经常看行政长官的活动，我们觉得做香港行政长官是很辛苦的，工作压力也比较大。您觉得香港行政长官应该具备哪些基本条件？

梁振英：首先，政治上基本条件是爱国爱港，拥护基本法，这是政治上基本的要求。另外，体力要比较好，来应付比较繁重的工作量，比较长的工作时间。因为香港这个社会速度非常快。比如就说社会上突然发生的这些事情，你不在短短几个小时里面把它处理好，尤其是应对好新闻界的提问或者是立法会议员的关注，往往这个事情到最后的处理结果不会令大伙满意。所以不管我们主观愿望怎么样，到最后工作量还是比较大，工作时间还是比较长的。

关于未来

随着内地改革开放后突飞猛进的发展，以及城市化的快速进程，有香港人担心香港会逐步被边缘化，失去原有的特区优势。背靠祖国，面向世界，香港如何在新形势下找准定位，发挥优势，在国家的整体发展中担负起更重要的功能，在国际竞争中处于更有利的地位？

胡翼：刚刚我们大部分说的都是以往合作，接下来我们来说说未来。您今年新的施政报告，十八届三中全会宣示国家全面深化改革扩大开放，给予了香港一些新的契机，要把握好这个新的机遇，也要有些新的变化。我们想知道，新的机遇，新的变化具体指的是什么？

梁振英：对香港来说，很多各个方面的机遇，首先香港在内地的经济活动已经完全铺开了，是全方位的，不管是城镇化也好，金融方面的改革也好，市场经济的发展也好，我相信香港的企业界都可以参与这个伟大的工作。

宋雪：您在施政报告当中也花了很多的篇幅来介绍接下来粤港合作。有一句话给我印象特别深，您说的是要打通粤港澳商贸的脉络。

梁振英：两方面。一个方面，现在香港与广东之间交通往来已经非常方便了，将来会更方便。其中一个例子就是，我们现在正在修港珠澳大桥，香港到广东的珠海、到澳门的大桥。55公里长，3年后落成通车，全世界最长的海上大桥。这条桥通车之后，就把香港的大屿山跟整个珠三角连成一块了，这个就是脉络。

另外一个方面就是政策方面的，比如说现在在服务贸易方面，香港的服务贸易非常重要，我们的GDP里面有93%是服务贸易，是服务业。所以我们跟广东之间有一个协定，就是在今年内，2014年内，我们基本实现服务贸易自由化。

宋雪：2015年的时候会有一个更大范围的服务贸易自由化的实现是么？

梁振英：对，在全国范围内。

宋雪：您刚才说到在全国范围内，现在香港的投资越来越多，现在有驻北京办事处，还有广东、上海和成都这三个点，您在施政报告中说会增加新的，那接下来的布局是什么，他们会起到什么样的作用？

梁振英：刚才你说的四个，东、南、西、北，我们现在需要的是中部，中部准备设在武汉。我们准备今年就在武汉盖一个新的办事处。除了这五个办事处之外，我们在办事处所负责的这个地区还准备设置联络处。但是相对于香港与内地现在关系的面和深度，其实这5个办事处还是不够的，我们希望将来能够多设。

宋雪：另外我们再说说往外发展，香港一直在努力的和东盟进行谈判，希望能够有一个香港—东盟自由贸易的协议，这是不是也是香港的一个发展方向，继续努力提高自己的国际形象？

梁振英：香港完全是外向型的城市，我们主要的金融中心、贸易中心、服务中心，所有这些经济活动，基本上都是对外的。东盟是一个在亚洲地区比较主要的经济体，我们跟他们最近几年的经贸往来也发展得相当好，我们现在争取与东盟展开谈判，能够跟东盟签署"东盟—香港自由贸易协定"，我相信对东盟来说，对香港来说促进双方的经贸往来都有好处。

胡翼：您曾经提到过一个年轻人——潘家穰先生，他在广西创业。我们觉得他确实是一个很努力的年轻人。您觉得，作为年轻人，怎么能在两地共赢的历史过程中把握方向，找到自己的机会、机遇去发展呢？

梁振英：我建议有机会可以去访问一下他，让他自己现身说法，其实类似潘先生这样的经验很多，特区政府没有全面的统计，据说长时间在内地生活工作的香港人有三十几万，很多都在内地找到他事业发展的空间。所以潘先生是一个例子，但是我相信在内地有很多类似潘先生的成功的例子。我们非常鼓励。因为香港毕竟是一个在我们很大国家里面其中的一个城市。我很希望年轻人不要把自己事业发展得空间局限在香港这一千平方公里上。

宋雪：说了这么多，您觉得香港的未来会是一个什么样子？对祖国和香港的未来会有什么样的寄语呢？

梁振英：首先，我们中华民族是一个伟大的民族，我们有悠久的历史，我们有灿烂的文化。香港作为中国的一部分，我们同时也分享了我们国家发展的巨大潜力。我们作为国家一分子，我们是与国家有共同命运的，同时我们也有共同的中国梦。

（《新闻时空》2014年3月6日）

香港每天都有新的机会

——专访林郑月娥

中央广播电视总台记者胡翼（以下简称"胡翼"）：非常感谢行政长官接受我们采访，您以行政长官的身份服务香港一年多，感觉如何？和刚当选的时候相比，心态有什么变化？

香港特区行政长官林郑月娥（以下简称"林郑月娥"）：上任那天我曾经表示，作为香港特区行政长官我感到使命光荣、责任重大。过去一年多，我基本上没有私人时间，也没有休息，就是不停地干，因为香港能做的事情很多，可以说每天都有新的机会，就看你能不能把握。我不愿意因为休息而没能抓住这些机会，因为机不可失，时不再来，作为行政长官要积极地为香港的未来争取更多的机会。此外，一直以来中央政府对香港的支持力度很大，无论大事情、小事情，只要是行政长官提出，多个部委都会积极回应，由此我也感觉必须把这些事情做好。

胡翼：您曾经说，大学毕业就参加了公务员的行列，我算了一下，到今年应该有38年了，您一直都是这样勤奋工作的。今年是改革开放40周年，香港一直以来发挥了很大的作用，您觉得香港扮演了怎样的角色？

林郑月娥：香港在国家改革开放40年中，我觉得是贡献者，也是受惠者。说我们是贡献者，是因为早在改革开放之初，内地需要很多资金、专业服务、管理人才，香港在那个时候主要提供这些方面的服务。现如今，我每次到内地的省、市访问，当地官员都告诉我说香港是当地外来投资者中的第一名。可以说，过去40年间，香港一直积极参与在内地的投资，投资环境和情况也发生了很大的变化。说我们是受惠者，是因为香港是一个比较小的经济体，自然资源相对匮乏，能够成为国际金融、航运、贸易中心，主要是受惠于国家的改革开放。因此，概括起来，改革开放40年间，我们既是贡献者，也是受惠者。

胡翼：在国家新一轮高水平的对外开放过程中，香港的作用会发生哪些变化？香港作用的独特性体现在哪些方面？

林郑月娥：香港最大的独特性就是"一国两制"，是在"一国"之内执行资本主义制度的经济体，也是开放程度最高的经济体，与国际接轨程度比较高，这些都是香港的独有优势。以前，我们说香港是把资金"引进来"，协助内地企业"走出去"的双向交流平台，有人形容这是"联系人"的角色。但有没有一些新的功能呢？在我看来，新功能是有的，特别是在粤港澳大湾区建设和"一带一路"建设的过程中，香港具有全新的定位。我们要在这两个发展规划中把握独特优势，把香港经济发展得更好，也将会担当一些新的功能，例如在科技创新方面。

2017年6月，24名在港中国科学院院士、中国工程院院士给国家主席习近平写信，表达了报效祖国的迫切愿望和发展创新科技的巨大热情。习近平主席对此高度重视，作出重要指示并迅速部署相关工作。

上任之初，林郑月娥发布的第一份《施政报告》便提出八大措施，协助推动创新及科技发展。上任一年来，林郑月娥及其施政团队着力发展创新科技，着力将其打造成为香港经济新的增长点，并将科技与传统产业相结合，加速推动香港传统产业的转型。

胡翼：近年来，香港在科技创新方面做了很多工作，香港已经具有金融中心、物流中心、航运中心、服务中心等的优势，为什么香港现在要打造成为国际科创中心呢？

林郑月娥：在我看来，一个很重要的原因便是去年国家主席习近平到香港视察，发表了一系列重要讲话，其中提到香港要找寻新的经济增长点，这就是本届香港特区政府要积极推进的工作。而在众多新的经济增长点中，科技创新尤为突出。香港现在是国际金融中心，有了科技的"助力"后，香港就能成为金融科技中心。此外，香港有优质的医疗服务，也有很好的医学院，借助科技的力量，香港就可以打造成为生物医药创新科技中心。在我看来，科技能够带动香港的传统优势产业，科创本身是一个新兴的产业。香港借助"一国两制"的优势，与国际接轨，具备良好的法治环境、强有力的知识产权保护手段，能够吸引海内外各类人才到香港发展。此外，香港拥有众多优秀的大学，有四所大学位列全球百强，这些大学非常注重科研。与此同时，有40多位国家两院院士在香港，很多大学还与海内外大学有共同研发的项目。基于上述这些因素，我认为香港选择科技创新作为新的经济增长点是十分准确的，过去一年间，科技创新领域的成果令人兴奋和满意。

胡翼：近年来，香港特区政府十分注重在科技创新领域的投入，概括起来是"100亿招揽人才，800亿投入科技"。此外，国家在科技创新方面也给予香港很大的支持，习近平主席在给香港两院院士回信中强调，允许香港科学家直接申请国家科技项目，在香港设立国家重点实验室等，支持力度很大。未来香港的科技创新将在哪些领域着重发力？

林郑月娥：香港发展科技创新，除了要把握自身独特优势，香港特区政府积极作为之外，还与国家的大力支持是分不开的。未来我们还将继续加大在科技领域的投入，主要体现在这么几个方面。第一，继续向科研领域投放资源。目前，香港在科技研发方面的投入占本地生产总值的比重大约为0.7%—0.75%，这个数字与深圳相比还有一定差距，未来五年我们力争将这个比例翻一番，达到1.5%。第二，继续为科研提供空间资源。香港目前拥有一座科学园、一个数码港，我们现在正在兴建一个港深科技创新园，旨在吸引众多科研机构和企业落户于此。第三，加大对人才的培养。对于有志于科研的本科生，我们会提供更多机会给他们继续深造，还将设立博士后专才库。如果他们愿意到企业继续研发，香港特区政府还会向企业提供补贴。第四，积极拓展香港与海外的紧密联系。香港特区政府将积极吸引更多海外著名的研发机构落户香港，与香港本地机构合作，还将吸引注重科研的海外企业落户香港。

党的十九大报告指出，要支持香港、澳门融入国家发展大局，以粤港澳大湾区建设、粤港澳合作、泛珠三角区域合作等为重点，全面推进内地同香港、澳门互利合作。对此，林郑月娥表示，要实现建设举世瞩目的粤港澳大湾区，三地政府的共同努力、创新思维、互联互通和国家的大力支持是必不可少的，她对粤港澳大湾区的前景充满信心。未来一段时间，香港将相继开通重大的跨境基础设施建设，这将为打造粤港澳大湾区"一小时生活圈"的格局，促进大湾区人流、物流、资金流互联互通，吸引海内外人才提供最佳条件。

胡翼：在国家新一轮的高水平对外开放的过程中，粤港澳大湾区的建设备受瞩目，最近一段时间，您密集地往返大湾区内的很多城市，参加各项活动，涉及到金融、科技等多个方面。哪些领域将成为香港发展的优先方向呢？

林郑月娥：香港与粤港澳大湾区内城市的发展合作更加注重互补性，例如，香港作为国际金融商贸中心，可以与粤港澳大湾区内的企业合作，为其提供金融服务，借助香港这个平台"走出去"。此外，粤港澳大湾区拥有7000万人口，经济发展程度较高，这7000

万人需要更多高质量的专业服务，香港在专业服务方面独具优势，可以满足不同的需求。基于这个思路，香港众多优质的专业服务能够进入粤港澳大湾区内的城市，除了医疗领域以外，教育领域同样也可以把握机遇。

胡翼：在粤港澳大湾区建设过程中，基础设施的互联互通至关重要。广深港高铁香港段刚刚开通，港珠澳大桥即将通车。您对这两个基础设施建设有怎样的期待？希望它们为香港带来什么？

林郑月娥：对于粤港澳大湾区建设而言，基础设施的互联互通至关重要，基础设施的紧密联系直接有利于人流、物流和资金流的自由流动，我认为这两项基础设施对粤港澳大湾区十分重要。在一年左右的时间里，我们相继开通多个跨境基础设施建设，一个是广深港高铁香港段，一个是港珠澳大桥。高铁的重要性不仅是香港段的这26公里，而是将香港与内地庞大的、还在不断发展的高铁网络连接起来。开通之后，香港乘客不需要转车，从香港的西九龙站到内地的多个站点，今后还将去到更多的内地城市。而港珠澳大桥的作用就更明显了，大桥将香港、澳门和珠海连接起来，香港到珠海的时间缩短到45分钟，能够深入到粤西地区，机遇无限。概括起来说，这个时候建设粤港澳大湾区是占据了天时和地利。

记者：说到高铁的开通，很多到内地实习的香港同学表示，高铁是他们身边最方便的交通工具，认为高铁是一个非常好的交通工具，非常方便。

林郑月娥：近年来，我到内地的很多城市，像北京、上海、杭州、福州、厦门等，我见到很多香港的学生和在内地工作的香港人，大家对高铁十分欢迎，认为十分方便。部分同学向我反映说，暑假回香港，从厦门到深圳北一票难求，从深圳北再找车回到香港，十分周折，他们盼望能很快从厦门直达西九龙。在我看来，香港市民坐上了高铁便能够感觉到方便快捷，对高铁一定会十分欢迎,也会逐渐理解为什么我们要在西九龙总站做这个"一地两检"。

近年来,香港青年问题备受社会各界关注。上任之初,林郑月娥便提出"与青年同行"的工作理念,推出多项政策措施邀请青年参与政府事务,鼓励青年到内地实习、交流等,青年工作展现出全新气象。

胡翼:近年来,很多香港青年到内地实习,反响良好。很多同学认为这样的实习方式很不错,像敦煌、故宫、中科院这些地点很具有代表性。您在看望他们的时候给予他们很多鼓励,交流的过程中,他们向您说了些什么?有哪些事情给您留下的印象比较深刻?

林郑月娥:鼓励香港青年到内地实习的计划是我提出的,也可以说是我亲自安排的,我对参与这些项目的香港年轻人十分关心。我先后两次去探望在北京故宫实习的同学,今年还参与了在中科院实习同学的毕业典礼。等他们回到香港的时候,我还要在礼宾府和他们见面交流。总体上看,我感觉十分鼓舞,年轻人有很多机会了解国家发展,他们向我介绍自己的感受,无论是在自然保育,或者是文物保育方面感受是很深的。我今年在中科院遇到一位男同学,他上台去讲感受,讲着讲着就哭了起来,他觉得来到北京还有一些不太适应,在中科院得到了很多内地朋友的照顾,令他很感动。早在40年前,我是第一批去内地交流的香港大学生,我当时去的是清华大学。当时的条件比较艰苦,冬天没有热水,要等三天才有热水洗澡。但当时清华大学的同学视我们为一家人,我们都是中国人,我这个感受是非常深刻的,我每次见到去内地实习的香港同学就能想起我当年在内地实习的情景。

胡翼:我们早前采访了很多到内地实习的同学,在很短的时间里他们便能熟悉内地的生活。在您看来,这样的实习、交流活动还需要在哪些方面加强？未来还有哪些计划？

　　林郑月娥：这样的实习交流计划有很多，而且每年都会增加。未来我们计划吸引更多同学参与，例如中学生群体也可以参与，香港特区政府还要和一些机构和学校加强合作，例如和故宫、和卧龙开展比较深入的实习合作，希望让同学们了解。实习不是去看一看、坐一坐，而是一起生活，一起工作。这样的实习，好的地方就是不仅让他有机会了解国家最新发展，也让他考虑他自身的发展，思考如何在国家不断向前发展的过程中，找到他自己的发展前景。中央支持香港融入国家发展大局，我就必须让香港的青年人、香港的新一代有更多的机会去亲身了解国家的最新发展。通过这个不断了解的过程，他们就能找到自己的出路。我五月份到四川省去见在成都创业的香港人，我问他为什么到西部来？他说自己当年就参加了一个交流团来到四川，觉得四川非常特别。他很喜欢四川的生活，很休闲，也有很多机会，所以毕业马上就找到机会来到四川省创业。由此可见，这类实习、交流活动是非常好的。

　　胡翼：您一直强调"与青年同行"，您希望香港的青年成为有国家观念、世界视野和香港情怀，有社会担当的一代。您觉得青年工作的进展如何？

　　林郑月娥：我在竞选的期间提出要关心青年人，"跟青年同行"，包括要关心他们的学业、事业、置业，也要让他们有更多的机会参与社会的事务，让他议政、论政、参政。目前，在香港特区政府内部，我们推出了两个具体的措施，反映非常好。进入特区政府的青年人素质很高，一个是青年自我推荐去进入一些政府的委员会，在委员会里提出众多意见和建议。他们认为这样的经验很好，社会的发展与他们的工作有了紧密联系。我们还设立了创新办公室，大约20名青年通过合约的方式参与政策制定和调研工作，这项工作还是卓有成效的。此外，我也鼓励香港特区政府的其他同事多探望年轻人，和他们座谈，让他们深入了解政府决策，表达对于社会发展的不同看法，希望他们能够比较客观地看待香港的发展前景，看到国家给予他们的发展机遇。

（《香江时评》2018年10月1日）

城市新跨越

龙腾常州

中央人民广播电台主持人毛强（男）：中央人民广播电台，常州人民广播电台。

常州人民广播电台主持人晨露（女）：常州人民广播电台，中央人民广播电台。

男主持人：由中央人民广播电台华夏之声联合内地及港澳15家电台推出的大型节目《城市新跨越》今年第一站就设在了被誉为"中国龙城"的江南名城——常州。我是中央台主持人毛强。

女主持人：我是常州新闻电台主持人晨露。常州在江苏的南部。说起江苏，人们用这样一副对联来形容它：大江大海大河大湖大平原，名都名城名镇名村名人群。

男主持人：这副对联对江苏的归纳太精彩了。而常州，就是镶嵌在苏南大地上的一颗明珠。

女主持人：谢谢！其实人们还用这样一句诗来形容常州："中吴隆起龙城千年郡望，巨子迭出毗陵万百名流。"常州在古代曾经出过15个皇帝。早在唐朝，常州就已经成为全国州府的十望之一。望，就是全国的政治文化中心，所以常州别称龙城。常州诞生的名人成千上万，光是进士就有1947位，两院院士62人，在全国所有城市中位列第四，但是常州市人口数只占全国总人口数的千分之四。

这就是我们常州，经济发达，文化灿烂，人民幸福。

中华龙城，江南常州。

一个拥有2500多年历史的江南文化古城。一个长江三角洲地区重要的现代制造业基地。

常州，科教名城、宜居福地、爱心之都、慈善之城。

常州位居长江之南、太湖之滨，处于长三角中心地带，与上海、南京两大都市等距相望。

常州是一座有着悠久历史和璀璨文化的江南古城，历代儒风蔚然、人文荟萃、人杰地灵，历史上曾出过15名状元。春秋时期著名政治家季札、《昭明文选》编纂者萧统、《永乐大典》主编陈济、清代思想家龚自珍等都出自常州。

常州是近代中国民族工商业的重要发祥地，也是全国最早的经济体制改革试点城市、对外开放城市和唯一的社会发展综合实验区。2011年，常州获得"全国文明城市"称号。

男主持人：香港电台普通话台主持人陈曦也从千里之外送来了问候。

香港电台普通话台主持人陈曦：大家好，我是香港电台普通话台的节目主持人陈曦。很荣幸能够参加这一次由中央人民广播电台华夏之声和我们港澳地区以及内地15家电台联合制作播出的《城市新跨越》节目，在这里也预祝《城市新跨越》专题节目可以顺利以及圆满地完成。香港作为一个国际大都会，尤其在金融服务业方面是相当地成熟，甚至成为很多内地企业集资的一个重要平台以及渠道。另外我们也知道，常州的经济处在快速发展的阶段，在金融贸易服务方面，常州、香港可以有哪些方面更多、更具体的合作空间呢？提到常州，人们自然会想到它厚重的人文历史，香港在7月会迎来回归十五周年，新的特区政府也将会更为重视文化的传承、发展，香港和常州之间，在文化的互动交流以及创意文化的发展方面，其实还可以继续互相学习、交流、共同发展，其中两者之间的合作机会又有多大呢？

男主持人：陈曦不仅送来了问候，还带来了很多问题。这些问题在稍后的节目当中，我们的领导、专家等多位做客直播间的嘉宾会一一解答。

女主持人：下面介绍一下今天将先后做客直播间的嘉宾，他们是：常州市副市长居丽琴女士，香港三屋置业有限公司董事长刘学进先生，中国城市发展研究院专家郑樱女士，常州著名学者、苏轼第32世孙苏慎先生。

上篇　腾飞的经济巨龙

在中国的经济版图上，长三角是当仁不让的经济中心。其中，苏锡常的组合又声名远扬，这其中的常，指的就是常州。常州是一座历史文化古城，也是中国长三角地区现代制造业基地。目前，城市综合竞争力连续多年位居中国内地前20强。2010年4月，常州又被列为"国家创新型试点城市"。2011年常州GDP超3600亿元，户籍人均水平超过1.2万美元。在中国城市发展研究院最新统计的"居民实际享有水平"排名中，常州位列榜首。

男主持人：我们今天走进的城市是被誉为"中国龙城"的江南名城——常州。

女主持人：是的，毛强你知道吗？从近代中国民族工商业的重要发祥地，到80年代全国最早的经济体制改革试点城市，今天的常州，经济发展已经是五大产业齐头并进了。作为中国最先进制造业基地的代表，常州的装备制造、电子信息、新能源及环保、新材料、生物技术还有医药等产业在全国已经具有很高的知名度和极强的产业配套能力。

男主持人：晨露说起常州的新产业那是如数家珍啊，能不能给我们举个例子？

女主持人：可以啊，在我们常州有家企业叫中国南车集团戚墅堰机车车辆厂。你肯定听过有首歌叫《天路》，里头有句唱词很好听，看你会不会唱："那是一条神奇的天路……"对，你很熟悉，这个天路，也就是青藏铁路上跑的火车，车头就是这个厂造的，水平领跑世界。

男主持人：产业的发展离不开优秀的人才，常州的配套优势在人才培养这方面显得尤为突出。我听说，在常州有一句话叫做"常州无名校，名校聚常州"，指的就是常州以常州科教城为主要载体，吸引、集聚国内外著名科研院所，大力开展产学研合作。如今，开放的常州张开双臂，用最肥美的水土，最优惠的政策和最周到的服务迎接八方来客，我想，港澳企业应该是其中的典型代表。

女主持人：是的。近年来，常州和港澳地区，特别是香港特别行政区的友好交流和经贸合作关系越来越紧密，缘分也是越来越深厚。常州已连续7年在香港举办城市产业推介活动。常州与香港的人缘加深、财缘茂盛、商缘不断。

男主持人：目前，常州籍企业创生医疗、瑞声科技、银河电子、常茂化学等6家公司在香港上市，累计募集资金24.52亿元。另外，香港在常州共投资开办2624家企业，协议注册外资149.5亿美元。

女主持人：好，刚才我们听到一组组数字之后，我们感觉这些年来常州和香港的经济合作一直很热，而且是越来越热。那么说到常州和香港的经济热度，有一个人的体会可能是最深的，他就是香港常州商会的会长赵国雄赵先生，下面我们就连线赵先生。您好，赵先生。

香港常州商会会长赵国雄：您好，您好！

女主持人：我想问问您，您来常州投资是哪一年？

赵国雄：我本身是常州人，我们是武进的，对常州有一点点印象，那个时候是范燕青书记到香港来招商，我特意看了一下，跟市里面的领导谈得也好，所以那时觉得常州应该是个投资的好地方，2007年的时候，我们特意过去常州，跟区里面的领导，跟区长谈过，他们给我们推荐了几个地块，后面我们还是选了红梅公园旁边这一个地块。

女主持人：作为香港常州商会的会长，您觉得常州整体的投资环境怎么样？

赵国雄：我们商会成立后，我们经常到常州，差不多每年都过去，每年都觉得常州进步非常大，我有一个特别好的印象，常州市非常干净，绿化环境非常好，常州城市规划特别好，特别是最近两年，我们感觉到规划好的地方慢慢表现出来了，你看我们常州的路很宽，市里面的基建弄得非常好。市政府的领导对企业非常支持，有什么问题我们跟他谈，他们也是乐意坐下来跟我们谈，共同研究怎么可以解决这个问题，达到双赢的局面。现在我希望退休后可以回到常州。

女主持人：太好了，我们张开双臂欢迎您。非常感谢赵先生，谢谢您，再见！

赵国雄：谢谢！

男主持人：听了赵会长的介绍，相信会有更多的香港企业家愿意来到常州一探究竟。

女主持人：是的，我们同样也欢迎更多的企业家来常州投资发财。

男主持人：今天我们的直播间里，还请来了一位特殊的香港客人,他就是著名爱国实业家刘国钧之孙,香港三屋置业有限公司董事长刘学进先生,刘先生您好,为了我们的节目一路风尘仆仆赶到这儿,可见您对常州的感情是十分深厚啊!

香港三屋置业有限公司董事长刘学进:各位听众、常州的父老乡亲们,你们好!两位主持人好!被邀请参加《城市新跨越》大型节目,感觉很荣幸。

男主持人:也是我们的荣幸。

女主持人:是,不遗余力在香港和常州之间奔忙。听说您今天做客我们的直播间,不少听众发来短信问候您,欢迎您回来!您的祖父刘国钧先生曾经被称为纺织大王,有关大成纺织从创业到崛起再到辉煌的故事,您从小一定听家人说了不少,有没有哪一段给您留下特别深刻的印象?

刘学进:常州不仅是历史文化名城,还是我国近现代民族工业的重要发源地之一,特别是纺织工业在全国具有深远影响,我祖父刘国钧先生在常州纺织工业近代史上,他主要是把常州纺织业发展起来。我祖父刘国钧自幼家境贫寒,从小历经艰辛,但艰苦创业雄心不改。他早年在常州主要就是引进外国机器,然后还有"土纱救国",8年间使大成企业由1个厂发展到4个厂,纱锭由1万枚发展到8万枚,资金由50万发展到400万,被当时经济学家马寅初先生誉为罕见的奇迹。

女主持人:罕见的奇迹哈!据说当时还创立了两个著名的品牌。

刘学进:其中一个叫蝶球,走向全世界,还有一个正东,他就是想把日本人做的东西比下去。

女主持人:正东(征东)、正东(征东),征服东洋货。

男主持人:其实说到中国新型工业化的根本要求就是转型升级,您觉得常州传统的纺织产业应该怎么样去转型升级?

刘学进:在1949年,我祖父就把大成一、二、三、四厂第一个公私合营，然后我祖父的女婿查济民先生十几年前把其中一个大成三厂拿下来，主要也是作纺纱织布。2009年，我们决定在常州规划建设中华纺织博览园项目，得到了江苏省委、省政府，常州市委、市政府的大力支持。中华纺织博览园项目主要就是实现工业遗存保护发掘、特色旅游开发与纺织工业科普教育三个功能的有机结合，展示运河文化与纺织工业文化。与中国纺织工业联合总会共同打造中国人自己的品牌，创建平台，通过和香港亚视联手，作为一个走秀的舞台。集文化、旅游、休闲、购物和人居功能于一体，并承担纺织工业文化和传统保护的社会责任。它将是常州市旅游的又一亮点和城市形象的又一张新名片，创新无限！

男主持人：您刚才讲的这样一个模式是不是也可以给其他传统工业的转型升级提供一个可借鉴的路子。

刘学进：我想主要是我们有一个专业的团队，他们跟建筑师一起规划蓝图，除了做纺纱织布之外，我想常州还有其他牛仔布的工业，启发一下将来有其他的创新。

女主持人：其实这是一个很新的思路，也是一个很好的思路，他把老的遗存和新的理念结合起来了，把第二产业和第三产业融合起来了，其实是开创了一条新路。

男主持人：对，非常好。听众朋友，常州曾经是"苏南模式"的发源地之一。进入新世纪以来，常州再度施展新招，在不断超越自我。

女主持人：没错，"经科教联动、产学研结合、校所企共赢"就是现在的"常州之路"，也可以说是苏南模式的传承和创新。

男主持人：正是有了持续强劲的经济发展，常州才得以取得"居民实际享有水平"位列全国城市榜首的骄人成绩，城市经济发达，人民生活安康。

中篇　常乐之州

这座城市，处处洋溢着幸福——

市民：现在正是春光明媚的时候，大家在公园里跳跳健身舞，唱歌，有的人学了书法，退休工资又提高了，不愁吃不愁穿，老年人的生活是丰富多彩的，生活越过越幸福。

市民：像以前我们拍个照片都要赶到外面去的，现在我们常州所有的公园都免费对外开放，任何一个街头都有美景来给你拍摄的。

市民：常州的交通太好了，四通八达。老人家乘车还可以免费。每到双休日，我们就带着家人去自驾游，南京、扬州、上海、杭州、天目湖。

女主持人：每个人对幸福的定义各不相同，但居者有其屋肯定是幸福生活的基石，居者有其屋在杜甫的年代可能是个梦想，所以他要呼喊。而我们常州的梯度保障房制度，却已经让梦想照进了现实。

男主持人：那就不妨让我们把目光转回到2010年8月20日，就在这天下午，家住景秀世家12幢501室保障房的刘巧英、祁云生夫妇迎来了一位特殊的客人，就是时任中共中央政治局常委、国务院副总理李克强同志。

女主持人：两年时间过去了，刘巧英一家人现在的生活怎样呢？带着牵挂，中央台记者俊楠走进了常州景秀世家小区刘巧英、祁云生夫妇的家。

记者：你好。

刘巧英：你好。

祁云生：坐坐坐。

记者：这是几居啊？

刘巧英：两室一厅啊。

记者：带我们看看行不行？

刘巧英：好的，这是厨房，那边是卫生间，这是我的房间，那边是我儿子的房间。

常州市近年来不断加大对困难群体的住房保障力度。从今年3月开始，像刘巧英这样的困难家庭每月只需要"一平方米交一块钱"，这完全摆脱了因住房而背负的生活压力。

刘巧英：今年3月开始交58块钱一个月，一平方米一块钱，按实住面积交。

记者：按实住面积交。

刘巧英：哎，就是按实住面积交，物业费什么的都不用交了。

朴实的夫妇俩对现在的生活心满意足，当记者问他们未来的愿望时，刘巧英说现在最大的心愿就是看到自己的儿子能够结婚成家。

在常州像刘巧英夫妇这样搬进政府提供的保障房开始全新生活的家庭还有很多。"应保尽保"是常州保障房建设的一项总体目标。除了让老户居民安居乐业，常州市委、市政府还不断探索全新保障模式，吸引高层次人才留在常州。为了一探究竟，记者来到常州出口加工区，实地采访一种名为"青年公社"的保障房工程。

记者：你好，打扰了。

工作人员：他们记者想来参观一下。

记者：多大面积啊？

王贤锦：这个是五十多平方。

记者：简单的两张床铺，网线都有，空调都有。

王贤锦：对，都有都有的。

所谓"青年公社"是指由政府搭建平台统一规划，采取社会化运作管理模式的公共住房租赁平台，投入使用后有效解决了工业聚集区外来务工人员以及大学毕业生住房居住难的问题。王贤锦和毛红婷两年前来到常州，就职于当地一家光伏企业。入职当天就搬进了位于厂区周边的这座"青年公社"。

毛红婷：当时入职的时候填个申请表然后就立马安排过来了。我有同学过来玩住在这边说比他们那边条件好多了，他们那边也是青年公社，但是条件没有我们这边好。

以"青年公社"为主体的保障房服务体系，解决了外来务工人员及大学毕业生的后顾之忧。为企业留住人才，人才留在常州起到了积极的作用。

记者：住宿解决了，现在上班心情怎么样？

毛红婷：应该是没有后顾之忧吧，不像有的人找工作考虑住宿，还得自己出去找房子，像我们一来就立马安排了，没有什么烦心的。

记者：那有没有考虑留在常州发展下去。

毛红婷：有这个打算，常州蛮好的。

5月3日，常州市政府召开的新闻发布会宣布，常州在继续推进保障性质住房建设的同时，将通过大量收储社会租赁房源配租给困难家庭。常州市住房保障和房产管理局局长孙勇：这种方式能够有效解决集中建设保障房周期长的问题，能够有效配置社会房屋资源，能够在较短时间内迅速筹集到大量保证房源，确保我们从今年就能够做到廉租住房、公共租赁住房、经济适用住房应保尽保。

春天，万物复苏、欣欣向荣。在这个春天里，我们都有一个梦想，乐居常州！

女主持人：小康关键还是看住房，房子的问题解决了，后顾之忧也少了，住得起，住得好，是常州人幸福感的第一重体现。

男主持人：我知道很多香港朋友曾经这样形容常州，说这是一个来了就不想走的城市，为什么呢？除了64座市政公园免费开放、菜场像超市、公厕全免费这些关乎生活品质的部分之外，从2009年开始，已经惠及500万常州百姓的幸福广场周周演，更把常州人的幸福感推到了一个新高度。

中央台记者乐惜：听众朋友们大家好，我是华夏之声的记者乐惜，我现在所在的位置就是常州市幸福周周演的演出地点。今天和我一起体验幸福周周演的还有一位特别的朋友，他就是来自香港已经在常州工作生活了5年的投资商人吕先生。

记者：吕先生您好，听说吕先生来常州投资已经5年多了，当初在众多的内地城市当中为什么选择了常州作为您的工作重心呢？

吕先生：常州最主要是地理位置，还有就是这里比较不排外。

记者：您的意思是融合起来很容易哈！

吕先生：对，外地人和本地人没什么差别。

记者：那您现在在常州是不是也有稳定的生活和娱乐的圈子呢？

吕先生：我朋友很多，我在这里学太极拳有拳友，我也有车会有车会友，还有我是房产界的，他们房产界有一个协会，然后，我打球有一帮球友。

记者：不知道您是否了解，包括我们现在所在的幸福广场在内的常州市区内所有的公园都是免费开放的，您了解这个政策吗？

吕先生：我知道！现在政府好像有规定，它要改善居住环境，几百米之内必须要有公园。好像有这个规定。

记者：您平常也会到这些免费公园逛一逛吗？

吕先生：会的！我也经常到公园逛一逛，我到过红梅公园、青枫公园，还有人民公园……太多了，有些名字都记不住了。

记者：您到常州这些年来变化大吗？

吕先生：还是蛮大的！我觉得常州市的变化还是很大的。我记得我2007年来的时候在那里等个的士要等半个小时，现在差不多你一站就有的士了，那时候公交车也很少，现在有BRT很方便，几分钟一部，直接到市区。这个城市五年之内的发展很快！

记者：那您从常州到香港交通方不方便？

吕先生：很方便！有时候是早上我在常州吃完饭，晚上就在香港家里吃了！

记者：我们听到，开场的礼花声音已经响起了！我们赶快到台前去欣赏节目吧！

记者：平常经常来看这个活动吗？

观众1：每周都看。

观众2：星期六星期天会来。

观众3：一般都来看。

记者：一般都来哈！觉得节目怎么样？这种表演形式怎么样？

观众4：表演形式挺好的，都很喜欢。

记者：想不想也上台表演节目？

观众5（儿童）：不敢。

记者：你能不能也给我们唱个歌当个小演员？

观众5（儿童）：可以，剪一段时光缓缓流淌，流进了月色中微微荡漾，谈一首小荷淡淡的香，谁采下那一只昨日的忧伤。

记者：太好了，谢谢你。如果咱们现在给幸福指数打个分，5分是满分的话，你们给常州的生活打几分？

不同观众：肯定是5分

男主持人：听完了刚才那段录音我感觉太热闹了，我都想去看一看。

女主持人：欢迎啊，记住每周六晚7点，幸福广场跟你不见不散！现在，我们就请出做客我们直播室的常州副市长居丽琴女士。

居市长，欢迎您！

常州副市长居丽琴：你好！

男主持人：听说您今天做客我们的直播间，很多常州市民纷纷发来短信，我这里看到好多朋友都提到这样一个问题，说常州的市民幸福感这么高，这个幸福感由何而来呢。

居丽琴：好的，我想我们每一任的市委书记、市长，他们都是把老百姓放在心上的，像我们新任的市委书记阎立，他到了常州第三天，就冒着风雪来到我们的菜市场，来到社区卫生服务中心，他看望老百姓去了。所以我们常州市政府，每年都把一些重要的工作，去公布给老百姓，其中有一项重要的工作，就叫民生幸福工程，我们宣传常州的口号，叫常州，常州，常乐之州。常州老百姓为什么而乐？我想就因幸福而乐。我归纳一下我们常州老百姓的幸福，有这样几个原因：第一个就是居者有其屋，要是困难群众就是应保尽保，保证每一个老百姓都居者有其屋。第二个原因就是我们的警察非常好，他为老百姓服务，去建设平安社区，让每一个常州人都感觉有安全感，比如说我们政府给老百姓老小区去免费安装楼道的防盗门，去装小区围墙的报警器，还有各种各样为安全服务的便民措施，老百姓满意度很高。第三个就是出行方便，我们常州号称是一个不堵的城市，我们现在到了有些大城市去太堵了，觉得不方便，还是我们的家乡好，我们常州精心打造公交优先，我们的公交专用车道，在马路中间叫快速公交车道BRT，全是空调车，老百姓上车，一直乘也只要六毛钱。去年全市公交的出行率达到了28%，也就是说，将近三个常州人有一个常州人选择了公交出行。

男主持人：我相信他们也是体会到了公交出行的方便。

居丽琴：对，非常的方便。第四个就是我们的公园开放，刚才我们的录音里面，听到了很多老百姓在说我们的红梅公园、青枫公园，那么温馨和谐。我们常州市有60多个开放的公园，这些公园都免费为老百姓提供健身的、休闲的场所，所以我们老百姓感觉到休闲着，锻炼着，也快乐着。在我们这样一个常州，还有一个幸福的原因，就是家门口有个好学校，我们常州市政府的口号是，让70万中小学生家门口的学校很精彩，让70万老年人也去就近入学。

男主持人：70万老年人？

居丽琴：老年人也就近入学，为什么呢？我们把市一级的老年大学、区一级的老年大学、社区里的老年学校办的很多，我们要把更多的老年教育送到老年人的家门口，所以我们常州人很幸福。

男主持人：刚才居市长回答了刚才朋友们提出的问题，就是常州居民为什么幸福感如此之高，那接下来我们有请专程从首都北京赶来的中国城市发展研究院专家郑英女士。郑女士，您好！

中国城市发展研究院专家郑英：您好！大家好！

女主持人：郑女士，不少听众朋友通过各种平台对您来到常州表示欢迎。

郑英：谢谢大家！

女主持人：我们来看昵称是"大大的梦想"的这位朋友说，刚才在节目中听到，中国城市发展研究院最新统计的"居民实际享有水平"排名中，常州位列第一，这让我们感觉很自豪。

郑英：没错，是这样，刚才居市长介绍的一些情况，我这两天来了之后先体验了一下。

男主持人：非常有感受。

女主持人：所以你就一直频频点头。

郑英：对，没错，刚才一直在附和。像交通也好，包括咱们的公交，免费的公园我今天都去试了一次。所以这样再说的话呢，就说到我们去年发布的《2011中国城市科学发展综合评价报告》中公布的数据和排名，常州市在全国287个地级及以上城市中，综合排名为第5名，但城市居民实际享有水平的排名是第1名。

男主持人：刚才您介绍了几个数据，这几个数据说明什么呢？

郑英：我们的《报告》核心主题始终是围绕"城市与人"，关注的是实实在在的民生，主要说的居民实际分享的成果与城市发展水平之间的关系。这么来看假如把287个城市看作287个兄弟姐妹的话，常州在这个超级大家族中它的排名就是第5名，城市居民能享有的城市发展成果的水平，它能排在全国首位，能取得这样的成绩其实很不容易。这样说，可能听众不会太感兴趣，那么我现在以一个老百姓的身份，也就是我刚刚所提到的这两天常州给我的一些感受，很直接。我知道常州是全国第一个实现市政类公园全部免费敞开的城市。

女主持人：对，64座。

郑英：64座没错，这个数据没错。那么我觉得这个第一不能小看。我们《报告》中说明呢，常州的人均GDP的排名，在2005年是第15位，2010年已经是第9名。而2011年，常州市的人均GDP已经达到了77473元，一个城市的经济发展进入到这个阶段，对很多城市居民来说，其实物质需求反倒不再是唯一或者第一要务，那种改善生活品质、追求精神愉悦的深层次诉求就变得越来越强烈。所以就像刚刚居市长介绍的一个城市的公园所象征代表的绿色、自然、空间……种种舒适感，其实是现代城市必不可少的，完全免费就意味着我们老百姓有了更多、更直接的追求舒适感的自由。

女主持人：触手可及，没有门槛。

郑英：没错，就是这个意思。

男主持人：所以说幸福就是在这样的舒适方便中不经意体现出来。

郑英：主持人这个总结很到位。就像刚刚主持人说的那样，不经意这三个字用得很准确。其实我们老百姓也就是从这些生活中不经意的细节去感受和认识政府的执政能力和执政水平的。所以我说只要政府、城市能够多关注这些百姓生活中不经意的细节，一项一项去改善这些细节，而且把这种关注这种改善的模式呢固化成城市一种常态化的管理理念，如果能做到这一点我想这座城市一定大有可为。

女主持人：我们刚才看到郑老师在说的时候，我们居市长也是频频点头特有感触。

男主持人：非常认可。

居丽琴：因为我也是一个市民嘛，我也生活在小区里。

男主持人：也有切身的感受，其实一个城市市民感觉富足与否不光取决于人均收入，更要看政府是不是舍得在民生上投入，那常州政府呢恰恰在这点上也给了群众以富足感，赢得了百姓的尊重。

下篇　文化常州

这里是——

江南通衢，谦美之国；

春秋远邦，名士部落；

八邑之都，学派名域；

齐梁故里，多情城郭。

男主持人：中央人民广播电台。

女主持人：常州人民广播电台。

男主持人：您现在收听的是由中央人民广播电台华夏之声联合内地及港澳15家电台推出的大型节目《城市新跨越》。我是中央台主持人毛强。

女主持人：我是常州台主持人晨露。常州延陵郡，谈古到如今，常州的风土人情在这段《常州景》里面可以说是充分展现。这两天你也逛过常州了，有没有听出这个《常州景》里面有什么常州景致呢？

男主持人：我刚才试图听来着……但还真听不出来！吴侬软语确实很难懂啊。

女主持人：加深印象再听听看。好了，我们就不为难你这么一个北方人了，我们这个吴侬软语你一时半会儿可能还真的难懂，我给你介绍一下，这里头有享誉全国的恐龙园，还有秀美无边的天目湖，后头还会有东南第一丛林天宁寺等等。

男主持人：都是非常著名的景点。

女主持人：对，常州非常美。所以呢常州是中华文化版图上的一颗明珠，而我们又知道成语是中华语言文库中的明珠，你知道吗，江苏省中华成语研究会前一阵儿刚刚在常州市成立，它可是全国唯一专门研究成语文化的省级社团。而且你可能不知道，有很多大家耳熟能详的成语，就是出自常州，描述常州的！

男主持人：那我真的要学习学习都有哪些成语了。

女主持人：那咱们共同来学习学习。

会长莫彭龄教授："与常州相关的成语有好多，越是历史积淀深的地方，一定是成语比较多的。"

常州台记者高玉：粗略梳理一下，分为三种类型，一是"季札挂剑"，和常州有关的典故。第二种类型，故事发生地就在常州，比较典型的是高山流水。

莫彭龄：我们常州奔牛镇就有伯牙桥和俞伯牙的碑，我亲眼所见，碑就在奔牛中学的里面。奔牛的地方志就有有关记载。

高玉：第三种类型是，一些有名的诗人和文人到常州，写下的和常州相关有关的诗文中衍生出的成语。

莫彭龄：比较有名的如孟郊，他曾经担任溧阳的县尉，《游子吟》就是他在担任溧阳县令的时候写的，这首诗中间产生了一条成语寸草春晖。

高玉：莫彭龄教授等人还把"闻鸡起舞"等成语编成儿歌操，在学校普及。

四年级学生王思琪：这成语儿歌操是我们学校编的，我们非常喜欢这个成语儿歌操，每次音乐一响起来，脸上都会带着灿烂的笑容。

高玉：整套儿歌操分立志、诚信、勤学、坚毅、团结、忠孝、修身、取义八个小节，每节由四个成语组成，分别以朗诵、吟唱等形式表现，更为难得的是，一招一式还和成语本身含义密切相关，让孩子们在运动的同时，增强了对成语的理解和记忆，更有学生把成语运用到了作文中。

六二班学生葛恒衡：用成语更加押韵，更加紧凑，比如说同学之间，互相在讨论，就可以用议论纷纷，课堂比较活跃的时候，可以用人声鼎沸，显得生动一点。

葛恒衡告诉记者，他还从这套儿歌操里学习到了和常州有关的成语，"季札挂剑"，时刻提醒自己做事要诚实守信。

葛恒衡：季札他在出使其他国家的时候，结交了一个好朋友。好朋友非常喜欢他身上的佩剑，希望能够送给他。但是在当时，佩剑意味着一个使臣的身份和地位，所以他决定等出使结束再把剑送给他，然后回来的时候，他发现这个人已经死了，但是还是不忘以前诺言，把剑系在这个人墓前的树上。

男主持人：我们刚才是通过成语了解了常州的瑰丽文化，可以用灼灼其华、源远流长来形容，那么常州在继承了如此丰厚文化遗产之后，在文化发展方面又有哪些新亮点，能给我们的文化长卷留下哪些新印记呢？

女主持人：那可太多啦，比如说离我们老百姓生活最近的饮食文化，就不得不提。像我们常州的大麻糕、甜白酒、四喜汤团，还有加蟹小笼包等等传统小吃不仅注重色香味，还可以细细品味出地道老常州文化来呢。你看我说着常州话都出来了。

男主持人：哎，你刚刚说的那个大麻糕，是不是就是常州街边长得很像我们北京的烧饼的那种点心？

女主持人：没错了！不过我们的麻糕和北京的烧饼除了长得比较相像以外，其实还是有很大差别的，我说不清，我们请我们常州的民俗专家季全保老师来介绍一下。

常州民俗专家季全保：为什么叫麻糕呢？首先你看到它上面都是芝麻，而且里面的制作工艺跟烧饼也完全不同，用酥油放在面粉里，经过12小时发酵以后，然后再用1350度高温烘焙的。它用的是脱壳芝麻，特别香、特别脆，吃在嘴里回味无穷。所以这就是常州大麻糕的特点，在老百姓中间，就把它作为一种地方饮食的一个代表。

女主持人：瞧，挑芝麻都特有讲究，脱壳芝麻。怎么样，把你说馋了吧？

男主持人：没错！虽然晚饭时间还没到，但我肚子真有点咕咕叫了！另外刚才你还谈到一个叫甜白酒的东西，这个我特别有兴趣，这是一种什么酒呢？

女主持人：这个常州的甜白酒不是酒，它是一种很有特色的甜味的饮品叫酒酿，还是请季老师给你说说。

季全保：这个是吴国和越国打仗的时候发明的这个甜白酒，我们常州人原先家家户户在家里做的，其实甜白酒是用糯米经过了传统工艺发酵，酿成了这种甜甜的，又有点酸酸的酒酿，专门有一个双桂坊的甜白酒，是最好的也是最原始、最本土的。

男主持人：嗯、这下我可明白了。在我们《城市新跨越——龙腾常州》节目进行当中，很多听众朋友通过短信平台、QQ群发问，说常州都有哪些文化名人呢？能给我们介绍介绍吗？

女主持人：我们要请出常州的著名学者、苏轼的第32世孙苏慎先生，来向大家介绍介绍。

苏慎：好的，常州地处吴地，常州人文始祖季札三次让国的高风，以及对国计民生的热切关注也成了支撑常州人文精神的两大特色，即重道德和重经世。

男主持人：重道德和重经世。

女主持人：是，这点我们常州的小朋友都很清楚，刚才那个季札挂剑的故事讲得多生动。季札挂剑的故事教会了我们做人要讲究诚信。

苏慎：是的，苏东坡情系常州，堪称常州文化的先驱人物。他发扬光大了常州文风中另一种传统，即重文采。

女主持人：那么新时期的常州文化体现出什么样的新风尚呢？苏老师。

苏慎：我这样认为的，我们常州的人文精神可以体现在以下几方面：重文兴教，兼容并蓄，经世致用，崇尚创变。

男主持人：重文兴教，兼容并蓄，经世致用，崇尚创变。

苏慎：是的。新中国成立后，尤其是改革开放以来，常州以一种新时代的面貌展现在人们眼前。既勇于创新，又勤于务实的常州新学风已经逐渐形成。

女主持人：是的，刚才苏老师是给我们讲了一下古常州、古常州人的人文情怀，我们看到常州历来就是人才辈出，最后他又给我们留了一个线索，我们古常州的文化需要继承和发扬。那居市长，现在国内有许多专家都提出来率先基本实现现代化，要特别重视文化的传承，在这点上您能介绍一下我们常州都有哪些优势吗？

居丽琴：好的，刚才苏先生讲了一个传统文化的常州，我想说，今天的常州正在由传承走向创新，我们常州是一个创意之城，我们建设了一个8平方公里的创意产业基地，聚集了文化部认定的动漫软件等很多企业，同时我们还有闻名全国的动漫主题公园——中华恐龙园，在这里文化产业注入了创意的元素，我们的文化创意产业的结构，正在变清变好。2011年常州市的创意产业基地，产值达到了150亿，中华恐龙园接待的游客每年超过了400万人次。当下的常州还是一个创新之城，我们有一个主题公园叫环球嬉戏谷，它有两个体验平台，线上网络上有一个叫嬉戏族门户网站，线下有一个叫环球动漫嬉戏谷，就是说把虚拟的游戏实体化，我们欢迎各位游客、各位朋友到我们常州环球嬉戏谷去体验线上的游戏怎么在实景中找到体验。其实这个环球嬉戏谷它的核就是网络科技，就是信息技术。当下的常州人，当下的年轻人，应该说有很多时尚的消费习惯，比如说网络文化的消费习惯，这一种巨大的消费市场，促使我们文化和产业，都要朝着消费的需求一起结合起来，瞄准他们，所以我们常州有这么一个企业叫运河五号，它提出"古韵河畔老工厂，文化产业新码头"。把工业遗存、非物质文化遗产、创意时尚等多种元素结合起来，供人们去体验，因此历史的常州、创新的常州、时尚的常州在这里都得到了充分的表达。

男主持人：由中央人民广播电台华夏之声联合内地及港澳15家电台推出的大型节目《城市新跨越——龙腾常州》到这儿即将接近尾声了。

女主持人：在我们节目直播过程当中，不断接到听众朋友送来的祝福。

男主持人：手机尾号3059的听众发来短信：常州文化悠久灿烂，作为一个常州人我很骄傲，生活在这样一个美丽舒适的城市非常幸福！希望香港同胞能够到常州来吃吃我们的小吃，游一游运河，感受一下秀美的江南。

女主持人：手机尾号8479的听众说：常州日新月异，新常州人也在为常州的未来默默耕耘，我去过香港，维多利亚港的美景让我非常震撼。祝福香港，有机会一定再去。

魅力香港

中央人民广播电台主持人梦云（女）：中央人民广播电台华夏之声、香港之声，香港电台。

香港电台主持人陈曦：香港电台，中央人民广播电台华夏之声、香港之声。

女主持人：由中央人民广播电台华夏之声联合内地及港澳15家电台推出的大型节目《城市新跨越》今天来到了亚洲国际都会、东方魅力之城——香港。我是中央台主持人梦云。

男主持人：我是香港电台主持人陈曦，梦云你好。

女主持人：你好。

男主持人：我们在香港向港澳以及内地听众朋友问好！香港位于中国南海沿岸，地处珠江口以东，北接广东省深圳市，南望广东省珠海市的万山群岛，西迎澳门特别行政区及广东省珠海市。香港总面积达1104平方公里，由香港岛、九龙、新界和离岛区组成，共有263个岛屿。

女主持人：香港因历史原因与祖国分隔，又在历史前进的步伐中回归祖国。1997年7月1日成为中华人民共和国的特别行政区。

男主持人：时光荏苒，转眼间香港回到祖国的怀抱已经有十五年了，在历史的长河中，十五年只不过弹指一挥，但香港这十五年春潮澎湃，十五年的沧桑和辉煌，造就了今天繁荣、稳定、和谐的香港！许多内地朋友会问我香港到底是什么样子的。

女主持人：那你怎么回答的呢？

男主持人：其实我很难完整地回答，因为香港是那么得丰富多元，横看成岭侧成峰，如同每晚维多利亚海湾两岸的夜色，璀璨斑斓。多元的城市精神，让这个面积仅1000多平方公里，人口只有700多万的香港，时时散发着迷人的风采和魅力。

上篇　香港十五年

女主持人：您现在正在收听的是由中央人民广播电台华夏之声、香港之声联合内地及港澳15家电台推出的大型节目《城市新跨越》。我是中央台主持人梦云。

男主持人：我是香港台主持人陈曦。

女主持人：陈曦你好。再过一周时间，7月1日，是个喜庆的日子，也是重要的里程碑。十五年前的这一天，香港回归祖国怀抱，从此掀开了香港历史新的一页。

男主持人：十五年中，香港特区也曾遇到了很多困难，在香港人的努力下，在中央政府的支持之下，香港取得了令人瞩目的成就。

女主持人：是的。

2003年6月29日，《内地与香港关于建立更紧密经贸关系的安排》（CEPA）在香港正式签署。CEPA的内容主要涵盖货物贸易、服务贸易和贸易便利化三个方面。随后8年，CEPA补充协议陆续出台，不断扩大和深化着内地与香港间的市场开放领域。

CEPA实施9年来，为两地带来强大的经济动力，不仅为香港提供了庞大的市场和商机，促进香港制造业和服务业多元化发展，同时也推动了内地的经济建设和改革开放。数据显示，在2004年至2011年的8年间，香港地区生产总值年均增长5%，是同期其他发达经济体平均值的近两倍。

女主持人：CEPA实施9年来，带来的一个个变化、一组组数字、一幕幕图景，或静默无声，或震撼动人。他们是香港在回归十五年里激情拼搏的印记，也是无数香港普通市民品味喜悦拥抱幸福的基石，更是香港不断与时俱进、重铸辉煌的生动见证，它在不经意间将我们深深打动，也让我们思索感悟。

男主持人：随着CEPA的进一步深入，内地和香港的经济往来日趋紧密，越来越多的香港人更加关注内地的变化，关注内地经济。

夏先生：你看这是中国银行、中基A50、中国远洋、中国铝业……

记者：夏先生1997年开始投身股市，是个十足的"老股民"。他毫无保留地给我们介绍了他的十支宝贝股票，清一色的中资股。夏先生说，手里的中资股也就是这几年才陆续买进的，1997年刚回归时，香港人手里可都是本地股，那时不敢买中资股，怕赔本。

夏先生：那时候股市都喜欢香港本地股，特别是汇丰、大笨象、地产股，再安全一点就是买的公用股，都是喜欢这些股。……

记者：改变这一局面的是一支叫做"北控"的股票，它使得中资股由无人问津变成争相追捧。资深证券分析师邝民斌先生回忆道：

邝民斌："北控"在香港挂牌之后呢，我们形容这个热的情况是失控，北控变成失控，太热。那个时候因为北控呢，也是一个北京的窗口公司，大家对于这个也比较认识。

记者：说到这一前一后，一冷一热的变化，邝民斌先生给我们打了一个形象的比喻：

邝民斌：投资者当然要选个年轻力壮的了，内地符合这个条件，尤其是今年金融危机，中国经济很稳固，被称为是投资的一块绿洲啊，现在恒生指数里中资股占一半，有内地支撑，香港也差不到哪里去。

邝民斌先生总结道：

我觉得香港还是要保持不断地努力，加强自身的优势。香港是非常好的一个实验室，或者是一个试点，很多政策的话在香港先行先试，试好了再拿到内地去。

女主持人：2003年7月28日，内地城市开通赴港"个人游"。到目前全国城市已由最早仅限于广东省内城市增至49个。2011年，内地访港旅客已达2810万人次，其中"个人游"访港旅客达1834万人次。同期内地过夜旅客总消费达1117亿港元。内地旅客不论在人次与消费额方面，都已成为香港主要客源市场。

男主持人：根据香港特区政府保安局统计，2011年，到香港的外地游客超过3000万人，其中85%的是内地游客。

服务员：欢迎光临周大福，小姐请问有什么可以帮您？

客人：我想看一下钻石耳钉。

服务员：好的，您这边请。

现在，你随便走进一家香港的商铺，只要店员发现你是讲普通话的内地游客，就会立刻将粤语改为普通话为你服务。店员们说，之前她们的服务语言只有两种，就是粤语和英语，但是自从2003年，内地对香港开通自由行之后，他们的服务语言就多了一种普通话，而且运用自如。

海港城周大福尤经理：从2003年开始，自由行开放内地城市到香港，所以很多客人来香港比较方便。

2003年自由行开通之前，正是"非典"肆虐之时，香港的旅游市场甚至整个香港的经济面临着一次大的劫难，香港旅游业协会总干事董耀中回忆说：我们那个时候，我到机场去看，从来没有看见香港机场那么静的，人都没有，我想这个时候就是香港特区政府了解旅游的重要性，所以说中央政府马上在那个时候推出自由行，帮我们很大一个忙。

2003年8月20日，随着广东居民以个人身份赴港澳旅游政策的实施，港澳游彻底告别政策保护时代，步入全面市场化；港澳自由行正式开放，内地居民只需通过简单便利的手续，即可申请到个人签注，随时去香港和澳门。

女主持人：15年间，在CEPA、自由行、泛珠合作、珠三角地区改革发展规划纲要、支持香港发展人民币业务等一系列政策的推动下，香港取得辉煌的经济成绩。

香港一国两制研究中心总裁张志刚：如果我们从各方面的情况看，我们面对亚洲金融危机，其他很多亚洲国家的损失很大，但是现在我们最新的GDP1.9万亿港元，比1997年的1.3万亿港元，有一个很大的进步。现在我们一年的旅客总体有4000多万，这个以前恐怕想都没想过。香港作为金融中心，在1997年之前还是地区性比较重要，上市公司基本上都是本地的公司为主，现在都不是了，现在已经很多大型的国企都来了香港上市，如果从一个数字来讲，股票市场在2011年实际是20多万亿港元，1990年只有3万亿港元，是很实在的证据，说明我们现在香港的经济活力维持得非常强，香港人还是以香港为家，所以在社会方面，在经济方面，我可以说都是做得比以前好。

男主持人：十五年来，香港的国际地位也得到了进一步的提升。香港特区已加入了200多项多边国际公约；与145个国家或地区互免签证或落地签证，2008年北京奥运会马术比赛在香港举办。原香港特区卫生署署长陈冯富珍女士，成功当选世界卫生组织总干事，今年又再次当选。

女主持人：您现在正在收听的是由中央人民广播电台华夏之声、香港之声联合内地以及港澳15家电台推出的大型节目《城市新跨越》。香港台主持人陈曦、中央台主持人梦云，在直播间向您问好。

男主持人：还有一周的时间，就到了香港回归十五周年纪念日，香港各界将通过不同的方式来迎接这一天的到来。

女主持人：为庆祝香港特别行政区成立十五周年，香港特区政府与社会团体和组织合作，将举办300余项庆祝活动与节目。踏入6月，越来越多纪念回归的庆祝活动陆续登场，与全港市民一同分享回归十五周年的欢愉。香港工联会荣誉会长郑耀棠为我们介绍了七一即将进行的丰富庆祝活动。

郑耀棠：今年比较丰富，因为一个方面是十五周年，中国人习惯都是逢五逢十都是一个比较大、隆重一点的庆祝活动，我们15年的确走过了一个不平凡的路，通过一个庆祝的活动表达它对回归的一个基本情怀。实际上我们29号开始有一些行政活动，但是光是7月1号除了官方的活动之外很多都是民间的，活动里面我们邀请了内地的一些艺术家来表演，成龙还有容祖儿还要唱《国家》这首歌曲，驻港部队军乐团和三军仪仗队为我们主持一些比较隆重的仪式，就是升国旗的仪式。我们今年也特意邀请了八一跳伞队，在大球场为我们示范跳伞的表演。

男主持人：香港回归十五周年是个举国欢庆的日子，在北京同样也有精彩的庆祝活动。从下周三开始，国家博物馆即将举行香港特区成立十五周年的图片展。

女主持人：十五年前，我们热情地迎接离家百年的游子，香港也在打量这个熟悉而陌生的大家庭，部分香港市民曾对回归疑虑重重。十五年来，两地共同成长、互相促进，香港同胞对国家的认同感不断上升。

男主持人：回首过去，香港栉风沐雨，"一国两制，港人治港"高度自治的方针得到贯彻落实，稳定繁荣得以保持，香江风采更胜往昔，对国家和香港的前景充满信心。

（接电话）喂，是。这次我们会去北京，大概有100人，就是让他们了解一下国情。

说话的女孩叫郑佳莹，她专门从事香港学生到内地交流的工作，已经整整五年了。谈到为什么会坚持这么久，小郑说：

最初我都是那种学生，我不知道国家存在的意义是什么，我根本不在意我是不是中国人，我还记得我中学的时候有一次老师教我们什么是国家，你们是什么人，很多人都说香港人，然后老师就很生气了，什么香港人，香港不是国家，你们都是中国人。当时我们心里面有点不舒服，填那份表格的时候就好像有一种逼迫的感觉。2002年的时候我去了上海一次，第一次去交流团，我觉得上海发展得特别好，跟香港没有什么分别，那些商场很大，那些家庭环境也不错。了解到中国虽然有一些地方很贫穷，但是国家都是在很努力地发展中，回来的时候感受不一样，那种对国家的认同变得正面起来，而且更重要一点是希望贡献国家。

抱着这样的信念，小郑积极地从事着学生交流的工作，而这份工作也同样给她带来了意外的惊喜：

其实每一次他们回来之后我们都会叫他写文章给我们，都是那种自愿的，有大半人都会写的，而且他们写的都挺有意思，他们觉得原来内地很多东西他们不知道，例如他们看过故宫或者长城之后，他会觉得原来我们中国很伟大的。每一年他们走的时候，在机场的时候，跟当地的学生就好像是老朋友，都会哭起来，他觉得他们都是一个同样家庭里面的人，有这种感觉。

小郑说，1997年香港回归前，那时的学生交流团少得可怜，一年才有几次机会，但是现在你在互联网上随便一搜索，全部都是报名电话。很多人对于祖国的认同感都是在去了内地之后增强的。

希望可以让更多的香港学生去到内地，他们可以体现什么是中国人，有一个国家的身份认同，我相信这个是最大的礼物，无论是给国家或者给自己。

女主持人：小郑说得非常好，经常来香港的朋友一定有感触，来香港已经越来越方便了，尤其是在语言上，可以说香港人的普通话越来越好了。

男主持人：1997年香港回归，香港成立普通话台，开始有普通话节目。1998年，普通话被列为中小学必修课程。之后为了满足大家的工作生活需要，国家语委在香港设立了普通话等级测试中心。

男主持人：小静是香港城市大学的一名教员，如今她在这个提升班学习，准备参加普通话水平测试考试。

小静：我想是大势所趋吧，现在在香港必须懂普通话，我们出去找工作的时候也会有一个要求就是懂得普通话是最好的。

女主持人：陈曦，我觉得今天这个机会特别得好，作为一个普通话台的资深节目主持人我要采访你一下，你也要说一说这15年来作为在香港说标准普通话的主持人，你有什么样的感觉？

男主持人：其实梦云，说到回归15年还有普通话台成立15年，何尝不是陈曦在传媒界、在香港电台成长的15年，甚至这15年我觉得从我自己的蜕变当中也感受到普通话在香港每一个角落都得到进一步的推广，而且也看到我们香港在这15年来的变化，我的变化也可以反映出来。

女主持人：没错，其实认识陈曦也很多年了，来过香港也很多次了，这15年来很多人的感觉是香港有变化也没有变化，变化的就是香港继续有新的高楼大厦、新的酒店、新的机场，城市的面貌在不断地焕发新姿，香港的经济持续健康发展，那么另外一方面呢，香港没有失去辉煌，也没有出现1997年有些人担心的状况，香港15年的发展成果意味着"一国两制"在香港得到了成功实践，使得香港这颗明珠继续焕发出夺目的光芒。

男主持人：是，梦云你讲得非常对。从1997年开始香港就真正实现了港人治港，也经历过了亚洲金融风暴以及非典等的考验，进一步巩固了香港的国际金融、贸易、航运三大中心的地位。港人治港，港人能治好港，在过去15年以及今后的岁月都会证明这点，我们也听听香港特区立法会主席曾钰成的话，他是如何对香港的未来充满信心。

曾钰成：香港回归15年，我相信绝大部分香港人都同意15年的时间证明我们的"一国两制"还是非常成功的。当然其中一个很重要的因素就是国家的发展，我记得在回归初期，很多人对我们国家还是非常不了解，对"一国两制"自然就没有太大的信心，现在我们香港社会保持非常稳定，经济也是发展得很好。所以跟国家支持的关系很大。

中篇　文化香港

女主持人：由中央人民广播电台华夏之声联合内地及港澳15家电台推出的大型节目《城市新跨越》，今天来到了国际都会，东方魅力之城——香港。我是中央台主持人梦云。

男主持人：我是香港电台主持人陈曦。

女主持人：陈曦，作为内地人，我相信很多人和我一样从电视和电影里，熟悉了香港这个城市。像湾仔、紫荆广场、星光大道、太平山顶、海洋公园……这些似乎已经成为香港繁花似锦的标志。繁华、机遇、多元，这些固有词汇已变成我们对这个紫荆花城的印象。

男主持人：梦云，你对香港的印象非常丰富、非常立体。其实香港这样一座立体的都市是不甘沦为刻板的，它自有它的风情万种。这一回，由中央人民广播电台华夏之声、香港之声联合内地及港澳15家电台推出的大型节目《城市新跨越》带你去发掘不一样的香港。

女主持人：说到香港多元化，本身就是香港的魅力所在，古今中外的文化撞击使得香港的美不仅仅在于旅行社安排的各大经典景点，更在于城市的文化魅力。

男主持人：什么是香港文化？在我看来衣食住行全部都是。

著名的丝袜奶茶和杨枝甘露，令人吃过就难忘的九记牛腩或镛记烧鹅……太多太多，一日只有三餐，何时能尝完所有的味道？还有既是本地运输工具亦是外地游客游览对象的电车：由于电车开行或警示行人时会发出"叮叮"的声响，故此香港市民会用"叮叮"称呼电车。由于电车路轨几乎东西贯穿港岛北的市区，所以"电车路"便成为港岛市区中一个重要标志。

电车是香港最早的交通工具之一，到今天已经跟香港急促的节奏形成强烈对比。香港人生活虽然忙碌，但对于吃还是很讲究的。到茶楼饮茶吃点心是很多香港人每天的习惯，而这种文化已经传到了世界各地。旧时的茶楼在享受美食之余也有歌手唱歌助兴，而且以乐曲最受欢迎。

男主持人：打着"香港制造"牌子的麦兜以无与伦比的亲和力赢得人们的喜爱。趣味盎然的《麦兜故事》中，到处弥漫着浓浓的香港风情，窄小的高楼，贴满街边的小广告，小人物的快乐，温馨的回忆，苦涩也是淡淡的。那种香港式的幽默和讽刺，在卡通片《麦兜故事》里也自然地流露出来。作家谢立文、画家麦家碧，以麦兜、麦唛两个可爱的主角创作的丛书，最初在香港的儿童杂志上刊载，后来逐渐在院校以及知识界流行起来，成为一种时尚。

女主持人：没错，这种时尚在我生活的城市也非常流行。

男主持人：在过去，太平清醮期间，长洲北帝庙前会有三个挂满包子的包山。包山高约13米，仅用竹棚搭成，每个包山挂上了约16000个包子。包子名为"幽包"，是一种莲蓉包，又叫"平安包"。抢包山通常会在太平清醮的最后一晚举行。在村长一声号令后，过百名男子便会爬上包山，尽他们所能抢夺包子。按照传统说法，取得越多包子，福气就越高。

长洲岛位于香港岛西南海域，面积约3平方公里，人口只有三四万人。在1996年以前，长洲岛最为人所熟知的就是充满神秘的张保仔洞和以抢包山、飘色巡游而吸引大量游客参观的太平清醮。我们前往长洲岛的当天是农历的四月初八，佛诞日是香港的公众假期，也是太平清醮、飘色巡游和抢包山的正日子。太平清醮作为一个别具特色的传统节日，每年在长洲岛上当地的居民都会隆重庆祝，特别是在2011年太平清醮列为第三批国家级非物质文化遗产名录之后，来自内地和海外的游客更是会选择在太平清醮期间来到长洲岛感受这样一个特别的节日。香港长洲太平清醮执理会副主席何立安在接受采访的时候向我们介绍了太平清醮的来由。

何立安：连年的太平清醮都有很多人从香港来，长洲太平清醮据说是有200多年的历史了，相传200多年前有一场很大的瘟疫，居民没有办法消除瘟疫，就去请一些法师、神明到家乡巡游，他们跟着指示去做。没有多长时间，就斩除了瘟疫，所以居民很高兴，他们每一年都会举行这个巡游。

随着午夜12点的临近，2012年的太平清醮抢包山活动马上就要开始了，现场的观众一起倒计时，而参与的运动员已经做好了准备，向包王包后冲击。

随着裁判的一声令下，12名参赛运动员像离弦的箭一样，向包山顶冲去，经过三分钟的争夺之后，最后的冠军却有一些出乎意料，因为在赛前大家一致认为会是男选手拿下今年的冠军，但是在最后的结果出炉之后，所有的现场观众都向一位巾帼英雄投去了美慕的目光。她就是在香港从事健身教练工作的郑丽莎。

随着抢包山活动的落幕，一年一度的太平清醮也将结束，而此时此刻长洲也渐渐恢复了往日的宁静。

男主持人：其实香港的文化还是不断发展前进的，种种市井气息在你踏入这个城市时就迎面扑来。也正是这种民间生命力，使得香港更富人情味。

女主持人：没错，这样的一个活动也让我感觉到香港对于中国传统文化的保留与传承。端午节对于香港来说不单是一个传统的节日，还可以说是一个热闹的体育盛会！

男主持人：没错。相传在一百多年前，大澳出现瘟疫，渔民用龙舟拖着载有从各庙宇接来的神像的小艇巡游水道，瘟疫得以驱除。之后，这个当地称为"龙舟游涌"的传统维持至今。所以被列入第三批《国家级非物质文化遗产名录》的大澳"龙舟游涌"更是我们不可错过的精彩活动。

女主持人：端午节前后，香港多个沿海地区都会奉行传统习俗，举行龙舟竞渡活动。这项充满民间色彩的节庆，近年已发展为国际化的体育运动，令赛事更具观赏性。

记者：今年端午节我们在香港大屿山大澳村码头遇到了张文锡父子，11岁的张文锡是第一次跟随父亲回到家乡参加端午节的赛龙舟活动。

张文锡：第一次啊。

记者：是受爸爸的影响还是自己主动要来的？

张文锡：我自己主动要来的，挺喜欢龙舟这件事。他是原住民，我是他的儿子。

记者：你是在大澳长大的吗？

张文锡：不是，我在香港长大。

记者：你对这个龙舟了解吗？

张文锡：觉得大澳的文化很特别，我们应该积极参与活动和保留大澳的传统文化。

记者：每年端午节大澳社区都会举行隆重的赛龙舟活动，为大澳社区带来平安。香港历史文物保育建设公司总经理于汉坤介绍说，大澳龙舟活动已经有百年的历史，以前当地的渔民按照渔业的收入捐资支持端午节的龙舟活动，但是到了上个世纪70年代，随着大澳渔业的逐渐衰落，这项活动的推动日趋困难。2011年，在香港特区政府民政事务局香港文化博物馆的支持下，大澳赛龙舟活动成为国家级的非物质文化遗产，从去年开始端午节赛龙舟成为大澳社区一年中最大的一件盛事。

于汉坤：大澳的龙舟已经拿到国家级的非物质文化遗产，年轻人回来多了，而且游人多了很多。

男主持人：梦云，刚刚听过这个片段我们可以充分地感受到，传统的文化可以进一步地发扬，甚至是活化，刚刚的片段可以充分地体现出来。

女主持人：没错，我觉得作为一个内地人特别希望能在香港住上一段时间，并细心观察这座城市，耐心品味它的文化。

男主持人：梦云，你讲得非常对。真的是当听众朋友们有机会在香港住那么一段时间的话，你可以细细地感受到这座城市的独特气质与精神，香港与内地文化艺术界精彩互动的一幕，是很有意思的一件事。

女主持人：是的，香港文化非常精彩。回归祖国十五年来，香港与内地文化艺术界不断加强交流合作，依靠丰厚的中华文化和广阔的发展腹地，面对通往世界舞台的"窗口"，寻找到一条以中西合璧为独特定位的文化发展之路，努力将香港发展成为区域内的"文化创意之都"。

男主持人：是的。香港特区政府民政事务局前局长何志平提出要用历史眼光看香港文化。他说，观察香港文化，起码要有150年的历史视野。这150年中香港市民与广东一带的居民自由来往，比如著名粤剧表演艺术家红线女还经常来香港演出。香港与内地文化相连，香港文化主要是岭南文化。

女主持人：没错，还有一个崭新的变化，1997年之后，香港文化与内地文化开始了新的融合，香港带着故国感情与现代化成就，进行新时期的文化回归。香港文化的传统与现代，就是这么自然和谐地融合在了一起。

男主持人：的确如此。香港开放的气氛逐渐孕育出有利条件，新一代土生土长的年轻人脱颖而出。

女主持人：香港的文化不仅仅是现象更是产业，具有人才、技术、资金和自由市场经济制度，以及开拓海外市场经验的比较优势。而内地则拥有丰富的文化资源、巨大的市场空间，以及雄厚的文化产业基础，也是发展文化产业不可或缺的重要元素。随着内地和香港在各领域的交流与合作不断加深，内地的文化市场对香港的投资者也越来越开放。在文娱服务、视听服务、华语影片、合拍影片、合拍电视剧、电影院服务、有线电视技术服务、印刷及出版物分销等领域，内地都鼓励港商以独资、合资、合作经营等方式参与合作。以传媒行业为例，凤凰卫视控股有限公司主席兼行政总裁刘长乐告诉我们说：

刘长乐：香港对我们来说是一个圆梦的地方，香港特别适合于创业，它有非常完备的创业模式，所以它对创业者来说是一个圆梦的地方。另外香港的文化是多元的，他非常包容，也很现实，这个不见得是坏事，我觉得香港现实反而好，他会变化，会改变自己，他也与时俱进，应该说香港人在与时俱进方面是华语区做得最好、做得最标准的。

男主持人：香港回归，最终是精神的回归；香港与内地的融合，最终是情感的融合。

下篇　新香港

女主持人：每天的太阳都是新鲜的——这句话用在香港有特别的含义，因为香港每天都在发展变化，都有新的现象、新的事物值得我们观察，需要我们学习。

男主持人：香江十五年，盛貌胜从前，这十五年来，在特区政府的带领下，依靠七百万香港市民的勤劳努力，依靠中央政府的大力支持，香港取得了前所未有的成就，经济更繁荣，地位更巩固，社会更和谐，活力依然，焕发着别样迷人的光彩，闪耀于世界。今天的香港已然在新的历史起跑线上奋然跃起。这座不平凡的城市注定要在21世纪再写下新的篇章。

女主持人：是的，在新的起跑线上，香港特区作为重要金融中心，离岸人民币业务中心是香港的一个新的定位，现在人民币也越来越通过香港这个渠道，能够更多地、更快地走向国际化。香港的位置非常重要，处于东亚合作的交汇点上，不仅是粤港澳的合作，包括东亚地区的区域合作，东南亚地区的区域合作，中国与东盟自贸区的建设等。所有这些区域中，香港都处于一个关键点上，香港的发展将促进整个区域的发展，最终将发挥更大的作用。著名的经济学者、香港特区人大代表刘佩琼就非常有感触：

刘佩琼：你看我们香港的情况，香港在整个中国对外贸易这块儿占的比重大，人民币跟外币的交易占份额很高。我们知道十一五规划以后整个中国要走出去，到外面去投资，对外投资这部分超过50%

经过香港，所以我们作为人民币的离岸中心很有条件。我们现在要发展的是什么呢？就是股票、债券，还有一些衍生工具，保险等等，很多的一些跟人民币业务有关的活动都等着我们去扩大、去发展，最重要的是去年8月，李克强来的时候，他带着36条的利港措施，其中有10条就是关于金融方面的，就是具体地落实我们原来构想，发挥金融中心作用的这一块给了很多具体措施让我们去落实，所以香港在这方面又有了一个新增长点。

女主持人：即将迎来的2012年7月1日，是香港特别行政区成立十五周年纪念日，是香港与祖国共同庆祝的时刻。香港回归祖国十五周年，也是香港青少年认识祖国、了解祖国的15个春秋。今天，祖国对很多香港青少年而言，不再只是深圳河以北那片抽象遥远、广袤无垠的大地。越来越多的年轻人愿意为祖国、为香港贡献自己的力量，在香港国情教育中心就有这样一个展板，很多年轻人都把自己的愿望写在上面。

吕如意：我们就是让学生想一个问题，讨论一个问题，题目是"假如我有机会为国家服务，我会做些什么"。不少的学生他兴趣非常广泛，不少的学生说我希望做一位老师，有人说当科学家，还有一些学生他希望做义工。我们的学生看完了整个展览之后对国家、对国情有一定的认识，也看了我们的航天事业，所以有不少的学生希望做太空人。希望将来香港也可以培养出一些太空人吧。

志敏：大家好，我是志敏，香港回归十五周年，我希望将来通过传媒的工作让两地的人更认识对方，有更多的交流。

刘卓文：大家好，我是刘卓文，希望以后的香港更繁荣，社会更和谐，以后每一个家庭也更融洽。

鲁山：大家好，我是鲁山，我希望两地的同胞能其乐融融，互相理解包容，一同缔造美好未来。

闫安图：大家好，我是闫安图，香港已经回归十五周年了，我希望日后能够有机会去内地学习以及工作，更了解祖国的发展和文化。

　　女主持人：这是很可爱的一群香港年轻人。青少年是香港的未来和希望，也是国家的未来和希望。"少年智则国智，少年富则国富，少年强则国强"，"一国两制，港人治港"的伟大实践，乃至中华民族的复兴，香港的青少年责无旁贷。我特别想请陈曦给我们做更多的推荐和介绍。

　　男主持人：梦云，我自己从二十几年前移民到香港之后，就越来越喜欢香港这个城市。你刚刚提到香港的文化是立体的、丰富的、生动的，我对一种市井文化特别有心得。那就是我们的茶餐厅文化。

　　女主持人：是的，每一个来到香港的人可能最先接触到的就应该是茶餐厅。

　　男主持人：梦云，你有没有留意到进入香港的茶餐厅给你第一印象是什么呢？是一种快速节奏，还有客人的流动性特别强，但是你会觉得茶餐厅提供的是中西文化包容的最典型缩影。

　　女主持人：没错，比如说鸳鸯奶茶，鸳鸯其实它就是奶茶和咖啡。一个茶一个咖啡就已经是中西文化的完美结合了。

　　男主持人：甚至以前向内地朋友推荐说要不要试一下茶餐厅，他会说，啊！鸳鸯那怎么能吃，我说不是动物的鸳鸯，是两种饮品，就是咖啡和奶茶兑在一起。我说非常的独特，刚刚在节目当中提到的丝袜奶茶也令人留下了非常深的印象。还有在茶餐厅当中可以吃到平民化的西餐，同时可以吃到香港甚至是两广一带非常喜欢的烧味、叉烧等等这些。甚至你去到一般的茶餐厅，他又将粤式的酒楼茶楼的文化也带到茶餐厅当中，你可以吃到点心，可以品尝。

　　女主持人：而且对于我来讲茶餐厅的文化有别于西方的快餐厅，虽然进入到茶餐厅，我们可以很快地吃完一餐饭，可是港人的独特气质真的会非常吸引到您。

男主持人：又或者除了大家相当热捧的茶餐厅文化，其实在我们许多区域也有一些地道的小吃。比方说鸡蛋仔或者说鱼翅，所谓的鱼翅不是真的鱼翅，是用粉丝做的，也是将这种非常名贵高贵的食品平民化，而且让我们生活当中每时每刻都可以感受到香港非常独特的文化。

女主持人：没错，说到民以食为天，我不知道陈曦知不知道，前一阵子在内地非常流行的专题片《舌尖上的中国》。

男主持人：我印象当中，其中有一集就重点地推介了我们香港的烧味。

女主持人：没错，我觉得所有的画面拍出来，我们感受到的不仅仅是美食，还有人们对于香港的热爱，因为所有的食物没有心中的那一份爱可能做出来就不会那么精彩，而吃到的时候你也可以感受到做食物人的那一份诚意。

男主持人：是，而且梦云我觉得除了香港是给大家一个非常高速发展的国际大都会的印象，或者你去逛了一些中环、铜锣湾等等著名的购物区之外，去到一些离岛地区可以感受到一些传统的中国风情，甚至在一些旧有的历史建筑当中也进行了很好地活化，而这些已经越来越成为我们香港的一个标志，甚至我们要将属于我们香港人的集体回忆很好地传承甚至是活化下去。

女主持人：就是高楼大厦会有高楼大厦的精彩，小街小巷也会有小街小巷的味道，希望所有的并存和共融会把香港的独特气质带给所有的游客，这样的一种独特气质其实也是祖国的骄傲。

男主持人：我是觉得大家有机会来香港都应该到香港的每一个角落去感受，因为在我们流动的血液里或每一次呼吸都会感受到地道的香港文化。

女主持人：没错，在我们节目即将结束的时候，我也特别想对陈曦，对所有的香港同事说，对于很多内地人来讲，香港早就不是一个简单的地名，而是一种情结，一种期望；香港好，祖国好，祖国好，香港会更好。

　　男主持人：是，让我们一起为明天祝福，也期待我们明天更为精彩。陈曦代表香港欢迎每一位到港的听众朋友们。

多彩澳门　踏浪寻梦

中央人民广播电台主持人周伟琪（男）：中央人民广播电台华夏之声、香港之声、香港电台。

澳门电台主持人陈梦洁（女）：澳门广播电视股份有限公司澳门电台。

中央人民广播电台男主持人：听众朋友，大家好！您现在收听的是由中央人民广播电台华夏之声联合港澳及内地25家电台推出的大型节目《城市新跨越》。我是中央台主持人周伟琪。

澳门台女主持人：伟琪您好，我是澳门电台主持人陈梦洁。大家听到这首熟悉而又动人的新曲盛世莲花时，相信不少朋友已经猜到了，今天我们来到了素有海上花园之称的澳门！

澳门电台主持人刘宇恒（男）：大家好，我是澳门电台主持人刘宇恒。

中央台主持人袁梅（女）：大家好，我是中央台的主持人袁梅，在节目的一开始我特别想问梦洁一个问题，澳门人为什么对莲花情有独钟呢？

澳门台女主持人：袁梅你好，从地形上来看，澳门半岛三面环海，北面有一段250米长的狭窄的沙堤与内地相连，所以自古以来人们就把澳门半岛寓为一枝伸向海面的莲花，称澳门为莲岛。从传统文化上来看澳门，自古就有莲花宝地、莲花福地之称，历代不少文人墨客都视这里为福地。

中央台女主持人：原来是这样，除了地理的特点之外，还有很多内涵在其中。难怪我看澳门的很多地名、街名、村落名、庙宇名都和莲花有关。像莲峰山、莲峰庙、莲井巷、莲峰球场等等。

中央台男主持人：对，我听说澳门还成立了莲花协会，专门研究莲花。

澳门台男主持人：没错，伟琪，我们澳门这朵莲花自从1999年12月20号回到祖国的怀抱后，已经是根深叶茂，更加绚丽多姿，可以讲澳门是一座一直在长大之中的城市。

中央台男主持人：袁梅，澳门给大家的第一印象就是一座非常国际化的旅游城市，但是你多走几步，转个弯，又仿佛置身于充满异域风情的欧陆小镇之中。这种一动一静、一新一旧的感觉真是非常独特。

中央台女主持人：其实我和伟琪有着同样的感觉，回归14年了，我来过澳门也很多次了，可以说每次来到这里，都会发现这座东方小城令人惊叹的变化，真的像一座梦幻之城。

澳门台女主持人：你们两位都说得太好了，现在就让我们和听众朋友们一起，细细品味澳门的风采和神韵，感受澳门的跳跃与发展。今天将和听众一同走进多彩澳门的还有几位特别的嘉宾，他们是澳门特别行政区旅游局文绮华局长、澳门大学中文系邓景滨教授，还有来自澳门格兰披治的助理协调员朱妙丽女士。

中央台男主持人：非常欢迎各位嘉宾的到来，与此同时香港电台普通话台主持人陈曦也从香港送来了问候，我们一起来听听。

香港电台普通话台陈曦：哈喽，大家好，我是香港电台普通话台的陈曦。虽然澳门和香港只是一海之隔，或许很多听众朋友和陈曦一样，对澳门的了解只是浮光掠影而已。那其实澳门是一个别具风情的城市，一方面他的传统文化保持得非常好，比方说在2005年的7月，澳门历史城区就正式列入了世界遗产名录。那请问，澳门历史城区主要包括哪些地区，又有哪些最具代表性的景点？今年是澳门格兰披治大赛车60周年，在这里提前祝贺，也想请问今年的格兰披治大赛车有什么新的亮点和新意呢？每次到澳门都会发现澳门有一些令人惊喜的变化，澳门也正在向经济发展适度多元化的目标努力，那请问多元化主要体现在哪些方面？另外澳门正在打造成为世界旅游休闲中心，从软件和硬件来说如何加强澳门的竞争力呢？

澳门台女主持人：伟琪，你听出来没有？陈曦不仅送来了问候，还带来了好多的问题，在稍后的时间当中我们会为大家——解答。

上篇　多彩澳门　汉韵欧风

妈阁庙不变的袅袅香火，
玫瑰堂回旋的天籁之声；
娱乐场新添盏盏霓虹，
老街道依旧朴素安静……
传统与现代、喧嚣与宁静，
交织出澳门的五光十色，
也交织成澳门的独特风情。
璀璨莲花，踏浪寻梦。

中央台男主持人：听众朋友，大家好！您现在收听的是由中央人民广播电台华夏之声联合港澳及内地25家电台推出的大型节目

《城市新跨越》。今天我们来到了中西文化共融的世界旅游悠闲中心——澳门！我是中央台主持人周伟琪。

　　澳门台女主持人：大家好，我是澳门电台主持人梦洁。

　　中央台女主持人：大家好，我是中央台的主持人袁梅。

　　澳门台男主持人：大家好，我是澳门电台的节目主持人刘宇恒。

　　中央台男主持人：阿恒，讲起澳门，可以说是一个中西文化的载体，大街小巷都能够看到。这是一种文化交流的成果，也是澳门本身文化特色的一种象征。

　　澳门台女主持人：没错，那其中最为鲜明的体现就是咱们的澳门历史城区。在2005年7月，"澳门历史城区"成功列入《世界文化遗产名录》，成为中国第31处世界遗产。这也成为回归14年来，特区政府保护和推广本地文化遗产的一个重要里程碑。

　　中央台男主持人：这个得着重介绍一下。澳门历史城区是一片以旧城区为核心的历史街区，其间以相邻的广场和街道将20多处历史建筑连接而成，不但涵盖了大三巴牌坊、议事厅前地等澳门最具标志性的西式古建筑，也包括卢家大屋、哪吒庙、三街会馆等传统中式建筑。

　　澳门台女主持人：伟琪说的一点都没错，而且不知道大家有没有了解过，其实在这片不足0.2平方公里的土地上，开创出了许多中国第一的事业，包括有中国第一所的西式大学圣保禄学院、中国第一所西式医院白马行医院、中国第一份外文报纸《蜜蜂华报》等等。

　　中央台男主持人：真厉害。

　　澳门台男主持人：伟琪你知道吗？澳门行政长官崔世安曾经讲过，我们有一个重大责任，要更加保护好澳门的历史城区，因为这些历史城区的意义已经超出了文化本身。

中央台男主持人：没错，阿恒，在这个保护过程当中，澳门的文物推广大使可以说发挥着重要作用，今天我们的节目就走近一位澳门文物推广大使匡莹莹，看她与澳门文物的深厚情谊。

匡莹莹：我们来到卢家大屋，我们看外壁就是有一个青砖，这座水磨青砖，在古时候是非常昂贵的。

记者：这个女孩叫匡莹莹，今天18岁，是澳门大学一年级的新生，她今天的身份是澳门的文物推广大使，正在为前来澳门卢家大屋参观的游客做导赏的工作。

匡莹莹：因为我想澳门是想培训一些年轻人或者一些学生，澳门的学生（大学生、中学生）对一些文物还有澳门的历史感兴趣，希望我们会做一个大使可以更好地去保护这些遗产、保护这些文物。我们会更加努力推广给下一代，下一代再推广下一代，这个是一个薪火相传的事业。

记者：澳门文物大使协会创办于2004年。

匡莹莹：其实我进来这个协会之前，我只是很喜欢历史，对文物是一无所知的。但是进了这个协会，然后我经过培训，就会去看一些文物知道它们的历史，会发现我们澳门这个地方，因为遗产才会变得更加有文化气质，有一种感觉就是很想保护它们。

记者：在这段时间里，莹莹每个周末都会在澳门卢家大屋为游客提供免费的导赏服务。卢家大屋是世界文化遗产澳门历史城区的组成部分，不过相对于大三巴和妈阁庙，知道这儿的游客可能就没那么多了。

匡莹莹：我想他们只知道一些比较著名的文化遗产，比方说是大三巴牌坊、妈阁庙，但是他们可能不知道，其实澳门整个历史城区，都被列入世界文化遗产。所以在星期六和星期一我们会设一个免费的导赏服务，希望他们可以更加认识卢家大屋或者是其他的文化遗产，比方说是哪吒庙、旧城墙遗址，希望他们知道澳门的地方，不单只是赌城，还是一个很美丽的文化之城。

澳门台女主持人：没错，对于澳门的文物保护是关乎到每一个人的责任，对于澳门的文物保护工作我们还有什么可以做的呢？今天我们就请到了澳门大学中文系的邓景滨教授。

澳门大学中文系邓景滨：大家好。

澳门台女主持人：我想问问看，您觉得为什么澳门的世界文化遗产，澳门历史城区特别重要，它的特别之处，它的价值体现在哪里呢？

邓景滨：澳门历史城区的重要不单只体现在它的普遍性，还体现在它的特异性。一般的世界文化遗产都具有历史价值、审美价值、研究价值和社会价值等等。澳门历史城区也不例外，但是澳门历史城区还具有特异性，因为是独一无二的，具有不可生性和不可替代性。

澳门台女主持人：独一无二的。

邓景滨：对，澳门历史城区有澳门深厚的历史文化底蕴，保存了澳门400多年来中西文化交流的历史精髓，也彰显了澳门的特色风貌。他是中国境内现存年代最远、规模最大、保存最完整和最集中的中西建筑的历史城区，是西方宗教文化和中国乃至远东地区传播历史的重要渐进，更是400多年来中西文化交流互补、多元共存的结晶。澳门历史城区，见证了西方文化和中国文化的对话和共传。

澳门台女主持人：说得太好了。我想问问，除了这个世界文化遗产、澳门历史城区之外，您觉得澳门还有哪些历史文物也很有价值，值得推荐给来澳门走一走、逛一逛的朋友们。

邓景滨：澳门除了世界文化遗产的澳门历史城区之外，还有很多历史文物也很有价值，值得向海内外的朋友们介绍。记得在1992年，澳门有八个文化社团，联合组织了澳门八景评议会，我本人就担任了澳门八景评议会工作委员会主任，具体执行评选工作。当时的评选以历史性、时代性、客观性、习俗性为原则，经过一年的努力，发动了全澳市民和专业人士从43个初选的景点中评出了澳门八景，成为澳门的亮丽风景线。其实有三个景点已经成为澳门历史城区的景点了。妈阁庙，它就是澳门最古老的庙宇；大三巴牌坊它就是亚洲最早的高等院校遗址；灯塔松涛，它是东亚最早的一个灯塔。其他的五景，包括普济寻幽，就是那个普济禅院，俗称"观音堂"，还有卢园探胜的卢廉若公园，还有龙环葡韵的龙环葡式的别墅，还有黑沙踏浪的黑沙，旁边4000年前村落和玉器作坊的遗址，这些都很具有历史价值。还有澳门半岛和凼仔岛的镜海长虹，这些都是极具历史性和景观性的。最后还值得一提的是，澳门的历史文物还包括了各个教会的图书馆、澳门的公立和私立的图书馆中珍贵的中外历史文献，以及分布在莲花山岛的数十座庙宇、景点和博物馆中的楹联诗词匾额和有关的收藏等等，都值得我们去观赏去研究。

中央台男主持人：非常感谢邓教授的介绍，梦洁，对于打造澳门的文化品牌，我们除了传承之外更需要的是发展。

澳门台女主持人：说的一点都没错。那么说到澳门众多的文化品牌当中，澳门格兰披治大赛车就是一项风靡世界又独具特色的澳门运动了。今年我们会迎来澳门格兰披治大赛车60周年，整个大赛车将持续两周时间。伟琪，喜不喜欢赛车？

中央台男主持人：说到赛车，我想每一个男人都会非常喜欢这种追求速度与激情的运动。其实我真的好羡慕阿恒，你们可以这么近距离见到赛车，真的好羡慕。

澳门台男主持人：伟琪，你就不用羡慕我了。

中央台男主持人：其实我觉得像这样的比赛，会有大概三个月的准备时间。今天我们的节目也请到了澳门格兰披治大赛车委员会的助理协调员朱妙丽给我们介绍一下大赛车今年的盛况。

澳门台女主持人：朱女士您好，都知道今年我们会迎来澳门格兰披治大赛车60周年，请给我们简单地说一下这个赛车的历史？

澳门格兰披治大赛车委员会助理协调员朱妙丽：这个60周年真的是一个非常值得我们纪念的日子，因为是在1954年的时候开始的，这一次非常特别，会有两个周末，第一个先从比较新的车比赛开始，然后会有一个巡游，这个巡游里面就会有一些比较老旧的汽车，我们说的老爷车，这些经典车进入赛道，回忆一下以前的时代。

然后第二个星期，我们就会恢复一般的比赛，包括摩托车的比赛。

澳门台女主持人：那今年很特别，60周年，会不会有一些其他的推广活动呢？

朱妙丽：有的，因为我们澳门特区政府是希望以60周年带动全城的参与，我们跟澳广合作，请了一些澳门的有名歌手，或者是有创意的歌手，给我们的大赛车创作了一首主题歌，在世界各地也通过旅游局做了多项推广的活动。当然很多的听众朋友，一定最关注的就是那两个星期来到澳门能看见什么东西。我相信这个就是我们特别的地区，通过在一些广场里面做一些车展，让观众朋友们免费在市区里面能够看到我们的赛车、赛车的女郎。

澳门台女主持人：非常期待澳门这块活招牌能够越来越亮眼，谢谢您朱女士。

澳门台男主持人：这么看来，今年澳门的格兰披治大赛车真的是非常值得大家的期待，如果各位想来观看赛事的话，现在就开始密切留意赛事的信息发布了，今年我们澳广视也会成为大会的直播机构，电视台会以全高清数字技术制作节目，而我们电台都会全程关注，希望将活动的精彩气氛带给每一位市民。

澳门台女主持人：讲的没错，那来澳门除了看赛车，不能不提的就是要品尝一下别具风味的澳门美食，我问问看两位远道而来的主持人到了澳门之后最喜欢吃些什么？我们先问问美食家伟琪。

中央台男主持人：说到美食，真是感谢梦洁，带我跟袁梅去吃那么好的葡国餐。其实我最喜欢的还是澳门的葡国餐，因为他这个风味十足，而且色香味俱全。

澳门台女主持人：我来给大家介绍一下，澳门的葡国餐源于16世纪葡萄牙人定居澳门之时，是一种已经有几百年历史的饮食文化了。当年葡萄牙航海者来到澳门需要经过非洲、印度、马来西亚等地，他们沿途与这些地方的民众交往，当地的饮食风俗也自然进入了这些航海者的生活当中，所以就慢慢产生了以葡萄牙菜为基础，融合了马来人、印度人和广州临近地区华人的食材以及烹饪方式的澳门的土生菜。就像您说的，是游客访澳不能错过的美食。

中央台男主持人：真是一个跨国界的美食。这次我们几位主持人还和澳门著名歌手黄伟麟夫妇一起品尝了葡餐，他还和我们分享了澳门土生葡人的中国情谊。

黄伟麟：我们先尝尝。

袁梅：这道汤叫什么名字？

黄伟麟：应该是薯茸青菜汤，土豆泥打烂，然后再加一些青菜，青菜里面再把一些葡国腊肠切一点片，放里面，这是一个家常便饭。配着面包吃，开餐葡萄牙人都要吃面包。然后再讲一个，用葡萄牙特有的一种鱼，但是是咸鱼。把那个鱼弄碎，加土豆泥就弄成这个。

梦洁：我们这个台面上摆了一桌，我们来看看现在有什么东西。

伟琪：再帮我们介绍一下，这个是？

黄伟麟：这个其实也是一个很地道的菜，比较鲜味。

梦洁：那我们现在吃的是地道的葡国菜还是土生葡菜呢？有没

有一两个土生葡菜呢？

黄伟麟：这个就是土生葡菜，基本上应该是葡萄牙人跟中国人结婚以后，他把那个演变出来的一个菜，加了一些广东的做法。

伟琪：黄先生能不能帮我们稍微概括一下，你觉得土生葡菜的特点是什么？

黄伟麟：我觉得很多人对于欧洲这个菜的理解，好像觉得它没有什么变化，其实也并非如此的，葡国菜我觉得它的菜色还蛮多的。

伟琪：那这种土生葡菜都有什么样的变化？

黄伟麟：我觉得土生葡菜多了很多烹饪的方法，又多了很多可能是中国，特别是广东一带的烹饪方法，比如说煎炒都会有了，这是葡国菜本身没有的，这肯定是从中国人跟葡萄牙人结婚以后，慢慢引进去的，引进去以后就变成一个土生葡人菜。

中央台男主持人：当不同的族群来到澳门就带来了不一样的传统习俗和文化内涵，作为移民城市的澳门，95%以上的居民都是外来移民，社会人口的多元化，赋予了澳门人包容的秉性，也在澳门这块土地上形成了中西交融的独特风景，融合与传承成为澳门文化的显著特征。当然在这里，再次谢谢梦洁和阿恒带我跟袁梅去吃那么好吃的葡国餐。

澳门台女主持人：千万别客气，伟琪。下面我想问问袁梅，这几天澳门什么美食给你留下了最深刻的印象呢？

中央台女主持人：好的，梦洁。其实我觉得我最喜欢的还是品尝澳门的手信，像杏仁饼、肉脯、花生糖、咖喱鱼蛋等等，我觉得都是非常富有澳门特色的美食，特别好吃。

澳门台男主持人：的确是，袁梅，虽然不是什么价值不菲的名贵产品，但是它代表着华人社会人与人之间的情感联系。

澳门台女主持人：是，有一份情。今天我们就采访到了澳门著名的钜记手信的老板梁灿光先生，请梁先生给我们介绍一下，为什么澳门的手信那么的吸引人。

梁灿光：其实最初的手信就是卖螃蟹的，因为我们属于珠江口一个淡水、咸水的交界，海鲜特别好吃。好多香港人来到这里没什么好买，就选择那个好吃的，慢慢发展，海鲜差不多就没有了。鲜饼、肉干，慢慢就越来越多了。

梦洁：现在澳门的手信主要是指像芝麻饼、杏仁饼、肉脯、花生糖等零食。其实手信在澳门是个既古老又时兴的行业，但像如今这样蓬勃发展，追溯起来不过10年的光景。回归，对整个澳门手信业来说是最重要的转折点。

梁灿光：其实一步一步的，因为回归稳定，我们就安心做生意，而且好多不同的想法，比如说免费喝水、自制包装，我们自己就搞这些现做现卖，后来就慢慢经历了开放自由行。七八年前，香港人购买得多，但是现在60%多是内地的。

梁灿光：对于生意人来说，澳门宽松的营商环境，特区政府部门一站式的服务，也为手信业的迅速发展提供了重要的基础。其实我们在香港也开了七家，在新加坡也开了2家，之后感觉澳门是全世界最好的地方，政府没有多少管理，搞好你自己的事情，政府好多都是一站就到位的过程，所以没有好过澳门的地方。

梦洁：澳门的手信不单只是美食，更是一种能带走的澳门文化，澳门的特殊背景、政治背景和地理位置，使得这块土地能保持一份难得的安宁。在中国人近百年来远赴重洋的历史中，澳门理所当然成为了不少过客移居外地的中转站，对于那些漂洋过海的人们来说，回味澳门的杏仁饼，无异于回味故乡的味道。

梁灿光：你拿到手信就知道这个是我的心意，挺开心的，也可以流传下来。

中央台男主持人：无论是百年的澳门历史街区，还是风情别具的澳门美食，或是激情洋溢的赛车比赛，都根植于中华大地。仅仅十四年，寻常巷陌，汉韵欧风，引来世人目光。

澳门台女主持人：和而不同，中华民族的智慧创造出"一国两制"的伟大构想。

中央台女主持人：和而不同，回归之后的澳门用更生动的实践诠释出包容与融合的和谐之美。

澳门台女主持人：那么在新的发展机遇面前，澳门所面临的机会与挑战在哪里，澳门多元经济发展的格局如何搭建，请继续倾听《城市新跨越之魅力澳门》的下篇《盛世莲花　踏浪寻梦》。

下篇　盛世莲花　踏浪寻梦

澳门码头吞吐的整齐货柜，
拱北口岸往来不绝的车流，
横琴岛拔地而起的崭新校区，
世界旅游休闲中心的美好憧憬。
盛世莲花，踏浪寻梦。

中央台男主持人：听众朋友大家好，您现在收听的是由中央人民广播电台华夏之声、香港之声联合港澳及内地25家电台推出的大型节目《城市新跨越》。我是中央台主持人周伟琪。

澳门台女主持人：我是澳门电台的主持人陈梦洁。

中央台女主持人：我是中央台的主持人袁梅。

澳门台男主持人：我是澳门电台主持人刘宇恒。

中央台男主持人：自澳门回归以来，在中央政府的支持下实现了"一国两制，澳人治澳"，繁荣发展。特别是国家"十二五"规划当中明确提出支持澳门建设世界旅游休闲中心，促进经济的适度多元，更是开启了澳门发展的新航程。

澳门台女主持人：与此同时，澳门也面临着经济地域狭小、人力资源匮乏、旅游休闲产品单一等诸多的难题。与世界旅游休闲中心总体的要求还有差距，打造世界旅游休闲中心这条路，澳门该怎么走呢？今天的节目现场我们非常荣幸地请到澳门特别行政区旅游局文绮华局长，文局长您好。

澳门特别行政区旅游局长文绮华：您好。

中央台男主持人：文局长，请问澳门的休闲特色主要体现在哪些方面？帮我们介绍一下。

文绮华：休闲不单纯是一个环境，休闲产业与人的休闲生活、行为，还有需求有密切的关系。以前的澳门大家都觉得是一个非常宁静的渔村。休闲以各种形态渗透这个城市，到今天为止，休闲可以说是融入了不同的产业当中，包括了我们的旅游景区，我们的主题公园、文化馆、博物馆、影视的娱乐场所当中，旅游的交通配套还有我们的餐饮、康体健身、娱乐艺术等等都渗透着休闲的氛围。休闲其实是一种体现和探索，我们希望游客在他们的旅游历程当中能够感受到澳门的休闲，为了配合旅游推广，我们在设计当中也希望旅游产品能够往多元化发展，推向优质。十一的黄金周也是我们旅游的高峰期，我们推出了四条新的步行路线，一个是从南湾大马路为起点的，我们叫做历史足迹之旅，第二就是我们的观音堂作为起点的历史文创之旅，第三条路线就是中葡交汇之旅，第四条就是渔人码头的艺文探索之旅。

中央台男主持人：看来澳门有非常优质的旅游产品，除了要将澳门打造成为世界旅游休闲中心，我们的旅游服务质量应该如何提高，这方面如何加强呢？

文绮华：按照我们建设世界旅游休闲中心的策略定位，特区政府是从区域合作、城市发展、文化旅游还有优质旅游四个方面去努力，实现策略定位，这个其实也是一个非常长远的目标。可以见到我们特区政府对优质旅游的重视，旅游局也是按照这个重点，开展相关工作，当中包括研究开展一个旅游发展的总体规划工作。还有就是开拓旅游业人力资源的培训需求研究。在行业管理方面，我们继续修订规范酒店还有餐饮场所的法律法规，为行业多元化的发展创造条件。为了优化旅游环境，促进服务素质，制订有效的管理制度，同时继续修订有关旅行社还有导游方面的法律法规。我们知道内地10月1号实施新的旅游法，这个旅游法当然对我们旅游的观景地区，各行业发展都是有一定的带动作用，相信能够有效地保障我们旅客，还有我们经营者的合法权益。

中央台男主持人：没错，下面我们聊一下横琴。随着横琴总体发展规划的进一步落实，以后澳门与横琴在旅游方面又会有哪些开拓性的合作呢？

文绮华：横琴的总体规划与发展，商务服务、休闲旅游、科教研发还有高新技术等等产业是重点。在发展休闲旅游方面也会建设与港澳配套的国际知名的度假基地，也可以促进香港、澳门、珠海的旅游一体化发展。因为这样，我们也可以与横琴整合有关的旅游资源，把粤港澳特色的旅游串联在一起，做一个"一城多站"的旅游路线，开辟共同的旅游市场，带动整个区域的发展。横琴的发展空间是非常大的，我们也应该好好利用它的资源，同时我们也希望发挥粤港澳优势互补的功能，提升引客的作用，能够吸引多一些国际的客源。

中央台男主持人：没错，下面我们再替听众问问您，其实接下来我们知道澳门在数月当中会有很多很多的重要赛事，您再帮我们介绍一下将会有哪些重要的赛事呢？

文绮华：澳门其实每年都是赛事连连的，今年我们更是有很多亮点。下一个月我们会迎来第二届的世界旅游经济论坛，还有就是我们国际烟花比赛汇演。国际烟花比赛汇演今年其实是第25届了，传承了非常深厚的历史文化。今年10个参赛队伍也有一些新意，因为包括首次参与的南非的烟火公司，大家非常期待。烟火过后就是我们10月的第20季澳门音乐节了，多个世界级的节目，我们景点当中也会进行音乐节的表演。到11月份，大家都知道，澳门的格兰披治大赛车，今年也是非常重大的盛事，第60届的赛车。我们在城外也为大家准备了一系列的活动，还有美食节的举行。这段时间，我相信旅客在城市里面会感受到赛事嘉年华的气氛，也绝对是一个非常难忘的旅游经验。

中央台男主持人：非常感谢文局长的介绍，接下来澳门可以说是盛事不断，我们都是非常的期待。刚才也提到了与澳门一水只隔的横琴岛，横琴岛原有的户籍居民就不超过6000人，以往是靠养蚝、打鱼为生，是一个农业区，2009年8月14日，国务院批准通过了横琴总体发展规划，允许广东省在这个106平方公里的小岛上建立一个国家级新区，粤澳从此联系更加紧密，澳门企业也在这里找到了一片新的天地。

澳门台女主持人：没错，澳门的企业如果在横琴投资有什么样的优惠，未来又有哪一些的前景？下面我们来听中央台记者张丹丽对横琴新区产业发展局腾胜局长的专访。

张丹丽：腾局长，我们非常关注横琴对澳门的一些政策，横琴招商对澳门究竟有哪些与别的地区相比更加优惠的政策呢？

腾胜：横琴开发按照国务院的要求，它作为粤港澳紧密合作示范区，促进澳门经济适度多元发展的一个重要区域，横琴始终坚持在招商工作中面向世界，优先港澳。横琴新区在对澳门的招商工作中，在外资进入审批、企业所得税优惠、个人所得税优惠，以及人员进出管理方面都有一系列的优惠政策。首先是外资进入审批方面，横琴新区已经享有一部分的省级审批权限，注册资本金在3亿美元以下、国家鼓励类的外资企业可以直接在横琴新区审批。另外，国家商务部与澳门之间还有一个CEPA，这个CEPA有一些规定，也对澳门企业进入横琴做出了一些适当的规定，降低了他们进入横琴的门槛。在企业所得税优惠方面，对于在横琴投资的澳门企业和符合横琴新区产业优惠目录的企业，企业所得税是减15%的税率，另外在横琴新区投资兴办企业还可以享受国家规定的横琴新区内的关税、增值税和消费税的优惠政策。至于国家、省和市的其他的产业优惠政策，有关企业也能够享受。第三，是在个人所得税方面，对于在横琴工作的港澳居民，个人所得税按照内地与港澳之间个人所得税后差额进行补贴，补贴的部分免征个人所得税，这是非常优惠的。第四，在人员进出通关方面，横琴是按照"一线放宽，二线管住，人口分离分类管理"的原则，对全岛实现分线管理。

张丹丽：再就是最近澳门的中小企业，他们也反映说进入横琴的门槛非常高，横琴是怎么样考虑澳门中小企业进入横琴的？

腾胜：其实现在在横琴投资兴业的话是非常方便的，横琴新区在全国首先实施上市增值制度改革，横琴新区实现上市登记管理，试行企业注册资本经营认缴制度，允许注册地址和经营场所进行分离，降低了注册门槛，优化了注册流程。在这块儿应该是借鉴了国际上目前上市登记的通行做法，是与港澳趋同化、便利化的一个相似的注册登记。

张丹丽：您能举个例子吗？比如说澳门的一个小企业在横琴注册，他的整个流程是怎么样的，然后需要多长时间？

腾胜：如果他们资料准备齐全的，在横琴新区注册一家企业，最快可以在一天之内完成，同时拿到工商注册登记的证明，包括营业执照在里面，已经有了先例。如果是建设写字楼、商业街或其他经营场所的产业项目，按照横琴总体发展规划的要求，设计了一些相应的条件。对于不涉及许可经营的一般性项目，是没有设条件的，基本上可以做到直来直办。

在横琴，国务院明确重点发展的有金融、商务、休闲旅游、科教研发、高新技术、文化创意，还有粤港澳合作的中医保健。这些是鼓励发展的，为了保护好环境，对于有污染的企业肯定是不能进入，我相信这也是澳门同胞和我们横琴一致的要求。只有横琴的发展环境越好，横琴和澳门竞争力就会越大。

张丹丽：我们目前对澳门的招商情况是怎么样的？

腾胜：横琴新区非常重视在澳门的招商，很重视吸引澳门企业进入横琴发展，我们在澳门已经设立了投资咨询联络点，广东省珠海市和横琴新区分别牵头，在澳门多次举办大型招商推介活动，横琴新区参加在澳门举办的国际展会，招商效果非常明显。截至今年的6月底，横琴共有澳资企业34家，以商务服务类的居多。注册资本已经超过了20亿元人民币，仅今年上半年就增加了9家，占新区外资项目数的40%。现在粤澳双方合作的中医药科技产业园已经进入了实际的开发建设和招商阶段。

中央台男主持人：横琴与澳门的合作是多元共赢的，除了经济发展，促进教育也成为了重要的范畴。梦洁，我知道澳门大学横琴新校区将在9月份迎来它的第一批学生了。

澳门台女主持人：说的没错，伟琪，澳门大学的新校区项目从2009年6月经全国人大常委会批准建设以来，历经4年多的努力，再过几天它就将正式地投入使用了，迎来2000多名莘莘学子。

中央台男主持人：没错，澳门大学新校区的建设谱写了"一国两制"的新篇章，将成为澳门大学发展史上一个新的里程碑。对于这座高规格的大学，即将入学的澳门学生有什么感触呢？他们目前搬迁的情况如何？我们连线采访了正在办理入学搬迁的刘同学，听听他是怎么说的。

记者：我们现在电话接通了澳门大学的研究生刘同学，刘同学你好。

刘同学：你好。

记者：你现在在哪儿呢？

刘同学：我现在还在旧校园里面。

记者：好像听说你们很快就要搬去新校园了是吗？

刘同学：对，按照学校的计划大概是这个月底下个月初就会有少量的同学搬进去，然后9月14号基本上研究生都会住进去了。

记者：我听说你们之前有一个试运行试住的计划，你也参加了，给我们讲一讲你看到的情况怎么样，好不好？

刘同学：前两天很高兴参加那个活动，我们觉得整个校园环境特别漂亮，特别好看，尤其是比现在的校园大了很多，觉得非常舒服。

记者：我听说这个住宿的条件会好一些是吗？

刘同学：会好一些，因为毕竟比较新，另外我们也有去看新的宿舍，不管是采光条件还是家具的配备都很好，也很齐全。

记者：希望你们在这个新的校区学习生活能够一切顺利，谢谢你刘同学，谢谢。

刘同学：好，谢谢。

中央台男主持人：好的，那么借此我们也要祝愿所有的学生朋友们，学业进步，有一个新的提升。

澳门台女主持人：没错，听众朋友们，由中央人民广播电台华夏之声、香港之声联合港澳及内地25家电台推出的大型节目《城市新跨越之魅力澳门》在这里就要跟大家说再见了。

中央台男主持人：没错，朋友们再见。

在牡丹盛开的地方

这里是牡丹之都，花的海洋；

这里是平原森林，绿的世界；

这里是优质粮油生产基地，国之粮仓；

这里是伏羲、尧帝、舜帝的主要活动区域，源远流长；

这里是军事家孙膑、思想家庄周、经济学家刘晏等大批圣贤的出生地，人杰地灵，星空灿烂；

这里是著名的武术之乡，水浒好汉，义薄云天。

这里是——中国山东菏泽。

中央人民广播电台主持人俊楠（男）：中央人民广播电台，菏泽人民广播电台。

菏泽人民广播电台主持人小濛（女）：菏泽人民广播电台，中央人民广播电台。

男主持人：由中央人民广播电台华夏之声、香港之声联合内地及港澳25家电台推出的大型节目《城市新跨越》今天来到了"中国牡丹之都"——山东省菏泽市。我是中央人民广播电台华夏之声、香港之声的节目主持人俊楠。

女主持人：各位听众大家好，我是菏泽人民广播电台主持人小濛。

男主持人：小濛，作为土生土长的菏泽人，你教我几句地道的菏泽方言好不好？我想学会之后跟菏泽朋友打招呼问好，因为我发现菏泽人都非常热情好客。

女主持人：好的，我一定教你。先介绍一下我们今天直播间的两位尊贵嘉宾吧。

男主持人：首先是菏泽市市长孙爱军。

孙爱军：听众朋友，大家好，我是孙爱军。

男主持人：另一位嘉宾是菏泽市艺术研究所所长陈瑾，欢迎您。

陈瑾：听众朋友，大家好，我是陈瑾。

女主持人：俊楠，听说你是第一次到我们菏泽，这几天都去了哪里，对菏泽有什么印象？

男主持人：我的感觉，菏泽小城不大，处处彰显文化。都说民以食为天，吃得好，种类多，有特色，体现了菏泽的传统遗韵。

女主持人：有什么收获？都吃到了什么好吃的？

男主持人：那可太多了，就比方说羊肉汤。菏泽羊肉汤汤鲜肉嫩，香气扑鼻，而且最大的特色就是菏泽羊肉汤的汤汁是奶白色的，跟其他地方还不一样，让人饱了眼福，还饱了口福，我呀自己吃了鲜，也没忘记和听众朋友一起过把瘾，羊肉汤的美味已经让我记录下来了，给听众朋友一同分享一下。

走进羊肉馆，吃上一碗地道的羊肉汤，很多菏泽老百姓就是这样开始他们一天的生活。

菏泽的羊肉汤店遍布大街小巷，号称"吃货"的我，到菏泽第一天早上就找到地方了。

记者：就这儿哈，这位是老板，大姐您好！

桑大姐：你好，你好！

记者：早上几点开始卖？

桑大姐：早上5点10分，卖到下午3点。我每天2点40必须起床。

"色白似奶，水脂交融"是菏泽羊肉汤的一大特色。据说，要熬制出色泽乳白的汤汁没有三个钟头是不行的。

记者：您现在盛的就是一会儿我们品尝的羊肉汤是吧。

服务员：对。

食客甲：这个是要熬到一定的时间和火候才能这么白。

食客乙：要熬多久？

服务员：要三个多小时，咱们这个时间长，骨头拿出来一捏就碎了。

一锅好的羊肉汤，不仅需要时间来熬，更少了不独家的配方。

记者：这个羊肉汤真是不膻。桑大姐我还要问问你，不膻的原因是什么？

桑大姐：三十八味大料，磨成粉，放进去。

记者：能不能透露透露，最关键的有哪些？

桑大姐：最关键的就是白芷。

食客：白芷是一种香料，也是中药。

记者：这个是去腥的关键是吗？

桑大姐：对！

记者：秘密全说完了。

桑大姐：哈哈哈哈。

秘制的配方，精心的烹煮，变的是不断增多的分店，不变的是一如往昔的态度。送走的只是食客的背影，留下的却是老顾客的口碑。

记者：这位大哥又盛了一碗哈。

食客：嗯！

记者：每天都来吃吗？

食客：是啊。

记者：喜欢他们的羊肉汤？

食客：我经常吃，都老顾客了，将近十年了。

女主持人：看来俊楠是一个不折不扣的"吃货"。

男主持人：没错、没错，到一个地方就喜欢尝尝当地的美食。

女主持人：看起来，你对菏泽的饮食文化已经初窥门径了。

男主持人：民以食为天嘛。来菏泽这几天，我发现啊，喝羊肉汤的店是遍布全城。孙市长，咱菏泽的老百姓是不是特别爱喝这碗羊肉汤？

孙爱军：是的，羊肉汤是菏泽饮食当中最具地方特色的一种，就像你刚才在采访中所说的那样，菏泽老百姓的一天，就是从早上一碗羊肉汤开始的，特别是冬天，一碗下去，浑身暖透。所以在这里，我也向听众朋友们隆重推荐，到菏泽来，一定要品尝咱们菏泽的羊肉汤。

男主持人：谢谢孙市长。其实我这几天也只是管中窥豹，尝了几样地方的地道特色。通过这几天的采访，我觉得，菏泽这个城市，也可以用"羊肉汤"来形容。

女主持人：不会吧？用"羊肉汤"来形容我们的城市，那你说来听听？

男主持人：比如说，那家的羊肉汤是用三四个小时、三十八味大料精心熬出来的；而菏泽呢，则是由数千年的历史、数不清的历史名人、多姿多彩的民俗风情和热情好客的老百姓等一起熬制出来的一锅老汤，值得每一个人细细品尝。

女主持人：哈，说得好。那从现在开始我们就和大家一起走进菏泽，品味菏泽。下面请孙市长向我们的听众朋友简单介绍一下菏泽的总体情况。

孙爱军：菏泽位于山东省西南部，地处山东、江苏、河南、安徽四省交界，辖八县一区和一个市经济开发区，面积1.2万平方公里，人口960万。菏泽物产丰富，集煤炭、石油、天然气、盐、铁等矿产资源于一身，是山东省重要的石油化工和煤电化工生产基地。农副产品资源丰富，是全国优质粮棉、林牧生产基地，还是中国林产品交易会常设会址。当然了，菏泽最出名的是牡丹，现有牡丹栽培面积25万亩，涵盖9大花系、10大花型、1200多个品种，是世界上面积最大、品种最多、花色最全的牡丹观赏、科研和出口基地，去年被中国花卉协会正式命名为"中国牡丹之都"。菏泽文化底蕴深厚，还是我国久负盛名的书画之乡、戏曲之乡、武术之乡、民间艺术之乡。感谢中央人民广播电台华夏之声、香港之声，让我们有这样一个机会向港澳和珠三角地区的听众介绍菏泽。

男主持人：近些年菏泽整体发展势头很好，孙市长，我们还有哪些行业是发展的重点方向呢？

孙爱军：我们根据菏泽的自然优势，最近菏泽市市政府规划了五大产业，这五大产业是这样的，一个是能源化工。我们能源化工是从煤炭开采、原油加工一直发展出非常完整的产业链，现在正在建设全国重要的合成橡胶、工程塑料和合成纤维基地。第二个产业是生物医药产业。生物医药产业在菏泽发展势头非常好，我们已经是山东省的第二大医药产业大市，增长速度非常快，著名的步长制药、睿鹰制药都在菏泽。第三个产业是机电制造产业。大家知道机电制造业是一个地区工业的基础和标志，我们把它作为一个主导产业来打造。第四个产业是农副产品加工。就像刚才提到的牡丹，也是我们农副产品的其中之一。菏泽是农产品大市，粮食、棉花还有蔬菜畜牧产品等等非常丰富，包括芦笋、山药、牡丹，所以我们依托这个进行农副产品的深加工，这个也是前景非常广阔。第五个产业是商贸物流产业，这个是一个服务业的部分。菏泽这个地方本身就有960万人口，另外200公里半径范围内有1.2亿人口，人口密度是全国平均人口密度的6倍，交通非常便利，所以也是我们发展商贸物流的一个非常好的基础。

女主持人：谢谢孙市长的介绍。俊楠，你来我们菏泽采访几天了，印象最深的是什么？

男主持人：那毫无疑问，肯定是"国色天香"的国花——牡丹了。

女主持人：一说起牡丹，相信所有的中国人都会马上想起一些关于牡丹的脍炙人口的名句，比如说："唯有牡丹真国色，花开时节动京城。"

男主持人：我知道，这是唐朝刘禹锡的诗句。我这一句就更可以称得上是"千古绝唱"了："云想衣裳花想容，春风拂槛露化浓。"

女主持人：是的，这是李白的诗句。俊楠，古往今来，写过牡丹的诗词歌赋真是不计其数，以下这句你肯定没听过："涤荡十万八千里，壮阔人心泯生杀。微乎，风欲醉！"

男主持人：好一句"风欲醉！"真没听过。这是哪位历史大家写的？

女主持人：这不是什么历史名人写的，这是我们菏泽一位年轻人赵海涛写的《曹州牡丹赋》中的一句，怎样，精彩吧？

男主持人：挺精彩的，菏泽果然是历史文化厚重，连年轻人都能写出这么好的赋。来菏泽采访几天，我和我的同事对菏泽牡丹确实留下非常深刻的印象。

【记者采访】

西施、昭君、貂蝉、玉环，

这是人中的仙。

华贵、冷艳、怒放、暗香，

这是花中的王。

牡丹园负责人：牡丹全身都是宝。

牡丹园工程师：我们牡丹花期一年比一年延长，我们的花色品种一年比一年丰富。

盛华总监：今年又扩大一千亩地，市场太大了。

何人不爱牡丹花，占断城中好物华。

数苞仙艳火中出，一片异香天上来。

春来谁作韶华主，总领群芳是牡丹。

女主持人：谢谢俊楠和同事对我们菏泽牡丹精彩的艺术展现。对了，孙市长，刚才您说，去年我们获得了"中国牡丹之都"的称号，请您给我们介绍一下，我们菏泽种植牡丹是从什么时候开始的？为什么能获得"中国牡丹之都"的称号呢？

孙爱军：我们菏泽的气候和土壤都非常适合种植牡丹。我们菏泽牡丹的种植始于隋朝，兴于唐宋，盛于明清，一直至今。现在我们菏泽一共种植牡丹超过25万亩，占全国半壁江山。菏泽是全世界面积最大、品种最多的牡丹生产基地、科研基地、出口基地和观赏基地。菏泽种植的牡丹有9大色系，10大花型，1200多个品种，占国内观赏牡丹种植面积的70%以上；生产的产品远销70多个国家和地区，出口量占全国的80%以上；牡丹产业年产值达15亿元以上。我们陈所长是这方面的研究专家，她可以介绍得更具体形象。

陈瑾：谢谢两位主持人，谢谢孙市长。说起牡丹当然有许多内容要说，刚才也提到了关于牡丹诗词，当然还有许多牡丹的传说，这些说的都是牡丹的文化历史。听众朋友，假如您想亲自体验一下菏泽牡丹，到菏泽你可以赏牡丹花，画牡丹图，喝花冠酒，品牡丹茶，赴牡丹宴，住牡丹宾馆，听牡丹戏曲等等，无不与牡丹紧密相连。谷雨时节牡丹开放，那时候，你们看到的多是成片成片的大田牡丹，这是菏泽牡丹的独特之处。进入市区、公路旁、公园里，牡丹随处可见。过春节的时候，人们家里也喜欢摆上一盆盛开的催花牡丹，象征吉祥。由于这里有得天独厚的种植环境，历史久，面积大，花型多，产业丰富，便形成了菏泽成为"中国牡丹之都"的绝对优势。

女主持人：谢谢孙市长和陈所长详细的介绍。确实，我们菏泽牡丹可以说是集牡丹之大成，来菏泽，必看牡丹。尤其是每年4月下旬到5月份，市郊大面积种植的牡丹开花后，公路两旁花团锦簇，万亩花海一望无际，那景象让每一位游客终生难忘。俊楠，你可惜来晚了一点。

男主持人：确实。在采访的时候花农就告诉我们，在公路两边一望无际看不到头，都是牡丹盛开的一种景象。虽然我们这次没有看到怒放的牡丹。但这几天在全世界最大的牡丹公园——曹州牡丹园采访的时候，也看到借助先进的技术手段，在这个季节仍然开放的牡丹花。

听众朋友们，现在我已经置身花海，来到了菏泽的曹州牡丹园。经过不断修建完善，这里已成为世界上品种最多、面积最大的牡丹园，集中了菏泽牡丹从古至今的发展成果，是菏泽牡丹观赏、旅游、生产、科研中心。

现在的牡丹园不但面积扩大到了1600亩，而且园内景点更多，路也更多，设有一条观光路线可以让你看完所有景点。按照5A级景区标准打造的曹州牡丹园，已成集牡丹观赏、旅游、休闲娱乐、牡丹研究为一体的全国第一国花名园，景点由原来的4个扩展到39个，即便是土生土长的菏泽人，进入新园，也会有诸多惊喜。园内的牡丹品种非常之多，负责人王汝昌：刚才咱们看到的就是我们温室培育的反季节催花的绿香球绿牡丹。在我们菏泽比较名贵的品种包括黑色系的冠世墨玉、黑花魁、青龙卧墨池等，绿色系的绿香球、豆绿、翠幕、绿幕隐玉，黄色系的摇黄、彩皇、金桂飘香等。所以黑、绿、黄作为牡丹九大色系的三大精品是牡丹的比较名贵的精品品种。

今天，牡丹适逢盛世，沐浴春晖，盛况空前，菏泽每年举办盛大的牡丹花会，弘扬牡丹文化，花城中万人空巷，看花人摩肩接踵，笑语欢歌，姹紫嫣红的花光，如醉如痴的人流，汇成欢乐的海洋。

男主持人：听完记者曼斯的介绍，我更感到遗憾了，要是再早来一个月相信一定能看到花团锦簇、怒放的牡丹花。不过，孙市长，这也带出一个问题，就是牡丹花期短，只有一个多月的时间。作为菏泽的名片，如何做到花期之外人长留？菏泽在旅游方面有没有什么新招？我们知道孙市长您是清华大学经济管理学院企业管理专业博士，肯定有您独到的见解。

孙爱军：谢谢，你提的问题非常好，这也是我们多年来一直努力克服的难题。大家都知道牡丹的花期非常短，如何克服花期短的困难，把我们的旅游产业做上去是我们一直致力做的重要工作。一方面我们努力打造旅游精品景区，按照我们市旅游发展规划，突出抓好十大旅游景区开发建设，完善旅游要素配套，同时我们现在科技越来越先进了，我们现在利用科技开发，反季节的牡丹，可以花随人意开。但是要想大规模的开发这种田园牡丹现在还比较困难，现在在努力做这个工作。另外我们利用好客山东休闲汇、中国林产品交易会等重要节庆活动，深入挖掘旅游潜力，使菏泽"二日游"能够常年吸引游客。二是持续打造旅游形象品牌。突出"中国牡丹之都"、"好汉之乡"的菏泽旅游形象。大家都知道我们的郓城县是水浒的重要发源地，我们山东省、河南省共同合作，落实"鲁豫游约·50万人在行动"合作计划，拓展中原旅游市场。三是积极发展乡村旅游。我们是农业大市，地域广阔，农业资源丰富，生态资源条件优越，有黄河、黄河故道，这个黄河故道是非常难得的。平原森林、湿地等，特别是菏泽"四乡"文化都来自民间，为发展我市乡村旅游提供了广阔的空间。

女主持人：谢谢孙市长的介绍。牡丹旅游确实是我们菏泽人骄傲之处，不过呢，俊楠，你知道吗？除了传统的观赏和药用之外，现在我们菏泽市大力推动牡丹产业化：用牡丹籽提取食用油，用提取物制成护肤品，用牡丹花蕊泡茶……可以说，牡丹全身上下都是宝。

【记者采访】

听众朋友，我现在就在菏泽的盛华牡丹产业园，这里有一望无际的"牡丹田野"。现在是6月份，并不是牡丹的花季，我在这里并没有看到牡丹的花朵。不过，我看到，现在在牡丹枝头上，已经结出了许多豌豆形的荚，里面都是黑色牡丹籽。

"你看这个油用牡丹，突出的地方是种子，这是对称的，12个，一亩地600—800斤没问题，政府保护价，九块钱一市斤，就是7000多块钱。"

说话的是山东盛华农业发展有限公司副总经理王洪宪。据介绍，该公司从事牡丹培育、种植、收储、营销和牡丹深加工，目前，1500平方米的牡丹温室大棚、1100平方米的恒温冷库、2000平方米的牡丹花茶加工车间已建成使用。王洪宪："我们今年刚扩了一千亩的育苗基地，专门育苗用的，因为这个市场太大了！"记者：有没有采用公司加农户的方式？王洪宪："有啊，现在农户去发展，我们逐步退出来搞深加工，把牡丹综合利用，把产业链条拉大。"

中国林科院检测结果表明：牡丹籽油所含的不饱和脂肪酸高达92%，特别是 α 亚麻酸含量高达42%，多项指标超过橄榄油，油品之好，在主要油料作物中仅次于花生，是大豆的两倍多，经济效益可观。

菏泽尧舜牡丹产业园投资20亿元，占地2000亩。首条年产1万吨牡丹籽油生产线即将投入生产，牡丹花蕊茶进入试产阶段，牡丹油软胶囊生产线正在安装，牡丹日用化工品生产区建设即将竣工。公司副总经理陈利民说，他现在最担心的是买不到足量的牡丹籽："现在深加工一区这一块我们已经建成了，年生产1万斤牡丹籽油的生产能力，但实际上产不了那么多，因为没有原料。今年的量还不到1000吨，十分之一不到。还可以做一百吨牡丹花蕊茶，加工十亿粒的牡丹籽油软胶囊。"

陈利民说，他们目前已经和7万亩的牡丹种植户签订保护价购销合同。种植牡丹的良好收成和前景，让花农更加坚定了继续种植的信心。花农郑磊家里好几代都种植牡丹花。

记者："一年你种多少花？"

郑磊："5-6亩地吧。"

记者："你们那儿种花的人多吗？"

郑磊："我们那儿家家户户种牡丹，每家都有3亩5亩的，几百亩也有的。"

记者："赚的多吗？"

郑磊："不少呢。一亩地能赚1万多块。"

记者："那你们家现在生活怎样？"

郑磊："还行，还行。"

按照规划，2015年菏泽市牡丹栽培面积将达100万亩，2020年达到200万亩。菏泽牡丹产业逐渐走向深层次、多领域、全方位开发的综合利用之路，牡丹产业将成为拉动全市经济高效跨越发展的特色支柱产业。

更值得注意的是，全国有三分之二的地区适合种植牡丹，有大规模种植的可能性。国家林业局原副局长、中国林业经济学会理事长李育才跑遍了有牡丹种植的全国20多个省市自治区，他认为油用牡丹耐寒、耐旱，适应性极强，一次种植40年不用换茬，非常值得推广。他多次强调，我国的油用牡丹不开发太可惜了。李育才说，每一个省扶持两个龙头企业，起到示范带动作用，使大家看到它的经济效益、生态效益和社会效益，大家都效仿，这样就比较容易推。

男主持人：做这期节目我也是有备而来，我带了一点采访时的收获，来，给听众朋友展示一下，这就是牡丹籽，能榨油，含油量是20%，农户跟我说的，一亩地是一万块，我要种一百亩就是一百万。

女主持人：真的是一个挺可观的收入。我想听众朋友现在肯定特别感兴趣的是，作为"中国牡丹之都"的菏泽市，将会如何大力发展牡丹的产业化呢？

男主持人：是的。远在香港的香港电台普通话台主持人陈曦前几天看过相关材料后，对此也很感兴趣，今天他也通过我们的节目给孙市长提了一个问题。

陈曦：山东菏泽的听众朋友们大家好，我是香港电台普通话台的陈曦，去年同样是因为《城市新跨越》的关系，去了山东的济南和潍坊感受到山东的热情好客和厚重的人文历史，以及孔子文化的传承。说到菏泽自然会想到牡丹，听我妈说，家里经常摆放的小牡丹就是来自菏泽的。陈曦想知道当前牡丹之乡菏泽在牡丹产业方面的发展态势以及未来的发展重点。

女主持人：那就请孙市长回答一下陈曦的问题吧。

孙爱军：首先感谢陈曦先生对我们菏泽牡丹产业的关心。牡丹产业是一个朝阳产业，也是我们菏泽着力打造的特色产业。可以说是融一、二、三产业为一体的全链性产业，一产是牡丹种植业，二产是以籽油为主的加工业，三产是销售和旅游业。据专家分析评估，牡丹浑身是宝，牡丹籽油是当今发现的最具有营养价值的植物食用油之一。刚才记者采访当中提到的 α 亚麻酸，牡丹籽油的含量是其他任何食用油含量不能比拟的。它的含量高达42%，这个 α 亚麻酸是干什么用的？它是构成人体脑细胞和组织细胞不可缺少的营养成分。现在中国人在 α 亚麻酸摄入量方面是远远不够的。由于牡丹具有良好的经济、生态和社会效益，每亩收益为种植粮食作物的6到8倍。因此，我们认为这个产业的前景是非常光明的。菏泽市扩大牡丹种植面积，规划从现在的约25万亩扩大到2015年的100万亩，到2020年种植200万亩。据专家预算，如果发展200万亩油用牡丹，仅二产产值就可达1600亿元，利税480亿元，更重要的是能够带动广大农民致富。我们将从食品加工扩展到医药化工、日用化工等九大领域，最大限度地拉长牡丹产业链。

男主持人：孙市长您刚才提到，未来几年菏泽牡丹种植面积将呈几何式增长，目前25万亩，2020年目标是达到200万亩，会不会担心发展速度过快而引发过剩？

孙爱军：这个担心是不必要的。是因为从全国的形势来看，食用油资源非常匮乏，而食用油需求量巨大。以大豆为例，我们食用的大豆豆油有60%依靠进口，这还涉及整个国家食用油安全问题，需求量在逐年增长。正如刚才那位记者在采访中也提到的，我们市的一个龙头企业，年生产能力达到1万吨牡丹籽油，实际上今年的产量还不到1000吨，十分之一不到，因为缺少原料。而且，我们还要发展别的领域。因此，过剩的问题，我们相信不会发生。

男主持人：我们看到了菏泽市委市政府发展牡丹产业的坚定决心。我们也了解到，国家有关部门对牡丹产业化尤其是牡丹籽油的发展高度重视，近年来也多次在菏泽举行高端的研讨会，最近也有一些新的指示精神，牡丹籽油会成为一个新兴产业吗？

孙爱军：油用牡丹一定会成为一个新兴产业，一定会引起全中国和全世界的广泛关注。不久前，国家林业局专门召开了一个油用牡丹产业化座谈会。山东省已把油用牡丹列入《山东省"十二五"油料产业振兴规划》，将牡丹籽油列为三大新开发油料之一。对这个产业的前景我们充满信心的，我们也希望港澳和珠三角地区的有识之士和我们一起，共同促进这个产业的发展。

女主持人：听了孙市长的介绍，我觉得这么好的牡丹籽油，何时才能上到老百姓的餐桌呢？请孙市长给我们展望一下。

孙爱军：目前我们的产量还小，在几年之内估计也只能达到几万吨的水平，想大规模上到老百姓的餐桌非常困难。但是呢，大家也都知道了这个产业的前景，而且我们也在努力推广，也有许多专家在帮助呼吁。根据全国森林资源调查报告显示，我国现在还有广阔的宜林地，这为我国油用牡丹的发展提供了空间，因为牡丹属于木本植物。

男主持人：非常感谢孙市长的介绍，也希望菏泽牡丹产业能够做大做强，往大了说帮助国家应对粮油安全问题，往小了说，我们也特别希望由国花牡丹制成的食用油，健康油，能尽快走上老百姓的餐桌。

女主持人：是的。

男主持人：小濛，刚才我们介绍了菏泽"国色天香"的牡丹和前景光明的牡丹产业化发展，下面我们为听众朋友介绍菏泽哪些地方特色呢？

女主持人：值得介绍的太多了。我们菏泽地处中原，历史悠久，文化种类丰富，百花齐放，这里不仅是中国牡丹之都，同时也是著名的武术之乡、书画之乡、戏曲之乡、民间艺术之乡。

陈瑾：菏泽文化的确有很多值得向大家推荐的。先说一个大家都知道的，古典四大名著之一的《水浒传》，很多故事就发生在菏泽郓城县，那里也被称为水浒故事的发祥地。

男主持人：《水浒传》我最爱看了，四大名著最爱看《水浒传》，《水浒传》里就说"《水浒》一百单八将，七十二名在郓城"，比如我们看电视一说到郓城县宋押司就是宋江，另外也能想到很多的其他梁山好汉都是郓城人，像晁盖、吴用都是郓城人。

陈瑾：是的，梁山好汉个个武艺高强，宋江说："我一个郓城小吏，文不能安邦，武不能定国。"其实啊，这也是自谦，据说宋江在郓城开过武馆，收过徒弟。他能够在武术之乡打开门收徒弟，可见他在武林中的威望是挺高的。

男主持人：是，《水浒传》是菏泽的独特文化。

孙爱军：这也是菏泽非常重要的一张名片。

男主持人：我一直都以为宋江只是一介小吏啊，这几天到郓城采访，才知道当地人为了纪念宋江，就在他当年开武馆的原址附近，开办了一家规模很大的宋江武术学校。

陈瑾：宋江武校成立于1985年，多年来培养了数万名学员。武校学生参加了包括港澳回归在内的国家大型庆典演出百余次，最重要的一次，2008年北京奥运会开幕式上刘欢和莎拉·布莱曼演唱主题曲《我和你》，宋江武术学校几十名学员就在上面表演武术，那座地球道具原物现在就存放在宋江武校里。

男主持人：是的，没错，我们在武校采访的时候确实见到了高大的道具。另外郓城县是水浒好汉宋江、晁盖、吴用等英雄好汉的故里，而现在，全国最大的民营武术学校——宋江武校继续在这片尚武的土地上培养新一代的英雄好汉。

罗大海师傅是宋江武校的教师，现在他正在表演拿手绝活——郓城状元大刀。这把大刀貌似关云长的那把青龙偃月刀，用青铜铸成，重达200斤！只见罗师傅一咬牙，一声吆喝，就把大刀高举过头，挥舞起来，一招一式皆力度雄浑，又挥洒自如，一气呵成，人刀合一，真如关羽再生！

俊楠：您怎么看待英雄和功夫结合，体会是？

罗大海：提到好汉就会想到功夫，提到好汉就会想到我们郓城，郓城就有好汉，好汉和功夫不分。

俊楠：现在整个地方还有没有习武的传统？

罗大海：全城都有，家家都有，60多家门派，我们郓城县有100多万人，练武的30多万人，会练武术的太多了。

1985年，宋江武术学校在菏泽市郓城县创立，是目前全国最大的民营武术学校。设小学、初中和高中，现有来自全国26个省市和国外的学生4000余名，宋江武校校长樊庆斌向记者"传授"了他的"授徒"经验："我们如何教育我们的孩子？不能条件好了就唯我独尊，为什么能招来全国各地那么多学生？是武术把他们集中到这里来的。

武术,讲究尚武重德,自强不息。"

多年来,宋江武校培养输送3万多名文武兼备的人才,其中百余名进入武英级和运动健将行列。学校弟子在国际、全国及省级大赛中,共获奖牌1300余枚,被誉为"武术冠军的摇篮"。校长樊庆斌:"这是中国武术文化的发祥地,齐鲁大地,水浒文化,就是忠义、孝道。武术是中国传统的体育运动项目。今天的山东人,同样是爱国家,保家卫国。"

女主持人:虽然没有看到学校武术老师的表演,但是从声音里我们依然能够想象到精彩的场景。

男主持人:是的,当时我在现场采访,刚才武术老师们咿呀嘿,那是在用头顶百会穴顶起200斤重的大刀,原地旋转,大刀在头顶虎虎生风而不会掉落,这是一种硬功夫,非常精彩。

女主持人:说完宋江武术学校,我们一定得跟大家介绍与学校仅一墙之隔的水浒好汉城。因为大家耳熟能详的晁盖、宋江、吴用、阮氏兄弟等人物就是菏泽郓城县人,许多故事就发生在郓城。而这个水浒好汉城呢,则是古色古香,几乎是重现了当年宋朝郓城的风貌。

这里是菏泽市郓城县水浒好汉城,在古色古香的茶馆里,今年64岁的老艺人王合义正在和他的搭档为游客表演山东西南一带的传统戏曲——山东坠子,而曲目则是我们耳熟能详的水浒名段"鲁提辖拳打镇关西"。

2007年,以恢复水浒故事原貌为特色的郓城水浒好汉城开门纳客,原汁原味地再现了宋江武馆、朱贵酒店、九天玄女庙等等大量故事场景,城中更是官府衙门、民居宅院、茶馆酒肆、三教九流应有尽有,游客置身其中,时光仿佛倒流。

游客:我是东北的,水浒城环境很优美,从中感受到了水浒文化的博大精深。

在这座占地16万平方米的古城中，有着浓郁地方特色的大刀、重刀、硬气功等传统武术表演，山东琴书、坠子、快书等传统曲艺表演，也散发出勃勃生机，让人们感受到传统文化的独特魅力。

郓城县旅游局局长黄波：我们现在就是在水浒英雄的老家来打造一个本真的水浒，我们在水浒故事发生的原址来恢复的话，有历史的真实性在里头，我们在这些遗址遗迹的基础上恢复起来，游客来了之后可以说是身临其境吧，这种感觉也是不一样的。

男主持人：菏泽文化旅游资源非常丰富，牡丹之都、武术之乡、戏曲之乡、书画之乡、民间艺术之乡，尤其是水浒文化是菏泽独有的。我们知道传统文化的保护和传承往往需要政府投入大量的时间精力跟成本，想问问孙市长，怎样才能做到保护传承传统文化，同时又能在传统文化上做到新发展？

孙爱军：传统文化是我们的一大优势，我们坚持以特色文化资源为依托，全面规划，重点突破，着力变文化资源为文化资本，变遗产优势为发展优势，变资源优势为产业优势，积极发展壮大地方特色文化产品和产业。一是加强文化企业培育、文化产业项目推进、文化产业园区建设。2010年以来，全市实施新建、改造和提升过千万元的文化旅游产业项目130余个。二是精心打造文化品牌。2000年5月，在国家工商总局注册了"神州牡丹城"、"华夏牡丹城"、"东方牡丹城"三个商标。2012年被中国花卉协会授予"中国牡丹之都"的荣誉称号。菏泽市还先后被评为"中国特色魅力城市"、"中国优秀旅游城市"等称号。三是不断扩大文化贸易。主要是这几个方面。

女主持人：谢谢您的介绍。我们菏泽还是曲艺之乡，在"好汉城"里我们听到了最能代表地域特色的戏种山东琴书、莺歌柳书、古筝乐等等。陈所长，往往一个地方只有一两个代表性的曲艺种类，为什么菏泽戏种如此丰富？

陈瑾：一个城市的历史积淀和民风民俗便能够映射出当地文化的深度和宽度，菏泽悠久的历史和她深厚的文化底蕴相得益彰。菏泽是文化资源大市，文化遗产非常丰富。除曲艺外，流行在菏泽的还有地方色彩浓郁的民间音乐——鲁西南鼓吹乐、古筝乐、弦索乐、民歌《包楞调》，以及梆子声腔系统的山东梆子、枣梆、大平调、豫剧，弦索声腔系统的柳子戏、大弦子戏，以及在民间曲艺山东花鼓基础上演变发展而来的地方小剧种两夹弦、四平调等，更会让来菏泽的朋友过足戏瘾。说起这些民间艺术，除了文化历史积淀因素，还要提到菏泽特殊的地理位置：它位于中原一带，号称"天下之中"，自古以来，数度成为中原一带的文化经济政治中心。交通便利，为南北通衢，商贾云集，许多民间艺术随着商贸往来便荟萃集中，在此流传。

女主持人：说起来真是如数家珍。

男主持人：小濛是土生土长的菏泽姑娘，你肯定是深受曲艺熏陶，想必广场上、小河边、公园里到处都能见到传统戏曲票友吧。

女主持人：是这样，我印象中菏泽人爱听戏爱唱戏，真的就像俊楠说的，公园里、广场上，甚至社区里都能见到弹唱各种曲目的爱好者。

男主持人：那如果要让小濛给听众朋友推荐一个菏泽戏种，你会推荐哪个？

女主持人：我感觉坠子是非常有特点的传统戏种。

男主持人：陈老师呢？您觉得哪个戏种最能代表菏泽特色？

陈瑾：菏泽的曲艺和地方戏各具特色。喜欢听戏的朋友，可以听一听高亢激昂、俏丽挺拔的山东梆子；累了，想静静心，可以品一品有着500年历史的古老剧种大弦子戏和号称"南昆北弋，东柳西梆"的四大古老声腔剧种的东柳——柳子戏，还可感受一下活泼欢快的地方小戏两夹弦、四平调，也可以品一品山东琴书。

山东琴书是山东重要的地方曲艺品种，又叫做"唱扬琴"或"山东扬琴"。它起源于明代中期鲁西南菏泽(古曹州)地区兴起的民间小曲自娱演唱形式"庄家耍"，表演为多人分持不同乐器自行伴奏，分行当围坐表演，以唱为主，间有说白或对白。

山东琴书流行于鲁西南菏泽地区南部，2006年经国务院批准列入第一批国家级非物质文化遗产名录。

记者来到了菏泽鲁西南民俗博物馆，见到了山东琴书省级代表性传承人王振刚和胡化山两位从事琴书艺术五十多年的老艺人。他们为我们介绍山东琴书的主要伴奏乐器。

胡化山：琴书主要有这么几种乐器：坠琴、扬琴、大板。

山东琴书的传统代表性节目很多，长篇有《白蛇传》、《秋江》及移植来的《杨家将》、《包公案》、《大红袍》等。

王振刚：山东琴书文化底蕴丰厚，历史文化价值独特，在鲁西南地区盛极一时。

令王老师感到欣慰的是，他现在大约有十个徒弟，其中两个徒弟从七岁到现在就一直跟着他学习琴书，到现在已学有所成。我们也希望这样有着独特魅力的民间曲艺形式能够更好地传承下去，让我们的后辈也依然能够领略它的风采。

男主持人：没错，传统文化是需要传承也需要交流的，说到交流，其实菏泽和港澳的交流非常密切，我们都知道2013年香港山东周举行时，孙市长您也亲自去到了香港，在香港都有哪些重点的交流活动呢？给我们介绍一下。

孙爱军：我本人有幸参与了去年和今年的香港山东周活动，并拜访了香港的一些知名公司和工商界知名人士，受益匪浅。去年，我拜访了中银国际、中银投资、香港长远集团、香港光大集团、香港华润集团，通过深入的交流与洽谈，我们认识到这些公司国际化的战略眼光和运作方式，以及雄厚的资金实力，与菏泽有着巨大的合作潜力。今年，我又拜访了香港中信泰富集团、香港中华煤气集团、香港金属矿产集团，这些企业与菏泽洽谈的项目，目前都在积极推进中，我相信在不久的将来，这些企业都将在菏泽落地生根，开花结果。

男主持人：我们知道孙市长已经去过香港多次了，那通过您这几年与香港工商界人士的不断接触，你觉得，菏泽与香港合作的潜力在哪里呢？

孙爱军：说到和香港合作的潜力，可以说我们借助省政府搭建的平台，从举办香港山东周开始，港资企业在合作投资热情方面不断上涨，我们港资企业占外资企业的一半以上，投资占到8成，纳税总额占到9成。另外我们觉得香港和菏泽合作的潜力和空间非常大，大家都知道香港是亚太地区的国际贸易金融和航运中心，也是国际资本的重要聚集地。菏泽就像我刚才介绍的，资源非常丰富，劳动力优势也非常明显，而且虽然我们起步晚，但是有高起点的规划和产业基础，这些产业形成了气候。所以在这方面我觉得无论是经济方面、文化方面，香港和菏泽合作的潜力空间是非常大的。

男主持人：好的，感谢孙市长的介绍。抬头一看，一个小时的直播接近尾声，牡丹之乡、武术之乡、曲艺之乡、书画之乡，这几天的采访，让我这个第一次来到菏泽的人，有了更多感官上的体会、内心深处的触动，真是不虚此行。

女主持人：其实菏泽的美真的不是这短短一个小时的直播节目能够完全表现出的。作为一个菏泽本地人，我非常希望听众朋友能够像俊楠一样亲身来到菏泽，感受古老菏泽的全新景象。文化上菏泽等待与您交流，经济上的菏泽期待与您共赢。

男主持人：感谢孙爱军孙市长，陈瑾陈老师做客节目，下面请两位用简短的一两句话跟听众朋友们说声再见！

孙爱军：非常感谢中央人民广播电台华夏之声、香港之声给菏泽这个机会,向港澳和珠三角地区的听众介绍菏泽。"中国牡丹之都"菏泽欢迎各位来观赏牡丹,投资兴业。

陈瑾:菏泽有非常深厚的文化底蕴,文化菏泽欢迎大家来品味。

高原明珠　格桑花开

中央台主持人雅雯（女）：中央人民广播电台，西藏人民广播电台。

西藏台主持人伊翔（男）：西藏人民广播电台，中央人民广播电台。

女主持人：听众朋友，大家好，您现在收听的是由中央人民广播电台华夏之声、香港之声、香港电台普通话台携手内地及港澳35家电台联合推出的大型直播节目《城市新跨越》。这一站，我们攀上了世界屋脊，来到日光之城拉萨。大家好，我是中央台主持人雅雯。

男主持人：大家好，我是西藏台主持人伊翔。我们在雪域高原，在圣地拉萨，向您问好了。在藏语中，格桑是幸福的意思。格桑花是高原上最美的花，是高原幸福和爱情的象征，也是咱们藏族人心目中永远的追求。

女主持人：是的。所以，今天的《城市新跨越——高原明珠格桑花开》，我们就在《格桑花》的歌曲中一起走进拉萨，感受这里的风土人情、发展变化，了解幸福拉萨，魅力拉萨。

男主持人：先来给大家介绍一下拉萨的字面意思。藏语里拉是神佛的意思，萨指的是地方，拉萨这两个字合起来就是神明之地的意思。拉萨是西藏自治区的首府,西藏的政治、经济、文化中心,也是藏传佛教圣地。由于海拔高,阳光充足,日照时间长,所以赢得了日光城的美称。当然因为这里3600多米的海拔,导致了空气稀薄,含氧量少,所以大多数人来到拉萨都会出现不同程度的高原反应。

女主持人:的确,对对拉萨充满了向往的人来说,克服高原反应肯定是必须要闯过的一关。可能是女孩子的原因,我对颜色特别的敏感。我发现拉萨真的是色彩的故乡,蓝色、白色、红色、绿色、黄色,五种颜色随处可见。比如说蓝色是古城天空的底色,碧空如洗,没有一点杂色。白色是洁白无瑕的云朵和飘逸的哈达,红色是布达拉宫的红宫和僧侣的服饰,黄色是大昭寺的金顶绽放出的耀眼光芒,而绿色则是罗布林卡里两株珠穆朗玛雪松昂然的生机。

男主持人:对。看来这几天雅雯真的是认真观察了拉萨,感受了拉萨。

女主持人:当然了。

男主持人:你说的这五种颜色在传统的藏族文化当中对应的是金、木、水、火、土这五行。五行的循环表示生命的经久不衰,比如你在街上,房顶上看到的随风飘舞的金幡,就是由印着经文的五种颜色的布条而组成的。当然了,我们所介绍的拉萨还是比较感性的、直观的,今天在咱们直播间,特别邀请了最了解拉萨的人,相信通过他们的介绍,您一定对拉萨有一个更加立体和丰满的认知了。

女主持人:是。我们来介绍一下,首先介绍的是坐在我们直播间的拉萨市委副书记、拉萨市市长张延清。

拉萨市市长张延清:你好。

男主持人:还有咱们西藏大学艺术学院的教授,觉嘎博士,觉博士,您好。

西藏大学艺术学院教授觉嘎：大家好。

女主持人：好的，非常高兴二位今天能够做客我们直播间。首先想请二位先用简短的话来说说您心目中的拉萨是什么样子的，来向我们港澳珠三角的朋友介绍一下，有请张市长。

张延清：听众朋友们，大家下午好，很高兴能和广大听众朋友在电波中交流。我心目中的拉萨应该说有很多话讲，概括地讲，拉萨是历史文化名城，藏族佛教的圣城，生态保护的净城和改革发展的新城。今日的拉萨已经成为发展的拉萨、和谐的拉萨、幸福的拉萨、圣洁的拉萨、文明的拉萨。多年来在党中央国务院的亲切关怀和自治区党委政府的坚强领导下，在全国人民，特别是北京、江苏两省市的无私援助和大力支持下，我们大力地实施环境立市、文化兴市、产业强市、民生安市、法治稳市的五大战略，充分发挥守护城市的守卫作用，努力建设美丽家园，幸福拉萨，谱写了各族人民守望相助，共同团结奋斗，共同繁荣发展的辉煌篇章。全市呈现出经济快速发展，民生持续改善，人民安居乐业，生态环境优美，民族团结和谐，社会和谐稳定的大好局面。我们被评为全国文明城市、国家历史文化名城、全国双拥模范城市、中国优秀旅游城市、百姓幸福感和安全感最强的城市。在这里，我也特别想对珠港澳的朋友们说的是，拉萨是一颗闪耀在世界屋脊上的璀璨明珠，是天底下离太阳最近的地方。这里夏无酷暑，冬无严寒，这里自然风光雄壮奇美，民族风情独特，这里社会环境安全和谐，发展前景十分广阔，亦是你向往的幸福天堂、旅游的首选之地、兴业的投资热土。在这里，我诚挚地邀请各地的朋友到拉萨旅游观光，投资兴业，拉萨83万热情好客的各族人民永远地欢迎您。

女主持人：好的，谢谢张市长，说得真动情。觉嘎博士，我相信您也有话要讲，是不是。

觉嘎：是啊。拉萨是个古老的城市，历史悠久，文化丰厚，同时拉萨也是一个年轻的城市，朝气蓬勃，文化多元。所以，拉萨市应该是一个令人向往的城市，欢迎大家来拉萨观光旅游。

女主持人：好的，感谢二位。另外，香港电台普通话台的陈曦对拉萨也是充满了无限的向往，所以，他也想在第一时间向拉萨的听众朋友问好，而且他还有问题要请教嘉宾。

陈曦：Hello，西藏拉萨的听众朋友们，大家好，我是香港电台普通话台的节目主持人陈曦。拉萨一直都是我非常向往的地方，虽然和同事们相约好几次去西藏和拉萨旅游，都因故未能成行。不过今天就非常开心，通过《城市新跨越》这一站的现场直播到达拉萨，也希望通过接下来的一个小时的节目内容，能够让香港人更了解西藏，了解拉萨。拉萨和香港虽然空间上相距有两千多公里，但是其实两地有着非常紧密的联系。据我了解，西藏拉萨一直都是香港人热门的旅游地点。香港青少年代表团在7月份刚刚到了拉萨进行学习和交流。拉萨市的林周县春堆乡春堆村又被称为是小香港。当然香港人也非常关注拉萨的发展，比如拉萨市如何在发展经济的同时，依然确保良好的环境，怎样在发展旅游与文物的保护之间达到平衡。还有就是拉萨的幸福指数排名在全国是名列前茅，也让人羡慕不已。幸福拉萨到底是如何打造的呢，期待在今天的直播中一起寻找答案。

男主持人：非常感谢陈曦对拉萨的关注和喜爱，他提的问题我们今天在节目中也会为大家一一地解答，欢迎大家一起跟我们去旅行。另外，在收听节目的同时，也欢迎朋友们通过短信和微信平台和我们进行互动交流。

上篇：天边之城　圣地拉萨

在路的尽头，在云的深处，有一座耀眼的日光城。

遥远的净土，心中的圣地，那是格桑花开的故乡。

纯净、欢乐、幸福、祥和，斟上青稞酒，奉上酥油茶，祥和幸福城，格桑花绽放。

诉说天边的故事，吟唱拉萨的传奇。

女主持人：听众朋友大家好，您现在收听的是由中央人民广播电台华夏之声、香港之声、香港电台普通话台携手内地及港澳35家电台联合推出的大型直播节目《城市新跨越》。这一站我们来到日光之城拉萨。大家好，我是中央台主持人雅雯。

男主持人：大家好，我是西藏台主持人伊翔，我们在雪域高原，圣地拉萨向您问好了。

女主持人：其实这一次《城市新跨越》拉萨站的直播应该说特别的幸运，因为正好赶上了一年一度的雪顿节。

男主持人：是的，雪顿节是拉萨地区历史悠久的一个传统节日，节日期间的许多活动都是雪顿节的传统项目，从几百年前一直沿袭至今。今年的这个节日，整个拉萨城都沉浸在欢乐的节日氛围中。只要走上拉萨街头，就能感受到这份喜悦。

女主持人：是的，今年雪顿节的主题是美丽家园，幸福拉萨。这几天在拉萨，我就真真切切感受到了拉萨的美和拉萨人民的幸福。除此以外，像色拉寺展佛、藏戏表演、藏式美食展等一系列精彩纷呈的活动也引爆了进藏旅游热。

男主持人：是的，虽然本届雪顿节今天已经是落下了帷幕，但是我们用话筒记录下了雪顿节上精彩的瞬间。

8月25日早上，哲蚌寺举行了盛大的展佛仪式，拉开了2014年雪顿节的仪式。

记者：听众朋友，我现在是在哲蚌寺展佛现场。就在刚才，当清晨的第一缕金色曙光撒在哲蚌寺后山腰上的巨幅释迦牟尼唐卡画像上时，数十位僧人站在高台上，伴随着庄严的法号声，缓缓揭开金帆薄纱，释迦牟尼画像徐徐展露。僧人虔诚地念经，信众面向佛像抛哈达，不少游客拍照留念。为能抢先一睹佛像，寻求平安，从凌晨开始，就有信众和游客陆续登山。

据了解，哲蚌寺展佛仪式历史悠久，巨幅释迦牟尼唐卡画像距今已有500多年历史。平时深藏于寺院内，只有在雪顿节期间才在半山腰上晒佛展示。

傍晚，2014年雪顿节开幕式在拉萨文成公主实景剧剧团举行。

主持：现在我宣布，2014中国拉萨雪顿节开幕。

记者：晚上8点30分，在文成公主大型实景剧剧场，绚丽的舞台灯光，借着八台大型投影仪，以山为背景，投影出的"2014中国拉萨雪顿节开幕式"几个大字，在细雨绵绵的夜空绽放。拉萨雪顿节开幕式由此正式上演。

雪顿节开幕式表演由高原风、呼峰幻影、五彩眩晕、草原胜景、魅力雪顿组成，总时长25分钟，演员多达400多人。雪顿节开幕式总导演魏东介绍说，今年雪顿节按照节俭办节原则，结合现代科技手段，以精炼简短的形式呈现雪顿节的由来、曾经和发展。

魏东：跟往年不同的是，我们整个开幕式没有离开看展佛、听藏戏和吃酸奶这个主题。还有一个就是非常现代的东西，高科技，包括投影和灯光秀这些色彩，我们融在一起。这样既是传统的，又是现代的。

记者：尽管现场渐渐沥沥下起了小雨，却丝毫没有影响观众们欣赏演出的热情。

看藏戏也是雪顿节的重头戏，节日期间，在罗布林卡和宗角禄康公园，传统八大藏戏轮番上演，不仅为广大市民送上了丰富的节日文化大餐，更让游客感受到了西藏传统文化的独特魅力。

女主持人：雪顿节又称酸奶节，在这儿我要请教一下觉嘎博士，为什么雪顿节会和酸奶联系在一起，有着怎样的历史呢？

觉嘎：关于这个问题，我们通过文献资料的一些记载，可以梳理出一个大致的线索。十四世纪的时候，宗喀巴大师开创了藏传佛教格鲁派这一著名的宗派。格鲁派要遵循严格的戒律，其中包括僧人们在寺庙里集中休息的戒律等等。但是每当到了藏历的六月底到七月初的时候，就有假期。到那个时候，寺庙要给僧人们做一种素食，酸奶液，信众也可以向僧人敬献酸奶，由此出现了雪顿的这个称谓。也就是说，酸奶这么一个概念。而且此时僧俗在林卡里面可以一起分享、参与，或者享受歌舞、音乐等等文娱活动。到了十七世纪的时候，增加了在雪顿节期间献阿吉拉姆戏剧的内容，十八世纪下半叶，随着罗布林卡的建成，又形成了西藏各地的著名戏班在雪顿节期间献演的习俗，之后逐渐形成了包括展佛、阿吉拉姆戏剧表演以及吃酸奶等等一系列习俗。有关学者认为，到了1849年的时候，最终确立了雪顿节整套的程序。

男主持人：历史悠久的拉萨雪顿节最初只是一种宗教仪式，在漫长的历史长河当中，逐渐演变成了咱们藏族老百姓自己的节日了。那么，经历了岁月的剧变，雪顿节见证着拉萨的发展变化，也见证着拉萨人民的点点滴滴的幸福。而雪顿节本身也在悄悄地改变着它的容颜。

女主持人：是的。在1994年雪顿节开始由拉萨市人民政府主办，隆重的开幕式成为拉萨雪顿节向世人递出的第一张名片。到今年，雪顿节已经走过了20年了，在这儿想问一下张市长，您觉得雪顿节二十年来给拉萨带来了怎样的变化，未来又有怎样的规划和设想呢？

张延清：好的。拉萨的传统节庆应该说是丰富多彩，雪顿节是其中最隆重、最有影响的节目之一。目前的雪顿节有了逐步的演变和发展，已经成为文艺汇演、体育竞技、旅游休闲、商贸洽谈为一体的传统与现代相结合的国内外知名节庆盛会。雪顿节被国务院列为全国首批非物质文化遗产的保护名录，并获得过中国十大节庆、中国节庆五十强等多项殊荣。通过二十年来的举办，丰富了市民群众的文化生活，传承和发展了民族的文化，促进了拉萨对外交流和合作，对拉萨特色产业、旅游文化产业的快速发展，对拉萨城市形象的提升都起到了很好的推动作用。雪顿节已经成为一个亮丽的名片。

女主持人：是，未来是不是会有一些规划和设想呢？

张延清：为了使雪顿节能够更好的发展，我们坚持以政府主导，市场运作的原则，在保护和传承的基础上，不断地赋予雪顿节新的内涵，激发其新的活力。对于雪顿节未来发展，我们有这么几项考虑。一是进一步加强对优秀民族传统文化的保护和发展。二是进一步提高人民群众对节庆活动的参与度和满意度。三是进一步提高雪顿节在国内外的知名度。四是进一步提升雪顿节对拉萨经济社会发展的促进作用。

女主持人：好的，非常感谢张市长。

男主持人：作为拉萨人，我们相信雪顿节在保护传承和发展藏民族优秀传统文化的同时，也成为推动拉萨市经济发展，特别是特色产业发展的一个平台。

女主持人：对。其实在雪顿节期间，我们除了看藏戏，品酸奶，感受藏族同胞传统节日的喜庆之外，还有一点让我印象特别的深刻，就是雪顿节活动的中心，拉萨西郊的罗布林卡。罗布林卡和大家非常熟悉的布达拉宫、大昭寺是拉萨拥有的三处世界文化遗产，每天慕名前来的人络绎不绝。在采访中，我们发现他们都在尝试各种措施来保护文物。比如布达拉宫采取了网上预定门票的新方式，大昭寺则是对朝拜信众和参观游客做了合理的疏导等等。接下来，我就带大家一起走进布达拉宫和大昭寺，来感受一下。这是世界上最接近天空的宫殿，她耸立在神秘的世界屋脊之上，耸立在圣城拉萨。在青藏高原纯净清澈的阳光照耀下，散发出动人心魄的华丽壮美。这里，就是布达拉宫。在红山之上，布达拉宫高两百余米，关于它建成的历史，讲解员拉八布赤向我们娓娓道来。

拉八布赤：咱们布达拉宫最早的建筑是吐蕃王朝第33代，藏王松赞干布时期修建，距今有1360多年的历史。当时的建筑规模也是比较宏大，外有三道城墙，内有建筑宫殿。但到了公元九世纪末期的时候，被雷击失火，包括战乱，把整个建筑就损坏，只剩下了两处殿堂，一处是圣观音殿，还有一处是法王洞。这两处殿堂到现在有1360多年的历史。咱们布达拉宫由白宫和红宫两部分组成。这个白宫是历代喇嘛生活、议政，红宫是举行佛术活动，安放灵塔的地方。所以，它就是政教合一的一个地方。

女主持人：为了使这个千年古宫在雪域高原熠熠生辉，中央政府从未停止过维修和保护。布达拉宫管理处副处长觉丹告诉我们。

布达拉宫管理处副处长觉丹：这个是建国以后，根据《国家文物修缮法》的要求，修旧如旧的原则，我们只是修旧，没给它增加任何东西，只是坏了一个椽子木，我们更换一下；坏了一块阿嘎土，我们把那个修补一下。

女主持人：刚才提到的阿嘎土是西藏特有的材料，布达拉宫的地面都是用它来铺成的,其保养也相当的精心。

拉八布赤:它是西藏特有的一种材料,叫阿嘎石。把它砸碎以后,再加水夯打出来的,边唱歌,边劳动。

女主持人:大昭寺与布达拉宫遥相呼应,距今也已经有1300多年的历史。大昭寺在藏传佛教中拥有至高无上的地位。2000年11月,大昭寺作为布达拉宫的扩展项目,被批准列入世界遗产名录,讲解员多布杰在向我们介绍大昭寺。

多布杰:大昭寺就是我们藏传佛教的发源地,所以先有大昭寺,后有藏传佛教和今天拉萨这座城市。我们本地人讲,您到了这座城市以后,没有进大昭寺,您就等于没来到西藏拉萨这个地方。

女主持人:大昭寺管委会副书记边巴告诉我们。

大昭寺管委会副书记边巴:作为藏传佛教的中心和圣地,咱们大昭寺供奉的诸尊佛就叫十二岁等身像,就是佛祖的等身像,至今已经有2500多年的历史。

女主持人:在拉萨,藏族人也喜欢将大昭寺附近一带称为拉萨。藏文意思是佛地。大昭寺清晨,每一天的日子总是被诵经声翻开,岁月在五色帆、风马旗之间流动,叩十万个等身长头,更是许多藏胞一生的夙愿。

男主持人:每年的7月到10月都是咱们西藏的旅游旺季,众多的国内外游客会选择进藏旅游。走在拉萨的大街小巷,总能够看到游客们三三两两的身影,或者和兄弟姐妹们一起,或者和自己的爱人一起,畅游圣地拉萨,感受这里丰富多彩的民风民俗和缓慢惬意的生活节奏。

女主持人:是。给我印象特别深刻的是,在拉萨的八廓街里,或者在拉萨的大街小巷里,都能看到艳丽的女游客们,头上扎着具有藏民族特色的五彩辫子,也成为拉萨街头的一道道流动的风景。

男主持人:说到这个五彩辫子,我往你头上看了一下。

女主持人：做完直播我会去的。

男主持人：对，应该去扎上这样一个非常有民族特色的一个装饰。可能雅雯的观察也是非常细致的，其实有很多这种民俗文化在拉萨，不仅得到了很好的保留、保护，而且还有更多更为广泛的这种传播和发展。比如说像我们现在在街头看到的，在雪顿节期间也看到的这种新式的藏服，将传统的藏族服饰融入了流行的元素，使传统的服饰有了很多的现代感和世界风，我个人是非常喜欢的。说到文化的传承，8月12日，2014年中国西藏发展论坛在拉萨开幕了，分议题之一的西藏文化的传承与保护受到了各界的关注。会议中透露了目前的拉萨共有非物质文化遗产项目76项，其中国家级非物质文化遗代表作20项，自治区非遗代表作31项，非遗传承人达到了80人。

女主持人：有关于西藏的非物质文化遗产，我想很多人第一时间就会想到藏戏。在拉萨，这项非遗项目发展得如何，我们之前到了觉木隆藏戏的发源地。

西藏第三届藏戏大赛暨藏戏展演于雪顿节期间在拉萨罗布林卡展开，共有来自拉萨等三地市的七支优秀藏戏队，共200多名民间藏戏艺人参赛。没有幕布，没有灯光，没有道具，只有一鼓一钵为伴奏。演员说着，跳着，在面具下演绎着各种故事，这就是藏戏。

在拉萨，说到藏戏，很多人都会想到觉木隆，拉萨市堆龙德庆县乃琼镇甲热村便是觉木隆藏戏的发源地，自古就因藏戏而闻名遐迩。在甲热村，百姓对于觉木隆藏戏的热情和喜爱，远远超乎了我们的想象。

年近八十高龄的仓决老人是一名藏戏演员，虽然老人现在已经不参加演出了，但是他的孙子多吉继承了事业，在觉木隆藏戏队当了一名藏戏演员，而这让老人十分欣慰。

仓决：藏戏的历史很悠久，是一辈辈传下来的。我的老师把这门艺术传给了我，我也要继续往下传，让更多的年轻人了解藏戏，爱好藏戏，参与藏戏。

仓决老人的孙子多吉五官清秀，打扮时髦，只看外表，你很难把他和传统的藏戏联系起来。作为年轻人，他又是如何看待藏戏的呢？

多吉：小时候奶奶经常带我去看他们彩排，还有很多人到家里找奶奶学习传统藏腔。奶奶对藏戏的感情和执着也深深地印在我的心里，耳濡目染，我也爱上了藏戏的表演。现在藏戏成了我的工作，也是我生活的一部分。我会用我的行动继承这样的优秀民族文化，我今后还要让更多的人了解它。

如此良好的群众基础，还有政府大力的保护和扶持，使觉木隆藏戏队名扬四海，更让他们充满了信心和希望。西藏民族艺术研究所研究员丹增次仁。

丹增次仁：我们最担心的就是藏戏，一个戏剧艺术难度比较大，说、唱、武、打都有。那么，现在非遗工作以来，对文化的保护、传承、申报的积极性是相当高。

女主持人：觉嘎博士，目前我们拉萨有多少非物质文化遗产项目呢？

觉嘎：拉萨的文化资源极其丰富，无论是辖区的农村牧区，还是城市的街头巷尾，到处都是文化的宝藏。拉萨有作为世界非物质文化遗产的藏族传统戏剧阿吉拉姆，包括城郊的觉木隆戏班，还有城区的娘惹戏班等等，有著名的唐卡流派，以及藏族传统的矿物质颜料的制作技艺。拉萨还有歌舞艺术，还有民间文学、藏医藏药、传统工艺、建筑艺术、节庆典礼、风俗习惯等等，可以说是涉及到了文化的方方面面。拉萨市非常重视这些非物质文化遗产的保护与传承，尤其重视文化生态的保护。就以这个雪顿节为例，保留这个展佛仪式，保留藏戏表演，尽情享用酸奶等等习俗，就是文化生态的一种保护。文化生态的保护，对遗产来讲，是非常重要的。所以，保护和传承，就以旅游的角度讲的话，这也是一个具有回头率的举措吧。目前拉萨市正在申报拉萨河流域的文化生态保护区，这是一个非常重要的文化生态保护的工程，值得期待。

男主持人：其实在拉萨，不仅非遗文化得到了良好的传承与保护，公益文化事业也得到了积极的发展。推进文化、科技、卫生三下乡和科教、文体、法律、卫生四进社区，实现了县有综合文化活动中心、新华书店、民间艺术团，乡有综合文化站，村有文化活动室、农家书屋、电影放映等。

女主持人：是。现如今，拉萨市民在群艺馆和博物馆等地经常可以看到各种展览，西藏图书馆经常会在周末组织与藏文化相关的各种讲座，这些活动不仅丰富了市民的文化生活，更为发展西藏特色文化提供了有利的平台。接下来想请教一下张市长，我们拉萨市在推进公益文化事业发展方面都做了哪些工作？

张延清：近年来，拉萨深入实施文化兴市战略，以文化便民，文化亲民，文化乐民，文化育民，文化富民为抓手，以培育和践行社会主义核心价值观为根本任务，以满足人民群众日益增长的精神文化需求为根本出发点和落脚点，着力提升社会主义核心价值的引领，意识形态领域的战斗力、公共文化服务的辐射力、社会主义精神文化产品的供给力、特色文化产业的竞争力，全市文化事业呈现出整体推进、蓬勃发展的良好态势。

下篇：古城新颜　幸福拉萨

尼玛是太阳，达娃是月亮，嘎玛是星星，嘉措是大海，扎西德勒，我祝福您。

它是见证西藏历史进程的千年古城，它是令世界游客心向往之的魅力之城，它是结出新西藏发展成果的圣洁之城。

女主持人：听众朋友，大家好，您现在收听的是由中央人民广播电台华夏之声、香港之声、香港电台普通话台携手内地及港澳35家电台联合推出的大型直播节目《城市新跨越》。我们这一站来到了日光之城拉萨，大家好，我是中央台主持人雅雯。

男主持人：大家好，我是西藏台主持人伊翔。我们在雪域高原，在圣地拉萨向您问好。《城市新跨越——高原明珠　格桑花开》，我们走进下篇《古城新颜　幸福拉萨》，一起感受幸福拉萨，古城新颜。刚刚这段旋律，我想大家一定不陌生，一条神奇的天路，把祖国的温暖送到边疆。在1954年12月25日的时候，全长4360公里的川藏、青藏公路同时通车，从此西藏和祖国内地紧紧相连，结束了西藏没有公路的历史。如今60年过去了，这两条公路仍然是交通运输的要道，越来越多的人开始走上川藏青藏线。

女主持人：是的，雅鲁藏布江阻不断西藏与外界的联系，川藏公路和青藏公路的相继建成，与青藏铁路的全线通车，书写了交通运输史上的奇迹。一曲《天路》火遍了大江南北，就连咿呀学语的小孩也能哼上两句。今天《天路》的歌声继续穿越世界屋脊，传唱到了日喀则。在这几天的采访中，为我们开车的藏族大哥不止一次地提到刚刚开通的拉日铁路，甚至专程带我们去看了车站。那种骄傲和幸福是不需要言语，你就能真切感受到的。

男主持人：非常羡慕。是的，今年8月16日的时候，拉日铁路首趟客车从拉萨火车站出发，这就意味着青藏铁路的首条延伸线拉日铁路正式通车运营了，拉萨到珠峰之间，实现了一日通达。

记者：为了确保拉萨至日喀则首趟列车的顺利运行，拉萨火车站在进站通道和候车区域设置了专区。拉萨火车站副站长赵海林介绍，首列的上座率达到了99%。

赵海林：拉萨至日喀则的9821次旅客列车，这趟旅客列车从8月16日开始，每天开行。从当前的售票情况来看，上座率达到了99%。

记者：拉日铁路的运行使拉萨到日喀则的旅行时间由公路运输的6小时缩短为铁路运输的2小时59分钟，成为很多旅客去日喀则的首选。

拉萨市民次仁卓嘎：平常只有双休日才有假，过去远一点的地方哪儿都去不了，现在三个小时就到日喀则，就带家人来了，可以玩一玩，明天晚上再回拉萨。

记者：拉日铁路全长253公里，最高运营时速120公里，年货运量可达830万吨以上，是西藏铁路重要干线，它的开通运营将改变西藏西南部地区单一依靠公路运输的局面，对改善沿线各族人民出行条件，推动西藏经济社会发展起到巨大的作用。

男主持人：拉日铁路是连接西藏自治区首府拉萨市和西藏第二大城市日喀则市的重要干线，也是世界上海拔最高、难度最大的青藏铁路的延伸线。除了高寒缺氧等青藏铁路建设固有的困难之外，还面临着地热温度最高、内燃机车牵引隧道最长、高海拔风沙治理等三项世界性的难题，也被认为是天路中最难的一段了。

女主持人：是的，说到这一条条天路的作用，在今年的8月6日，中共中央总书记、国家主席、中央军委主席习近平就川藏、青藏公路通车60周年做出重要批示，要求进一步弘扬两路精神，助推西藏发展。接下来想请教一下张市长，您觉得60年来川藏青藏线路开通，以及青藏铁路的通车，给拉萨带来了哪些变化呢？

张延清：好的。1954年建成通车的青藏、川藏公路，改写了拉萨公路零公里的历史，改变了拉萨人民出行靠双腿，运输靠人背、畜驮的落后局面。拉萨与内地的紧密联系有了基础的保障，内地的物资、食品等，源源不断地运送到拉萨，为拉萨经济社会发展提供了坚实的基础。2006年青藏铁路的建成通车，又在这一基础上大幅度地提高了拉萨进出物资的运输能力，人民生活必需品、生产资料的调入，农畜产品、矿产资源、特色产品的输出，都变得更加的便捷。不仅提高了人民群众的生活水平和生产效率，更促进了拉萨高原特色产品的开发、矿产资源的有序利用、旅游产业的迅猛发展，加快了拉萨由初级生产向商品化生产的转型，从根本上提升了拉萨自我发展的能力，使拉萨经济从被动型、输血型逐步向市场型、造血型转变，进而掀起了全面建成小康社会的建设热潮。总之，随着交通条件的日趋改善和完善，拉萨的投资环境、旅游环境、发展环境都有了很大的改善，各族人民的生活水平日益提高。一、二、三产，尤其是旅游业空前发展，应该说川藏青藏线的开通以及青藏铁路的通车和拉日铁路的通车，对拉萨实现人民群众安居乐业，促进人民团结，保持社会稳定，保障生态环境等发挥了里程碑式的巨大作用。

女主持人：拉日铁路的通车将会给拉萨带来哪些影响？或者给拉萨的发展又会提供哪些新的机会呢？

张延清：拉日铁路建成通车以后，将极大地发挥青藏铁路的强大辐射作用，有效地改善拉萨与日喀则、阿里等地区的交通运输环境，加强拉萨与日喀则之间的经济贸易往来，促使沿线经济融入更广阔的发展空间，推动沿线工业化、城镇化的进程，促进沿线农民的就业，不断地推进物流业的繁荣和发展，为口岸经济打开宽广的贸易通道。对于发挥拉萨首府城市的作用，改善拉萨、日喀则以及阿里地区的投资环境，促进三地市经济发展具有重要的意义和作用。同时，拉萨至日喀则市是热门的旅游路线，随着拉日铁路的建成通车，将极大地缓解318国道拉萨至日喀则段的交通压力，为全区各族人民和国内外游客出行提供更多的便利条件。

女主持人：好的。

男主持人：看来朋友请我到日喀则吃饭，我早上去，吃顿中午饭，下午就可以回来了，一日通达。

女主持人：对，这就是便利。

男主持人：非常感谢张市长。说到发展，往往数字最有说服力，根据最新的数字，今年上半年，拉萨市经济，过坎爬坡，稳中求进，上半年全市实现了生产总值同比增长10.3%。

女主持人：提起拉萨，人们都会想到清洁的空气，无污染的水。作为一个从外地来到拉萨的人，我能够感受到在拉萨这个发展经济的同时，对环境的保护。比如我们驱车沿拉萨河南岸行驶，看到遍地的葱绿。但是我听说就在两年前，这里还是山石裸露，一片灰黄。这一切的变化，都要得益于拉萨南山造林试点工程。再比如说，同样的一幕还发生在拉鲁湿地。

男主持人：对，说到拉鲁湿地，作为中国海拔最高，面积最大的城市天然湿地，拉鲁湿地被誉为拉萨之肺。然而在过去的很多年里，由于建筑、捕捞以及附近居民随意丢弃生活垃圾等原因，拉鲁湿地的生态一度遭到了很大的破坏。为了重新提升拉鲁湿地的生态质量，2013年拉萨市政府下规定拉鲁湿地周边20千米范围内属于拉鲁湿地的缓冲区，同时生态定点监测站、气象观测站、水温水质观测点、关键物种检测点等齐上阵，在绿色发展、生态发展，拉萨西藏都取得了怎么样的成绩呢？请听记者的采访。

中央台记者孙阳：拉鲁湿地是世界上海拔最高，面积最大的城市天然湿地，素有拉萨之肺的美称。为有效保护这片天然的氧吧，西藏自治区党委、政府专门启动了拉鲁湿地保护工程。

拉鲁湿地自然保护区管理站工作人员：到现在为止，植被已经占据了实际核心区域的50%以上，水覆盖面也占了百分之五六十。在这边过冬的候鸟达到了三千多只。

孙阳：多年来，国家高度重视西藏生态环境的保护和建设，125种野生脊椎动物被列为国家重点保护野生动物之列，建立47个各级各类自然保护区，面积在全国处于首位。仅十一五期间，用于西藏生态环境保护和建设的资金已经超过一百亿元。

在保护生态环境的同时，西藏自治区从2011年还实施了草原生态奖励补助机制，实现了生态安全与社会稳定的双赢。

西藏自治区农牧厅畜牧草原水产处处长蔡斌：通过检修之后，草原生态不断地修复、恢复，而且我们草地植被的覆盖度也在提高，应该说生态效益非常明显。

孙阳：目前西藏已经形成了一套较为完善的管理激励办法，具体包括进牧补助、草原平衡奖励、牧草良种补助以及牧民生产资料补贴等，在全区基本实现草畜平衡的同时，一定程度上也提高了农牧民的收入。

蔡斌：平均到每一个农牧民身上，大概人均要增收840元。我们去年农牧民收入中，应该是占到12%的份额，所以对农牧民增收也意义非常重大。特别是对我们藏北，那曲、阿里和日喀则的部分县，增收非常明显，因为他们是我们西藏草原的主体，人均占有草原面积也大。像我们阿里，人均拿到4000块钱。还有很多人均拿到限高的标准，5000块钱。

孙阳：而良好的自然环境也促成了西藏自治区旅游业的飞速发展。记者从西藏拉萨市城关区政府了解到，今年1到6月份，拉萨市城关区旅游市场表现活跃，旅游接待量大幅增长。截止到目前，拉萨市城关区累计接待游客达到130万人次，同比增长31.19%，实现旅游收入5.83亿元，同比增长10%。

北京游客张先生：到西藏吧，我们觉得雅鲁藏布江大峡谷挺美的，出入都像画一样。

孙阳：冲赛康驻藏大臣衙门的讲解员田红艳也激动地说。

田红艳：冲赛康驻藏大臣衙门从开馆以来，日接待游客量比较多，日均接待量估计在3000人次左右。

孙阳：统计显示，2013年，西藏累计接待国内外游客1291万人次，同比增长22%，创历史新高。在西藏不断打造绿色经济的发展之路上，一个传统与现代交相辉映，经济与环境和谐发展的新西藏，正展现在人们面前。在8月12日开幕的中国西藏发展论坛上，西藏自治区党委常委、宣传部部长董云虎表示。

董云虎：西藏的发展离不开走上一条正确的道路，离不开中央政府的支持和全国人民的帮助，离不开西藏各族人民的团结奋斗，离不开对外开放。如今西藏各族人民正与全国人民一道，为实现中华民族伟大复兴的中国梦而努力奋斗。西藏的明天会更加美好。

男主持人：在经济快速发展的同时，咱们西藏仍然是世界上环境质量最好的地区之一，最新环境公报显示，西藏的大气和水基本上没有受到污染的，生态环境质量远远高于全国平均水平。旅游圣地纳木错空气质量洁净度接近南极。

女主持人：就像直播开始的时候，香港电台的主持人陈曦所提到的，拉萨如何做到在经济发展与保护环境之间找到平衡，我想这真的是很多人非常关注，也很好奇。请问一下张市长，拉萨是怎样做到这一点的呢？

张延清：绿水青山就是金山银山，拉萨地处高海拔地区，气候恶劣、生态脆弱，这决定了我们在发展经济的同时，必须着力地保护，决定了拉萨经济发展必须走可持续发展的道路。为了更好保护我市生态环境，建设资源节约，环境友好型社会，解决环境保护与经济发展之间的矛盾，拉萨市委、市政府审时度势、顺势而为，提出了以环境立市为首的五大发展战略。我们在经济发展过程中，坚持以生态环境为底线，努力构建环境效益与经济效益兼顾的产业体系，寻求建立符合现代社会要求的自然产品、再生资源的循环经济模式。经过深入地调查研究，立足于拉萨优良的生态环境，我们提出了重点发展净土健康产业的思路，倡导清洁生产，以生态农业、有机农业和生态工艺、生态旅游业为主要形式，促进原料、能源的循环利用，表现出了良好的经济效益和生产效益，实现了经济增长和环境保护的双重目标。

女主持人：好的，感谢张市长。

在路的尽头，在云的深处，有一座耀眼的日光城。

遥远的净土，心中的圣地，那是格桑花开的故乡。

纯净、欢乐、幸福、祥和，斟上青稞酒，奉上酥油茶，祥和幸福城，格桑花绽放。

诉说天边的故事，吟唱拉萨的传奇。

女主持人：听众朋友，大家好。您现在收听的是由中央人民广播电台华夏之声、香港之声、香港电台普通话台，携手内地及港澳35家电台联合推出的大型直播节目《城市新跨越》。我们这一站来到日光之城拉萨。大家好，我是中央台主持人雅雯。

男主持人：大家好，我是西藏台主持人伊翔，我们在雪域高原，在圣地拉萨，向您问好。

女主持人：时光冉冉，拉萨这座日光之城如今多了一个幸福城的美名，连续多年被评为"百姓幸福感最强的城市"，种种荣誉的背后，凝聚了各省市援藏的成果。

男主持人：二十年前，中央做出了对口援藏，分片负责，定期轮换重大决策部署。此后的日子里，从中央各部委、中央骨干企业，到各对口援藏省市的援藏工作不断向纵深推进。

女主持人：西藏平均海拔四千米以上，氧气含量不到平原一半，对来自平原地区的大部分援藏干部而言，要经受高海拔的考验，但是在他们的心中，有着同一个梦想，为了西藏的发展和进步，贡献自己的一份力量。

男主持人：接下来我们就一起探索那些感人的故事，走进援藏人的内心世界。

由北京市对口支援拉萨市的重要文化创意工程，西藏牦牛博物馆不久前正式开馆。西藏牦牛博物馆馆长吴雨初表示，这是中国乃至世界上第一座以牦牛为主题的国家级专题博物馆。

吴雨初：藏族人驯化牦牛，大概是在距今3500年到4500年前。我们博物馆这些藏品中，大约有40%是人民群众，特别是基层农牧民无偿的捐赠，藏族驯养牦牛，牦牛养育了藏族。

吴雨初现任北京援藏指挥部副总指挥，为了收集牦牛馆的藏品，他走遍了西藏的山山水水。他表示，牦牛博物馆的建成，将更好地促进西藏地域文化和民族文化的保护。

吴雨初：牦牛几千年来和藏族人民相伴相随，这座牦牛博物馆不是一座动物博物馆，而是牦牛身上所承载的西藏的历史和文化。

1994年，中央召开第三次西藏工作座谈会，做出分片负责、对口支援、定期轮换的战略决策。二十年来，全国有十七个省市、十七家中央企业以及中央国家部委，倾情对口支援西藏。对口援藏二十年来，先后七批次，选派六千多名优秀干部人才进藏工作，投入援藏资金260亿元，知识援藏项目七千多个。

北京援藏指挥部总指挥马新民：光十二五期间就多拿了7个多亿，以干部援藏和项目援藏为主。项目建设当中，我们就围绕老百姓的需求，向基层，向农牧民，向民生倾斜。每一个人都在当地有自己的一些分工，主要起到一个传帮带的作用，发挥好桥梁纽带的作用。

援藏二十年来，各援藏中央国家机关、企业和省市，从西藏经济社会发展实际需要出发，采取多种形式积极参与西藏建设。西藏藏药厂、华新水泥、波密县天麻培育基地等一大批生产型企业快速成长。达孜县工业园、曲水县工业园、白朗县农业科技示范园等一批园区蓬勃兴起。援藏正从单纯的项目建设、投钱疏解向培植财源、增强造血功能转变。

女主持人：在西藏的蓝天下，在高原的厚土中，援藏干部说，一次援藏，终身难忘，一次援藏，终身援藏。想问一下张市长，援藏二十年，拉萨都产生了那些变化呢？

张延清：好的。对口援藏二十年，北京、江苏两省市先后选派了820余名援藏干部和专业技术人才，从项目、资金、人才、科技、治理、文化等多方面，全方位无私援助拉萨建设，形成了以援藏干部为龙头，项目援助为重点，资金援助为保障的援藏工作格局。据统计，北京市共投入援藏资金28亿元，实施了五大类，二百多个项目。江苏省累计投入援助资金27.6亿元，实施五十万元以上的对口支援项目786个，通过援藏资金和项目，向民生领域倾斜。实施了新农村建设、农牧民安居工程、城乡基础设施、各项社会事业等一大批民生事业，使全市各族人民群众的生产生活条件明显改善，取得了显著的社会效益，也使拉萨人民切实感受到了党中央、国务院的深切关怀，切实感受到了祖国大家庭的温暖和北京、江苏两省市人民的深情厚谊。总之，二十年的援藏工作，极大地推动了拉萨市改革发展稳定各项事业，增进了民族团结，促进了社会和谐发展，各族群众幸福感不断地提升，让拉萨这片古老而神奇的土地焕发出蓬勃的生机，也激发起各族儿女建设社会主义新拉萨的强大的正能量。

女主持人：好的，非常感谢张市长。在采访的过程中我们听到了这样的话，援藏干部们说，二十年，雪域高原是他们的第二故乡。西藏各族人民说，援藏干部是他们最亲的家人。

男主持人：在拉萨生活着以汉族为主体，包括汉、回、蒙、门巴、珞巴在内的三十多个民族，而且宗教教派多，信教群众多，又是其他地区信教群众向往的地方，也是藏族文化与其他民族多元文化交流和汇聚的中心。

女主持人：作为我国边疆重要城市和西藏自治区首府的拉萨，具有特殊而重要的战略地位。同时，在维护社会稳定和民族团结方面，也发挥着首府城市的领头羊作用。

尼玛是太阳，达娃是月亮，嘎玛是星星，嘉措是大海，扎西德勒，我祝福您。

它是见证西藏历史进程的千年古城，它是令世界游客心知向往的魅力之城，它是结出新西藏发展成果的圣洁之城。

女主持人：一个小时的时间，我们感受了拉萨经济的发展，社会的进步，人们生活的幸福，我们还感受到那份和谐、关爱与团结。正如拉萨的天空一样，如此的纯净。

男主持人：是的。在节目直播的一个小时时间里，还是有很多朋友通过微信和短信等参与到节目互动当中来，我们抓紧时间来看一下短信平台。

女主持人：好。我们看到在短信平台上，手机尾号是1609的朋友说，我和老婆是今年8月20日结婚的，我们一直非常向往拉萨，所以把这里作为我们的蜜月旅行之地。拉萨没有让我们失望，非常开心。另外一位叫"在路上"的朋友在微信公众平台发了一首诗，很有水平，也很美，我们来看看：云做哈达花为帆，天母悄撒碧玉盘，前世共商朝圣事，笑走天路今梦圆。

男主持人：有才。再来看一下短信平台，手机尾号为6324的朋友说，他是从四川来到拉萨的，如今十多年过去，在这里安家立业了，也爱上了拉萨。拉萨，扎西德勒。

　　女主持人：我们说拉萨真的是一座见证西藏历史进程的千年古城，是一座令世界游客向往的魅力之城，更是一座见证新西藏发展成果的圣洁之城。

　　男主持人：雪山捧起洁白的哈达，迎接四海宾客。草原敞开绿色的胸怀，歌唱幸福吉祥。雪域圣地，高原明珠拉萨，欢迎您的到来。

渤海明珠城　大美秦皇岛

中央人民广播电台主持人阳光（男）：中央人民广播电台华夏之声、香港之声，秦皇岛人民广播电台。

秦皇岛人民广播电台主持人闫丽（女）：秦皇岛人民广播电台，中央人民广播电台华夏之声、香港之声。

男主持人：听众朋友，大家好！我是中央台主持人阳光。您现在收听的是由中央人民广播电台华夏之声、香港之声，香港电台普通话台携手内地及港澳45家电台联合推出的大型直播节目《城市新跨越》。今天我们来到了河北省秦皇岛市。

女主持人：大家好，我是秦皇岛人民广播电台主持人闫丽。欢迎大家来到河北秦皇岛，我们在此向内地听众和港澳听众问好。

男主持人：在直播间里，我们有幸邀请到秦皇岛市常务副市长马宇骏和燕山大学管理学院教授逯宝锋和我们一起为您讲述秦皇岛的历史与今天，文化与发展。我们欢迎二位嘉宾来到直播间。

秦皇岛市常务副市长马宇骏：听众朋友们，大家好！很高兴能通过中央人民广播电台、香港电台和秦皇岛人民广播电台向您介绍秦皇岛，宣传秦皇岛，在这里我代表秦皇岛市委、市政府和300万全市人民向您表示诚挚的问候和真诚的谢意，感谢大家对我们秦皇岛的支持和关注！有机会向大家介绍秦皇岛的经济社会发展，描绘秦皇岛的美丽风光是我们的荣幸，同时我也倍感压力巨大，我将和在座的主持人和逯老师一起，认真做好今天的直播工作，力争做好听众朋友的导游，使您更多地了解秦皇岛，更快地走进秦皇岛，更加发自内心地喜欢秦皇岛。

燕山大学管理学院教授逯宝锋：大家好！非常荣幸能够参与此次直播，我在秦皇岛做教师，对这个城市非常熟悉，也很有感情，这是一座生态优美、文化厚重的城市，也是一座加快发展的城市。我愿意将我对这所城市的了解与各位听众共享，也让更多的朋友可以通过电波感受秦皇岛的美好。

女主持人：欢迎两位嘉宾。首先请马市长向我们的听众朋友具体描述一下秦皇岛。

马宇骏：秦皇岛位于河北东北部，是国家历史文化名城、河北省唯一的零距离滨海城市，素有"长城海滨公园"、"京津花园"的美誉。全市陆域面积7812平方公里，海域面积1805平方公里，总人口306万。秦皇岛北依燕山，南临渤海，与河北的承德市、唐山市和辽宁的葫芦岛市接壤。秦皇岛有以下四个特点：一是浪漫的海岸。我市有162.7公里的海岸线，且全部为沙质岸线，我们经常用八个字来形容沙滩和浴场的质量，那就是"沙细滩缓，水清潮平"，非常适合游泳和戏水。二是优良的生态。全市森林覆盖率达到了45%，PM2.5平均浓度为每立方米65克，优良天数达到了239天，空气中负氧离子的含量平均在1000以上，最高可以过万。这些指标在北方城市都非常好，非常少见。也就是说，你同样呼吸一口空气，在秦皇岛会给您更多的养分和精华。三是悠久的历史。秦皇岛是中国唯一一个以皇帝名号命名的城市，在9个朝代中有28位皇帝到此巡幸驻跸，260里古长城横亘全境，是整个明长城建筑等级最高、保护效果最好的地段之一。四是优越的生活。去年，央视《中国经济生活大调查》的结果显示，秦皇岛名列中国最幸福城市20强，在地级城市中排名第一。在秦皇岛生活，幸福指数很高啊。

男主持人：的确是这样，马市长介绍得非常到位。四个点把秦皇岛概括得非常全面。

女主持人：谢谢马市长的介绍。下面我们一起走进历史文化名城——秦皇岛。

上篇　历史文化

沧海桑田托碣石，雄伟壮丽山海关。

一朝步入书画卷，一日梦回千百年。

女主持人：好一句"一日梦回千百年"。秦皇岛是一座历史悠久的文化古城，有一个地方大家肯定不会陌生，那就是号称"天下第一关"的山海关。它气势雄伟，历史上许多大事都在这里发生。大家到了秦皇岛，第一站都会去山海关。

战争已然远去，今天的天下第一关山海关在如织的游人面前少了凛然的朔气，而多了历史的浓厚。而当人们站在雄关之下抬头仰望，"天下第一关"五个大字依旧肃穆端然。山海关古城景区管理处副主任马维玲：通过"天下第一关"这个门洞，咱们就到了瓮城，这是一个外瓮城，它的周长是317米，它有两个城门，南面一个城门，西面一个城门，如果攻破之后，这个城门卡死，这个城门可以打开，把敌人引进来。往前看，蓝顶子的上面有一个平台，那就是威远城。当年吴三桂就是在那儿跪拜的清摄政王多尔衮，打开山海关大门，引清兵入关，三个朝代更迭，明朝灭亡，李自成失败，清朝入主中原。

山海关是明长城的重要关口，在山脉之间蜿蜒穿梭的长城就像是中华民族龙图腾的山河印记。而明长城的起点也恰恰有了和龙有关的名字——老龙头。山海关旅游局导游于淼：这是我国唯一的一个建在海中的长城，这是明万历七年的时候，戚继光将军派吴惟忠增筑的。为什么要增筑这段长城呢？也是有一个小典故：当时他们的小士兵发现蒙古骑兵可以从海上进犯，山海关的海有一个特点就是冬天的时候有40天是结冰的，蒙古骑兵就会利用这个冰面走过来进犯老龙头，过了老龙头就是关里嘛，发现了这个弊端就增筑了长城。长城那里有个台，站在那里就可以观望敌情，一眼就可以发现是不是有敌情，是不是有敌兵从冰上过来了。

男主持人：通过这个报道我们了解到秦皇岛历史悠久，但是她的历史起点坐标实际上更久远，我们请逯教授介绍一下"秦皇岛"这个名字的由来，很多听众听到这个名字的第一反应是——难道和秦始皇有关吗？

逯宝锋：还真是有关系。据《史记·秦始皇本纪》记载，公元前215年，秦始皇第四次东巡，"之碣石，使燕人卢生，求羡门、高誓"。羡门、高誓就是传说中居住在海中仙山上的两位神仙，手里有长生不老的仙药，当然故事的结局大家都知道。当他来到苍茫的海边之后，他其实并不只是在追求自己的长生不老，他在想江山的永固。四顾望去的时候，当时农耕民族最大的威胁来自中国北方，于是他派大将蒙恬率军50万北击匈奴，收复河套地区，并且在这里修建了长城。包括把原来燕赵秦的长城拆联重建，加固了北部的防御体系以后，他就完成了西起甘肃临洮，东到辽东的中国历史上第一次真正的万里长城。据明嘉靖十四年的《山海关志》记载，秦皇岛这个城市的得名就是因为秦始皇驻跸于此而得来的。在以我们秦皇岛为中心的广大地域里面发现了多处秦皇行宫遗址，这是始皇东巡到碣石地区的历史明证。现在的秦皇岛市还有一个地方叫"求仙入海处"景区，每到农历五月初五，秦皇岛人都会遵循古老民俗，来这里参加望海大会，祈求祝福。

　　男主持人：嗯，原来秦皇岛的起源真的和秦始皇有关，但秦皇岛的历史其实比这更加久远吧？

　　逯宝锋：我不是这方面绝对的专家，但是我看过专家们的资料，如果追溯秦皇岛的人类史，应该说有50万到100万年左右，单就秦皇岛市的文明史而言，至少可以追溯到公元前17世纪，当时这里是商朝的重要方国孤竹国统治的核心区域，也就是今天秦皇岛市的卢龙县。著名的孤竹国"贤人"伯夷、叔齐，就诞生在这里。今天，在秦皇岛市卢龙县六音山中，还存有"夷齐读书处"的遗迹。与此相关的"老马识途"成语故事，也发生在卢龙县境内。之后的千百年里，历代帝王文人都曾到此游历，留下墨宝无数，尤以曹操的那首《观沧海》流传最广。

　　女主持人：这首曹操的《观沧海》相信很多人都非常熟悉。我的搭档阳光还专门去了碣石山，感受了一番当年曹操"东临碣石，以观沧海"的豪迈。

　　男主持人：当我真的登上了碣石山，面朝着大海方向的时候，视野开阔，天地景色非常壮丽。我可以体会到当年曹孟德的意气风发。我想请问一下逯教授，秦皇岛作为一座历史名城，还有哪些历史人物与这里有缘？

　　逯宝锋：今天大家在秦皇岛这个城市感受到的是安静、平和的生活，而历史上这个地区真的是典型的兵家必争之地。从秦始皇到汉武帝，从魏武帝曹操到唐太宗李世民都曾经来过这里。尤其是唐太宗李世民东征高丽的时候，往返经过此地，并且派兵驻守，至于后来的宋辽交兵、宋金交兵也是在这片土地上发生的，明朝开国元勋徐达发兵数万在这里建关设卫，才有了天下第一关"山海关"。明末的时候袁崇焕，他的籍贯是广东东莞，他是来自珠三角的一位历史名人。他从这里出关镇守辽东，挽狂澜于既倒，扶大明王朝之大厦于将倾。当然也是在这里，吴三桂，开关，请清军入关，击退了李自成，血染大石河。在这里明、大顺还有清这三个王朝政权更迭，至于说后来的清朝康熙、雍正、乾隆、嘉庆、道光五位皇帝，先后十一次来到过我们秦皇岛。

男主持人：这个次数就能体现出秦皇岛的重要性。经过逯教授这么一讲，我们发现秦皇岛的确是一个充满了历史印记的城市。

马宇骏：谈到秦皇岛的影响力就不能不说说北戴河。很多人知道北戴河，但是不知道秦皇岛，很多人还认为北戴河管辖着秦皇岛，其实北戴河只是秦皇岛的一个城区，但是就是这个只有7万常住人口的城区，却开创了中国许多的先河。北戴河是中国旅游业的摇篮，清光绪二十四年，也就是公元1898年，清政府正式批准北戴河海滨为各国人士的避暑地，允许中外人士杂居，于是就开创了北戴河海滨成为中国历史上第一个由国家确定的各国人士的避暑地，北戴河海滨避暑区的早期开发也奠定了在中国近代旅游史上的显赫地位。1912年到1934年的20多年间，在这里避暑的外国人最多的时候有64个国籍，修建了700多栋老别墅，为后人留下了一个蔚为壮观的世界建筑博物馆，同时也诞生了很多第一。比如说20世纪初，中国第一张旅游张贴画就出自这里，那就是《仕女骑驴图》，不知道阳光见没见过？

男主持人：这个我下了节目之后再去看看。

马宇骏：这个在秦皇岛的很多景点你都会看到这张图。1917年，中国第一条旅游铁路专线——秦皇岛火车站至海滨铁路支线开通运营。1925年，北平，也就是北京与秦皇岛海滨之间还专门开辟了中国第一条空中旅游航线。1925年，出版了一本叫《秦皇岛海滨志略》，这是中国现在保存最早的旅游导游书，这本书你可以去我们地方志馆中去看看。1936年，中国第一个19洞的高尔夫球场在北戴河建成。新中国成立后，秦皇岛被确立为英雄人物还有劳动模范人物以及外国专家的休疗区。20世纪50年代起，党和国家领导人到这来办公，特别是1954年8月，毛泽东主席在北戴河写下不朽诗篇《浪淘沙·北戴河》。

男主持人：听马市长讲了这么多，其实来到北戴河我听过一句话，他们这么说的："秦皇岛是河北的秦皇岛，北戴河是世界的北戴河。"

女主持人：刚才马市长给我们介绍了秦皇岛近代以来的许多个第一，都是响当当的大事。作为一个土生土长的秦皇岛人，我也向听众朋友推荐一个我们今年刚刚获得的一个小小的"全国之最"，那就是"全中国最孤独的图书馆"。

男主持人：你说的这个"最孤独的图书馆"来头可一点也不小，最近一段时间可是刷遍了微信朋友圈。在我们这次直播之前，甚至有香港听众特意问过我们这事，因为他们通过香港媒体了解之后，对这个图书馆非常感兴趣。

这是海边的一座灰色建筑，面朝大海，书香满屋。图书馆里分为三层，读者可以选择在任意一个位置坐下，拿起自己喜欢的书看上半天，外面是涛声拍岸，里面只有书页被偶尔翻动时的声音，很有意境。"我是天津到这旅游来的，就是之前在朋友圈看到这个消息就是说这个最孤独的图书馆，其实我个人是想找一段平静点的日子，就是人少一点，就是过来看书的。"

图书馆的建筑面积共450平方米，最核心的阅览室呈现阶梯状，上中下三层的人们都可以直接看见大海。临海的门可以全部打开，让海风拂面，听海浪声声。这里少见励志、鸡汤类书籍，大多是历史文化的内容，恐怕也只有在逃离都市喧嚣的这一刻才会踏实地捧起这样的书来细细阅读。孟老先生是这座图书馆的管理员，头发斑白的他已经退休。孟老先生曾经在北京大学图书管理系进修，他有图书管理经验，关键是他热爱这份工作："我们这个图书馆和别的图书馆不一样，书不是很多，大概是5000多册，不到6000册书。所以按照分类排架的方法不太适合到这来读书的读者,到这儿来的读者是休闲度假,随心所欲地看书。

这座不大的图书馆一夜爆红,从今年五一开馆到现在,已经有不少人慕名而来。这座图书馆的什么地方打动了人们呢?读者张梅:"图书馆不像菜市场、超市、商场那样热闹。它本身就很孤独,它也很静。这个图书馆所在的地方又很孤独。但是其实我觉得越是孤独的时候越是能体会出一个人的内心。"

男主持人:确实,读书的环境和氛围很重要。我们去到那个图书馆的时候,感觉自己浮躁的心很快就能静下来,因为环境特别的安静,抬头一看就是海天一色的风景。想问一下逯教授,您去过这家图书馆吗,您的感觉又是怎样的?

逯宝锋:其实特别想去,但是我知道它的承载力是非常有限的,所以我把品尝孤独的机会、比较早的尝鲜的机会留给更远的朋友们。在沙滩上建立的这个图书馆,他恰如一泓思想或者灵魂的清泉,吸引了很多爱读万卷书、更爱行万里路的朋友,读书才能真正地享受孤独。

男主持人:说得真好。

女主持人:谢谢逯教授的介绍。深厚的文化底蕴,加上优美舒适的自然环境和配套完善的基础设施,秦皇岛历来都是我国著名的旅游胜地。接下来,让我们一起来走进这座旅游名城。

中篇　魅力海滨　旅游名城

这里是休闲旅游名城。

这里是宜居疗养胜地。

碧海金沙、湿地林田，打造国际旅游仙境。

天然氧吧、民族风范，孕育渤海璀璨明珠。

女主持人：说起秦皇岛的旅游，我在这儿土生土长，可要给听众朋友好好当一回导游。我们秦皇岛境内汇集了大海、长城、沙滩、湖泊、青山、温泉、湿地等丰富的旅游资源。当然，最著名的要数那长达160多公里的海岸线。对了阳光，你来秦皇岛也有几天了，你去海边玩过吗？

男主持人：那是必须的。海水、沙滩、阳光、海风……到处都是美景，可谓人间仙境。就像大家说的，你去什么马尔代夫？来北戴河就够了。

女主持人：那说说你去哪玩儿了呢。

男主持人：我知道这里有一条全中国最长的亲海沙滩木栈道——秦皇岛万米木栈道，当时，我们就来到了金梦海湾，感受这里的碧海蓝天。我想请逯教授介绍一下这条有名的木栈道。

逯宝锋：我有一个设想，两位主持人，马市长，现在让我们一起来想象一下，比如说我们现在就站在这个木质的栈道之上，各位，你不要只看到了说那是1.17万米，其实背后有160多公里长的中国北方独一无二的沙质海岸线。好，我的第一个关键词叫色系，请大家想象，你走在这个栈道上蓝天、白云、金沙、绿树。第二个关键词，来看环境，请你想象微风、暖阳、鸥鸟、海浪，然后我们一种慢节奏的方式体会一种叫"人在画中、路在脚下、心无旁骛、情归自然"的感受。我知道你两位上班工作是非常有规律的，市长更忙。那这样好不好，我带着秦皇岛市民，向您发出邀请，我作为一个普通老百姓，邀马市长有机会陪我栈道散步可好？

马宇骏：当然好。

逯宝锋：好，说定了。

男主持人：我们有请马市长来介绍一下，这个栈道也是很有特点，您去过吗，感受怎么样？

马宇骏：我去过无数次。听到你们对海滨栈道赞赏有加，作为政府领导我觉得非常欣慰。海滨栈道对于市民来说是个民生工程，对于游客来说是个旅游的基础设施，要谈到栈道就必须要谈一谈海岸线的规划。其实秦皇岛市这几年在海岸线的规划上下了很多工夫。我们把海岸线按着纵向布局，分步布置了很多设施。其中木栈道就是一条亮丽的风景线，木栈道不仅为市民、游客提供了一个休闲散步、观赏大海的设施，同时更重要的是，它还起到了一个隔离功能分区的作用。阳光你可能注意到了，我们最近刚刚开业的国际著名的连锁五星级酒店——香格里拉酒店，它并没有独立的浴场，它所有的浴场都被木栈道隔离，也就是说我们的所有浴场都是公共浴场，任何一个游客可以在任何一个浴场去游泳。

男主持人：我觉得这是一个很好的设计。

女主持人：秦皇岛除了碧海与蓝天之外，还有很多别具一格的旅游景点。比如说，北戴河还是一个观鸟胜地，阳光你知道吗？

男主持人：那当然，来秦皇岛之前，我也是做过功课的。北戴河良好的生态环境吸引了全国近三分之一鸟类在这里繁衍生息，同时呢，北戴河又位于西伯利亚至远东地区的候鸟迁徙线上，地理位置好，成为国际四大观鸟胜地之一。

在秦皇岛，有一片中国最大的城市湿地——北戴河湿地，面积达50多万亩，常年栖息400多种候鸟，占我国鸟类的三分之一。每到候鸟迁徙的季节，"北戴河湿地"都会迎来世界各地众多的观鸟爱好者，争相观录"万鸟临海"的盛况。秦皇岛野生动物救护中心工作人员肖景贵说："世界上有四大鸟类迁徙通道，秦皇岛地区就占了其中一个点，所以鸟类迁徙就要跟着走，有丹顶鹤、黑鹳、金雕之类的。它有两个阶段，一个是四、五月份，再一个是九、十、十一月份。迁徙季节的时候鸟分布得比较集中，便于观察。人们看的时候视野比较好，观察起来比较方便，每年全国各地的人都会过来观鸟。"站在湿地旁的木栈道上，想象着各种候鸟一只只、一群群、一片片，或游动飞翔、或停歇嬉戏的画面，让人心驰神往。因为对候鸟的不舍，马建国在救护中心一直工作了12年："救护这些动物的时候，把它放飞的时候感到很欣慰，因为我们救了它并把它饲养好以后再把它放了，在它回到大自然以后，我们的心情就非常好。"

男主持人：的确是，这是一个非常好的地方。因为我们知道湿地是地球之肺，北戴河湿地体现了人与自然的和谐相处，这应该就是中国文化中"天人合一"的体现吧？

逯宝锋：阳光你给我设置的这个命题，对我来说毫无疑问的答案是"是"。在北戴河这个地方人与自然和谐的相处，换用古人的话，如果来到北戴河湿地，当然按照自然保护区的管理条例，您是不能进入核心区域的，"可远观而不可亵玩焉"。那么站在合适的距离和角度上，"鸢飞戾天者，望海息心；经纶世务者，窥巢忘返"。那么感悟到了比如说"忍一时风平浪静，退一步海阔天空"的这种感觉。那么作为一个市民，我可以少开车、少大嚷、多爱护，但是毕竟一个人、两个人，我们的分散的力量是非常有限的，这方面环境的变化我知道政府也做了很多的工作，还是请马市长给我们大家讲。

马宇骏：确实，北戴河湿地候鸟已经成为了一张城市的名片。同时，每年四、五月份和九、十月份，秦皇岛市都会举行两次放生鸟类的大型活动，既让游客领略到大自然独特的美景，又号召大家保护鸟儿的生存环境，不要伤害候鸟。

女主持人：说到保护候鸟，我知道中央人民广播电台也制作了一系列有关的公益广告，下面让我们来听一听。

秋风起，雁南飞。

秋风起，吃野味。由于人们对野味的疯狂追求，大量的候鸟被非法捕杀。每年遭捕杀的候鸟有十万只。没有买卖就没有杀害，爱护候鸟资源，请不要再吃候鸟。

没有买卖就没有杀害，爱护候鸟资源，请不再吃候鸟。

男主持人：没有买卖就没有杀害，保护野生动物是我们每一个公民义不容辞的职责。在这里，我们也希望每一个来秦皇岛旅游的观鸟者，同样爱护候鸟、保护候鸟。

女主持人：来自香港珠海学院的学生苏海莹，她对刚才那片湿地和候鸟特别感兴趣，而且她还有一个问题想要问。

苏海莹：大家好。我们香港有一个米浦自然保护区，面积380公顷，保护着香港现存面积最大的湿地。北戴河这片湿地比米浦的大多了，我想请问秦皇岛市如何保护这一片湿地，这样一片湿地给秦皇岛市带来了什么呢？

马宇骏：首先感谢海莹同学对秦皇岛市的关注，鸟类是人类的朋友，也是秦皇岛的一张亮丽名片。北戴河被称为观鸟天堂，是我国第一个候鸟保护区。北戴河鸽子窝公园附近的湿地大约有20个足球场大，这里的沙滩质细坡缓，沙软潮平，每当海水退去，上万只鸟儿就会来到这里，嬉戏觅食。正是因为这样的生物多样性，北戴河也成为国内外鸟类专家及爱好者调查鸟类迁徙及观鸟的重要场所。每年从3月份到11月份如果来到秦皇岛都会是观鸟的最佳时机。为了保护自然生态环境不受破坏，秦皇岛市最大限度地保护了这片湿地的原始风貌。比如：我们拆除了湿地内原有的畜牧、水产养殖临违建筑，使公园用地全部收为国有；对滨海大道以东沿海滩涂湿地进行重点保护，修建玻璃钢及网状围栏2400米，围栏湿地面积达到121.6公顷；实施园区改造植被修复面积100公顷，新增各类植物品种69种，补种香蒲、荷花、水葱等水生植物17种，基本保持了湿地自然状态。同时，我们还建设观鸟亭4座、观鸟平台5处，以满足科研宣教及鸟类栖息的需求。

在这我要给大家讲一个真实的故事。大家看到的大潮坪湿地在2010年以前是一个著名的旅游景点，各个旅行社都在这里组了一个叫"赶海"的旅游项目，每天早晨海水退潮的时候，成千上万的游客们一手拎着小水桶，一手拿着小铲子，跟随着退去的海水在湿地里挖找各种各样的海生动物，场面极其壮观。活动一结束，人走了把鸟类的食物也带走了，留下的是脚印和垃圾。2010年上半年，我们经过科学论证，建起现在我们看到的2400米长的白色的网状围栏，禁止游人进入，禁止在围栏开展旅游项目，于是鸟儿成了这片湿地的主人，它们有了自由的空间，有了丰美的食物，有了今天壮美的人与自然和谐共生的画面。鸟类是最有权威的自然环境鉴定师，鸟类选择了秦皇岛为栖息地，我也希望广大的听众朋友把秦皇岛作为旅游目的地。

女主持人：就是因为有这样的治理之后，我们在每年的开春和秋天的时候，会看到成千上万的鸟类在整片的湿地上面嬉戏，非常的美。好的，谢谢马市长介绍。《城市新跨越》节目是跟香港电台普通话台一起合作的，他们的主持人宇波和小倩也说了说他们眼中的香港跟秦皇岛之间的联系，我们一起来听听。

魅力中国，城市新跨越，香港电台普通话台宇波、小倩从香港跨越到秦皇岛。

据记载，秦始皇于公元前215年东巡碣石，在此拜海，派方士携童男童女入海求仙，登上碣石海岸不远处海中一小岛，方圆数十里，岛上小山突兀，清泉飞瀑；苍松翠柏，一片葱绿；岸边细沙，金光夺目，面对如此美景，秦始皇再也按捺不住，以从未向世人展示过的港式唱腔，霸气十足地唱道："大地在我脚下，国计掌于手中，哪个再敢多说话。"

女主持人：当年秦始皇团队到秦皇岛入海求仙，如今香港大学生志愿团队来到秦皇岛是为了什么呢？我们来听听他们的故事。

2014年5月，香港中文大学10余名内地生组成温暖夕阳服务队，以关怀空巢老人为主题，在抚宁县石门寨镇部落村为15对老人免费拍摄婚纱照。他们还分别到老人家中走访慰问，组织老人参加长寿宴，拍摄制作经费由学校赞助。回到学校，他们把照片邮寄给老人。

而今年他们则把服务对象定位在当地的小学生，在秦皇岛市海港区小学，开展为期一周的活动。志愿团队分别设计了音乐、体育、美术、计算机、防灾、文化讲解、家访等内容丰富的主题活动，还带领学生们一起进行篮球比赛，培养创造力与动手能力。香港大学生志愿者与孩子们畅谈理想，让他们对外面的世界产生更多憧憬，增加他们对学习的兴趣。

女主持人：提到美丽风光和特色风情，我想特别推荐港澳和珠三角的听众去领略一下秦皇岛的葡萄酒文化。秦皇岛地处北纬40度的酒葡萄黄金生长地带，昌黎县从明朝就开始栽培葡萄，至今约有400多年的历史了。这里是新中国第一瓶干红葡萄酒的诞生地，同时还拥有全国最大的优质酿酒葡萄基地，全国最大的干红酒生产基地。阳光，我知道你前两天就去昌黎采访过，感觉如何？

男主持人：我去的是一个酒庄——华夏长城庄园，位于昌黎县，是一个国家4A级旅游景区。这个地方给我留下最深印象的，是它拥有亚洲最大的地下酒窖。当我走进那里的时候，看到近二万五千个装有葡萄酒的橡木桶静静地躺在我面前时，极具视觉冲击力，让我不由想起秦始皇兵马俑。逯教授，您是教旅游的，肯定去过这个酒窖，您的感觉如何？

逯宝锋：它是亚洲地下最大的花岗岩酒窖，咱们这里储存的酒汁都是最顶级的酒汁。橡木桶数量在25000只左右，它都是在法国和美国进口的橡木桶，一个空的橡木桶都在一万两千元左右。因为把葡萄酒放在桶里就是要吸收橡木桶的香味，三到四次，五到六年左右就不能用了。在寂静的酒窖里，幽暗的灯光下，563万升葡萄酒缓缓透过桶壁呼吸着饱含橡木桶味道的氧气，酒液中的酸涩单宁缓缓释放，在汲取了橡木的芬芳之后，酒体也更加清雅隽永、馥郁芬芳。来到这里，您不仅将体会到葡萄酒的味道与魅力，葡萄汲取了天地的灵气、日月的精华，承载了农人的辛劳和酿酒师的心血，从离开藤蔓到酒窖里的橡木桶，从精美的酒瓶再到优雅的酒杯，最后请您来品鉴体会，这段路走起来着实不易。在我们秦皇岛像您刚才提到的华夏庄园这样的酒庄有几十家，比如说我们的昌黎县、卢龙县、阜宁县已经形成了非常高端的整体产区，欢迎大家来这儿，到葡萄园中去畅想，到酒庄中去品尝葡萄美酒。

男主持人：请问马市长，秦皇岛和法国波尔多同处于种植葡萄的黄金区域，葡萄酒的产业也正蓬勃发展，市里如何围绕这一特色产业，打造特色活动，吸引更多游客？

马宇骏：逯教授充满文采的解释，让我们大家几位都想喝酒，不过在喝之前还是按照阳光的要求把秦皇岛市的酒葡萄产业的情况给大家介绍一下。秦皇岛是中国著名也是最优的酒葡萄生产地之一，就像阳光所说与法国波尔多同处北纬40度的酒葡萄黄金生产地带，这里的土壤、日照、湿度非常适合酒葡萄的生长，目前全市酒葡萄种植面积已经达到了5万亩，品种是赤霞珠、品丽珠、霞多丽和玫瑰香等为主的，有葡萄酒生产企业70多家，去年的葡萄酒产量达到3.5万吨以上。我们还拥有中国酒业协会评定的中国酿酒大师2人，国家级品酒委员35人。我们规划到2020年，酿酒葡萄的种植面积达到10万亩，要真正把秦皇岛打造成中国乃至世界著名的葡萄酒生产基地。为打造这个葡萄酒的特色品牌，我们提出了"让葡萄酒浸润到每一个重大的活动中"的口号，我们在秦皇岛国际葡萄酒节、山海关国际长城节、北戴河国际轮滑节、南戴河荷花文化节、国际马拉松锦标赛等品牌文化体育活动中都高度重视并突出葡萄酒的符号，倍受市民和中外游客的青睐。如果您来到秦皇岛旅游，可千万记得要亲口尝一尝用本地的葡萄酿造的美酒，保证货真、物美、价廉。

男主持人：谢谢马市长。

女主持人：尤其是坐在葡萄架下面，端着一杯本地酿的葡萄酒，这样的一种美景和这个美酒的享受，可想而知。我们秦皇岛确实有很多好玩的地方，希望朋友们都可以来这里多玩几天，有关旅游的内容我们就先说到这里。

下篇　经济重镇　发展高地

能源输出创辉煌，和谐共融筑佳业。

筑巢引凤谋发展，全面实施谱新篇。

男主持人：秦皇岛是一座因为港口而兴起的城市。200多年前这里还是一座方圆一公里左右的小岛，1898年，秦皇岛港成为清政府首批三个通商口岸之一，以向外运输开滦煤矿的煤为主。

女主持人：现在，秦皇岛南部20公里的海岸线上，各种港口作业设施随处可见，每年两亿多吨煤炭从这里装船下海运往中国南方，这个著名的天然不冻港已成为中国最重要的港口之一。

这是一台正在进行翻车作业的翻车机，厂房内停着三节装满240吨煤炭的重载车皮。秦皇岛港股份有限公司第六港务分公司办公室副主任赵岩介绍说："只需1分钟，这台巨大的器械就能夹起车皮完成卸煤的工作。它可以同时翻转三节车皮，我们整个操作过程只有一名卸车司机，这就是靠车板推出，压车楔下沉，立即就执行了165度的翻转，整个相当于翻了一圈整，这样煤炭就全部卸入了料斗。"赵岩说："这个翻车机房每天可翻车270次，大大提高了卸煤的效率，同时还兼顾了对环境的保护。"在倾倒煤炭时，我就位于翻车机旁三米左右的位置，翻车作业后几乎感觉不到倾倒时扬起的煤尘。赵岩说，机房采取了最先进的干雾式除尘法，最大程度降低对环境的污染。这种除尘法的原理是通过高压空气，将水吹成水雾，微米状态的水雾在空气中停留的时间会更长，对空气中的煤尘进行有效快速的吸附，汇聚成团以后受重力作用及时落入下料口，它的除尘效果达到了90%。每天，万吨级巨轮络绎不绝地进出秦皇岛港，从这里源源不断地运出煤炭资源，"滋养着"我国沿海地区的许多能源消耗大户。我国长期存在的"北煤南运"的运输格局，成就了秦皇岛港的重要地位。秦皇岛港股份有限公司总经理田云山说："去年港口吞吐量达到2.8亿吨，成为国家能源运输主枢纽港，2004年，秦皇岛港被评为世界最大散货港，2013年，据德鲁里航运咨询公司数据显示，秦皇岛港是全球最大的煤炭港。"近年来，秦皇岛港以实现国际化发展为方向，积极实施"走出去"的开放战略，总经理田云山说："秦皇岛港于2013年在香港联交所主板挂牌上市，成为香港资本市场上第一家以干散货业务为主的码头运营商，成为河北省国资企业的骄傲。"

　　男主持人：确实，采访的时候我就在煤炭装卸现场，3米左右的距离，240吨的煤炭从货箱当中倾倒下去。

　　女主持人：我正想问你，因为你站的距离比较近，又有煤炭倾倒，是不是当时煤烟四起那种。然而我看到你并不是黑黑的回来。

　　男主持人：因为在秦皇岛港外看到了一个防尘网，非常非常长，有5800多米。来自香港珠海学院的学生苏海莹对此也留下了非常深刻的印象，她还有一个问题要问。

　　苏海莹：大家好。我知道要保持城市发展与环境保护的平衡很不容易，我特别想问的是，秦皇岛港一直是中国煤炭运输的最大港口，但是，它又保持了良好的空气质量，这是如何做到的？

马宇骏：我来回答这个问题。其实粉尘污染和空气洁净是一个矛盾，我们在工作中较好地解决了这个矛盾。秦皇岛港分为东西港区，西港区是老港区，东港区是新港区。针对西港区设备老化、污染防治困难的实际，2013年实质启动西港搬迁改造工程，取缔了1350万吨的散煤运输，彻底解决了老港区的污染问题。针对东港区港口长期露天堆放的煤堆，秦皇岛港专门建设了一道由钢结构组成的防尘网在秦皇岛港外高高耸立，这座耗资6000多万元，长达5公里，目前中国规模最大的防尘网，有效地解决了煤尘对空气的污染。环境保护是系统工程，市委、市政府一直对环保工作高度重视，先后实施了北戴河近岸海域及城乡环境面貌环境综合整治、大气污染联防联治等重点工程，目的就是让城市环境更趋清洁，以碧海蓝天迎接各方来客。

女主持人：谢谢马市长，刚刚阳光提到了，说在卸煤的现场感到非常的震撼，因为它的环保措施做得是非常好的。作为一位秦皇岛市民，我很感恩，在经济发展的同时，环境也同步发展，变得越来越好。我们秦皇岛可以说是因港兴市，在百年老港发挥新优势的同时，我们秦皇岛还面临着一个新的巨大历史机遇，那就是国家正在力推的京津冀协同发展战略。秦皇岛作为环渤海地区和首都经济圈的重要节点城市，在区域协同发展中具有独特优势。请听中央台记者刘文燕、蔡明、秦皇岛台记者刘震发回的报道：

作为中国科学院与秦皇岛开发区合作项目的佼佼者——秦皇岛中科遥感信息技术有限公司在卫星遥感数据加工领域迅速实现了成果转化，目前已经为河北、广西、甘肃等地提供了高分辨率卫星数据。中国科学院遥感所高级工程师丁林说："空间信息产业发展非常迅速，我们公司的产值去年达到了1000万，今年有信心达到1500万以上，增长速度在40%以上，我们对未来发展非常有信心。"目前，秦皇岛开发区建立了八家国家级研发机构和一家院士专家工作站，引进了上百名院士、科技专家前来创新、创业，高新技术产业利润已经占到全区总利润的近九成。秦皇岛开发区管委会主任胡英杰："秦皇岛开发区就是要作为京津科技产业转移的平台，我们还是坚持以高新技术产业为主体。"实际上，秦皇岛各区在京津冀协同发展的过程当中，都按照自己的特色找准了定位，确立了适合自身特点的发展方向。北戴河新区坚持与京津及河北相邻地区错位、互补、融合发展，实施美丽生态立区、智慧产业兴区、新兴城市强区"三大战略"。"北戴河"这块金字招牌吸引着世界各地客商纷至沓来，让负责招商的新区管委会副主任蔡钰武忙得不亦乐乎："我有目标地招商，要符合我们的产业定位，符合我们发展方向的，我们将来就是要打造科技之城、教育之城、休闲之城、健康之城、运动之城。"

　　男主持人：当前，国家高度重视京津冀协同发展，力度空前，各地的争夺也日趋白热化。我想请问马市长，秦皇岛在协同发展战略中具有哪些区位优势？

　　马宇骏：其实一谈到这个问题，我就很兴奋。但是因为时间关系只能简单地给大家做一个介绍。大家知道秦皇岛距北京280公里，天津240公里，地处华北、东北两大经济区的结合部，既是首都经济圈的重要功能区，也是连接东北地区的重要门户和支点城市。京津冀协同发展是国家战略，也是我市今后发展中的重大历史机遇。和北京周边的城市相比，我们存在着距离稍远，辐射稍弱的不足，但是我们也拥有其他城市不可比拟的优势。诸如：具有京津冀区域优良的生态环境，既有作为北京出海口的便利条件，还具有充足的产业承载空间；具有保障要素需求的良好基础，既有国家改革试点的政策优势，还具有服务京津的历史传统。基于此，全市高度重视，高频衔接，完善规划，大力招商，确定了京津冀协同发展背景下的战略定位，简单地说就是"一都三区"，打造绿色国际名片。

这"一都"就是建设国际滨海休闲度假之都,"三区"就是建设国家生态文明示范区、京津冀区域融合创新先行区、现代服务业和战略新兴产业聚集区。围绕这一战略定位,我们将重点打造五大品牌,建设六大承接平台。五大品牌分别是国际休闲度假、国际医疗康养、国际交流、国际教育和国际贸易口岸。六大承接平台分别承接非首都的核心功能、公共服务功能、会议商务功能、现代物流产业、战略性新兴产业和京津农产品交易功能。我们相信在国家协同发展纲要的指导下,通过全市干部群众的积极争取和努力工作,秦皇岛一定会在京津冀协同发展的国家战略中发挥好自己的作用,也一定会在协同发展中加快推进产业升级、科技创新,推进秦皇岛经济更好、更快的发展。

女主持人:谢谢马市长和逯教授的介绍,目前,京津冀协同发展战略正如火如荼地推进,希望更多优质资源能够来到秦皇岛落户安家,美丽的大海将展开她的臂弯迎接四方宾朋。现在我们听到的歌曲是《我来到秦皇岛大海边》。大海的宽广、长城的雄浑都让人长久惊叹。到这里,我们的节目即将接近尾声了。

男主持人:节目最后,我们也请马市长和逯教授向听众朋友说几句。首先问一下马市长,知道您也不是土生土长的秦皇岛人,来到这里这么多年的时间,执政了这么多年,您想对当地的市民以及珠三角的市民,包括互联网的听众说哪些话呢?

马宇骏:亲爱的听众朋友们,秦皇岛正走在崭新的发展轨道上,把握历史机遇,实现华丽转身。我们的目标就是把秦皇岛建设成为让每一个生活在这里的居民感觉到骄傲和自豪,让每一位来到这里的客人感到羡慕和向往的沿海强市、美丽港城。再一次热情地欢迎收音机前的听众朋友,能够经常来秦皇岛做客、休闲、旅游、观光、投资、置业。秦皇岛张开双臂欢迎您!

男主持人:知道逯教授也不是土生土长的秦皇岛人,当时您来这还有一个小的意思就是看到了喜鹊落到了自行车上，决定留在秦皇岛，又是这么多年的时间，您是如何来看待这么一种感受的？

逯宝锋：刚才其实您说到了我来这里定居的一个原因，因为我爱上了秦皇岛，把我几年以前写的一首诗《爱上秦皇岛》送给您，也送给市长，送给听众朋友们：浪漫渤海钟爱蓝天，朵朵浪花倾诉缠绵，依偎着黄金海岸看沙漠与大漠的吻痕，一杯葡萄美酒让我们醉上一千年，万里长城拥抱燕山，块块青砖印证变迁，拜一拜孟姜女庙，听忠贞等待的故事，一曲千古绝唱让我们更珍惜这段缘。小城故事多，欢迎大家来做客。

碧海连东盟　醉美防城港

中央人民广播电台主持人朱朱：中央人民广播电台。

防城港人民广播电台主持人潇寒：防城港人民广播电台。

香港电台普通话台主持人明正：香港电台普通话台。

中央台：听众朋友们大家好，您正在收听的是由中央人民广播电台华夏之声、香港之声，香港电台普通话台携手内地及港澳56家电台联合推出的大型直播节目《城市新跨越》。在中国海岸线的最西南端，有一座新兴的海港城市，城在海中，海在城中，城海交融，海天一色，由于地处中国"西南门户"，所以自宋代以来，她便有"防城"之名，今天我们的《城市新跨越》就来到了这里——防城港市。大家好，我是中央人民广播电台主持人朱朱。

防城台：大家好，我是防城港人民广播电台主持人潇寒。碧海连东盟，醉美防城港，我代表热情好客的防城港市民，向港澳听众，以及全国各地的听众朋友问好！

香港台：大家好，我是香港电台普通话台的主持人明正。来到防城港感觉好亲切。

防城台：是吗？

香港台：因为我们的城市名字里都有一个"港"字，我是香港，你是防城港。

防城台：是哈，你这么一说的确是这样，不光一个港字，其实我们的语言也是相通的，我们都讲白话，防城港欢迎你！

香港台：谢谢谢谢，防城港很美啊！

防城台：我怎么觉得你们两个说的都比我好呢，其实除了语言，我们的生活习惯也是非常相像的，像你们喜欢吃海鲜吧，喝海鲜粥吗？

香港台：会呀，会呀，我经常在家自己煮着喝呢。

防城台：我们不仅有海鲜粥，我们在每年的五月初五还会赛龙舟呢。

香港台：香港的赛龙舟也很出名啊。这么一聊我们这两座城市相通的地方还真不少，感觉就像回到自己家乡一样。

中央台：听你们俩聊的真热闹，刚才你们说到了两座城市的相似之处，其实我来到防城港这几天，感觉防城港和香港还有一些互补的地方，更加珍贵。

防城台：是吗？是什么呢？

中央台：比如说防城港作为新兴的海港城市，中国西南部第一大港，中国与东盟经贸合作的门户，蕴含着无限商机。而香港作为国际金融中心、世界航运枢纽，又拥有成熟先进的管理经验和人才优势。

防城台：没错。

中央台：你们从这个角度来看，这两座城市未来的合作是不是很令人憧憬呢？

香港台：你这么一说，我对今天的内容更加期待了。

中央台：再为大家介绍一下，今天做客我们《城市新跨越》直播间的还有两位特别的客人，一位是防城港市委常委、常务副市长唐轶昂女士，还有一位是当地知名文化学者邓弦先生。欢迎两位！

防城台：在直播过程当中，我们的嘉宾将和大家一起来分享防城港跨越发展中那些难忘的故事。

碧海丝路话传奇

孩子：爷爷，看！那边有好多好多人，好热闹啊！

老者：那个，是我们的迎亲队伍。他们，今天要迎接一位美丽的新娘。

孩子：爷爷，新娘要嫁给谁啊？

老者：嫁给大海啊！

孩子：大海？大海怎么嫁？

老者：哈哈哈哈，因为啊，她嫁给了我们这里的人，就等于嫁给了大海。嫁给了思念，嫁给了美丽和幸福。

孩子：爷爷，以后我叫新娘什么呀？

老者：你就叫她海嫂啊！

孩子：海嫂，真好听！那她生下的小孩儿呢？

老者：那，你就叫她海宝吧！孩子啊，爷爷和你说，大海给予我们很多很多，我们要感恩大海，拥抱大海，大海永远都是我们的故乡。

中央台：听了刚才这个片段觉得特别美，人类自古喜欢临水而居，因此很多早期的文明都诞生在有水的地方。有水的地方，也就一定有故事。

防城台：没错，刚才听到的这段祖孙对话就说出了我们防城人的心声，我们生活在海边，我们靠水吃水，而要说到我们临水而居的故事就要从潭蓬古运河开始说起了。这个潭蓬古运河位于江山半岛月亮湾附近，因运河所经之处全是海石结构的丘陵，工程浩大，如果在古代不是仙人的话，实在难以开凿，所以叫它"仙人垅"。

香港台：古运河，听起来特别有历史，而且有故事的感觉。那么这条古运河当时为什么会修建？现在是否还在发挥作用呢？

中央台：这要请出我们今天的第一位嘉宾了，防城港知名文化学者邓弦先生。邓先生，您好。

邓弦：您好。

中央台：欢迎您做客我们今天的节目，想问您一下这个潭蓬古运河是从什么时候开始修建的，当时为什么要修建呢？

邓弦：潭蓬古运河的开凿，始于公元42年，伏波将军马援率领南征部队到达防城后不久动工，但后来因为工程浩大，时间也紧迫，所以运河当时未能凿通修成。再后来，由留守南疆边陲的多位将领长期接续施工，还是未能完工。到了晚唐咸通年间的时候，在公元860至874年的十几年里，由当时任静海郡节度使的将领高骈募工修建，最终完成了这项海上运河的艰巨工程。潭蓬古运河的修建，由东汉初年至晚唐，历时八百多年，开凿时间长，施工尤其艰难。

中央台：对，要不管它叫"仙人垅"。

邓弦：这两点，古来很少有其他工程可以和它相比。

香港台：这么看来的话，防城港自古以来就是一个战略要地。潭蓬古运河在历史上都发挥了怎样的作用呢？

邓弦：潭蓬古运河的开凿，在当时是很大的事情，因此这个工程被多部正史古籍记载，由此可见潭蓬古运河的重要作用。《旧唐书·高骈传》中说，运河通航后，"往来舟楫无滞，储备不乏，至今赖之"。拿高骈管理南疆边陲时期来说，运河的通航，对沟通广州等地与安南乃至东南亚诸国的贸易往来，促进地域经济的发展，安定边陲有重要的意义。可以说，潭蓬古运河在"碧海丝路"的通途上有过贡献。

中央台：好，谢谢邓先生。无独有偶，和潭蓬古运河只有一湾之隔的还有一条神秘的"海上胡志明小道"，潭蓬古运河与"海上胡志明小道"这两处最初用于军事目的的重要设施，足以见证防城港特殊的地理位置。

防城台：是，朱朱对于我们防城港还是比较了解的。

中央台：毕竟来了几天。

防城台：我们防城港先有港，后有市，而要谈到防城港能有今天的发展，我们就千万不能忘记"海上胡志明小道"的故事。明正，我要问你一个问题，你是否知道中国有一个"0号泊位"码头呢？

香港台：0号？为什么不是1号？

防城台：0号是很神奇的一个码头，接下来我来给你介绍一下，"0号泊位"码头就在我们的防城港市，"0号泊位"就是当年神秘的"海上胡志明小道"的起点，所以说叫做"0号泊位"，它记录了中国人民抗美援越的艰辛历程。防城港的成长，也许只有"0号泊位"可以见证。现在就让我们跟随记者源梅、李玫到"0号泊位"去看一看。

各位听众，《城市新跨越》采访组一行现在来到了防城港最早建港的地方"0号泊位"进行采访。站在烟波浩渺的西南海岸，记者看到像长龙一样一字排开的橘黄色船吊停靠在岸边，它们有的正在挥舞着铁臂，忙碌地装卸货物，有的则安然地等待远方即将到港的货船。说到我现在所在的"0号泊位"，那是一段令人难忘的历史，因为它正是"海上胡志明小道"的始发地点。

防城港北部湾港务有限公司总经理助理戴春晖："海上胡志明小道"是以前中国抗美援越的时候的一个起点，这个码头是在1968年的时候就开始兴建，到1970年的时候就建成了三个浮码头，三个仓库。直到1972年咱们开始往越南运送物资，到1973年大概持续了9

个月的时间，总共运送了物资16万多吨。

1983年12月，防城港跟全国13个沿海港口一样，同步对外开放。

三十年沧海桑田，三十年飞速发展。防城港这个昔日的小渔村如今已经成为西部沿海第一个亿吨大港，如同一颗璀璨明珠镶嵌在北部湾畔。

戴春晖：这边是中国西南对外的一个门户，比如我们去欧洲，去东南亚，去非洲啊，从这边出去那是最近的，包括他们回来也是首先要到我们这一块。包括咱们这边也是重要的一个物资的集散地，到这边来的，比如说大宗的货类，像铁矿石、煤炭、硫磺、粮食等等。我们东湾和西湾两个港口两条深水海沟，构成了天然的一个航道，到现在为止已经联通包括港澳在内的100多个国家和地区，250多个港口，与它们都有货物的来往。

今年上半年，防城港市实现生产总值285亿元，增长10.1%，增速名列广西第一。港口经济、海洋经济、口岸经济等六大经济业态全面发力，功不可没。随着习近平总书记提出的"一带一路"建设的实施，防城港市这颗古代海上丝绸之路的明珠正在重新闪烁熠熠光彩。

中央台：听了刚才的采访，相信收音机前的听众朋友对于防城港有了一个初步的认识，接下来就要请出防城港市委常委、常务副市长唐轶昂女士。您好。

唐轶昂：您好。

香港台：我知道防城港市地处中国大陆海岸线的最西南端，是全国25个沿海主要港口城市之一，那么和其他地区相比，防城港市有着怎样的独特优势呢？

唐轶昂：防城港市因港得名，因港立市，是一座全海景生态海湾城市，全市总面积6181平方公里，总人口近百万，防城港市的最大优势就在于"两沿四区",两沿就是既沿海,又沿边,四区就是我们防城港市被国家列为东兴国家重点开发开放试验区、中越跨境经济合作区、沿边金融综合改革试验区,以及构建开放型经济新体制综合试点试验区。

香港台:刚才您提到了有几个综合试点地区,具体地来跟我们介绍一下都有一些什么样的定位呢?

唐轶昂:我们这个主要体现在三个方面,第一,就是防城港市是中国唯一的与东盟海路相连的门户城市,我们地处三个圈的结合部,就是华南经济圈、西南经济圈与东盟经济圈的结合部,是中国内陆腹地进入东盟最便捷的主门户、大通道,与越南最大特区芒街仅一河之隔,拥有四个国家级口岸,其中东兴口岸是我国陆路边境第一大口岸,也是主要出入境口岸之一,我们拥有西部第一大港防城港,已经与全球190多个国家或地区实现了通商通航,早在2012年,我们的港口货物吞吐量就突破了亿吨,目前正在打造成为中国—东盟区域性国际航运枢纽和港口物流中心。

第二个,我们防城港市是中国最具潜力的沿边经济特区,刚才讲了我们的特色在"两沿四区",今年的5月,国家批准防城港市为开展构建开放型经济新体制综合试点试验地区,开放发展前景广阔,潜力巨大。早在2010年6月,国家就批准成立了东兴国家重点开发开放试验区,我们这个试验区是同类试验区面积最大,唯一有港口,既沿海又沿边的试验区,是建设、深化我国与东盟战略合作的重要平台。目前我们还正加快推进东兴—芒街跨境经济合作区、沿边金融改革试验区建设、个人跨境贸易人民币结算、进境种苗景观树指定口岸、海港进境水果指定口岸、边境旅游异地办证、商市制度改革、边民跨境务工试点等多项先行先试业务,已经创造了5个全国第一和15个全区第一。我们还建有全国规模最大、功能最全的互市贸易区、全国首个东盟货币服务平台、国内第一家跨境保险服务中心。

2015年防城港市腾讯"互联网+"指数在全国351个地级市中高居第二名，与阿里巴巴集团合作上线广西首个全球货源采购平台，电子商务企业已达2300多家，并成功举办了中国—东盟金融跨境电商论坛。整个"十二五"期间，我们防城港市的招商引资项目已经总投资1300多亿元，外贸进出口总额年均增长20%，边贸进出口额年均增长17%。

第三方面，防城港市是北部湾经济区的新兴港口工业城市，我们拥有580公里海岸线，腹地广阔，开发成本低，环境容量大，是发展临港产业的理想之地。美国、新加坡、中国香港等一批世界500强企业抢滩落户，已经形成钢铁、有色金属、粮油加工、能源等一批千百亿产业，金川年产15万吨铜材深加工项目建成投产，已经建成了中国第一大植物油籽加工基地和磷酸出口加工基地，并有望成为世界最大的镍产品加工基地。在"十二五"末，全市规模以上的工业企业已经多达162家，总产值达1323亿元，年均增长23.4%，到2020年，力争打造全区首个3000亿元产业园区。

中央台：太了不起了，刚才我们听了这一组数字，我不知道你们两位什么感觉，我就觉得防城港真的是新兴的海港城市，生机勃勃。

防城台：我觉得就是特别自豪，我们的城市能这样的发展。

香港台：而且和香港同样是海港城市，能不能请您给我们全国的听众，特别是港澳的听众朋友们介绍一下防城港在和港澳特区的合作上面会有哪些互补优势吗？

唐轶昂：众所周知，港澳特区是中国内地联结世界，特别是欧盟、葡语区域的商务网络和人文资源纽带，而防城港作为中国广西北部湾经济区的核心城市之一，单从区位看，在中国"一带一路"建设、中国—东盟自由贸易区中居于特殊重要的战略地位和得天独厚的发展优势。可以说防城港与港澳特区一东一西,东西呼应,都是中国内地与世界接轨的桥梁。据统计,"十二五"以来,我市实际利用外资15.58亿美元,其中港资就高达9.42亿美元,占全外资总额的60.46%,香港项目投资主要集中于制造业、电力业、农林业等。除了这个优越的区位优势外,在与港澳特区合作的互补方面,我们还有政策、成本、市场、生态四大优势。

中央台:能不能具体介绍一下这些优势的具体内容?

唐轶昂:从政策优势来讲,防城港市是21世纪海上丝绸之路建设、新一轮西部大开发、北部湾经济区等中国国家发展战略交汇的地方,享有沿海、沿边、少数民族、中国—东盟自由贸易区等多重优惠政策,优惠政策叠加,随着这些优惠政策的落地,这里已经成为海内外瞩目的投资焦点,具体来说在防城港来投资就可以享受包括规费减免、财政支持、金融服务、税收优惠、进出口贸易补助、资金奖励、用海用地保证、人才倾斜等多种特殊政策。比方说对中国西部大开发鼓励类的产业企业,可以按减15%征收所得税,广西北部湾经济区再减至9%,到东兴试验区内符合条件的新办企业还可以享受"三免五减"。

中央台:这真是非常大的诱惑,很好的政策优势。

唐轶昂:从成本优势来说,防城港市腹地广阔,交通便利,能源充足,工业用地多,开发成本低,环境容量大,特别是毗邻的东盟国家,劳动力资源丰富,非常适合发展劳动密集型产业,单单去年,我们已经启动了越南边民入境务工试点,获得了越南方面的大力支持,合作愿望强烈,这也是我们劳动密集型产业的一个利好。

中央台:我们刚才谈到了政策优势、成本优势,接下来应该就是介绍市场优势了。

唐轶昂:市场优势也是非常骄傲的,因为防城港位于中国—东盟贸易区的核心区域,中国和东盟的贸易占到世界贸易的13%,

是一个涵盖11个国家，19亿人口，GDP超过8万亿美元的巨大经济体；是目前世界人口最多的自贸区，依托东盟和中国广阔的市场和丰富资源，有利于企业拓展中国、东盟乃至全球的市场。

山水相连听风雨

碧海蓝天白鹭飞，

水墨轻舟入画屏。

山水相连听风雨，

陆海相通一家亲。

中央台：听众朋友们，您正在收听的是由中央人民广播电台华夏之声、香港之声，香港电台普通话台携手内地及港澳56家电台联合推出的大型直播节目《城市新跨越》，今天我们来到了美丽的海滨城市防城港。

防城台：既然来到防城港，就要跟大家来介绍一下，我们防城港之所以叫做"防城"，就在于她"西南门户"的特殊战略地位。在今天和平发展的年代，防城港作为边贸城市，也正在焕发出无限活力和生机。防城港下辖的东兴市与越南芒街仅一河之隔，两市以中越友谊桥相连，这座桥仅仅有110米，如果运动健将刘翔来通过这座桥的话，应该只用11秒就能跨过去。

中央台：潇寒的比喻非常的形象，你刚才提到的中越友谊桥叫北仑河大桥，它是连接东兴市和越南芒街之间的唯一一座边界桥梁。

防城台：是的。

中央台：20多年来，这座桥默默见证了两岸经贸发展的历史，而许多边民的命运也因桥发生了改变。我们接下来就跟随央广记者刘发丁、张垒、许大为去认识这样一位边民。

北仑河是横亘在中国和越南两国之间的天然界河。河的北边是广西东兴，南边是越南芒街，相距百米。因为没有桥，两国边民隔河相望，却很少往来。

1994年，一座边界桥架在了北仑河上，从那时起，两国边民开始互联互通。

这是一个普通的早晨，8点刚过，伴着北仑河两岸的蝉鸣，东兴口岸开始忙碌起来。

边防战士刘文剑：每天过境的车辆和人员很多。光是去越南做生意的、上班的，固定的每天都有三千左右。

项建程是这三千多跨国上班族中的一员。脸膛微黑，双眼闪亮，虽只有一米六几的个头，走起路来却虎虎生风，透着一股子干练劲儿。

1994年北仑河中越友谊大桥开通时的情景依旧刻在项建程脑海中。

项建程：1994年4月17号开通，人非常多，彩旗到处飘扬，天气也是非常的明朗。桥通了，我们就可以多赚一点。

项建程家里兄弟姐妹多，为了供孩子们上学，家里曾经欠下几万块钱外债，一件衣服，四个兄弟都要轮流着穿。1992年，上中学的项建程每周末开条小破船，带些越南人喜欢的水洗裤贩卖，无形中成了穿梭在北仑河上的"国际倒爷"。

项建程：船上也搭不了多少货。一天往返一次几个小时，有时候好卖的话，走两三次。有了桥就快了，半个小时就通关。

随着大桥开通，脚下便有了路。每天，项建程肩挑背扛，往返七八次，几万块钱的债务一年就还清了。

项建程：我把货物绑成一个一个黑胶袋，提得越多越好。有钱赚，也没感觉累。

22年里，项建程在这座桥上洒下了太多的汗水。在一步一步的肩挑背扛中，项建程也结交了不少越南朋友，并有了固定的贸易伙伴，生意也一天比一天红火。

如今，每隔两三天，项建程就有一辆载满货物的大货车过桥，送货到他在越南芒街开的两家商铺。当初的穷小子，彻底翻了身。

项建程：现在我们整个家族一百多人做这个贸易。

不仅是他的家族，在项建程的动员下，老家河洲村的一半村民都做起了边贸生意。为此，他还专门组建公司，为乡邻融资提供信用担保。如今的河洲村，当年进村的那条泥巴路早已换成了柏油路，低矮漏雨的茅草房也被掩映在绿树丛中的两层小洋楼所代替。

随着人流量和车流量的与日俱增，仅有两个车道的北仑河中越友谊大桥渐渐有些"扛不住"了。2014年，正在建设的中越跨境经济合作区内，四个车道的北仑河二桥开始建设了。看着这座即将建成的新桥，地地道道农民出身的项建程已不满足做"国际倒爷"，他也想实现自己富裕梦的"三级跳"。

项建程：二桥建好了，我们就在跨境合作区里面，利用两边的资源做深加工。

防城台：就像项建程说的那样，由于中越两国人员和货物往来流量十分巨大，双方政府也一致认为有必要修建北仑河二桥。北仑河二桥位于一桥下游，垂直距离大约3.2公里，桥面总宽27.7米，双向四车道，主桥的设计时速是每小时60公里，目前二桥正在修建当中。除了北仑河二桥，东兴口岸二桥综合服务区国门大厦也正在建设之中，建成之后，它将成为中国南疆第一门，也会大大缓解通关压力，提升口岸的通关效率，为两国经贸往来带来更多便利。

中央台：这几天采访，我们也去了东兴，给我的整体感受有两点：第一就是非常的整洁。街道非常的干净，马路两旁是各种颜色的独栋楼房,黄的、绿的,还有咖啡色的,连在一起井然有序。第二个感受就是活跃。一方面是出境游玩的游客特别多,再有就是边贸生意的市场非常活跃。在口岸我们也经常能看到戴着斗笠的越南人大包小包的进进出出。

防城台:朱朱,你这个感觉非常对,而且你这观察力也非常的仔细。东兴地区的边贸市场确实如你所说非常的活跃,当然这既包括你看得到的这些进进出出的跨境边贸有形市场,同时还有一个更加火热的无形市场,那就是电商市场。根据腾讯公司的统计,东兴地区的"互联网+"指数在全国排第二,仅次于杭州。

香港台:这的确让人难以想象,这样的一个边贸小城是如何做到的呢?相信大家也一定都想知道,接下来就让我们跟随着央广记者源梅、邓君洋揭开这座边贸小城快速发展的秘密。

东兴人民大会堂里,座无虚席,阿里巴巴授权的第三方合作公司经理正在给边境电商们讲课,这是东兴市服务"一带一路"创新创业发展的电商专题培训现场。像这样的培训会,已经不止一次了。在这里,空气中散发着的都是全城电商的创业激情。

戚友生是土生土长的东兴人,对边境产品比较熟悉,他创业已有六年了,如今自己有两家公司,一家是最初创立的特产网店,另一家是第三方平台,专门为各边境网店提供设计、维护服务的。自己团队的成员都是二十来岁的小年轻们。

戚友生:我大学的时候一直在创业,我发现,越南特产比韩国、日本的便宜很多,口感也不错,所以刚刚开始创业的时候就跟他们零散的商家进,进得多的话就去越南和厂家谈,让他们供货给我们。这几年发展挺好的,资源性的东西比较多,国家给了一个便民政策,互市贸易,不用打税可以的。

目前,东兴的电商们成立了自己的电商协会,有300多名会员,大家经常在一起交流,都在思考着如何通过互联网这个大平台,把边贸生意做兴旺，把东盟市场盘活。

东兴市电子商务协会秘书长梁周华：目前我们成立协会，我们让大家做正规的商品，引导行业自律。走一个产业链发展路线。像我们东兴这边几大特色，做越南食品的，还有工艺品的，还有我们本地的农副土特产的，我们想把这些产业整合起来，让大家把它做强做大，做成东兴的地标性商品，做成东兴市的一个品牌商品。

防城港市政府相关部门也纷纷推出了一系列便利措施，促进边贸经济的发展。市公安局日前在全国首推边境旅游网上预约办理服务，群众网上预约，民警一日办证，大大提高了通关的效率。

防城港市公安局出入境管理支队制证中心主任张粝：我们自行研发了一个防城港边境旅游网上预约的办证系统，申请人、旅行社都可以做到足不出户，利用"互联网+"的特色，在网上对申请材料进行预审，缩短了时间，原来办证就是三天，现在基本一天，甚至把时间可以缩短到一个小时。今年7月12号开始试运行，到目前为止刚好一个月，办证量已经达到了23000多本，这个数据如果是按以往来讲的话，可能是半年的数据，但我们一个月就可以达到这样的量了，效率提高了。

在东淘电子商务展厅采访时，记者还惊喜地发现一群来这里参观的小朋友。

记者：这位小朋友，叫什么名字？

小朋友：黄鸣。

记者：你上几年级了？

小朋友：准备上六年级了。

记者：我听说是你组织这些小朋友过来的是吗？

小朋友：是的。

记者：你为什么小小年纪有这样的想法，要带这些小朋友来展示厅参观？

小朋友：因为我想让大家都了解一下我们东兴的特产，然后把它们推广出去。如果我们大家推广这些东西出去，他们都会觉得我们东兴是一个很好的地方，都会来我们这里旅游。因为我觉得东兴确实值得让世界关注。那些特产不比其他地方的什么东西逊色。

中央台：听到这里，我觉得收音机前的听众朋友，包括我的两位搭档都怀疑小朋友是不是摆拍。

防城台：难道不是吗？

中央台：真不是，这个叫黄鸣的小朋友也让我们觉得非常的惊喜，后来我们想了一下，可能正是因为东兴有这样独特的边贸优势，所以给了孩子们一个可以从小培养财商的机会。

香港台：是的，这样的交流也一定会为中越两国的未来播撒下和平发展的种子。潇寒，东兴距离越南边境非常的近。

防城台：是。

香港台：年轻人的交往、人文的交流多不多呢？

防城台：当然多了，现在中越两国每年都会举行界河对歌，每年的正月十五还有中越元宵足球赛等等的比赛项目。近年来，到中国留学的越南留学生也是变的越来越多了。接下来就让我们一起跟随央广记者刘发丁、邓君洋、许大为，去认识一位叫阿勋的越南留学生，来听听他的故事。

留学生武文勋，来自越南。五官清秀，个高体壮，有着和中国人一样的黑头发、黄皮肤，大家都亲切地称他为"阿勋"。

阿勋曾担任过广西民族大学越南留学生会副主席。每年9月，新生入学。阿勋也总会忙得不亦乐乎，帮着学弟学妹找宿舍、办理入学手续。

阿勋是受爷爷的影响才来到中国留学的。他的爷爷是个中国迷，喜欢中国的文字、茶叶和音乐。在爷爷的熏陶下，阿勋从小就想来到中国留学，他的第一个梦想就是要学会汉语。

后来，终于如愿。阿勋本科选择了对外汉语专业。为了尽快学好中国语言和文化，阿勋可没少费心思。

阿勋：跟中国同学玩，天天到他们宿舍，跟他们聊，有一些我真的听不懂他们说什么，我就拿我的话题过来引导他们。就我一个人是留学生，72个中国学生，一年之中我就把所有的东西全都学会了。

除了找同学交流，阿勋还主动找学校的保安、保洁聊天，慢慢地，他不仅学了一口流利的普通话，还学会了广东话，交了很多好朋友。

阿勋：经常帮我们打扫的那个阿姨，她每一次做饺子都叫我下来，还教我怎么做饺子，然后我开始学。她做的真的好吃。

课余时间，阿勋特别喜欢看中国武侠片，他的第二个梦想是想成为中国功夫高手。

阿勋：我从小已经很喜欢中国的武侠片，现在你到越南，每一个家庭都会有武侠片的。周润发，我外婆特别喜欢他，很帅气。

来到中国以后，阿勋跟着大学老师学习了太极拳和咏春拳。他感觉到，中国功夫不仅能强身健体，还蕴含着中华传统文化的思想精髓。

转眼间，阿勋已在中国留学六年。本科毕业后，他获得了中国政府奖学金，继续攻读硕士。

每逢假期，他都会主动找一些公司实习、当翻译，已经从一个"中国迷"变成了一个"中国通"。因此，他也有了第三个梦想，就是组织家里的兄弟姐妹一起到中国做生意，发展中越贸易。

阿勋：其实（中国）广西跟越南，或者云南跟越南，或者边境几个国家都非常好，特别是生意，特别密切。

在阿勋的影响下，弟弟、表弟、表妹们都陆陆续续地来到中国留学。这些来自异国他乡的年轻人也都把中国当成了自己的第二故乡。

阿勋：我中国的朋友很多，就是几个哥们玩得特别好。我收获很大，真的，我青春是属于中国这边的。

东盟逐梦新跨越

它是北部湾畔的璀璨明珠，

它是西南开放的重要门户，

东盟逐梦新跨越，

直挂云帆济沧海。

中央台：收音机前的听众朋友们，您正在收听的是大型直播节目《城市新跨越》，今天我们来到了美丽的海滨城市防城港。

防城台：明正，朱朱，在节目一开始我们一起细数了防城港和香港的一些相似与互补，其实，早在2013年，香港特区行政长官梁振英就曾经来防城港进行考察，他还希望香港的投资者多来广西，多来防城港来走走看看，了解更多投资机会，通过加强两地之间的来往，让经济和生活水平都有进一步的提高。

香港台：没错，之前我来的时候还特意采访了香港贸发局总监关家明先生，他是经贸合作方面的专家，有关两地的优势和合作前景我们来听听他是怎么说的。

香港贸发局总监关家明：广西，因为地理上的关系、历史上的关系，一些经济贸易来往，广西跟东盟都比较蓬勃。香港、广西都是不可替代的角色，可以跟防城港互相合作。

中央台：防城港的地理优势非常凸显，取道东盟非常便利，一向眼光敏锐的港商怎么会错过这样的发展机会呢？接下来就让我们跟随记者源梅，走进中电广西防城港电力有限公司去看一看。

听众朋友，《城市新跨越》采访组一行现在来到了防城港市企沙镇赤沙村进行采访。这里有一家广西引进的最大港资企业——中电广西防城港电力有限公司。

公司项目管理部项目总监梁伟丰：首先防城港是几大经济圈的一个集合点，我们跟东盟地区有一个海路和陆路的连接点。我们有很多的发展机遇。全中国在西部大开发的时候，大部分工业也会迁到这里，所以在这里用电的需求，也是一个很大的需求，所以我们就投资在这个地方。

谈到双方合作的优势和发展空间时，梁伟丰表示，这次电厂合作就是很好的例证。除了带来了香港先进的管理经验、国际化的标准、人才优势外，香港中电集团还利用丰富的国际购煤经验，与外商签订长期燃煤供应合同，不仅大大降低了企业运输成本，而且也解决了广西缺乏煤炭资源的难题，为电厂持续稳定的发电提供了有力的能源保证。梁伟丰非常看好广西及内地市场的发展潜力：

梁伟丰：如果只是停留在香港那么一个很小的地方，发展机会是比较小，空间很小，我们鼓励我们的同事多往内地去交流，比如首先在广西电力市场有一个开放的方向。

国家提出的"一带一路"倡议，为广西、为香港都带来了更多发展机遇，梁伟丰认为，香港企业在促进广西对外开放开发，拓展"一带一路"商机方面大有可为：

梁伟丰：防城港本身就是"一带一路"一个开口，一个起点，在这方面我们可以有一些能源的贡献。从投资方面，一些投资者在泰国、中国云南、印度也有一些投资，这个也跟现在"一带一路"的途径是一致的，所以我们投资的方向也是希望和"一带一路"走出去的策略进行配合，可以做一些贡献。

香港台：其实近几年香港也一直在谋求和东盟的合作，就在8月6日，香港商务及经济发展局局长苏锦梁还前往老挝，出席了第一届中国香港—东盟经贸部长会议和第13届东盟领袖论坛。讨论中国香港—东盟自由贸易协定谈判的进展和目标，在论坛上还发表了"一同增长，共享繁荣"为题的讲话。接下来，我们再请防城港市委常委、常务副市长唐轶昂女士介绍一下防城港和东盟的合作发展呈现出怎样的特点？又取得了哪些成就呢？

唐轶昂：近年来，防城港市抓住机遇，以开放促开发，以开放促合作，积极构建与东盟国家全方位开放合作新格局，可以说是特点突出，成就辉煌。具体表现在一是深化与东盟国家务实合作，发挥高层交往引领作用，在第六届至第十一届中国东盟博览会中，我们市委、市政府主要领导都拜会了前来出席的东盟国家政府领导人，通过会见共谋合作。同时，我市与东盟国家互访频繁，我市领导多次率团出访越南、泰国、老挝、柬埔寨等部分城市，密切交往，增进友谊。我市也接待了包括越南、泰国、印尼、老挝等在内的东盟国家代表团组26批，465人次。第二，就是门户优势日益显现。防城港市跟越南、东盟的沟通密切，东兴口岸发挥了陆路门户的作用，出入境人数已经超过了600万人，进出口贸易逐年快速增长，单是今年的前四个月，我们市的外贸增长是逆势上扬，超过了20%，排在全区前列。第三，通道枢纽作用更加突出。防城港市作为国家主枢纽港之一，经过多年努力，全市的现有万吨级泊位达到36个，港口吞吐能力超过了1.55亿吨。防城港市的优良的港口条件，为我国的大西南产业的发展提供了显著的支撑作用。与此同时，交通体系也在不断地完善，高速公路连通边境口岸，铁路、高速公路直达产业园区，南防铁路经南宁连接我国东南、中南以及西南地区。第四，就是经贸文化交流合作平台形成，防城港与东盟山水相连，人文相通，民俗相融，友好往来，源远流长。中越边境商贸旅游博览会、海上国际龙舟节、京族哈节等已经成为中国与东盟民间交流的重要平台，承办了中国东南亚民间高端对话会、魅力东盟、走入中国文化之旅等国际活动。第五，加强与深化东盟国家的友好交流，截至目前我市共有东盟国家友好城市两个，分别是越南下龙市和印尼的槟港市，东盟国家意向友好城市两个，那就是泰国的黎逸市和菲律宾的卡瓦延市。

中央台：谢谢您的介绍，也让我们看到了防城港天高海阔、扬帆远航的未来。

过桥风吹共家园

孩子：爷爷，海上那又圆又矮的星星，是什么星星啊？

老者：哈哈哈哈，孩子啊，那不是星星。那是我们渔船上的渔灯。

孩子：爷爷，渔灯怎么像星星一样，一闪一闪的！

老者：那是我们的眼睛！一笑啊，眼睛就闪烁起来，是甜美的微笑。

孩子：爷爷，我们为什么喜欢微笑？

老者：因为丰收啦！收了很多很多的鱼，所以就笑啦！

孩子：爷爷，你喜欢什么颜色？

老者：爷爷啊，我喜欢蓝色。其实啊，爷爷喜欢蓝色，是因为大海是蓝色的。

孩子：哦，我知道了。大海是我们的故乡。

老者：对，大海是生我们、养我们的地方，是我们的妈妈，是我们终生难忘的地方！

防城台：的确，就像刚才片段当中的这位老先生说的这样，这大海是生养我们的地方，也是我们终生难忘的地方，作为防城港人，我们也一直深深地爱着这座城市。

香港台：从当初一个海边小渔村，短短40年的时间，防城港就实现了跨越式发展，实在令人震撼。说到渔村我还觉得挺亲切，因为我们香港起初也是个小渔村，现在离岛上面还住着一些渔民，我在跟他们接触的时候还会感觉到那种渔民靠海吃海，质朴的民风。

防城台：说到渔民，不知道二位是否知道，在我们防城港市有一个独特的"海洋民族"，这就是京族。大约在十五世纪，京族的祖先在追捕鱼群时，来到了巫头岛，发现这里人烟稀少，但却是很好的渔场，于是便在这里定居下来。现在京族主要聚居在防城港素有"京族三岛"之称的万尾、巫头、山心这三个小岛上。

中央台：刚才也介绍了，因为是海洋民族，所以说渔业就是京族的传统产业了。由于各地所处的地理条件有所差异，从事的作业种类也有所不同，比如说万尾是靠拉网捕鱼，山心岛是靠渔箔捕鱼，而巫头岛以渔箔和塞网捕鱼。渔具之多、分工之细，也形成了京族独特的一个渔业文化。

香港台：潇寒，我知道很多少数民族都是能歌善舞的，比如蒙古族的长调，比如说维吾尔族的舞蹈都很出名。那么京族是不是也有自己民族独特的歌舞文化呢？

防城台：京族有一个最隆重，也是最热闹的节日，叫做"哈节"。而"唱哈"就是唱歌娱乐的意思，京族人特别喜欢"唱哈"，而京族还有一样非常独特的乐器叫独弦琴，顾名思义就只有一根琴弦，但你别看它只有一根琴弦，它却有非常优美的音色，接下来让我们一起跟随着记者航乐走近中国唯一的海洋民族——京族。

广西壮族自治区防城港市生活着中国唯一的海洋民族——京族。独弦琴、"唱哈"、竹竿舞被誉为京族文化的三颗"珍珠"。

京族哈节是京族人一年中最隆重的传统节日。每逢哈节，全村男女老少，身着节日盛装，起舞歌唱，奏响独弦琴。

"我们京族独弦琴是祖传过来的，独弦琴已经是我们生活的一部分了。"

他叫阮志成。自幼跟随爷爷、独弦琴传承人阮士和弹奏独弦琴。1993年阮士和辞世后，为了完成爷爷的遗愿，他放弃了部分生意，义务教学，把传授独弦琴技艺作为自己毕生的事业。

阮志成：爷爷说这个京族文化，没有人传承下去的话，下一代就失传了。所以我就记住爷爷那个时候说的话。白天出去劳动，晚上还坚持练几个小时的琴。

阮志成说，在东兴像他一样的京族文化传承人还有很多。在他们的努力下，京族文化受到越来越多年轻人的关注。

阮志成：很多学生是自己来报名的，我最大的梦想，就是以后把我们京族的独弦琴发扬光大，让小朋友一代一代传下去。

近年来，防城港市高度重视京族民族文化的保护和传承。阮志成自豪地说，现在的万尾村处处都有京族的传统文化特色。

如今，京族独弦琴、京族哈节都已成为"国家级非物质文化遗产"。一张张京族文化名片也带着京族人的梦想，走出京族三岛，走向全国。

中央台：从昔日荒凉的小渔村，到今日繁荣的海港城，这是世纪的跨越。

防城台：从昔日海上胡志明小道，到今日西部第一大港，这是历史的跨越。

香港台：从昔日西南门户，到今日连接东盟的大通道，这是时代的跨越。

中央台：在新的时代机遇面前，防城港犹如一艘巨轮，站在连接东盟，通往世界的出海口，正在远航！

三秦佳境看铜川

中央人民广播电台主持人小东：中央人民广播电台。

铜川台主持人英丽：铜川广播电视台。

香港电台普通话台主持人陈曦：香港电台普通话台。

中央台：收音机前的听众朋友们大家好，您正在收听的是中央人民广播电台华夏之声、香港之声，香港电台普通话台携手内地及港澳56家电台联合推出的大型直播节目《城市新跨越》。2016年的第一站我们来到了丝绸之路经济带的重要城市、华夏文明发祥地之一——陕西铜川。我是中央人民广播电台主持人小东。

铜川台：大家好，我是铜川台主持人英丽。

香港台：大家好，我是香港电台普通话台的主持人陈曦。

中央台：我们今天的直播节目还荣幸地请到了铜川市市长杨长亚，稍后杨市长将会跟您讲述铜川的今夕变迁。

铜川台：我们今天还请到了文化学者、铜川市作家协会主席黄卫平。

中央台：在直播过程中，也欢迎大家关注我们的微信公众号参与互动。首先来问问陈曦，这几天来铜川感受如何？

香港台：其实我真的是已经慕名已久，不过还真的是头一次来到陕西，来到铜川也是第一次，感觉到天很蓝，空气很舒服。这一两天也在铜川进行了很多采访和交流，给我留下了非常深刻的印象，尤其是这里有很多的地道美食。

铜川台：短短两天时间，陈曦就对我们铜川印象这么好。我们铜川位于陕西省中部，是陕西省继西安市之后第二个省辖市，地处关中平原向陕北黄土高原的过渡地带。有人说陕西省地图就像一张展开的虎皮，而我们铜川正好就在虎皮的中间部位，由于地理位置的特殊，我们也被称为"旱地码头"。

中央台：铜川因煤而兴，可以说是先矿后市，自然资源非常丰富，境内矿产资源种类多、储量大、品位高，比如煤炭储量30多亿吨、优质石灰石储量10亿吨、油页岩储量5亿多吨、石油储量1亿多吨等等。

铜川台：接下来我说的这些人您也一定不陌生。药王孙思邈是我们铜川人，他隐居的药王山就在铜川耀州，山上有一座药王庙，每年二月初二的药王庙会，都非常热闹；唐代书法家柳公权是我们铜川人，他"笔谏"唐穆宗的故事成为美谈一直流传至今；著名高僧玄奘法师曾经在我们铜川的玉华宫译经弘法，创立了佛教法相宗并在这里圆寂；传说中哭倒长城的孟姜女老家也在铜川。

香港台：哇，听你这么一介绍，铜川真的是人杰地灵，原来历史上这么多的名人都和铜川有渊源。看来我这次真的是不虚此行了。

中央台：陈曦，这句话你真的是说对了。我接下来给你介绍的这个铜川宝贝可以说非常的珍贵稀有，在其他地方也是不多见的，咱们先来听听它的声音，你先猜猜这是什么？

香港台：这应该是一种鸟的叫声吧……

中央台：没错，这确实是一种鸟叫，这种鸟就是世界珍稀濒危鸟类——朱鹮，它对生存环境的要求非常苛刻，但由于铜川多年来的努力，这里的生态环境得到极大的改善，就连朱鹮这种对环境极度挑剔的鸟都可以在这里野化放飞，甚至繁育后代、生根安家。

香港台：听你们这么一说，我觉得铜川的宝贝可以这样概括：一座山、两座庙、一只鸟、四个人。

铜川台：陈曦概括的挺恰当，但还不全面，我们铜川可以说是处处有文化、遍地是故事。

中央台：好的，那接下来就让我们一起感受铜川的魅力。

上篇　积淀厚重　人文铜川

她是一座城市，也是一段厚重的历史。在这里，有玄奘法师译经的身影，也有药王孙思邈悬壶济世的传说。

她是一座城市，也是一段多彩的乐章。在这里，有当空飞舞的白羽朱鹮，也有层林尽染的漫山红叶。

中央台：俗话说，"山不在高，有仙则名"。在铜川，药王山就是这样一座山，而这仙就是歌中唱到的唐代大医孙思邈。他提出了"大医精诚"的理念，倡导医生既要有高超的医术，也要有高尚的品德。

铜川台：没错，孙思邈不仅在医学上建树颇多，更对铜川自黄帝、彭祖以来的养生理论进行了集中整理。据记载，孙思邈一生的著作达70余部，流传下来的有30多部，其代表作《千金方》既集合了唐代以前医学研究的成果，又融入了自己行医实践的体会，被称为临床医学的百科全书。

香港台：我听说，孙思邈其实30多岁就离开了孙塬村，开始到处行医采药，但是到了晚年又回到了故乡，并在这里终老。中国有句古话叫落叶归根，可见他对家乡铜川是非常眷恋。

中央台：接下来我们请出文化学者、铜川作家协会黄卫平主席，黄主席，药王和铜川之间都有哪些故事呢？为什么他年老之后选择回到了故乡？

黄卫平：孙思邈对家乡铜川是非常眷恋的，他晚年选择回到故乡，我想有三个原因。第一，孙思邈父母的坟茔就在药王山下的孙塬村，那也是他出生的地方，他回来是要为父母守坟。古人云：父母在，不远游。孙思邈为了医药事业，走遍了大江南北，遍访良医名方，年纪大了，特别到了90岁之后，非常思念故乡和父母，所以他要回来，这是第一个。第二，孙思邈在唐高宗的永徽年间完成了《千金要方》，到他90多岁的时候已经又过了30年，在这30年间，他又积累了非常丰富的医疗经验、临床经验，也收集了更多的名医良方，所以他要找一个清静的地方来完成他的第二部著作，这也是他隐居药王山的一个重要原因。他的《千金翼方》后来顺利完成了。他自己在《千金翼方》中说，他完成这部书的时候是100岁。我想他回到故乡，也是我们故乡人的骄傲。第三，他也是因为离开家乡久了，走遍大江南北，在故乡行医其实比较少，所以他要以自己高超的医术为故乡的人来治病。所以这也是孙思邈回故乡的一个原因。

孙思邈让铜川故乡人引以自豪的地方还有三个方面，我们都在这么说，首先一个孙思邈是中国历史上政治家、医学家、文学家中间最长寿的人。《新唐书》记载他活了101岁，从我们走上药王大殿，他大殿里面的台阶是142级，这个是明代时候修建的，暗合孙思邈实际上活了142岁。现代学者也在研究而且证实这个结论是正确的。第二个我们铜川非常骄傲的是中国四大发明中有火药，火药的发明跟孙思邈有关，孙思邈总结了晋代道家葛洪一直到唐代道家炼丹术，他在总结的基础上发明创造了硫黄，这是古代火药最完整的配方，所以唐代以后火药就被用于军事等各个方面。都说是孙思邈发明了火药。第三个孙思邈自己的老本行医药，他的医术非常高明，他的《千金要方》、《千金翼方》，里面后人总结有24个世界之最。在医学上他开创了妇科、儿科作为一个专科，所以我们现在到了药王山，这个千金保药就是《千金要方》、《千金翼方》里面的精华。

中央台：我听完之后真的是自豪之感油然而生。

铜川台：其实孙思邈在我们铜川有很多流传的故事。听完黄主席的介绍后，再让我们跟随记者雅雯一起爬上药王山，去探访药王留下的印记。

听众朋友大家好，我是中央台记者雅雯，我现在是在位于铜川耀州区的药王山脚下，唐代著名的中医药学家、药王孙思邈晚年就隐居于此，此山也因此而得名，这里种植有二百多种中草药材。关于他的典故和传说至今还被人传颂着。陕西孙思邈研究会顾问组副组长、85岁的张光溥老人就给我们讲述了一个"一针救二命"的故事：

张光溥：一个产妇难产，血晕了，家里人以为人死了，装到棺材里去埋掉，孙思邈发现了，在后面走，一看棺材滴出来的血是鲜红的，不像是死人的，他就劝说家人停下来，打开棺材以后，孙思邈一摸脉，还有微弱的脉搏，有救，他先用针，后给了一个补方，人苏醒过来了，胎儿也顺利地产了下来。

孙思邈所写下的医学著作《千金方》，是我国第一部临床百科全书，被誉为"人类之至宝"，流传至今的方剂中有专治糖尿病的消渴丸、治疗电解质紊乱的四大良方等。除此之外，孙思邈在医学上的创新达30多项，比如他是第一个使用葱管导尿法的人：小便不漓，孙思邈用葱管来打通这个尿道，这个比西方发明导尿管早一千年。

如今的人们都非常注重养生，在药王山中我们可以看到很多药王写下的养生良方，在这我也跟大家分享一二：清晨一碗粥，夜饭莫教足，撞动景阳钟，扣齿三十六。这是什么意思呢，让讲解员来告诉我们吧。

讲解员：早晨起来空腹喝一碗清粥，晚上不要吃太多，早晨的时候嘴巴微闭，舌头顶着上颚，上下牙齿磕碰36下有助于牙龈健康。你学会了吗？

中央台：为了更好地弘扬药王文化，国务院批准铜川每年举办"中国孙思邈中医药文化节"，每年的二月二药王山庙会也被列入了国家非物质文化遗产。

铜川台：当然了，在我们铜川被列入非遗的还不止这一个。接下来我们就给大家介绍铜川的另一个国家非物质文化遗产——耀州瓷的烧制技艺。在中国古代手工业发展中，耀州瓷可以算是一座中华文化的丰碑，它产自宋代六大窑系之一的耀州窑。

香港台：说到瓷器我听说过景德镇的青花瓷，还有像定窑、汝窑这些皇家官窑。不知道这个耀州瓷有什么独特之处呢？

中央台：陈曦，在铜川市东南有一个陈炉古镇，这里是宋元以后耀州窑唯一还在制瓷的一个旧址，带着你的问题我们跟随记者朱朱一起去探访一下这里的千年制瓷技艺怎么样？

陕西铜川东南20公里，黄土高原与关中平原交界的山坳坳里，有一个叫陈炉的地方，这里罐罐垒墙，瓷片铺地，古朴神秘。

国家非物质文化遗产传承人王战军：我们陈炉是个好地方。我们这儿都是靠山吃山，山上都是宝藏，山上有制瓷的土，脚下有烧窑的煤，身后的大山上有做釉子的石头。

说话的人叫王战军，是陈炉王家瓷坊第四代掌门人，国家非物质文化遗产传承人。陈炉因"陶炉陈列"而得名，它是宋代六大窑系之一耀州窑的发源地之一，它从唐代开始烧瓷工艺，宋代以后成为延续生产耀州窑的唯一窑场。

王战军：在古代一共四个，包括陈炉镇、立地镇、上店镇，这三个都在我们这里，黄堡窑是占据水源，所以出口方便，但原料也是我们这儿拉出去的，耀州窑最鼎盛的时候是在黄堡窑，宋代作为皇家贡窑，但它好景不长，遭遇战乱，就转移到我们这里。

耀州窑始于唐代，盛于北宋，起初耀州窑主要烧制黑釉、白釉的民间用瓷，宋、金两代以青瓷为主。据记载北宋时已经为朝廷烧造"贡瓷"。耀州窑烧制的青瓷，胎薄质坚，釉面光洁匀静，色泽青幽，呈半透明状，十分淡雅。装饰有刻花、印花，结构严谨丰满，线条自由流畅。我们在耀州窑博物馆就看到了这样的一件青瓷珍品：

首先就是拉胚的工艺，全部纯手工拉胚，上面微微翻卷的口沿，短短的瓶颈，陡然下折的瓶肩，整个瓶腹缓缓外展又渐渐内收。第二点，瓷器的纹饰装饰的丰富多样，寓意很吉祥。第三是体现耀州窑最独特的刻花工艺，您看到这些花纹图案是立体浮雕感，但手摸上去全部是光滑的表面。它是用直刀先刻出纹饰轮廓线，然后用斜刀在旁边别出坡面，形成凹槽，釉子填满凹槽，凹槽越深，釉子越深，颜色越深。

作为耀州窑一脉单传的窑场，陈炉的千年炉火一直烧到今天。这里的人们用一颗颗匠心守护着祖辈传下来的手艺和信仰。

王战军：我在这里也已经二十多年了，不离不弃，越做越来劲。现在还有一个更大的计划，想把自己的后半生托付到这陶瓷上。陶瓷最大的诱惑就是创新挑战，我现在打算进行创新改造。可能马上付诸实施了。

铜川台：千年古镇陈炉的确是值得一去，刚才我们已经提到了，铜川是"丝绸之路"的节点城市，早在1300多年前玄奘法师就成为了中外文化交流的杰出使者。提起玄奘法师，大家可能不知道他和我们铜川的渊源，玄奘一生译经1335卷，在我们玉华宫四年间就完成了682卷，超过在大慈恩寺15年所译的653卷。

香港台：其实说到玄奘大家都不陌生，他就是中国四大古典名著之一的《西游记》中唐僧的原型，一位伟大的译经家。我比较好奇，之前听说比较多的是他在大慈恩寺译过经，那又是什么时候来到了玉华宫，在这里有什么故事呢？

讲解员：玉华宫是唐初三代帝王的避暑行宫。也是高僧玄奘法师在这里译经、创宗、弘法、圆寂的地方……

玉华宫位于铜川市西北部的玉华山。这里风光旖旎，景色秀美，被誉为"得非遍选天下胜，久住直恐成真仙"的灵秀胜地。

公元659年的秋天，六十岁的玄奘来到了玉华宫。就是在这里，他度过了生命中最后的时光。

在玉华宫历时四年零四个月，玄奘法师一生翻译佛经是1335卷，而在当年的玉华宫翻译佛经多达682卷，占了他生平翻译的一半以上。

四年多时间里，玄奘法师还创立了佛教重要宗派——法相宗。玄奘圆寂之后，法相宗分别由他的两位弟子——窥基和圆测发扬光大。

玉华玄奘研究所秘书长楚少辉：玄奘法师的影响非常重大而深远，在玄奘法师身上体现出来精进不息的精神，忠于一件事，才能做好一件事。

玄奘留给中华民族的，除了佛学与文化，还有一种精神价值，一种对理想永不放弃、对信念始终坚持的精神力量！

铜川市玉华宫管理局副局长张忠兴：他的这种精神，首先是对佛学的一种孜孜不倦的追求，一种锲而不舍的精神；二是他是民族精神的传承；第三个是他有博大的胸怀，愿社会和世人能够平安幸福。

铜川台：其实说起我们铜川的历史文化名人，真的可以用"璀璨生辉"来形容。唐代书法大家柳公权从颜真卿手里接过了楷书的旗帜，自创"柳体"，后世并称"颜筋柳骨"。名列北宋山水画三大家之一的范宽，他的作品雄劲而浑厚。代表作《溪山行旅图》受到了历代评论家的称赞。

中央台：现在这幅画作的真迹就收藏在台北故宫博物院。黄老师，据了解，《溪山行旅图》的原型就是我们铜川照金地区，是这样吗？它为什么能成为国宝呢？

黄卫平：《溪山行旅图》的原型是我们铜川市的照金山水，实际上范宽有几幅作品，不仅仅是《溪山行旅图》，还有《雪景寒林图》、《雪山萧寺图》等等都是以花园山水为原型创作的。而其中就以这个《溪山行旅图》为典型代表。这幅作品气势磅礴，以雄健冷静的笔法勾勒出山川的劲拔雄阔，壮丽豪迈；扑面而来的悬崖占据了画面，山脚下小路上有一队商旅缓缓地走来，整个画看来静中有动，动中有静。范宽的艺术创作观点就是与其师人，不若师诸造化，就是要到大自然去写真山、真水，所以他的作品非常震撼人。在20世纪对范宽有两大发现，一个就是《溪山行旅图》作者的发现，原来对范宽四幅字画的作者有很多争议，因为历史上就有明代的宫廷画家董其昌说过，这是范宽画的，但是没有更多的证据。《溪山行旅图》一直藏在宫廷里。1949年1月，这幅画运抵台湾，台湾故宫博物院院长叫李霖灿，他一辈子研究这幅画和一辈子临摹这幅画，所以他下了非常大的工夫。他用九宫格的方法，用放大镜一个格一个格去寻找，终于在一片树叶林里头找到了范宽的两个字，证明了这幅画是范宽的真迹，这是1958年发现的，所以现在我们欣赏，当然就知道是范宽的。第二个发现是《溪山行旅图》是在哪儿画的，这个发现是我们陕西山水画研究会会长，也是个山水画大家叫梁云，他发现的。

铜川台：梁云好像在我们铜川工作过。

黄主席：是的，他在铜川工作过，他就一直在范宽画过画的地方，他去体验生活，搞写真。有一年冬天，他画冬季的时候，他住到老乡家里，一夜下了大雪，他开门起来，一开门看到雪景扑面而来，这不是范宽的画吗？他就得到了启发。后来他就一直潜心于这一方面的研究，拿范宽的画和照金的山水来做对照，最后得出结论写出了文章，一时间非常震动。

中央台：由于时间的关系，谢谢黄主席。希望大家能够有时间真的到铜川来看一看，或者当面找黄主席来聊一聊。

铜川台：听完黄主席的介绍，接下来再让我们走进柳公权纪念馆，感受一下柳氏风骨！

说到柳公权，这位唐代著名的书法家，创作了柳体楷书，对中国书法文化影响极其深远，他也是地地道道的陕西铜川人。

人们常说写字如做人，这个道理可以追溯到柳公权时期，来自陕西柳范书画研究院的王朝晖院长就给我们讲起了关于柳公权"笔谏"的故事。

王朝晖：他当时和唐穆宗在对话的过程中，唐穆宗询问他怎样才能把字写好，他当时就说了一句话叫"心正则笔正"，这句话他包含有两方面的意思，一个是学习书法的人首先不光要把字写好，更重要的要学会修身养性，另外一层意思就是他用这种方式提醒当时的唐穆宗，皇上嘛，处理国家这些事情首先要心正，不能有歪门邪道的东西。

下篇　特色产业　转型铜川

她是一座城市，也是一段厚重的历史。在这里，有玄奘法师译经的身影，也有药王孙思邈悬壶济世的传说。

她是一座城市，也是一段多彩的乐章。在这里，有当空飞舞的白羽朱鹮，也有层林尽染的漫山红叶。

中央台：听众朋友们大家好，您正在收听的是中央人民广播电台华夏之声、香港之声，香港电台普通话台携手内地及港澳56家电台联合推出的大型直播节目《城市新跨越》。今天我们来到了丝绸之路经济带的重要城市、华夏文明发祥地之一——陕西铜川。我是中央人民广播电台主持人小东。

铜川台：大家好，我是铜川台主持人英丽。

香港台：大家好，我是香港电台普通话台的主持人陈曦。节目开始二位就提到了铜川的自然矿产资源非常丰富。那么独特的自然条件是不是也孕育了不一样的城市特色呢？

中央台：没错，早在"一五"时期，国家实施了156个重点项目，铜川的王石凹煤矿和耀州县水泥厂两大项目，就奠定了它西北地区重要能源建材基地的地位。

铜川台：由于产业发展的需要，我们铜川也成为了一个移民城市，上世纪五六十年代，一大批支援大西北的热血青年从祖国四面八方奔赴铜川，扎根铜川。今天节目的另外一位嘉宾黄卫平主席也是他们其中的一位，他的祖籍是江苏，可是他在我们铜川已经工作生活了几十年了，可以说铜川已经成了他的第二故乡。说到这儿我想考考两位，你们知道我们铜川使用频率最高的地方方言是什么吗？

香港台：陕西话呗。

中央台：铜川话啊。

铜川台：都不对，大家可能想象不到，由于早年间大量的河南人来到这里安家，因此"河南话"是铜川使用最多的语言，而且在铜川街头，陕西菜、河南菜、四川菜随处可见，历史的原因也使我们铜川拥有了"包容开放"的个性。

中央台：说到这儿我忽然想起来著名作家路遥在上个世纪80年代写了一部小说《平凡的世界》，其中"铜城"、"大亚湾煤矿"等场景，就是以铜川为原型创作的。就在前几天有一对北京的老夫妇，看到了我们微信公众号推送的节目预告，兴奋地联系到我们，原来他们是上个世纪60年代来参与铜川建设的知识青年，对这座城市非常有感情，我们也采访到了其中的一位，北京积水潭医院教学办公室教师董国凤。接下来我们跟随她一起回忆一下那段青春岁月。

董国凤：我们这些插队的知青，提起铜川都有着非常深厚的感情。铜川是我们一生中不能忘却的地方。我们是1969年插队的知青，我被分在了宜君县，在那儿教书11年。这几年经常回宜君，所以每年都到铜川。铜川这些年变化非常大。我们每次回去，铜川的学生都热情地接待我们，带我们到新区去玩儿，那里建设的跟大城市一样。原来的铜川是个煤都，到处都飞着煤末子，现在好了，铜川正在发生着翻天覆地的变化，我们非常高兴。

香港台：听得出来，这位大姐对铜川是非常有感情的。

中央台：说到铜川，煤炭永远是一个无法回避的话题。铜川因"煤"而兴，这里煤炭矿产资源丰富，煤田面积522平方公里，煤炭产量占全省的三分之一，曾是全国重要的煤炭生产基地和西北最大的水泥生产基地。

铜川台：但是，"挖煤卖资源、挖石头烧水泥"这种生产方式，在把铜川推向辉煌顶峰的同时，也带来了资源濒临枯竭、环境污染严重、采空区滑塌区不断出现等一系列问题。

中央台：早年间听过这样一个说法，说"铜川是个卫星上看不到的城市"。英丽，这种说法是不是太夸张了，以前的铜川环境真的这么恶劣吗？

铜川台：上世纪90年代初，铜川有这么一句顺口溜："吃饭捂着碗，走路眯着眼，看露天电影得打伞。"虽然说得有点夸张，但是那个时候的铜川空气质量真的很差，我记得那个时候我刚刚参加工作，采访回来一天，如果那天穿的是白衬衣，下午回来你一看成灰的了。

香港台：我觉得有点夸张了吧，我来铜川的这几天，我感觉这里的空气很好啊，天很蓝，树很多，街道整洁，一点都看不到你说的这种恶劣现象啊。

铜川台：这是因为近年来我们铜川市委、市政府下决心大力转型，煤城铜川才得以"涅槃重生"。2015年，铜川收获了269个优良天，"铜川蓝"已经成为了一种常态。

中央台：我们今天也非常荣幸，请来了铜川市市长杨长亚。杨市长，您好！

杨长亚：主持人好！

中央台：作为市长，看到铜川今天发生的变化，天天上下班能享受着"铜川蓝"，您是一种什么心情？

杨长亚：非常高兴能够利用中央人民广播电台《城市新跨越》这么一个栏目让我来介绍铜川，引领大家走进铜川。刚才主持人提到了，我们铜川是国家西部地区非常重要的能源建材基地，为我们共和国作出了非常重要的贡献，这主要是我们的煤炭资源、优质的石灰石资源。1958年，我们建市以来，我们已经累计生产原煤5亿多吨、水泥2亿多吨，为我们新中国的建设作出了非常重要的贡献。但是由于资源环境的变化，再加上我们在建设初期，一种无序的开采，可以说对环境造成了破坏。人民群众对好的环境非常向往，所以我们党委和政府如何引领我们的人民群众，把我们的铜川发展好，把我们的环境营造好，这是我们肩负的一个非常重要的任务、职责。正是由于我们长期的不懈的这么一个坚持，特别是通过我们转型发展这么一个非常艰辛的道路，又通过我们不懈的努力，"铜川蓝"成为了常态，铜川成为了广大群众，特别是我们市内外人民群众向往的城市。

中央台：还真的是这样。其实刚才听到杨市长给我们的一番介绍，我觉得这应和了2015年底召开的中央城市工作会议提出的"统筹生产、生活、生态三大布局，提高城市发展的宜居性"。资源枯竭型城市转型是一个世界性难题，大家最关心的就是铜川是怎样走出一条"由黑转绿"的产业转型之路的？

杨长亚：由黑转绿就是说我们的黑主要体现在我们的资源开发上，绿是我们的一个向往，那就是绿色发展，绿色的环境，良好的生态环境。在这个发展的过程当中，我们市委、市政府一定要从我们的实情、实际发展，按照科学发展观思想的引领，按照可持续发展的要求，一定要探索出、闯出一条符合我们铜川长远发展的路径。这一个路径就是转型发展，这一个转型发展也完全符合中央所提出的"一个尊重、五个统筹"的要求。转型发展是一个非常艰难、非常困苦的选择过程，但这一个选择，我们一定要做，这一步我们一定要迈，虽然我们牺牲了短时期的、所谓的GDP，但是我们换来的是蓝天白云，我们换来的是广大人民群众生活质量的提高，这一个发展非常值得。在发展的过程当中，我们非常注重先进理念的引领、先进发展方式的推进。因此，我们在整个产业的发展过程当中，路径的选择都充分与我们广大人民群众在一起进行反复的研究，共同推进。

香港台：我来问问市长，刚才的节目当中我们也介绍了，过去，除了煤以外，铜川其他的自然资源也非常多，丰富的矿产资源无疑可以给铜川带来高额的经济回报，在曾经看重GDP的年代，铜川为何能够做出转型的选择？

杨长亚：我们铜川的煤炭、优质的石灰石，以及我们非常优良的油页岩、石油，这些资源都是不可再生的资源。在发展的过程中，如果我们一味地走资源开采、资源利用这么一个路子，我们的路子可能走得越来越窄，我们发展所带来的可能是对我们整个资源的损害、破坏，或者再用一种非常形象的话来讲，我们也是在与我们的子孙在抢夺资源。

香港台：铜川的转型之路已经是走了十几年了，铜川在保持绿色发展的统一思路以及政策的延续性方面是如何做的呢？

杨长亚：我们在产业的发展上突出绿色、低碳、循环发展利用。这也符合党中央、国务院所提出的"十三五"一定要抓好的供给侧结构性改革这么一个要求。供给侧结构性改革实际上就是我们以资源为主的城市必须要走的一条路子，我们在发展的过程当中更加地注重了产业的布局，更加地注重了接续产业的培育，也就是说我们更加地注重了高新技术产业的运用，产品的生产，这一个路子他一定会走得更远，一定会走得更长。在发展的过程当中，我们也坚持做到工业优化升级，做精传统的产业化，解决我们产能过剩，也就是我们通常所讲的减法，也要做实我们接续产业、集群产业发展的加法，做好创新驱动的乘法，让转型升级之后，我们的传统支柱产业能够成为我们铜川经济社会发展的压舱石，让我们的接续产业成为推动铜川转型发展的加速器，通过我们这么多年来的尝试，我们的接续产品，在我们的接续生产总值里面他所占的比例在逐年提高，他的发展速度也是非常快。我们在产业的布局、产业政策的引领上也更加注重了环保产业、环保产品，以及接续产业的生产加工。

中央台：其实，铜川要走可持续的绿色之路已经不仅仅停留在政府层面，它已经深入到每个铜川人的心里。在铜川有一个安泰集团，他们已经研发出了一条从废物回收到新产品再造的产业链，做成了绿色环保产业。目前该集团在铜川已经设立布置了200多个固定回收点以及300多辆环保型流动回收车。我们来听听铜川安泰集团实业有限公司董事长王维建的介绍。

王维建：2011年我去香港旅游时，从宾馆出来路过一个小区，看到一个小孩儿把一个饮料瓶分成三类，瓶盖、外包装和瓶身扔到三个不同的定点回收的筐里面。还有就是他们定点、定时、定期回收垃圾，所以给我的印象非常深。我回到铜川就考虑，我们铜川的垃圾是怎么处理的。实际垃圾就是城市的矿产，就是财富。只要你把它分类，它就会产生价值，分类越细，利润越高。最后经过这四五年的努力，我现在确确实实更有信心了，更有动力了。当然我的奋斗目标是为我们铜川的休闲养生，让天更蓝、水更清、山更绿！

铜川台：刚才通过领导和嘉宾的介绍大家可能都了解了我们铜川的特色产业之路。一方面"整合资源，关小上大"，另一方面实现煤—电—铝—水泥联产联营循环式发展，除此之外，近年来我们铜川也在不断找寻发展新的特色产业。比如中草药产业就是其中之一。

香港台：提起中药其实和我们香港人的生活也是结合得很紧密的。

铜川台：我知道你们香港人和广东人都喜欢煲汤。

香港台：是啊，在我家里就是最典型的例子，常年有各种各样的药材每天都用得到。因为香港人都喜欢煲汤，为了增加汤水调理身体的功效，里面就经常要放上药材。煲汤很讲究的，不同的季节喝的汤是不同的，原料不同，搭配的中药也就不同。像刚才你们提到的党参就是补气佳品，我们平时煲汤都会放的。不知道铜川现在中草药产业发展得怎么样呢？

中央台：2011年，铜川市委、市政府为了推动经济转型，做出了关于加快现代中医药产业发展的决定，举办"中国孙思邈中医药文化节"，着力推动药材种植的规范化、制药企业现代化、中药产品品牌化和医药市场的国际化。听说铜川现在已经有了自己的中药产业示范园了是吗？

铜川台：是的，接下来就让我们就跟随记者雅雯一起到位于铜川照金小丘的现代农业示范区去看看。现在正是丹参开花的时节，很是漂亮。

铜川作为药王孙思邈的故乡，有着良好的中药材种植基础与传承，据调查，全市共出产野生和人工种植的中药材七大类683种，其中常用的350多种,占全省的32%,如今,转型中的铜川农业正在从传统单一的粮食作物种植朝中药材混合种植发展,全市已初步形成了2个产业示范园、7个重点区域、10个规模化示范种植基地,共发展中药材面积6万亩左右。

在位于铜川市耀州区照金镇的小丘现代农业示范区,记者被一大片紫色的丹参花深深地吸引,明艳的紫色看上去非常像薰衣草。我们跟正在田间忙碌的药农严大爷聊了起来:

记者:您家种了几亩地啊?

严大爷:我家今年种了二亩半地。

记者:种的什么呀?

严大爷:丹参。

记者:为什么要种丹参啊?

严大爷:去年种植以后产量很好,种了以后不愁卖。

记者:收成有多少啊?

严大爷:每亩三百公斤左右。

记者:能卖多少钱啊?

严大爷:能卖三千左右。

记者:您觉得种中草药难度大吗?

严大爷:比种粮食难度要小,主要杂草要锄好。

为何选择中药材作为产业转型的目标,铜川市中药材产业化办公室副主任向玉军说:从打造健康产业,发展全国休闲养生城市角度来考虑中药材发展,又有中医药先祖孙思邈,以这样的背景来搞这个产业,市委、市政府也从政策的角度给予支持,出台《加快中医药发展的决定》,引导企业、社会、农户种植中药材。

对于种植中药材种类的选择,主要以连翘、黄芩、丹参以及柴胡等大宗药材为主:

向玉军:这几个品种主要是市场的经济效益相对比较好,因为它是大宗药材，不会因为市场的价格忽高忽低，对农户有一个基本的保障，有些品种的药材虽然价格很高，但是市场波动很大，风险性也很高，再一个当地适合。

如何科学地种植中药材，既能不影响传统作物又可以最大化地提升中药材产能，陕西上和新农业科技股份有限公司总经理张祥告诉记者，可以采用粮田轮作种植模式、果园套种模式等方式来进行。

张祥：现在种小麦种玉米解决的是温饱问题，经济效益对农户比较弱，咱们的药材基本要高于小麦玉米三到五倍的产值收入，可以进行合理的倒茬轮作，一部分去种粮食，一部分种药材，过上两三年再进行轮换，原来种药材的地方现在种粮食，原来种粮食的地方再去种药材。第二种方式是在果园下面进行套种，既有自己的果园，又利用了果园间歇的空闲土地去种药材。

为了农户利益的最大化，张祥告诉记者，目前他们打破了传统产业格局，实现了直接从农民地头到制药企业的产销方式，减少药贩、代理、市场批发流通的各个环节。

中央台：听到这儿想继续请教一下杨市长，今年是"十三五"的开局之年。"十三五"规划中提出"创新、协调、绿色、开放、共享"的五大理念。杨市长，结合这五大发展理念，未来的五年，铜川的转型之路打算怎样走？

杨长亚：我们已经圆满地完成了"十二五"的各项工作任务，为"十三五"开局之年奠定了一个非常好的工作基础，这个工作基础和我们这十几年来艰苦的转型发展是分不开的。在"十三五"发展的过程当中，我们一定要坚持"创新、协调、绿色、开放、共享"的发展理念。

具体来讲，我们未来五年，铜川将围绕在全省早日全面建成小康社会这个目标，坚持深度转型与追赶超越这两条主线，实施文化引领、创新驱动、绿色发展、区域协同、共建共享、开放融合六大战略，推进优势产业转型升级、现代服务业多元发展、特色农业提质增效、文化引领全域旅游、基础设施保障、创新能力提升、新型城镇化推进、区域协调联动发展、脱贫攻坚及民生共建共享、美丽家园建设十大工程。

通过这些具体的、可操作的、需要我们继续艰辛努力的这些目标任务的实现，我们铜川"十三五"所规划、所体现的各项发展任务一定会得到实现。在具体发展过程当中，我们以文化引领为有力杠杆，不断做强转型的文化根基。如果我们讲发展一定要讲经济，你不谈文化不行，因为文化是标记、是标识，文化是发展的内涵。所以我们铜川在发展的过程当中，我们讲文化，我们有底气。因为我们铜川是移民城市，文化生活上有着较强的包容性。矿工是铜川的主人，拼搏奉献形成的风气是"铜川人好"。因此我们要深入挖掘历史文化内涵，发展全域旅游，建设全景铜川。

另外，我们要以改革创新为核心引擎，不断增强转型的内生动力。转型实际就是要不断地改革，通过改革来焕发在发展过程当中的活力、动力。

中央台：可见，未来的五年铜川已经有了清晰的路线图。为了改善环境，铜川一边去产能发展新产业，一边加强绿化，如今绿化覆盖率、森林覆盖率均接近50%。近年来3个城市集中饮用水源地水质均为优。

铜川台：没错，生态环境好转了，铜川人也有自信了。于是2013年，我们铜川人有了个大胆的想法。陈曦，还记得节目一开始跟你提到的那只鸟吗？

香港台：当然记得，珍稀濒危保护动物朱鹮。

铜川台：提到朱鹮，本来不是我们铜川的。它的家乡在陕南汉中的洋县，它对野外生存的环境条件要求非常高。因为我们环境好了，我们就想能不能把生活在陕南的朱鹮引进来安家呢？

香港台：这个想法很大胆，陕南和这里的气候条件完全不一样，能行吗？

铜川台：很多人当时都有着你这样的担心。但经过后来长期的调研和考察，最终，这事还真成了。如今，朱鹮不仅在铜川安了家，还成功地繁育了铜川籍的朱鹮宝宝。去年4月11日，陕西省第三十四届"爱鸟周"活动在铜川启动，30只朱鹮在铜川再次野外放飞成功，接下来让我们一起探访朱鹮的世界。

朱鹮，国家一级保护动物，被称为鸟类中的大熊猫，目前全世界仅存两千多只。随着近代工业化的推进，朱鹮的栖息地急剧缩小，甚至消失，野生朱鹮种群濒临绝迹。

杨国强：这是一个救护网笼。

记者：哦，救护网，现在这里有朱鹮吗？

杨国强：有。

铜川市北部山区的耀州区沮河流域，区内多为宽谷浅丘地貌，河流纵横，水生生物丰富，为朱鹮生存和繁衍提供了条件。

一个风和日丽的下午，铜川市野生动植物保护管理工作站站长杨国强正在向记者介绍朱鹮。

杨国强：这两只是我们救护的朱鹮。你看这个朱鹮，像繁殖期它头部以下是黑的。它的脸颊是朱红色的，腿是红色的，这个鸟比较漂亮。

2013年和2015年国家林业局和陕西省政府先后两次在耀州区沮河流域成功放飞朱鹮62只。从濒临灭绝到繁衍生息，不仅得益于铜川良好的生态环境，更离不开耀州区动管站工作人员的努力与付出。

中央台：收音机前的听众朋友，到这里我们的直播节目就要结束了。杨市长，最后您有什么话想对听众朋友们说？

杨长亚：我非常希望中央人民广播电台能够带领更多的记者

朋友们来到铜川，让我们国内外的朋友了解铜川、走进铜川，为我们铜川共同致力，共同添彩！

中央台：三秦大地，秀美铜川！药王悬壶济世的传说仍在这里回响；柳公权心正笔正的美谈永续流传；耀州窑的千年炉火传承着不变的信仰。

铜川台：是他们，为铜川的历史留下了最初也最深的文明印记；是他们，为铜川留下了厚泽百世的文化积淀。

中央台：而这份丰厚的历史遗存也滋养并激励着现在的铜川人跨步向前。站在"十三五"开局之年的新起点和"一带一路"历史机遇面前，我们相信，铜川人一定能够再展辉煌。

东极天府　三江明珠

中央人民广播电台主持人小东（男）：中央人民广播电台。

佳木斯市广播电视台主持人李佳（女）：佳木斯市广播电视台。

男主持人：各位听众，各位网友，由中央人民广播电台华夏之声、香港之声，香港电台普通话台联合内地及港澳的多家电台推出的大型直播节目《城市新跨越》今天来到了佳木斯，这也是我们2017年跨越的第一座城市。我是华夏之声、香港之声的节目主持人小东。

女主持人：我是佳木斯市广播电视台节目主持人李佳。

男主持人：李佳，这名字一听就是佳木斯人！

女主持人：你猜对了，作为一个佳木斯人，我也特别欢迎小东来到佳木斯，更欢迎各位港澳和内地的听众、网友在今天这一个小时的时间里走进我美丽的家乡。

男主持人：说到这里啊，李佳还不赶紧给我们介绍一下佳木斯？

女主持人：好的！我还要从一首歌说起。

男主持人：什么歌？得唱起来。

女主持人："小河弯弯向东流，流到香江去看一看……"

男主持人：接下来我是唱还是说？"东方之珠，我的爱人，你的风采是否浪漫依然……"

女主持人：小东你唱得太棒啦。

男主持人：谢谢，这不是唱香港的《东方之珠》吗？它跟佳木斯有什么关系呢？

女主持人：太有关系了。香港号称"东方之珠"，全世界都知道。但那是放在世界版图上看，因为香港地处东亚，没有问题。可是如果放在咱们中国自己的版图上看，香港是在南方，我们佳木斯才是中国陆地的最东端，所以啊，我们佳木斯也可以叫"东方之珠"。

男主持人：送你三个字：有道理。说起地理位置，这个我也略有耳闻，佳木斯是祖国的东大门，是中国领土上最早迎接太阳的地方，所以佳木斯一直有一个别称，叫做"东极"。我还特别去查阅了一下古诗词，有几句我觉得特别适合代入，比如汉代有这样一句诗："春风东北起"。所以这次来到佳木斯就有一种感觉，晨光东极出。

女主持人：你要体验东北风的话，你得在冬天来。

男主持人：要说这东极天府佳木斯，我虽然向往已久，但还真是第一次来，相信很多港澳的听众朋友对佳木斯也不是很熟悉。佳木斯究竟是一座什么样的城市？香港的朋友对这里又有着怎样的好奇呢？我们还是先来听听香港电台普通话台的主持人陈曦代表香港听众提出的几个问题吧。

陈曦：收音机旁以及互联网上的朋友，所有海内外的听众朋友们，佳木斯的听众朋友们大家好。我是来自香港电台普通话台的节目主持人陈曦，很高兴在2017年度《城市新跨越》的第一站和佳木斯的听众朋友们见面。这里陈曦有几个问题请教一下：第一，香港的夏天是非常炎热，东北的佳木斯会不会很凉爽？是不是一个避暑的好地方呢？第二，作为与香港完全不同的城市，佳木斯在自然景色方面又有些什么特别之处呢？

男主持人：说到景色的特别之处，看来香港听众对于佳木斯还是很感兴趣的，你赶紧来给港澳的听众朋友们好好夸夸咱们家！

女主持人：小东，咱先不急着回答问题，随着节目的进行，这些问题我们都会在今天的节目里一一给大家解答。要想认识佳木斯，还得再听一首歌："乌苏里江水长又长，……"

男主持人：你唱的是不是这首歌？《乌苏里船歌》。

女主持人：是的，我们佳木斯还真是歌的海洋，现在这首歌，我相信很多听众都能跟着唱起来。

男主持人：这是《乌苏里船歌》啊，非常经典的一首歌！

女主持人：对，佳木斯位于黑龙江、松花江、乌苏里江三江汇流的地带。这首家喻户晓的《乌苏里船歌》就是用世代流传在乌苏里江流域的赫哲族民间曲调改编成的歌曲。

男主持人：说到赫哲族，我作为一个文化节目主持人也略有耳闻。赫哲族是中国东北地区历史非常悠久的少数民族，佳木斯是赫哲族世代生活的故土。赫哲族的生活习俗和艺术创造，丰富了三江平原的文化底蕴。

赫哲族以渔猎为生，在漫长的族群发展历史中，创造了独特的渔猎文化！三江流域里那些有名的没名的鱼儿们，在赫哲族人的厨房里被合称为"三花五罗十八子"。

村民：这个是鲤鱼，做的是他拉哈（音），他们这个就是赫哲族的吃法，烤一下，完了再切成片摆出摊，这是白鱼可以清蒸，这个是嘎牙子。

记者：嘎牙子，我觉得把这些鱼的名字都能写出来都能记住很不容易。

村民：这地方鱼有很多了，这是佟罗、巴罗、普罗、瑟罗（音）。

鱼皮衣是赫哲人最具特色的民族服饰，今天鱼皮衣已经没有了过去用来祭祀的功能性，而传承人刘生大妈依然要用它来表达自己对生活的热爱，对同胞的情谊。

刘生：赫哲族是一个逐水而居的民族，顺着江水走的民族，祖先非常智慧，他们就用剥下来鱼皮做成衣服。据老人讲，一套衣服用一条鱼就可以做。

记者：一条鱼能做一个成年人的衣服？

刘生：对，1比1的。

记者：这些都是用鱼皮做的。

刘生：这是鱼皮做的。

记者：这个就应该是适应现在时代的审美，做出来的一些工艺品。

刘生：这幅是1997年香港回归的时候，同胞回家了，我就觉得鱼皮是赫哲族的历史符号，然后我就想，把咱们的香港区徽做出来。

记者：紫荆花。

刘生：这两侧是天鹅，天鹅是赫哲族的吉祥物，两只天鹅衔着咱们的紫荆花飞回来到咱们的祖国。

神秘的三江腹地，悦耳的声音传奇，古老的民族，悠远的历史，《城市新跨越——东极天府　三江明珠》，为您讲述光阴的故事。

男主持人：《城市新跨越》正在直播。应该说音乐、说唱不仅仅是艺术，也是一座城市留给人们的文化记忆。

女主持人：在我们佳木斯，有这样一位学者，如果让他唱歌可能不是最好听的，而说到对这座城市的情感，他笔下的文字凝聚了佳木斯这座城市的文化记忆。我们的节目就把黑龙江省作家协会会员、佳木斯市作家协会副主席朱春龙先生请到了《城市新跨越》的直播现场。朱先生你好。

佳木斯市作家协会副主席朱春龙：各位听众朋友大家好。

男主持人：朱先生，既然您都到了我们直播间，能不能先给我们大家介绍一下有关于佳木斯这个名字的由来，因为名字是关于一座城市最初的印象，同时佳木斯这个名字好像并不是源自于汉语，是吧？

朱春龙：你这个说法很正确。佳木斯这个名字历史很悠久，关于他这个名字的具体的含义，现在来看有这样三种可能，或者叫说法。一种说法说它是满语，翻译成汉语的意思叫做战官屯或者驿城村。因为在明末清初的时候，佳木斯地区曾经是个很重要的驿站。第二种说法说他可能是赫哲语，翻译成汉语的意思是骨头的意思。第三种说法源自一个人，这个人在1888年的时候第一个出现在佳木斯这个地方，是一个汉族人叫江明斯。随着时间的推移，它的名字就逐步地演化成了现在这个名字，但是不管怎么说，首先它表明了佳木斯这个名字历史很悠久，而且很多元。

女主持人：其实我还有一个更通俗的解释，盛产好的木头的地方，就很字面的意思。

朱春龙：这个是从字面上去解释的。

女主持人：您刚才讲到的城市名片，佳木斯的名字的由来，我觉得就像给咱们佳木斯做了一个文化素描一样，多元融合，它展现了城市的文化的宽度；历史悠久，它就展现了城市文化的纵深。那么我们佳木斯城市的历史当中，您觉得哪些亮点可以成为咱们佳木斯的文化标签呢？

朱春龙：大家都知道文化是一个城市的魂，佳木斯尽管建镇的时间不是很长，一百多年的光景，但是在一百多年的时间里，在不同的历史阶段，由于它多元性和包容性，再加上和地域文化结合，形成了独具特色的文化形态。比如说作为中国最小的民族赫哲族的祖居地，它有比较完善和丰富的赫哲文化，这个大家知道。作为东北抗日联军的主要发源地和东北抗日游击战争的主战场，它有很丰厚的抗联文化、抗战文化。作为东北解放的重要的战略大后方，它又有着很完整的东北小延安文化。

男主持人：东北小延安，这个是非常重要的一个文化。

朱春龙：这是佳木斯至高无上的一个政治荣誉。

女主持人：现在也成了我们的红色旅游了。

朱春龙：对，这是我们著名的城市名片中的金名片。再一个比如说作为开发北大荒的核心区，它又有着很丰富的垦荒文化。再有一个，比如说你们大家都知道的佳木斯是快乐舞步健身操的发源地，形成了以快乐舞步为代表的表现现代佳木斯人生活的一种现代文化。总之，佳木斯的文化很多元，有包容性，而且能和地域的特色有很好的结合，形成自己很突出的这种文化的标识。

男主持人：您刚才提到了这么多文化，同时也给大家讲述了很多的传说，曾经还有一种说法叫做文化的源头，其实就是传说，传说演绎出了各种文化的标签标志。今天也非常感谢朱先生做客我们的直播间，和大家分享了这么多有关佳木斯的传奇历史，谢谢您！

清晨的第一缕阳光，照亮希望与梦想。

这里的黑土地上记录着昔日的荣光，《城市新跨越——东极天府 三江明珠》，为您讲述奋斗的故事。

男主持人：各位听众、各位网友，您现在收听收看的是中央人民广播电台华夏之声、香港之声，香港电台普通话台，佳木斯市广播电视台综合广播的大型直播节目《城市新跨越》。我是主持人小东。

女主持人：我是主持人李佳。刚才我们一起回顾了佳木斯光荣的历史、曾经的辉煌，就像是一起穿越了一段时光，感受了她的岁月流转。那么接下来我们就要说一说佳木斯今天的精彩。

男主持人：感受一座城市有很多种形式，对吧，李佳？

女主持人：是的。

男主持人：比方说视觉，看它的风景；比方说听觉，听它的歌；

当然还有味觉，品味它的美食。

女主持人：说到点子上了，看来小东也是妥妥的吃货一枚啊。

男主持人：你看刚才香港电台的陈曦还问到了佳木斯有哪些令人垂涎的美味呢！咱们佳木斯到底算不算一个盛产美食的地方？

女主持人：那太算是了，佳木斯是绝对的美食天堂。

男主持人：但是咱们港澳那可是美食之都啊。

女主持人：来到佳木斯也能够让您大饱口福，而且我们这里的饭菜香，主要是源于我们的食材好。

男主持人：食材好，咱们港澳市民的饮食品味那是相当高的，不知道你能不能满足，听听你怎么说。

女主持人：我给你介绍介绍，佳木斯地处三江平原，土地肥沃，拥有中国最好的黑土地，我们都知道这黑土地的有机质是最多的，而且佳木斯的黑土地可是世界上仅存的三块黑土区之一，这里生长出来的农产品，每天沐浴着中国陆地最早的晨光，喝着三江水，能不优质吗？

男主持人：我相信大家听了你这段介绍后会有两个疑问，第一，你原来是不是主持美食节目的？

女主持人：不是。

男主持人：第二，你是不是练过相声？

女主持人：真不是，我连美食都不会做，在我们佳木斯，人人都是美食家！不过可能一般佳木斯人不会跟你说那么多原因，只会用最霸气的方式告诉你，咱们这儿就是"米香、果甜、肉嫩、菜鲜"。

男主持人：贼拉好吃。

女主持人：那是。

男主持人：但酒香也怕巷子深啊，比方说要向咱们港澳的朋友们好好推荐一下咱们佳木斯的大米，希望以后像星洲炒米、煲仔饭统统都用佳木斯大米！

女主持人：我特别希望佳木斯大米能够走向世界才好，让更多的朋友吃到，因为它真的非常好吃。我们佳木斯还真做过佳木斯大米广告语的征集活动！征集活动就是希望得到一个宣传口号，参加的人特别多，一下子涌现了很多稿件，我们从中选出了一个最好的，"稻法自然，粮心耕耘"。稻是稻米的稻，粮是粮食的粮，一语双关，意义非常深刻。我们佳木斯大米的好品质，得益于自然的恩赐，凝结了佳木斯人的勤劳智慧，是匠心之作。这里还有一个好消息要告诉大家，就在半个月前，佳木斯连续六年荣膺中国十佳食品安全城市。佳木斯传承千年的农耕文明，让我们在精心培育优质农产品的过程中也锤炼出了"工匠精神"。

男主持人：说到这儿也赶快向大家介绍一下，佳木斯不仅农产品加工"高大上"，农机"链条"环环相扣，佳木斯这座传统工业与农业优势并存的城市，正在借助资源优势谋求发展新路径。

女主持人：佳木斯正在成为"一带一路"建设中的重要口岸。

男主持人：我知道，中俄界江黑龙江上正在建设首座跨江铁路大桥——同江中俄铁路大桥。不知道工程进度怎么样？

女主持人：是的，这座大桥建设进展非常顺利，而且中方主体工程已基本完工，俄方承建部分正进行桥墩基础施工。

靠近祖国东极的同江口岸西港码头，早上还不到五点就迎来了第一缕阳光，生产部张春城一天的工作也就此开始了，他每天都要重复操作这门起重机，把俄罗斯货船上的圆木一根根地放到岸边，装卸工作按部就班。口岸建设确实日新月异，张春城和工友们一边开着吊车，一边也见证了近十年间口岸的快速发展，同江港务局工会主席梁大明："前一年只有一个客运码头，改扩建以后，咱们整个港区码头和货场全部硬化完毕，新建了四个泊位，又新建了一个连接平台，进了三条铁路专线，1.82公里，整个港区现在是海关监管场所全封闭。"

作为黑龙江省唯一同时进行港口经营和船舶运输的口岸，除了进口木材，出口大理石、彩钢卷、轻工产品等货物，同江东港还有两个车客渡轮码头可以让货车开上混装船，直接送到沿线的俄罗斯远东港口实现精准送达。2016年混装船摆渡运输货运量达到3.6万吨，同江市港务局局长李树清："我们的船到俄罗斯下了港之后，车直接开上去，就是说能实行中国的口岸城市和俄罗斯口岸城之间，这种点对点，门对门的服务，因为车直接就可以开到你的工厂，开到你的货厂，开到你的家门口。"

为了响应发展临港经济，号召吸引客户多过货、快过货，同江口岸去年又平整出土地1.2万平方米在西廊码头建立木材加工厂，实现客户木材就近加工，降低运输成本，获得客户好评的同时，也增加了口岸的过货量，同江盛泰经贸有限公司销售经理王丽娜："对，我们直接包车到加工厂就可以加工，非常便利，运费最起码节省了1立方米20块钱，一年加工五六万立方米，你算多少钱，省了很多钱。"

2016年，同江口岸进出口货运量39.8万吨，进出口贸易额近4亿美元，货运量稳中有升，进出境旅客也屡创新高，去年在口岸东港的进出境人数超过6.5万人次，作为黑龙江省最大的水运口岸，为了配合即将开通的中俄同江铁路大桥，同江港提前购置了全省水运港口唯一一台40吨集装箱专用起重机，同时计划新建集装箱区和铁路大桥实现优势互补，水陆联运，打造通江港国际物流园区。

男主持人：欢迎继续收听《城市新跨越》，我是小东。建设"一带一路"，要加强"五通"，"五通"在佳木斯体现得特别明确，比如道路联通、贸易畅通、民心相通，我们刚才其实都谈到了一些。

女主持人：不过在这"五通"当中，政策沟通无疑是至关重要的一环，是其他"四通"的基础和根本。

男主持人：那你赶紧讲讲佳木斯发展的好政策。

女主持人：这我可不敢，讲不了，不过今天啊，我们也为大家请到了一位嘉宾，说到政策，他比我们都内行，有请佳木斯市政府副市长马里先生，马市长您好！

佳木斯市政府副市长马里：听众朋友们好。

男主持人：马市长，"一带一路"沿线城市都有自己明确的定位，比如香港可以发挥超级联系人的角色，澳门可以带动众多的葡语系国家。那么您觉得佳木斯具备哪些优越的条件？可以扮演怎样的角色？

马里："一带一路"是习近平总书记作出的重要决策部署，已经形成世界的共识，对世界和平发展将产生深远的影响，作出重要的贡献。对我们佳木斯这样的沿边口岸城市来说，无疑是给我们创造了一个加快发展的重要难得的机遇。要想科学的定位，确定自己的角色，首先要说清楚我们自己的方位和我们的区位。佳木斯是东北的东部中心，也是东北经济带的核心节点。我们有382公里的边境线，有五个国家级的水运口岸和一个航空港。应该说我们对俄贸易的优势是非常明显的，我们是前沿城市，也是对外开放的口岸最多的地级城市。我们与俄罗斯地方间的交流，一个是务实的开展，第二个还是有广阔的空间。在这方面，在"一路一带"大背景下，我们主动对接，深度地融入中蒙俄经济走廊。我们把佳木斯确定为龙江丝路带上的重要枢纽和节点城市，以此来推动我们创新升级，发挥我们对俄经贸合作交流的巨大潜力和优势。

女主持人：马市长，为了扮演好这些角色，我们佳木斯正在开展哪些方面的工作？

马里：首先，我们市弘扬"一带一路"精神，再就是我们按照政策沟通、设施联通、贸易畅通、资金融通、民心相通的要求，我们在构建全方位宽领域的对俄合作，重点是要做几个方面的工作。

男主持人：说到几个方面的工作，马市长我们现场还特别设置了一个彩蛋的环节，刚才您提到的几个工作就藏在我们的彩蛋里边，现在也请您为我们砸开眼前的金蛋，为我们来解读佳木斯经济社会发展将要着力做好的工作。

马里：很高兴。

男主持人：马市长，有请。金槌一声，金花纷飞。

女主持人：第一个是什么呢？

男主持人：第一个问题是："着力建设大通道，"怎样开展这方面的工作？

马里：我回答一下，就是我们设施联通我认为是合作发展的基础，也是对俄合作的优先领域。在这方面我们正在构建全方位立体化的交通优势。在加强陆路港口水运铁路的建设当中，特别值得一提的就是中俄同江跨江的界桥建设，它投资36亿多元，应该说它的建成开辟了中俄两国通道建设的新篇章。经过两国的共同努力，明年6月份就将投入使用。大桥建成后，我们的货运能力将达到3500多万吨。随着它的建成，我们佳木斯在全国的沿边对外开放格局中的地位和作用将会更加凸显。我们的铁路建设内容非常丰富，为了加快通道建设，哈尔滨到佳木斯的高铁明年6月份将投入使用，沿东部的牡丹江到佳木斯的高速铁路建设也将全面启动。我们还开通了水上的运输线路，有21个千吨级的泊位，现在有吞吐能力640万吨。同时我们加强了航空港的建设，我们开通了到哈巴罗夫斯克和韩国首尔的国际航班，以及北上广等十多条航线，增强了我们快速周转运输的能力。

男主持人：金蛋中的下一个问题："怎样着力打造合作平台？"

马里：合作平台的建设，我们认为建设好载体和平台是对俄开放的重中之重。在这里边我们就是支持抚远黑瞎子岛开发和保护，大家都知道黑瞎子岛是中俄两国一个借道，我们收回了一部分，保护和开发应该是我们的一个很重要的工作。同时我们以佳木斯为中心，同江、抚远为两翼，形成三点一线的平台建设。这里边主要是加强国家高新农业技术开发区的建设，同时我们的一些外贸企业也与俄罗斯的有关城市共同建设境外的园区。现在看来我们的境内境外园区互动，同时我们还要通过哈尔滨、佳木斯、同江、抚远这条线走出去，形成落地加工能力的转换。

男主持人：金蛋中的问题："怎样加强交流交往？"

马里：佳木斯和俄罗斯交往有一百多年的历史，这里边有政府间的，也有民间的，也有企业间的。新的时期，政府间的作用发挥得比较明显，我们与俄罗斯远东最大的城市哈巴罗夫斯克、阿穆尔共青城，还有比罗比詹，还有犹太州等多个城市建立了政府间的合作关系，加强了文化、教育、科技、经贸的交流，在政府交流带动下，我们的民间交往成为主体。现在我们有20多家企业到俄罗斯投资，我们连续办了六届展会，我们的中俄农机博览会已经被商务部定为国家级展会，这个效果非常明显，有比较大的交易额。

男主持人：怎样借势建设区域中心城市？

马里：佳木斯从地理位置上讲是东北区域的中心城市，这是国务院在批复我们城市总体规划时给我们的定位。最近国家发改委的东北经济振兴带也给我们这样一个定位，在"一带一路"战略深入实施的大背景下，佳木斯建设区域中心城市的条件更加具备，机遇对我们十分有利。我们周边几座地级市，辐射的人口是1000万，这些城市加起来的GDP是2000多亿，应该说在黑龙江东北部发展，特别是加强对国际间的合作，我们有实力支撑。我们在这方面就是想把佳木斯建成教育、文化、医疗、卫生、商贸和物流这么几个枢纽和基地，这样形成我们具有影响力的名副其实的中心城市。

男主持人：当然咱们说城市的发展不仅要自力更生，同时也要呼朋引伴。咱们佳木斯在发展当中有没有和港澳的合作，这些合作又分别在哪些方面？

马里：佳木斯与港澳的合作应该说是人员交流、经济合作、经贸合作互补性都很强，地理位置、气候条件，决定了我们双方的密切交流。港澳地区的游客应该说是近些年来佳木斯领略北国风光的主力。我们的一些企业也借助港澳资金的优势，同他们展开了很好的合作。在实体经济、在房地产开发、在现代物流方面都有很好的合作。随着"一带一路"建设的深入推进，我想我们这种合作空间会越来越大，而且我们合作的这种紧密程度取得的成效会越来越好。

我觉得我们具备几个方面的条件，特别是我们的投资需要有大量的支撑。这样我们下一步发展是靠创新驱动，同时也要靠投资拉动。我们有将近550多亿的基础设施项目，水利、城市建设，包括我们的现代农业，这些都有很好的合作空间。同时我们在工业上、粮食精深加工上、在绿色食品的加工上，这种空间更加广泛，我们行政区内有2800万亩耕地，有1380万吨的粮食生产能力，在全国都排在前面，而且我们现在的基础也很好。

男主持人：此时此刻各位听到的这首歌叫做《咱们工人有力量》，这首歌它就诞生在佳木斯，是上世纪共和国工业化初期，佳木斯创作的奋进之歌，那已经成为一代人的记忆了。今天接下来的时间，我们也和大家来欣赏一下新版的这首歌。马市长，不知道这几年，一首重新编曲翻唱的《咱们工人有力量》，您有没有听过，音乐的变化似乎也在迎合着时代的变化、发展方式的变化。接下来想请您介绍一下佳木斯未来发展有着怎样的规划？

马里：是的，创新是发展的灵魂，也是发展的动力源泉。今天上午省委还搞了一场讲座，请中国工程院的周济院士给我们做了一个创新发展的讲座，我们也很受启发。城市发展同样也需要不断地创新，"十三五"期间，我们就是要通过体制机制的创新，以创新为支点，把我们佳木斯打造成创新型的城市。过去我们有一定的基础,现在我们就要坚持发扬下去。一个就是建设现代农业的核心区,让佳木斯始终处于全国农业发展的前沿地位。二是全面推进经济结构调整升级。我们要牢记总书记对我们黑龙江的两次重要讲话,按照改造升级"老字号",深度开发"原字号",培育壮大"新字号"的要求,把我们产业向中高端迈进,这是我们佳木斯的打算。第三就是我们深度地融入"一带一路"和中蒙俄的经济走廊,发挥我们的地缘优势,打好刚才我说的几张牌,把我们的经济做强做大。最后我们要做大做强做美我们的区域中心城市,区域中心城市应该说提升我们居民的核心价值观,增强我们城市的创新能力和文明城镇、文明城市的水平,把佳木斯建成名副其实的宜居、宜业、宜商、宜游的区域中心城市。

男主持人:好的,谢谢马市长。也希望咱们佳木斯越来越美,同时也希望在听节目的各位听众朋友,希望你能够早日来佳木斯,和大家一起感受佳木斯的魅力!

森林与江河,夏花与冬雪,四季的乐章轮回更迭,《城市新跨越——东极天府 三江明珠》,为您讲述美丽的故事。

男主持人:各位听众、各位网友,您正在收听收看的是来自中央人民广播电台华夏之声、香港之声,佳木斯市广播电视台综合广播的大型直播节目《城市新跨越》,我是小东。

女主持人:我是李佳。我们的节目正在通过央广网、"央广新闻"客户端、腾讯直播和"一直播"同步视频直播,欢迎您收看并参与互动。

男主持人:通过刚才市长的介绍,我们感受到的佳木斯奋进的脚步、发展的速度都令人振奋。

女主持人:是的。如果你来到佳木斯,去用心体会这座城市日常的生活和风韵,你一定会体会到另外一种美。

记者：在佳木斯你每次呼吸的氧气来自27.3万公顷森林和156万公顷的三江平原湿地。

记者：和我们一起呼吸的还有这片广袤土地上的万物生灵。

讲解员：我们这里有丹顶鹤。

记者：丹顶鹤都有？

讲解员：有，丹顶鹤多。

记者：白枕，枕头的枕。

讲解员：对，还有东方白鹳、金雕，这都是国家一级保护的，常见的白鹭、苍鹭、草鹭，这些都是体型比较大的。湿地那个景观是动态的，它不是固定的。你比如说草本植物、鸟类、晴天或者阴天、有云没云体现出的景色都是不同的。

记者：一不留神一只鸟窜出来了。

讲解员：对。

富锦国家湿地公园是鸟的天堂，也是都市人的绿色港湾。

讲解员：那个又是野鸭子，大雁来的时候铺天盖地的，水边上那都是密密麻麻的。

男主持人：应该说佳木斯的自然环境、人文环境非常让人羡慕！

女主持人：的确，我们佳木斯人的幸福感还真的挺强的。

男主持人：这个我早就知道了。

女主持人：你怎么知道的？

男主持人：是大数据告诉我的，大数据真的挺棒的。

女主持人：什么数据？赶紧给我们分享一下。

男主持人：你去做个实验，在百度里搜索佳木斯，看看出现最多的关键词是什么？

女主持人：哎呀别卖关子了，快告诉我吧。

男主持人：结果可能你真的想不到，居然是"佳木斯快乐舞步健身操！"

记者：在松花江畔，早起的佳木斯人也在快乐地拍着手掌，城里的人们如天空的雁阵，一会排成个人字，一会排成个一字。

领队：一个队大概七八十人。"

记者：七八十人不少呐，你们每天早上都过来吗？

"对，天天早上，冬天在严寒的时候我们早晨5点钟出来，那还伸手不见五指。我们做完操脸上都是白霜。

记者：真的，那你不冷吗？

领队：做起操来一点都不冷，这个操对身体绝对有好处。

记者：嘘，安静点，领队们要开会了。

领队：这是我们的大队长，这个方队队长，我们都是组织者。我们各个方队要组织走操、广场舞、互相PK，还有体育项目，拔河、百米接力跑，我们每年都在搞。

记者：佳木斯健身操实际上是一个纽带，大家都团结起来，定期举办一些体育活动。

女主持人："佳木斯快乐舞步健身操"深受群众喜爱，至今已传播到全国百余个城市以及俄罗斯、加拿大、新加坡等十多个国家，快乐舞步健身操也成为佳木斯市对外的一张靓丽的城市名片。它的创始人就是我们佳木斯法院的退休干部于继承。

男主持人：这位我倒是有所耳闻，简直是偶像级的啊！

女主持人：那当然！好多人管于老爷子叫广场舞教父呐！

男主持人：我还真的很好奇，好奇的不仅仅是于老师长什么样子，还有是怎么发明这套健身操的？

女主持人：要不咱们现在就连线于老师。

男主持人：那咱们接下来电话连线于继承先生！于先生您好。

于继承：您好。

男主持人：于先生，有人称您为广场舞教父，您怎么看？

于继承：不敢当，叫个老师就可以了，我就是一个老头，一个退休法官，我自己健康了，我希望全国的中老年朋友们都健康，这也是我最大的快乐。原先没有什么想法，我最主要的困扰就是我身体不健康。在50岁左右的时候，我的体重187斤，走到哪儿两个脚撇着，像个大鸭子挺着肚子。当时我们几个好朋友晚上去散步，佳木斯有个自行车管理所，那个位置天天放舞曲，他们跳舞的，跳交际舞的，那曲很好听，他们说老于你下去，你给他们整两下，我们看一看。就这么说笑话，我说我看一下，当时是我记得很清楚，是2008年的3月20号。我说行，我扭你们看。我整几个动作，就比划几个动作，然后后面马上就跟了两三个人，就跟着走了，我觉得挺高兴，就这么比划，还有人跟着走。第二天晚上我们又走，走完步回来，回去坐那个地方。我又开始，我跟老伴俩这么做，今天就不是两三个人了，就变成七八个人。到三天四天以后，那就是十个二十个了。但天天做那几个，不乏味吗？回家我跟老伴也很兴奋，是吧？这东西太少了，再编两个动作。一个夏天，还有一个秋天，人多了，马上就分开成了几支队伍。

男主持人：谢谢于先生，也希望您和您的夫人，以及我们热爱这套健身操的朋友们都能够健康快乐长相伴。

于继承：谢谢你，小东。

女主持人：哎，小东，你刚才连线的时候怎么不顺便拜个师啊？你知道全国有多少人排着队等着于老师指教吗？

男主持人：听你的话你特想拜师，其实我刚才一激动给忘了！

女主持人：别遗憾，我再给你一个机会，我今天还为大家邀请到了佳木斯市文联秘书长胡春阳先生，不过对于他的身份，更多的佳木斯人只知道他是"佳木斯快乐舞步健身操"的推广者，和于继承老师一样，也是教父级的人物。

男主持人：胡老师现在就在我们的直播间，广场舞，应该说是火遍了咱们全中国了，把健康带给大家的同时，有时候也给很多人带来了麻烦，比如场地噪音。让佳木斯健身操与城市文明契合的这么好的原因，您认为究竟是什么？

佳木斯市文联秘书长胡春阳：最开始健身操是民间自发的，于老师创建的，后来由于参与的人越来越多，于老师就把经络学和肢体结合到一块，于老师的爱人还是舞蹈老师，又把舞蹈的成分加在里面了，所以就形成了具有特色的户外有氧运动。

女主持人：一种运动方式，这个方式很特别，一般人要么跳舞，要么跳操，咱这是把舞蹈和操结合起来了。

胡春阳：成规模以后，政府非常重视，主动地为各个登记的广场站无偿提供音响设备。

男主持人：大家在跳舞的时候能感受到很多快乐，最近有关注我们"风行港澳"微信公众号的朋友，应该就能看到胡老师带领我们央广的各位主持人、同事一起学习这段舞蹈，我们同事的学习能力太好了，还自编自创自导了一段"尬舞"，感兴趣的朋友不妨到我们的微信公众号中去看一看。

女主持人：胡老师，佳木斯的健身操，它能够成为中国广场舞的一个爆款，您觉得反映了咱们佳木斯人什么样的性格呢？

胡春阳：其实多数的人来自于退休的干部和退休的职工，他们一辈子都没上过台。政府提供了这样的场所，有灯光，有音响，就跟舞台一样大，一个自然大舞台，所以多数人愿意展示自己的风采，而且还很规范很快乐，有音乐有组织，而且统一服装，非常有感染力、穿透力和震撼力。

男主持人：另外今天还有一位嘉宾来到了我们直播现场，这就是佳木斯最美女教师张丽莉。在2012年一场交通事故当中，张丽莉老师为了保护学生挺身而出，造成双腿截肢。在她眼中佳木斯也有着与众不同的美。她现在生活挺幸福的，接下来听听张老师怎么说。丽莉，你好。

张丽莉：你好，小东。

男主持人：能不能先跟我们的听众朋友打个招呼，做个简单的自我介绍。

张丽莉：各位听众朋友大家好，我是一直以来承蒙大家关爱的张丽莉。

男主持人：有这样几个问题，咱们一起来探讨一下。现在人应该说都提倡慢生活，大城市里的上班族都流行去寻找一座慢城，生活一段时间，放松一下疲惫的身心。现实的生活给了你一个独特的视角，去感受这个城市的节奏。在你眼里，你觉得佳木斯的美体现在什么地方？

张丽莉：从地名来讲，佳木斯这里面就是一个生长着美丽树木的地方，就是森林特别茂盛的地方，所以可以想到我们这里面不仅是山美水美，最重要的是人的心灵之美。我们都知道佳木斯是一座英雄的城市，包括特别出名的烈士刘英俊。所以我觉得这里面最大的美就在于人心之美。

男主持人：环境当然也很美。在佳木斯你生活的时候最大的感受是什么？

张丽莉：整个的民风非常淳朴，在这儿生活特别舒适，人和人之间的关系都特别的和谐。

男主持人：感觉特别踏实，是吧？

张丽莉：对。

男主持人：像平时生活当中，你接触最多的人是谁？

张丽莉：如果就工作环境来讲的话，以前可能接触最多的就是学生，还有同事，佳木斯人留给我的印象都特别深。我觉得他们共有的特质，就是非常的淳朴善良，很热情。

男主持人：你刚才也提到佳木斯的环境很好，在你看来，佳木斯的环境是怎样滋养着每一个人的？

张丽莉：首先我们地理上的优势就是佳木斯本身属于黑龙江，然后松花江、乌苏里江这种汇流的三江平原的腹地，所以这样一个得天独厚的地理环境就给我们很大的一个生存上的优势，空气质量、水特别好，就是非常能够滋养我们。如果说身体非常健康的话，我觉得人的内心也会很健康。

男主持人：这种体会往往大家会用一个词来形容，叫做幸福感，有没有一些具体的例子能跟我们讲一讲，幸福感在你观察当中是怎样体现的？

张丽莉：我们佳木斯人的幸福感就是挺强的，佳木斯人特别容易知足，特别开心，你吃饱饭了，在江边溜达的时候都会看很多人跳起他那种快乐舞步，像这种很多的小的细节就体现出佳木斯人的幸福感非常高。

男主持人：很多佳木斯人，在朋友圈里都分享过这样一篇短文，虽然没有华丽的语言，却能表达每一个佳木斯人对自己城市的情感。

女主持人：《对不起，佳木斯，我只能给你打99分》。

男主持人：99%的佳木斯人都知道佳木斯江边的十里景观带特别的美。

女主持人：99%的佳木斯人都知道，佳木斯拥有中国最大的淡水沼泽湿地。

男主持人：99%的佳木斯人都知道，佳木斯的乌苏镇是我国最早迎接太阳的地方。

女主持人：99%的佳木斯人都知道，佳木斯的姑娘，不管站在哪儿，都是别人眼中最美的风景。

男主持人：99%的佳木斯人都知道，佳木斯的啤酒最好喝，是走到哪儿都忘不掉的家乡味道。

女主持人：佳木斯，对不起，我只能给你打99分。

　　男主持人：余下的那1分，留给未了的故事、未来的人和未完成的梦。

　　各位听众，各位网友。今天，我们的《城市新跨越》在佳木斯为您讲述了很多光阴的故事、奋斗的故事和美丽的故事。

　　这些是记录佳木斯这座城市荣耀与梦想的时光日志，也是气韵生动的中国故事。

　　女主持人：如果您喜欢我们的故事，就请走进美丽的佳木斯，走进我们美丽的梦。

塞外江南说伊犁

中亚湿岛，天山脚下，河水西流，丝路古道。

这里，四十七个民族团结和谐，互敬互爱；

这里，马背上的传说随着歌声，穿越时空；

这里，贯穿东西，连通古今，续写丝路新篇。

中央人民广播电台主持人马睿（男）：中央人民广播电台。

新疆伊犁人民广播电台主持人余蕾（女）：伊犁人民广播电台。

男主持人：各位听众，各位网友，由中央人民广播电台华夏之声、香港之声，香港电台普通话台联合内地及港澳多家电台推出的大型直播节目《城市新跨越》今天来到了新疆伊犁哈萨克自治州，这也是我们2017年《城市新跨越》的第二站。大家好，我是华夏之声、香港之声的节目主持人马睿。

女主持人：大家好，我是新疆伊犁人民广播电台节目主持人余蕾。欢迎大家来到塞外江南——伊犁！

男主持人：余蕾，很多听众朋友和网友们都非常熟悉《城市新跨越》节目，可以说每次带大家走进的城市都各具特点，这些令大家喜爱的地方有一个共性，就是：风光迷人且底蕴深厚。

女主持人：来到我们伊犁，听众朋友和网友们一定会留下深刻的印象。

男主持人：哦？为什么这么说？

女主持人：因为伊犁之美，绝对超乎你的想象！

男主持人：如此美誉，绝非一般啊！

女主持人：因为每一个来过伊犁的人，都会感慨"不到新疆不知中国之大，不到伊犁不知新疆之美"。

男主持人：的确是，这句话足够给人以冲击感。

女主持人：马睿，你是第一次来伊犁么？

男主持人：对，我第一次来伊犁。就从飞机上的舷窗一看，就立刻感受到了一种震撼。崇山峻岭、蜿蜒千里的天山群峰顶着银色的冰川和终年不化的积雪，四周却一派郁郁葱葱、生机勃勃。

女主持人：马睿说的恰如其分。

男主持人：这些天在伊犁进行了很多采访，也看到了壮美的群山、清澈的河水、奔腾的马群，感受到了各民族多元文化的汇聚与和谐。随着对伊犁的了解逐渐加深，我想，只要是来过伊犁的人，很容易萌生对这里的喜爱之情。我感觉，伊犁之美不仅仅在于其风光，更在于她的文化的醇厚与精彩。

女主持人：没错，你刚才讲到的这些感受，都是我们伊犁人民引以为自豪的。可以说，伊犁是山美、水美、马儿美，当然，人更美。而这些，汇聚在一起，就构成了一幅引人入胜的多彩画卷。其实，如果你能在伊犁多住一些日子，就一定会发现更多的美，你也一定会爱上这里。我们伊犁人形容伊犁，只用三个字！

男主持人：哦？哪三个字？

女主持人：这就要请出我们地地道道的伊犁人来回答这个问题了。为大家介绍今天来到我们直播间的两位嘉宾：伊犁州党委常委、宣传部部长高天山，高部长您好，欢迎您！

伊犁州党委常委宣传部部长高天山：各位听众朋友、网友们，大家好，我是高天山。新疆是个好地方，伊犁是好地方中的好地方，欢迎大家到伊犁来!

男主持人:欢迎高部长!为您介绍另外一位嘉宾,伊犁州专家顾问团顾问王友文老师,王老师您好,欢迎您!

伊犁州专家顾问团顾问王友文:各位听众朋友、网友们,大家好,我是王友文,大美伊犁欢迎各位到来!

男主持人:欢迎两位来到直播间。同时,也提醒各位,可以通过华夏之声、香港之声手机客户端、风行港澳微信公众号关注我们的直播节目。

女主持人:您可以通过伊犁新闻综合广播的公众微信平台实时关注我们的节目。

男主持人:高部长,请教您一下,刚刚余蕾说伊犁人形容伊犁只用三个字,我想听众朋友和网友一定都很好奇,这三个字是什么?

高天山:伊犁哈萨克自治州成立于1954年11月,辖塔城、阿勒泰两个地区和11个直属县市,首府设在伊宁市。今天的伊犁是我国向西开放的重要门户和西北重要生态屏障。我们伊犁人之所以这么有底气,可以用三个字来形容,就是"大、美、韵"。

男主持人:哦,原来是这三个字,具体怎么讲?

高天山:先说这个"大",我们都知道,伊犁州总面积有27万平方公里,人口470多万,少数民族人口占59.1%。伊犁自治州的面积比欧洲许多国家还要大。

男主持人:大,确实!这个美呢?

高天山:再来说这个"美",伊犁州被誉为"中亚湿岛"、"塞外江南",伊犁河流纵横、草原丰茂、林海苍莽、湿地诸多,因伊犁河而得名,因具江南特质而闻名。辖区内有世界四大河谷草原之一的那拉提大草原、摄影天堂喀纳斯、"百里画廊"唐布拉等数不胜数的美景。光是天然草场就有5100多万亩,森林面积1097万公顷,伊犁草原和雪岭云杉享誉世界,可以说是土地肥沃、水草丰美。

男主持人：不愧是塞外江南，那"韵"字呢？

高天山：再来说这个"韵"，伊犁除了山水如画之外，还有一点就是文化底蕴多元而深厚。伊犁在新石器时代就有了早期居民，公元前60年正式纳入中国版图，自古以来就是东西方文化的"交汇地"，伊犁有哈萨克族、汉族、维吾尔族、回族、蒙古族、锡伯族等47个民族，其中有13个世居民族。来伊犁，您既可以感受不同民族文化之间的差异，也可以看到多种文化荟萃。民风古朴淳厚、民俗鲜明独特，草原游牧文化、屯垦文化、融合文化、红色文化各放光彩，为世人展现了一幅多彩画卷，由此形成了独一无二的伊犁文化。

男主持人："大、美、韵"，生动形象、言简意赅，令人印象深刻！我觉得只用三个字来形容伊犁，这种简洁的表达也正像伊犁人的性格一样，直爽、热情、真诚。其实对于很多听众朋友特别是港澳听众而言，对伊犁的好奇远不止这三个字。我们先来听听香港电台普通话台的主持人陈曦代表香港听众提出的几个问题吧。

香港电台普通话台陈曦：听众朋友以及互联网上的网友们，大家好，我是香港电台普通话台的陈曦。一听说《城市新跨越》节目来到了伊犁，我就立刻收到了很多朋友发来的和伊犁有关的问题：香港是一个多元文化汇聚之地，而伊犁也居住着很多的少数民族，我们知道每个民族都有各自的风俗习惯，那大家在一起是怎样生活的？香港人喜欢看赛马，而伊犁被称为是"天马之乡"，为什么伊犁的马是"天马"？伊犁是古"丝绸之路"的重要通道，在"一带一路"倡议下，伊犁会有怎样的发展机遇？

男主持人：好的，谢谢陈曦。余蕾，你看，香港的听众朋友一听说《城市新跨越》来到了伊犁，就难掩兴奋与向往之情，一下子提出了这么多问题。恐怕你要好好准备、认真回答了！

女主持人：好，我向大家保证，今天的节目中我们一定解答大家的疑问，讲好伊犁故事！确实，香港的听众和网友们提出的这些问题都很有意思，可以说，答案也很值得期待。

上篇 民族团结 相亲相爱

男主持人：中央人民广播电台。

女主持人：伊犁人民广播电台。

男主持人：各位听众，各位网友，由中央人民广播电台华夏之声、香港之声，香港电台普通话台联合内地及港澳的多家电台推出的大型直播节目《城市新跨越》今天来到了新疆伊犁哈萨克自治州。大家好，我是华夏之声、香港之声的节目主持人马睿。

女主持人：大家好，我是伊犁人民广播电台节目主持人余蕾。刚才我们听到了香港的听众和网友的提问，这些问题不仅让我感到了大家对于伊犁的向往、好奇，我也同样感受到了香港听众朋友们的热情与真诚。

男主持人：没错，不论你来自何方，热情、真诚还有勤劳、智慧，这些都是我们中国人的传统美德，就如同家训一样，在中华民族这个大家庭中代代相传。

女主持人：是的，这些共同点就是我们中国人的性格特点，不论你属于哪个民族，有怎样的风俗习惯，这些共同点让我们成为了和睦相处、荣辱与共的一家人。

男主持人：是，有句话这么说的，不是一家人，不进一家门么。诶，这话好像是说结婚娶媳妇的事。

女主持人：是，既然说到这儿了，咱们就说说结婚娶媳妇的事。你知道在伊犁有一个非常有名的和亲故事吗？

男主持人：这个我知道！余蕾要说的这个和亲的故事，对于中国历史的影响绝非一般。

女主持人：好，接下来咱们就带大家一起听听故事里的人和事。

公元前118年左右，张骞第二次出使西域，乌孙国国王昆莫向汉朝廷求婚，江都王刘建的女儿细君与楚王刘戊的孙女解忧先后嫁给了乌孙国国王。汉家公主细君、解忧远嫁西域，给伊犁历史留下一段千古佳话。两千年后，当我们走进汉家公主纪念馆时，世人依然可以一睹两位汉家公主当年的风采。

讲解员：刘细君是扬州人，当时嫁到乌孙国的时候只有17岁左右。她所嫁的第一代乌孙王猎骄靡已经年近70岁了，刘细君琴棋书画样样精通，才貌双全，她是丝绸之路历史上第一位远嫁西域的公主，也是汉朝与西域联盟的奠基者。她在乌孙国生活了五年便早逝，年仅二十二岁。

"吾家嫁我兮天一方，远托异国兮乌孙王。穹庐为室兮旃为墙，以肉为食兮酪为浆。"一曲《黄鹄歌》寄托了细君公主浓浓的思乡之情。丝绸之路历史上第一位远嫁西域的汉家公主，细君公主与乌孙王共同治理国家，同时也将中原地区先进的农业文化、金属冶炼和建筑技术传入乌孙，推动了乌孙的经济发展。有人说，她的功绩不亚于"凿通西域"的张骞。在细君公主去世后，汉武帝再次封楚王刘戊的孙女解忧为公主嫁乌孙王军须靡。

讲解员：我们现在看到的这位公主，身穿少数民族的服装，这位公主就是刘解忧。我们从她身穿的少数民族的服装就可以看出汉家公主可以适应少数民族的游牧生活。解忧公主的性格比较开朗，嫁到乌孙国之后积极学习当地的语言，适应当地的生活习惯，而且她还练习骑马打猎，所以在乌孙国生活了五十余年，先后嫁了三代乌孙王，辅佐了四朝，她被奉为乌孙的国母，母仪天下。

解忧公主以卓越的才能活跃在乌孙的政治舞台上，使汉朝与西域各国的关系不断得到巩固和加强，最终促成了公元前60年西域都护府的设立。从细君公主再到解忧公主，历史上正是这些无数美丽的身影，用柔弱的双肩支撑起了民族和睦的重任。时隔千年，她们在西域寒风中的一袭红装，永远定格在我们的记忆里，让人温暖，让人怀念。

女主持人：你看，这个故事其实就是一件真实发生的历史事件。这样一件历史上的大事也正说明了伊犁的历史地位。细君公主、解忧公主在西域的历史贡献，向我们描绘出了两千多年前，华夏大地各族人民血肉相连，休戚与共，共同创造出悠久的历史和灿烂的文化。

男主持人：这件事情也印证了一个道理，婚姻或者说家庭，不仅是两个人的事，进了一家门，以后永远都是一家人。今天，我们都懂一个道理，维护好我们的大家庭是非常重要的事情，不仅仅需要我们相亲相爱，更需要我们的呵护经营。因为，家和才能万事兴。

女主持人：是的，马睿说得非常正确。家和才能万事兴。经营家庭，这绝对是一门学问。

男主持人：听这意思，又来故事了？好，请大家放下手中的事情，欢迎余蕾再给大家讲故事！

女主持人：一般来说，一个家庭有了新出生的孩子，父母都特别期待孩子第一次叫爸爸妈妈，不过，在伊犁，有一个大家庭，他们操心的不是孩子什么时候会喊爸爸妈妈，他们思考的是，应该用哪种语言来教孩子喊爸爸妈妈。

男主持人：我明白了，这一定是两个有着各自语言的民族组成的家庭。

女主持人：这个家庭的成员可不止来自两个民族，我告诉你，他们家光年夜饭，就分三种呢！

男主持人：这我可是第一次听说！那孩子究竟是学的哪种语言？怎么叫的爸妈呢？

女主持人：好，我们就带着听众朋友们一起去这个大家庭拜访一下！

"人家普通的孩子，在一岁到一岁半，就可以叫妈妈爸爸、爷爷奶奶，或者说上几句话，我们这个娃娃到两岁多才说的话，因为他两种语言不知道说哪一种，开口说的时候就说两种，用维语叫阿爸，另一种叫爸爸。"

说话的这位满族小伙叫富庆利，11年前他和维吾尔族姑娘海力吉备·依塔洪走到了一起。当年，海力吉备嫁给富庆利时，富庆利的父母已经年迈，从海力吉备走进富家的那一刻到富庆利父母去世，整整七年的时间都是海力吉备照顾两位老人，这让两位老人感动不已，更让富庆利心怀感恩。

"我父母一直都是靠她照顾，我爸是86岁去世的，我妈是81岁去世的。我儿子三岁的时候我妈不小心摔倒，吃喝拉撒都在轮椅上，都是我媳妇该洗的洗，该弄的弄，我妈咽气的时候，也是在我媳妇的怀里面咽的气。"

富庆利身处的40多口人的大家庭由五个民族组成，从饮食习惯到生活习性，从宗教信仰到文化风俗，都可以体验到不同民族的乐趣，在他们家族没有彼此间的矛盾，却能感受到温暖与和谐。

"40多口人，这里面有汉族、满族、回族、哈萨克族、锡伯族五个民族，风俗习惯该尊重的时候尊重。生活的乐趣还是有的，因为不同的民族都有不同的过节方式，节日我们都是一起过的，三十晚上一炒就是三桌子菜。"

在富家，各民族相亲相爱的故事还在继续。富家老大富庆余的儿子找了一位蒙古族姑娘作女朋友，如今眼看到了谈婚论嫁的阶段，一家人也做好了迎接新成员的准备。富家老三富庆义的两个儿子，一位已经娶了哈萨克族媳妇，如今另一个儿子又找了一位达斡尔族女朋友。

富庆利说，希望家里的成员成分变得越来越丰富，能吸纳更多民族进入这个大家庭，56个民族成一家的梦想成为现实。

"对民族，我们也没啥界限，不管他是什么民族，我们感觉合得来、说的来，就行。今后我儿子长大了，我也让他娶个不同的民族。"

男主持人：真是温馨和睦的大家庭，尤其是男主人的雄心壮志，争取要让他们家包含咱们全中国56个民族的成员，我想到那个时候，这个家庭一定会被载入世界纪录！祝福这个大家庭，也希望他们早日梦想成真！

女主持人：马睿的祝福非常好。你看，在伊犁，47个民族亲如一家，这种人与人之间的亲情、团结让我们非常自豪。

男主持人：而且还非常令人羡慕啊！高部长，其实很多香港的听众和网友知道伊犁是多民族聚居，民俗风情浓郁，在历史长河中，各民族文化既相互交融，又各具特色，伊犁被专家学者誉为"东方人种博物馆"和"东西方文化荟萃之地"。每个民族都有独特的风俗习惯，那大家在一起是怎样相处的？

高天山：伊犁是一个多民族聚居，交往、交流、交融的百花园，有哈萨克族、汉族、维吾尔族、回族、蒙古族、锡伯族等47个民族。其中有13个世居民族，在长期的共同生产生活和工作学习中加深了解、消除隔阂、增进情感，在来来往往、说说唱唱中促进了交往、交流、交融，民族团结之花常开常盛，形成了你中有我、我中有你，大杂居、小聚居，嵌入式的居住格局，各族青少年从小玩在一起、学在一起、成长在一起，从小培养珍惜爱护民族团结的感情。2015年9月18日伊犁州被国家民委命名为全国民族团结进步示范州，开创了民族团结进步事业的可喜局面。为新疆乃至全国民族工作创造了宝贵经验,今天我们伊犁各族人民都像石榴籽一样,紧紧地抱在一起。

中篇:人文自然 相得益彰

男主持人:中央人民广播电台。

女主持人:伊犁人民广播电台。

男主持人:各位听众,各位网友,由中央人民广播电台华夏之声、香港之声,香港电台普通话台联合内地及港澳的多家电台推出的大型直播节目《城市新跨越》今天来到了新疆伊犁哈萨克自治州。大家好,我是华夏之声、香港之声的节目主持人马睿。

女主持人:大家好,我是伊犁人民广播电台节目主持人余蕾。在伊犁,有很多地方是你一定要亲身去感受的,穿行在伊犁,你可以看到众多民族的特有的民俗风情;可以品尝到不同民族的特色美食;可以倾听到特色鲜明、直抒胸臆的民族音乐;了解到各个民族的神话传说,这些故事三天三夜都听不完。

男主持人:的确,每个民族都在用各自的方式传承着自己的历史、文化,这些内容或镌刻在古朴的碑板石柱之上,或流传于生动的口述耳闻之间,当然,也有的以诗词、音乐为载体,将历史、文化传唱在世间。

女主持人:是啊,咱们伊犁的哈萨克族就是一个能歌善舞的民族,优美的诗与歌是哈萨克族丰富多彩的文化传统最集中的表现。不论在过去还是今天,哈萨克族也一直用歌声传承着他们的文化。接下来,我们一起来聆听哈萨克族的歌声。

哈萨克族人有一门古老的职业,被人们亲切地称呼为"阿肯"。阿肯是哈萨克族的歌手,也是职业的吟唱诗人。这片土地上所有的重大习俗活动里，担任主角的就是阿肯。

阿肯既是弹奏"冬不拉"的高手，也是歌手当中的佼佼者，他们的天赋主要体现在"即兴创作"。每年草木繁茂的季节，都要举行传统的"阿肯弹唱会"。

伊宁市尼勒克县文化馆馆长，巴合达吾列提·托依西别克："阿肯"需要一种天赋，特强的语言表达能力。像现场作诗一样，看到某一个事物，有灵感了，当场就给你弹唱。"阿肯弹唱"是我们哈萨克族的非物质文化活动，"阿肯弹唱"在我们哈萨克族术语中叫做"阿肯阿伊特斯"，通过即兴的方式对唱，比如女阿肯提出了某一个问题，男阿肯就针对这个问题，进行他的观点的弹唱。"阿肯弹唱"活动可以弹唱几天几夜很难分出胜负。"阿肯弹唱"源远流长，是我们哈萨克族的一种草原文化。

现在的"阿肯"，又有了更多、更年轻的力量。

伊犁师范学院音乐学教授韩育民：伊犁师范学院奎屯分院招收了一个阿肯弹唱班，主要目的是为了学习和继承哈萨克族这种优秀的传统音乐文化。

伊犁师范学院阿肯弹唱班学生们：对我来说"阿肯弹唱会"是并不陌生的传统文化，因为从小就喜欢听。我在上一年级的时候，我家有一个黑色的收音机，播放的就是"阿肯弹唱"，我和家人一起听了半个小时，我觉得唱"阿肯弹唱"挺有意思，特别有意义。

"阿肯弹唱"对于我们哈萨克族来说根本不陌生，不但是一种艺术表演，也是一种智慧和竞技。

"阿肯弹唱"就是我们哈萨克民族的一种文化象征，以后我多多传承这个文化。作为一名大学生，对我来说，学习传承这个传统文化是应该的。

在文字还没有形成的时期，草原的文化创作，主要是依靠这些"阿肯"们保存、发展和流传的。哈萨克语里有这样一句谚语："阿肯活不到千岁，但他的歌声一定能流传千年。"

女主持人：真正的音乐，当你用心灵去倾听、去感受，音乐就有了清丽的生命。哈萨克族人的性格特点和文化基因更是通过这种有生命的歌声变得鲜活而生动。

男主持人：的确，阿肯的歌声不仅动听，更给人一种意味深长的感触。今天，阿肯弹唱这种艺术表现形式也被赋予了新的内涵，2006年被列入首批国家级非物质文化遗产名录。

女主持人：哈萨克族是个热爱歌唱，喜欢以歌声来倾诉内心情感的民族。他们在歌声中成长，在歌声中领悟、感知生命。同时，作为古老的游牧民族，哈萨克人在马背上出生、行走，一生与马为友。正因如此，人们这样称颂：歌声和马匹是哈萨克人的两只翅膀！

男主持人：说到马，我们知道伊犁自古出良马，被誉为"天马之乡"，很多香港的听众和网友都喜欢看赛马，在节目开始的时候还专门提出了有关"天马之乡"的问题。那就请王老师为我们介绍一下为什么伊犁被称为"天马之乡"。

王友文：我国古代的乌孙马、西极马等名马，都产于西域。汉武帝曾在《西极天马歌》中，赞誉乌孙马为西极天马，被传为千古佳话。伊犁马就是昔日"天马"乌孙马的后代。它是以本地的哈萨克马为母本，以奥尔洛夫马、布琼尼马、顿河马等为父本进行杂交培育提升的，形成了今天高品质的伊犁马。两千多年来，天马优良基因代代相传，现在伊犁的马产业、马文化在全国首屈一指。伊犁州现有马匹59.7万匹，占全疆的63.3%，伊犁草原上天马的风姿，已享誉国内外。新疆民歌中就唱道："骑马要骑伊犁马。"伊犁有如此渊源的天马情结，所以伊犁被世人称为天马的故乡。

男主持人：看来"天马之乡"果真名不虚传。

女主持人：就在前几天，被世人誉为天马故乡的昭苏喀尔坎特大草原迎来了她的节日盛典，以"马与世界——打造天马文化，彰显天马精神"为主题的中国新疆伊犁天马国际旅游节正在举办。接下来我们去现场一起领略伊犁马的风采，看看今天的"天马之乡"！

"现在在喀尔坎特大草原上我们看到的是一幅巨型天马归来的裸眼3D舞台，占地2000平方米。舞台的正中刻画的是一匹展翅奔腾的白色天马形象。"

新疆伊犁昭苏自古就以盛产天马著称，马文化历史悠久，2003年被农业部授予"中国天马之乡"称号。中国马业协会会员、中国马术耐力赛骑手、昭苏县天马文化博物馆负责人巴哈木拉提·铁列吾哈孜："在昭苏，马的文化历史是非常悠久的，伊犁马大概接近12万匹，乾隆年间清政府也在昭苏兴办过马镇，成立马场。在1958年正式定名为伊犁马，制定了非常长远的伊犁马的繁育计划，现在伊犁马也是咱们国内很多马种里面最突出的一个。培育出的这种新型赛马，又很适合休闲骑乘，2014年伊犁马也是作为咱们国家仪仗用马的，现在选育出了大概接近200匹大约两岁到三岁的马驹子，正在培养国家仪仗用马。"

如今这些天马的后裔，仍然奔驰在昭苏草原上。训导他们的伯乐不但有过去在马背上生活了一辈子的牧民，还有一支特殊的团队，那就是拥有了"高科技"的马产业研究院科研团队的成员们。曾亚琦博士就是其中一位，运用高科技对运动马进行调教训练与性能测定，这是他们的独门绝活。

曾亚琦："我们首先通过架设帧速度为每秒1000帧的高速摄影机，同时为每匹马都配备了心率表，用来测定马匹的初步运动性能。然后再用专用的运动轨迹分析软件每一帧地绘制马跑步时的每个关节的运动轨迹，精确地测算马匹在跑步时的步幅、步频和步时。"

这套"高科技"的全名叫"运动轨迹分析系统"，由高速摄像机和运动轨迹分析软件构成。经过科学的训练之后，在一次测试比赛中，他们训练的马匹一鸣惊人，不仅获得了第一，还把第二名甩了近二百米。曾亚琦这样表达他的追求：

"我们是科研团队，所以与其他的练马师相比，我们更应该形成科学的训练体系，并且将这些训练体系标准化，同时与业内人士共享，从而提高马匹的应用价值，真正实现科技改变生活。"

在马产业的其他领域，"高科技"的应用也很广泛。在昭苏县喀拉苏乡伊犁马繁育中心，低速离心机、双重纯水蒸馏器、程序化自动冷冻仪等设备，让人眼花缭乱。这些应用在马业各个环节的先进设备、优秀人才，既是驯养环节的"高科技"，也是产业化的"大生态"。昭苏县委书记张刚：

"今后我们将抢抓国家'一带一路'的建设机遇，紧扣供给侧结构性改革，将昭苏马产业与各项产业深度融合，在昭苏构建马业的"六大基地"和"一个窗口"，致力建设全国马产业转型升级示范区，打造全国马产业高地。

依托现有优势资源，全面打造马产业，未来，一座依托马产业打造的"天马小镇"将会在昭苏落成，他将成为一座马的"迪士尼乐园"。伊犁马产业办公室主任李海向我们介绍了天马小镇的建设规划思路：

"今后我们将依托现有的地理环境、条件和资源、产业基础和优势，将马的迪士尼乐园按照'八园一环全要素'的布局，最终，将这八个区域通过我们的环线串联起来。在环线上游客可以行走在木栈道上，也可以骑乘、漫步、漫游，还可以坐着观景小火车、马车，骑自行车，观光体验。"

女主持人：你看，历史悠久、品种优良、辅以现代化的科技驯养支持，再加之时代赋予伊犁马更重要的文化内涵，伊犁被称为"天马之乡"是实至名归。

男主持人：伊犁马驰名中外，不愧为伊犁的一张亮眼的名片。常听人说，在伊犁观摩马匹是一种艺术享受。有人说，驰骋在伊犁的草原上，马作为茫茫天地之间的一种尤物，呈现了这种生物的全部魅力。

女主持人：所以我们的听众朋友和网友们来到伊犁一定要去草原观马。当然，伊犁打动人心的绝对不仅是歌声和骏马。可以说，伊犁风光无限，如果你沿着218国道来伊犁，沿途就能看到赛里木湖，就好像是挂在伊犁门前的一面明镜。经过盛产水果的果子沟，在通往伊宁市的路上，又会看到一望无际的紫色花海，那就是闻名遐迩的伊犁薰衣草。

男主持人：当然，最能代表伊犁之美的风景还要数草原，伊犁所辖的几个县几乎都有草原，比如那拉提、唐布拉、库尔得宁、喀拉峻草原等，但最负盛名的草原还是那拉提草原。

女主持人：没错，马睿非常了解我们伊犁的草原文化，那拉提草原被评为全国最美的六大草原之一。可以说，走进伊犁，你感受的不仅是迷人的风光，更多的是自然的震撼、文化的深远。

男主持人：请教王老师。如果我们的听众朋友来伊犁旅游，哪些地方是一定不能错过的呢？

王友文：我在伊犁生活了60多年，从古代人文历史的角度看，伊犁河谷地区三大历史文化可以概括为：一是中国汉代乌孙文化与丝绸之路的发源地；二是中国西域草原文化的孕育地；三是中国清代伊犁将军历史文化的承载地。因此，我认为昭苏县国家全域旅游示范区、新源县那拉提草原景区、霍城县伊犁将军府和惠远古城，这三个地方一定要去参观考察。

女主持人：王老师您说的这些地方我们一定要去看看，还有吗？

王友文：昭苏的乌孙文化广场、细君公主汉白玉雕像、昭苏天马故乡的马产业基地和天马文化博物馆、天马国际旅游节等,都已经成为乌孙文化的象征。再加之夏塔浩瀚草原、万亩金黄油菜花、草原石人和圣佑庙等文物古迹,值得朋友们一游。

女主持人:刚才王老师介绍的是我们昭苏,这里很美,也是值得我们一游的。

王友文:新源是中国哈萨克族人口最多的县,那拉提草原、哈萨克文化第一村、哈萨克叼羊、姑娘追民俗活动、"阿肯弹唱"艺术活动等,都成为近现代哈萨克草原文化的代表。

女主持人:那拉提草原真的非常美,我们也一定要去那里看一看哈萨克族的体育活动。

王友文:霍城惠远古城曾经是清代伊犁将军管理天山南北150年的首府,伊犁将军府博物馆、屯垦戍边文化、伊犁九城文化、满族、锡伯族西迁文化,维吾尔塔兰奇文化,蒙古土尔扈特部东归文化,哈萨克绢马贸易文化等,都是清代伊犁将军历史文化的生动内容。

女主持人:王老师刚才说的是我们的历史文化,喜欢历史文化的朋友不妨也来参观一下,

王友文:除此以外,我还想给大家介绍,还有特克斯县八卦城和天山世界自然遗产喀拉峻草原、尼勒克县唐布拉百里画廊、巩留县天山世界自然遗产库尔德宁精品草原、察布查尔县锡伯古城、伊宁市喀赞其民俗风情一条街等景区,都值得朋友们参观游览。

女主持人:马睿,刚才王老师介绍了这么多伊犁的美景,是不是你也陶醉了?

男主持人:伊犁的美景太多了,这样吧,我们听听来过伊犁的朋友们是怎样评价伊犁之美的。

广东游客易欣:"到了那拉提参加了开幕式以后特别震撼,我们把汉朝招亲的过程亲身体会了一下,感觉特别深刻。"

河南游客崔云峰："通过我们翻越天山中段，风景如画，青山绿水、蓝天白云，还有优美的牧场，大家心旷神怡，我们回去以后把大美新疆告诉身边的朋友。"

黑龙江游客韩瑞："感受到大自然的那种魅力，当地人的热情，让我感觉到非常非常的舒服。"

江苏游客杉杉："我们是来自江苏南京的游客，这边自然风光美的不得了，羊群啊，马群啊，到处都是，山上的草碧绿碧绿的，还开着小黄花，很美，空气也很好，享受大自然的风光。"

本地游客格吉红："今天有幸能参加那拉提旅游文化节的活动，这个节日办的特别有特色，特别是凸显了哈萨克族的风貌风情，我们这一行29人特别高兴。"

下篇　丝路古道　再谱新篇

男主持人：中央人民广播电台。

女主持人：伊犁人民广播电台。

男主持人：各位听众，各位网友，由中央人民广播电台华夏之声、香港之声，香港电台普通话台联合内地及港澳的多家电台推出的大型直播节目《城市新跨越》今天来到了新疆伊犁哈萨克自治州。大家好，我是华夏之声、香港之声的节目主持人马睿。

女主持人：大家好，我是伊犁人民广播电台节目主持人余蕾。

男主持人：同时，也提醒各位，可以通过华夏之声、香港之声手机客户端、风行港澳微信公众号关注我们的直播节目。

女主持人：您可以通过伊犁新闻综合广播的公众微信平台，实时关注我们的节目。

男主持人：伊犁在历史上是我国通往中亚诸国"丝绸之路"的重要通道，与哈萨克斯坦、俄罗斯和蒙古国接壤，如今随着伊犁霍尔果斯经济开发区的设立和霍尔果斯市的成立，伊犁成为我国向西开放的重要城市和"丝绸之路经济带"的核心支点。

女主持人："国之交在于民相亲，民相亲在于心相通"，中哈两国之间的友谊由"丝绸之路"紧紧联系在一起。伊犁作为中国向西开放的门户，在"一带一路"倡议下，特别是中哈两国关于旅游合作相关政策的落实、中哈霍尔果斯国际边境合作中心的建成，使中国和哈萨克斯坦边境旅游、跨境旅游蓬勃发展，紧紧地连接着中哈两国的政治、经济、文化和生活，拉近了两国人民的感情。

男主持人：前两天去中哈霍尔果斯国际边境合作中心采访，碰到了一件有意思的事。漫步在园区，一只脚还踩在祖国的土地上，另一只脚就已经走出国门，踏入哈萨克斯坦国的土地；刚从香港投资的免税店出门，一转身就进入了哈萨克斯坦的超市。这种感受确实很新奇。

女主持人：正是这种新奇的感觉让中外游人纷至沓来，而合作中心的各种优惠政策让中外商户根植于此。接下来我们就带听众朋友和网友们一起去中哈霍尔果斯国际边境合作中心看一看。

孩子：我出国了，我出国了，我出国了。

记者：你们知道这边是哪个国家吗？

孩子：哈萨克斯坦。

这里是位于中哈霍尔果斯国际边境合作中心的两国连接通道，几个孩子在分别代表中国和哈萨克斯坦的红蓝两色的边界线上兴奋地又蹦又跳。中哈霍尔果斯国际边境合作中心是世界首个跨境自由贸易区，也是中国西部最大的免税购物区。近年来越来越多的商人来到这里开始"淘金"之旅。

来自香港的郑鹤鸣是光辉中国有限公司总经理，他所在的公司在合作中心内投资了第一家香港的免税商店。

郑鹤鸣：因为我们觉得霍尔果斯处于推动"一带一路"的重要位置，霍尔果斯不仅使我们香港的企业走出去开拓国际市场，还有很多优惠政策，比如免税啦，所以这里有很多机会，做大生意。

正是有了独特的区位优势，优惠的税收政策，如今的霍尔果斯吸引了国内外众多的投资者。而郑鹤鸣身边也有许多朋友开始关注这颗丝路明珠。

郑鹤鸣：香港人现在很多都谈这个"一带一路"的倡议，我相信香港人很快会组织很多旅游团到这里，看看怎么去做生意，怎么去投资。

同样逐梦"一带一路"的哈萨克斯坦商人努尔兰·莎勒别克·乌拉来到霍尔果斯已经两年了。在合作区里能够把哈萨克斯坦的货品直接销售给中国的客户，是他最开心的事情。

现在，努尔兰正在努力学习中文，在合作中心里他结识了不少中国朋友。因为"一带一路"倡议，他来到了霍尔果斯，而这里带给他的不仅仅是生意上的成功。

努尔兰："一带一路"对我们肯定有影响力，就因为"一带一路"我们才可以在这里做生意。在这里除了做生意以外，对中国的文化了解地更深了，从这儿可以看出中国人干的一些事，对中国人干的事也是特别佩服，特别欣赏。

为我们担任翻译的这位哈萨克族小伙子巴吾江，原本在昌吉市有一份稳定的工作，当"一带一路"倡议刚刚提出的时候，他就敏锐地感受到霍尔果斯充满了机会，于是决定到这里发展。3年过去了，现在妻子和孩子都在霍尔果斯定居下来，全家已经在霍尔果斯扎了根。

巴吾江：因为是国家的"一带一路"，霍尔果斯以后的发展是特别好，就是听见这个消息以后我们就奔到这里来了。看到对口岸建设，国家投资那么大，当时就有信心了。头一次过来的时候，我带我老婆过来的，后面把小孩儿也弄过来了，而且我去年在这里又买了房子，已经扎根到了霍尔果斯。

迅速发展的霍尔果斯正成为越来越多人心中美丽的家园，高楼拔地而起，从前的小村庄正在变身成一座崭新的城市。已经在霍尔果斯扎根了20多年的王秋妹，说起霍尔果斯这几年的变化，无限感慨。

王秋妹：霍尔果斯二十多年前什么东西消耗的最快？就是你的鞋子，你再心疼，再小心，可能一个月至少要穿一双鞋子。没有好的路，到处都是戈壁滩啊，土路啊。现在我们门口，已经有过境的公路，就到哈萨克斯坦。楼房自然就不用说了，你看，现在我们这儿都是二十几层的高层。以前我们没有看到的奢侈品，现在我们不光见到，还自己在使用。这就是"一带一路"带给我们的变化，带给老百姓的实惠。现在有国际列车了，我们这儿，虽然是小地方，但是，慢慢会是一个大名片，来的人会很多。来的人多，自然我的农家乐的生意也会好，咱们的一些外贸，一些小单也会更多，我们赚钱更多嘛！

"一带一路"倡议让霍尔果斯这个百年口岸正在成长为新丝绸之路经济带上最活跃的新特区，除了口岸贸易外，影视文化产业更是成为了霍尔果斯正在逐步打造的特色产业。

霍尔果斯经济开发区曹健：

截止到目前，在霍尔果斯落户并注册的影视文化类企业已经达到了1800多家。

我们下一步也是想抢抓"一带一路"倡议的机会，利用好霍尔果斯现在已经具有的产业基础和条件，准备把霍尔果斯打造成未来的中国西部影视拍摄基地、中亚影视文化交流合作中心、我国丝绸之路影视文化名城。或者我们可以用一个通俗的表述，把他打造成中国的"霍莱坞"。

最后，热忱地欢迎港澳、内地企业家和有识之士能到霍尔果斯来感受祖国西域的风情，来感受"一带一路"倡议所带来的发展热潮。我们也真诚地希望各位企业家和有识之士，能到霍尔果斯来旅游观光，投资兴业。

女主持人：正如的曹健所言，希望香港的朋友们来伊犁州霍尔果斯市参观考察、投资兴业。

男主持人：你看，霍尔果斯和香港都是"一带一路"倡议的重要城市，所以香港的朋友们还真的要到霍尔果斯好好看看，发挥各自优势，寻求合作之道。我们请教高部长，香港在一带一路倡议的背景下，正在发挥超级联系人的作用，在您看来，霍尔果斯与香港有着怎样的合作机遇？

高天山：伊犁是我国向西开放的重要门户和对外形象展示窗口，是新亚欧大陆桥的关键节点，是全国重要的能源运输通道，在"一带一路"重大历史机遇下，丝绸之路经济带核心区的重要节点城市霍尔果斯，有着国家赋予的特殊政策和灵活措施、国内先进的生产力要素，已经成为中国向西开放的重要窗口和新疆经济新的增长极。香港是全球最重要的金融中心之一，也是重要的国际贸易和航运中心，具有国际经验、人才、资金等优势。所以，霍尔果斯和香港在产业、金融、贸易、项目、人才等各个方面有着巨大的历史合作机遇，如果能够发挥自身优良条件，加强各个领域、各个方面的合作，把握好国家"一带一路"带来的机遇，必定会互利共赢，促进两地经济取得更好发展。

女主持人：可以说，"一带一路"倡议不仅是给中国，更是给沿线国家带来了历史发展机遇。如今独特的区位优势和政策优惠，也让伊犁的霍尔果斯吸引着八方来客。

男主持人：没错，穿越时空、联通东西，历史上，霍尔果斯是古代丝绸之路的重要通道，现在，霍尔果斯在"一带一路"倡议中又发挥着重要作用。高部长，在您眼中，霍尔果斯这座城市有怎样的特点？

高天山：我认为霍尔果斯主要具有五个方面的特点：一是千年驿站，百年口岸。1881年，中俄签订了《中俄改定陆路通商章程》，霍尔果斯口岸正式通关，成为我国最早向西开放的口岸。二是国际通道，能源枢纽。随着"一带一路"建设不断推进，霍尔果斯铁路口岸作为亚欧运输大动脉的重要节点口岸，"渝新欧"、"蓉新欧"等多个跨境货运班列先后经该口岸出境。中国—中亚天然气管道西起土库曼斯坦和乌兹别克斯坦边境，经新疆霍尔果斯入境。三是经济特区，服务窗口。霍尔果斯经济开发区是2010年5月第一次中央新疆工作座谈会决定设立的，总面积73平方公里，呈"一区四园"空间布局。随着"一带一路"倡议进入全面实施阶段，霍尔果斯成为国家实施向西开放、丝绸之路经济带倡议的重要组成部分。四是边防哨卡，国门卫士。霍尔果斯边防连是新疆军区组建最早的边防连队之一。五是丝路新城，西部明珠。霍尔果斯口岸是古丝绸之路上的一个重要驿站，是我国最早向西开放的公路口岸，目前也是我国西部地区基础设施最好、通关条件最便利的国家一类公路口岸。

男主持人：可以说，霍尔果斯是伊犁高速发展的一个缩影。伊犁的发展令世人惊叹。您如何看待伊犁取得的成绩和未来的发展？

高天山：先说成绩，党的十八大特别是第二次中央新疆工作座谈会以来，伊犁州党委坚决贯彻党中央为新疆确定的社会稳定和长治久安总目标，全面落实自治区党委标本兼治"组合拳"，开启了社会稳定和长治久安的新局面。全州呈现出社会稳定、经济发展、民生改善、边防巩固、各项事业进步、各族人民安居乐业的良好局面。伊犁州正处于重要的战略机遇期，正以崭新姿态在"十三五"新征程上砥砺前行。面对未来，我们将按照习近平总书记要求，树立和贯彻新发展理念，始终坚持"生态立州、环保优先"战略，进一步加大生态文明建设力度，着力保障改善民生，解决好老百姓最关心的问题，增强各族群众的获得感和幸福感，努力建设团结和谐、繁荣富裕、文明进步、安居乐业的美丽伊犁。我们衷心希望借助中央人民广播电台的平台，让更多的听众朋友们了解新疆伊犁、走进新疆伊犁，开展多方面交流合作，放飞梦想、圆梦伊犁。

男主持人：今天的节目，让我们感受到了伊犁的美：民族团结、相亲相爱；人文自然、相得益彰；丝路古道、再谱新篇。好，非常感谢两位嘉宾来到直播间，为大家来介绍伊犁，展现伊犁，也希望大家能够认识伊犁，了解伊犁，有机会的话亲身来感受一下伊犁之美！

女主持人：在伊犁，每一朵盛开的花儿都是对您的祝福，每一片如茵的草原都是我们拥抱您的胸怀，每一处缤纷的秋色都是我们欢迎您的热忱，每一片纯洁的雪花都是我们期待您的真诚！热情好客的伊犁各族人民永远是大家最真诚的朋友。

幸福澳门

第一集 "苦尽甘来"杏仁饼

2014年12月，澳门的清晨。

卢廉若公园的老人打开了早餐盒……

妈阁庙里呈上了第一份供品……

议事厅前地的手鼓少年捧起路人馈赠的点心……

澳门人有滋有味儿的一天，从杏仁饼开始了。

今天的澳门人把杏仁饼当作回归后澳门生活最形象的比喻，因为它意味着"苦尽甘来"。澳门人也许从来没有想到过，他们的生活能够从十五年前的萧条动荡，一下子跨入全球人均财富最高地区的行列。

杏仁饼，是澳门最有代表性的美食之一，打制的技艺也颇见功力。太实，没有酥脆的口感；太松，则欠嚼劲儿，力道、分寸的拿捏十分讲究。在澳门特区全国人大代表刘艺良眼里，回归十五年，中央政府对澳门实施的"一国两制"政策，就是这样张弛有度，极富用心。

刘艺良：回归以后，因为它这个"一国两制"的优势，所以原来的自由港的制度再继续延伸，而且保持它的独立关税地区，所以变成了这种优势发挥。治安有明显改善，社会又稳定了，经济开始发展。

萧条、动荡、不安，这是回归祖国前澳门社会的真实写照。

澳门市民李先生：黑沙环啊那些地方，白天都有砍人的。

咀香园是澳门历史最悠久的手信企业之一，在第二代掌门人黄永昌的记忆里，回归前的日子不堪回首：

黄永昌：当时的情况很严重，我听说有一个朋友被绑架，后来拿赎金赎回。我朋友把整个家庭搬到香港了。

记者：当时您没有想到也搬走吗？

黄永昌：我不会，我不害怕。我对政府有信心，我对国家抱了很大的期望。

在对回归祖国的期待中，黄永昌选择了坚守，而且做出了一个大胆的决定——开第一家分店，并准备交给海外归来的儿子黄若礼打理。

黄若礼：我回来的时候手信行业当然不是现在这样状况。曾有一些报章谈过这个行业，应该在一个没落的状况。可是1997年的时候，我爸爸有机会买一个店铺，我想我回来了几年，也了解了这个行业的运作和经营，所以我想也应该帮助家族企业。可是开了以后我们生意剩不到两成，掉了七八成。

记者：大概是在哪年的时候，生意有了变化？

黄若礼：回归以后，其实生意已经开始一步一步地好。

杏仁，入口微苦，余味甜香。犹如回归后的小城澳门，充盈着苦尽甘来的滋味儿。

每周二的上午，老板黄若礼都会组织咀香园饼家的负责人举行产品试吃会。不大的房间里，七八个人对面前的各种茶点屏气凝神地细品、慢尝，专注而又专业，这么做的唯一目的就是保证多年的美味不变。

随着内地与澳门互联互通的日益频繁，更多澳门本土的诚信企业获得了前所未有的商机，更多的澳门人品尝到了多年坚守后的甜蜜。

梁灿光：有时候我走在街上，人家都提着我手信的袋子，这种满足感最开心，最幸福！

和咀香园的老资格比起来，钜记是只有十几年历史的小兄弟，但正是由于澳门回归使得钜记短短几年便跻身澳门手信界翘楚，而钜记饼家老板梁灿光也迎来了他的幸福人生！

梁灿光：第一个小高点应该是2000年，因为已经开始有内地客人来澳门旅游。2003年，开放自由行，那时候爆炸性地增长，好厉害。在澳门感觉自己很幸福，我常常说澳门是全世界最好的地方，我非常喜欢澳门。我在这里长大、生活，得到我现在的成绩，所以感觉很感恩，有这么好的地方给我发挥。如果没有澳门的条件，没有今天的我喽。

珠海，拱北口岸，很多游人的手里都提着澳门手信的礼盒。如果说咀香园、钜记所代表的澳门味道被游客带回了内地，那么十月初五饼家则是把澳门的美味送到了内地。借助回归的春风，老板刘艺良看到商机，主动北上，让更多的人品尝到了澳门的本土美味。这一"带"一"送"，让人看到了澳门经济实力有了很大增长。

刘艺良：大家看到CEPA的签署，澳门制造也在内地享受很多优惠。要打进内地的市场，我们在内地直接设置生产基地的话，就更加便利了，起码在食品出入口方面，简化了很多手续。我既是澳门的品牌，又有内地销售的优势、生产的优势。全国各省市都有我的经销商、销售网，在哪个地方，我们马上可以把货源送到现场，这个是我的优势了。

随着CEPA的签署，自由行的开放，澳门手信完成了一个又一个华丽转身。从手信业到餐饮业，从航空业到旅游业，澳门正从昔日一业独大迈向多元发展的新路。

澳门中小餐饮联合会理事长杨永成：澳门的旅客每年变化很大，当然了，生意比较多，发展也比较快。在中央政府大力支持下，变化很大。

澳门航空公关及宣传经理龚晓庄：正好我们也是正逢其时，我们市场转型正好赶上了澳门旅游业大发展。特区政府非常关心我们，全方位支持，中央政府也很关心。

为了让澳门所有居民分享经济发展成果，回归十五年来，澳门特区政府不断还富于民。除现金分享计划外，澳门特区政府还实施了惠及长者、学生及弱势家庭、雇员、工商业者等阶层的多项福利措施。

澳门，大三巴街边，手信店收银员娥姐一如既往的忙碌。

收银员娥姐：找你389啊，谢谢。

今天，澳门的杏仁饼已经供不应求、远销四方，然而手信店里的老师傅仍然坚持着松紧有度的手工打制技术。

师傅：因为人手比较松化一点，饼出来比较松一点，机器压下去力气比较大一点。

师傅的大手，宽阔、厚实、绵软而有力。他手中托起的杏仁饼，吸纳着掌心的温度，酝酿出清新的芳香。这清香，由近及远充盈在澳门的天空，温暖甜蜜，回味悠长……

第四集　"得心安处"共家园

"家"是爱的聚合体，"家"是灵魂的栖息地。然而在澳门，有这样一个特殊的族群，他们在1999年澳门回归祖国的前夜，徘徊在去留的十字路口。他们在歌中唱道："我来自欧洲那家乡的葡萄牙，那是一个遥远的海洋国家，我的先辈认识了中国，我又来到澳门这里看望她……"他们就是澳门的土生葡人。

澳门理工学院中西文化研究所教授李长森：他们这个族群形成是从16世纪初，他们绕过好望角以后，到澳门差不多是半个世纪。经过印度，经过东南亚，当然后期，从18世纪后中国的血统就越来越多了。简单地说他就是葡萄牙人和亚洲人种的一种结合而形成一个新的族群。

历史孕育了澳门"土生葡人"这个少数族群，他们长着欧亚混血人种特有的面孔，他们讲葡语也讲中文，进教堂也进庙宇，用刀叉也用筷子，信上帝也信风水。

飞文基是现任澳门土生协会理事长，同时也是一名律师。作为土生葡人的后裔，他在澳门土生土长了40多年。1999年澳门回归祖国前夕，面对着即将到来的历史转折，他和当时的很多土生葡人一样焦灼而彷徨。

飞文基：当时是过渡期，对未来不是很清楚，当时"一国两制"

什么的，会不会是哄我们罢了，所以有很多葡人都会在葡国买房子，甚至是我，也在葡国买了房子。

是坚守还是放弃？这是摆在每一个澳门土生葡人面前一道艰难的选择题。

飞文基：对澳门来讲，会不会转变成我们都不认识的澳门呢？而就是这些让人们左右摇摆不定。

这首《澳门永别》，委婉而忧伤。歌词中诉说着当时即将离开澳门的土生葡人对这片故土的无限眷恋与不舍。然而抉择已是刻不容缓的现实。现任"中国与葡语国家经贸合作论坛"常设秘书处副秘书长姗桃丝回顾当年依然感慨万千，四张由葡萄牙政府派发的纸质表格将决定这些土生葡人公务员的命运。

姗桃丝：1995年大部分土生葡人是在政府工作的，给我们澳门公务员几个选择：一个是拿葡萄牙编制，一个是提前退休，另外一个是拿一笔离职了，第四就留在澳门。我还记得应该是5月31号，1995年，我有四张纸，不知道怎么选择，我们当时已经各个都买了房子在葡萄牙了。完了四张纸，五点钟是最后时间，就是交这张纸，4点45分钟，我留在，全部都一起留在了，就留在澳门。现在我们没有人会后悔，留在澳门各个都很开心。

一部分人留下了，一部分人走了又回来了。澳门撩拨着他们的心扉，这不仅仅是一种熟悉的生活环境，更是熟悉的家的氛围。对家的思念，引领着他们踌躇的脚步。

澳门回归后不久，曾就职澳门旅游局的夏文迪一家回到了葡萄牙。而对澳门魂牵梦绕的他，不到一年又举家重返澳门。

夏文迪：我们太想念在澳门的生活了，所以回到葡国以后觉得还是要回澳门。我们每一天都在葡国文化和中国文化这两个文化里生活，好像每一天都在学习新的东西。澳门很小，但包容的内容很多。当你懂得如何去欣赏她，你就越希望更多地了解她的文化。

曾经的疑惑,在时间的流淌中得到了坚实的回答。澳门回归祖国十五年来,土生葡人早已从犹豫观望转向积极融入,因为他们看到了中国的发展,澳门的巨变。越来越多的土生葡人开始学习中文和普通话,全身心融入这个大家庭。

姗桃丝:我学中文的时候还记得在五道口的时候,我还记得当时一个字都不会看。现在可以了,你不会看你不会讲,怎么交流啊。

澳门回归以后的2003年,"中国与葡语国家经贸合作论坛"在澳门成立。作为土生葡人一员的姗桃丝被任命为论坛常设秘书处辅助办公室主任。拥有政府部门工作经验并熟练掌握粤语、普通话、葡语,让姗桃丝得心应手。

姗桃丝:我还记得当时前国家领导人吴仪副总理宣布澳门的中葡论坛在澳门成立以后呢,轰动每一个人,很开心,所以现在我们的行政长官也百分之百支持我们土生葡人。土生葡人对于中国的澳门与葡语国家的服务平台的作用很重要的。所以你问我,现在我们土生葡人怎么样?越来越开心,越来越好。

谈起十多年来的工作,姗桃丝不时向记者展示办公桌前的合影照片。中国国家领导人、欧盟委员会主席、航天英雄杨利伟……在她看来,没有中央政府对澳门特区的重视,没有特区政府对土生葡人的关心,她就不可能有这么多机会站到国际舞台上。

姗桃丝:2005年的时候澳门和7个葡语国家的大使会面,我在中间做桥梁,很成功啊!

回归后的澳门,给予了土生葡人实现人生价值的舞台和滋养独特文化的沃土。根据澳门特区基本法第42条的规定:在澳门的葡萄牙后裔居民的利益依法受澳门特别行政区的保护,他们的习俗和文化传统应受尊重。为此,特区政府还专门设置十多所中葡学校,投入资金保护土生文化。

姗桃丝:我希望下一代可以继续保持我们土生葡人的特点,不仅只是土生葡人，还有我们土生葡人对澳门的特区政府的贡献是怎么样？这个是很重要。

　　幸福如歌，欢快音符穿梭在岁月中热情而又寻常。今天，"一国两制"下的澳门舒展开博爱的胸襟，拥抱着这个大家庭中的每一个孩子。现在的土生葡人早已在心中认定了答案，因为澳门对他们而言不仅仅是出生的归属，更是心安之所，情感的家园。

第十集　"小城大爱"映莲花

在中国人的观念中，长寿是幸福的标志之一。世卫组织最新统计显示，澳门人均寿命在西太平洋三十七个国家和地区当中是最高的，而以同善堂为代表的慈善组织为这样的幸福增加了更多的保障。让这些长寿老人倍感幸福的是，他们在接受他人服务的同时，还能服务社会。

记者：您是主动来给大家读报纸是吗？谭先生：是呀，是呀。来了差不多十年了，很高兴呀。因为我退休了，做一名义工。记者：您今年高寿了？谭先生：69啦！他们带给我欢乐，我又带给他们欢乐……

澳门冈顶前地明爱长者活动中心，年过花甲的谭先生正在为居住在附近的老人们念报纸，这是他服务社会的一种方式。

此时，澳门西南饭店，87岁高龄的董事长汤福荣老先生更把慈善的目光投向广阔的祖国内地。

澳门西南饭店，被称为澳门鱼翅第一家。与饭店响当当的名号比起来，董事长汤福荣的家显得很不搭调。在不足60平方米的狭小居所内，仅有电视、书桌、卧床等陈旧的家具。

汤福荣：初来澳门的时候，生活比较困难，自己没有读过三天的书，后来生活条件比较好了，就想到为国家贡献一点。

汤福荣，人称"汤伯"，平日里总爱穿一件白汗衫的汤伯，真的让人很难想象，他就是那个"赚一千万就捐一千万"的澳门大慈善家。

汤福荣：首先去家乡，然后就是在山区那边去捐学校。开始的时候去到那边看见十几岁的女孩还没有书读，条件比较差……

汤伯女儿：我爸说办了以后呢，他就很开心，所以有一种力量鼓励他继续走下去。

汤伯在四川、云南、广东、广西等10个省区都出资兴建过学校、卫生所。目前，他建的学校已超过百家，资助过的贫困家庭更是不计其数。对于汤伯来说，财富的增加只是让他的慈善事业有了更多的可能，而他的生命也在这无数的资助当中绽开了华美的乐章。饱经沧桑的人和积淀深厚的事都会让人动容。已有百年历史的同善堂一直在通过自己的实际行动在澳门这片土地上传播着中华传统的慈善文化。同善堂值理会秘书处顾问张伯尧：

张伯尧：同善堂正是由于服务的时间比较长，在市民的心中有比较深刻的印象。同善堂除了做慈善服务、公益服务以外，很注重宣传中华慈善的事业，守望相助，自救为主，用古老的话说是行善积福。

很多时候，澳门人都会很谦虚地说："我们澳门是个小地方。"但正是这邻里间的守望相助，让小城人民手拉着手走过了所有的苦难。

说起澳门的公益社团，不得不提澳门明爱和它的生命热线，它就像缓冲器，让飞速前进的城市列车保持了稳定。在澳门明爱总干事潘志明无数次接起生命热线的过程中，有一个要轻生的年轻人讲述自己的故事给他留下了深刻印象。

潘志明：一个青年人，他说他的工作每个人都小看他，他自己能力也不高。作为一个销售员，他感觉他存在又没有什么意义，想要轻生的时候就打电话给我。我跟他谈了两个小时，最后他确定活下去，不管别人怎么看他。这些志愿者，这些义工，他们无偿来服务，每个星期至少来两个小时，来听陌生人的电话，24小时来服务澳门有需要的人群和家庭。

在澳门明爱总部简朴的会议室里，打开窗户，会看到一株小小的绿色植物在潮湿的墙壁上顽强地向上生长着，为这堵墙增添了盎然的生机。潘志明说，这样的场景好比明爱的作用，同时也是澳门大大小小公益慈善组织的共同作用——不争万树春，只为一抹情。

记者：旗箱是做什么用的？

黄副理事长：做慈善活动时，我们拿着这个箱子到外面去筹款。我们叫卖旗，卖旗其实就是一个帖纸而已。

廖监事长：买一张旗啦，这是澳门的特有文化。

黄副理事长：你捐款之后好像买了这个贴纸一样，其实这个贴纸多少钱是自己给的，给一百块也有，给一块也有，所以都是一样的。

记者：这就是善心不分大小。

澳门共有3000多个义工团体，很多义工团体的建立初衷只是几个朋友聚在一起想做点善事。就是这么简单，这么单纯，没有太过慷慨激昂的期待愿景，有的只是踏踏实实为着"做点善事"而努力的信念与担当。

澳门回归祖国后，经济稳步发展。有了厚实的家底，特区政府出钱出力，助力推动社会公益事业的发展。澳门特区政府社会工作局研究暨计划厅厅长张鸿喜：

张鸿喜：主要是通过政府提供资源，然后和民间机构一起协作来去推动这些服务。

慈善公益事业是社会稳定、经济发展的辅助力量，为城市的平稳和谐提供了有力支撑。回归十五年后的澳门慈善事业正在借助这一"力量"，探寻未来更为专业化和现代化的发展方向。澳门立法会议员陈美仪：

陈美仪：做社会服务工作的人士需要更专业。现在回归已经十五年了,我们跟珠海香港的关系越来越密切,所以我们关注不但只在澳门的慈善工作,除了澳门以外我们应该在珠海做慈善工作,包括广东这边都要多关心。

澳门人的奉献不仅仅是邻里间的守望相助,这种情怀更早已升华为家国深情。这中华七子之一的澳门,回归后的一次次善举,是孩儿对母亲的回报,让人感受到那份从未割舍的母子情深。越来越多的澳门人,只要看到祖国有需要的地方,就会伸出自己的援助之手。

澳门明德慈善会副会长区荣智说:"澳门人都有一颗火热的中国心。"它见证了濠江的历史起伏,也迎来了澳门的璀璨新天。

榕树在澳门随处可见,它深深地扎根在土地中,吸取养分;同时长出茂密的绿叶,吐出氧气;它还生长巨大的树冠,笼罩一片天地,供人纳凉。感受爱心,同时奉献爱心。助力慈善,并使慈善逐步从自发的抵御风险向专业化的社会服务;从邻里之间的守望相助,向心系祖国的家国情怀转化。奉献爱,感受爱,这便是澳门的幸福所在。

港澳人家

第一集　紫荆花香润汶川

同心：我家里有个小白兔。

记者：哦，有个兔子。

同心：很胖的。

记者：这兔子叫什么？

同心：猫仔，很胖。

记者：蛇呢？

彭元宏：蛇叫Stupid，笨的意思。

同心：它又胖又笨。

2011年的七一假期，骨科物理治疗师彭元宏暂时告别在四川成都的工作，回到香港休息，跟在香港一所学校教书的丈夫和一对女儿享受难得的团聚时光。我们走进了这一户人家。

彭元宏：我们这边是99年进来的，现在住了将进11年了，所以四川（地震）08年的时候我在这儿住。

彭元宏一家四口1999年从小丽园的保障房搬出，住进位于将军澳地区的新家，两室一厅的房子，布置得很温馨。

记者：这个结婚照是？

彭元宏：结婚照是95年的，这是00年的，她们拍照的时候是刚刚好满了4岁和满了2岁，现在已经是十年后了，所以就12跟14了。

记者：一个叫在心，一个是同心，一开始为什么取在心呢？

彭元宏：因为"在"这个字比较有意义，就是人在嘛，心在嘛。

记者：然后妹妹生了以后……

彭元宏：同心，跟她同心。同心来对我们两个老人家。

人在心在，姐妹同心。然而在举世震惊的汶川地震后，"同心"对于这个家庭，不再仅仅是姐妹同心，更升华为香港与内地福难同当，心手相牵的同胞深情。

2008年5月12日下午2点28分04秒，以四川汶川为震中，8级强震猝然袭来。

对于供职于香港医院管理局下属公立医院的彭元宏来说，地震的巨响，使她第一时间背上行囊，志愿北上，开始了奔波、操劳的义工生活。

记者：康复中心是在一个非常独立的小院里？

彭元宏：这个原来是我们院的幼儿园……

2009年5月，汶川大地震一周年之际，华夏之声记者回访四川，在香港方面援建的川港康复中心，第一次见到了彭元宏。她身材瘦高，工作起来干练精细，正在和同事一起搀扶着伤员，努力寻找重新站立的可能性。

记者：你打算在四川这儿待多长时间？

彭元宏：起码三年吧。因为我们提供的是个培训，需要人才嘛，所以我们用三年的时间，希望在这三年里面培训一千个专业人才。

三年，是彭元宏在心底和四川的一个约定。

2011年5月，在这个约定期满前，我们再次回到四川采访彭元宏。这时的川港康复中心里，当年的地震伤员大多已经出院，而正如彭元宏当年的设想一样，从培训治疗人才，到跟踪伤员状况，她一直没有离开。

记者：我记得当时两年前采访您的时候，您说这是一个三年的项目，最少待三年的时间，您没有失约。

彭元宏：因为有看到他们的需要嘛。他们简单说就是摔了一跤，但是事实上当然不是这么简单了，他们是摔了很重的一跤，要重新很努力地才可以站起来，站了以后还要走下去。看见他们一天天地进步也是很开心的，我觉得自己都有一点点的贡献，就是很大的安慰。

记者：所以，你这三年期间经常就是香港、四川两边跑？

彭元宏：来回两边走吧，一半时间在四川，一半时间在香港，最初的半年是星期六的早上从这里去飞机场，五点多爬起床，然后星期天的三点多又要赶去飞机场，然后晚上十一点就又回到成都了。最初的半年是，每个星期希望回家看一下，然后这样子飞是很累的。

记者：现在家人习惯了吗？

彭元宏：现在家人不习惯也得习惯了，这是我的一个使命。

记者：你的孩子见到你会怎么说？

彭元宏：我不在家，她没有一个烦她的人了。

远隔千里，孤身一人，三年来，是怎样的一个家庭在默默支持着彭元宏的选择呢？在彭元宏香港的家中，我们找到了答案。

彭元宏丈夫：四川发生了这么大的事情，要是我们中国人有能力的希望贡献一下，他说我语言和能力上可以做出一些贡献，大部分香港人都是讲广东话，跟内地人比较难沟通。刚巧我讲话是可以的，讲普通话，在物理治疗方面可以帮忙，所以我先生就鼓励我来贡献一点吧，很简单的，没想其他复杂的事情，太大的灾难了。

记者：当时知道妈妈要去四川的时候，是什么感觉？

大女儿：当时没什么感觉。

彭元宏：你不是跟我说，妈妈要是可以的话，你不上去（到四川）最好吗？

大女儿：我有这样说吗？

彭元宏：有啊。你说妈妈要是不上去就好了。

大女儿：因为我觉得搭飞机很累嘛，如果可以在本地工作的话比较好。

记者：当时有没有觉得四川很危险？

大女儿：对啊，那时候因为刚刚地震，我怕如果踏上去了的话还有余震，会有生命危险。

彭元宏：他们担心我的安全，每天都有留心新闻，看看四川有没有余震，我也去过北川，我也去过都江堰、绵阳这些地方，但是去的时间比较短，相对来说在成都稍微安全一点。

记者：会不会有余震了有打个电话问一下。

彭元宏：我听我同事说有余震了，但是我在睡觉，因为余震一般都是半夜，我也睡得好，我没怎么感觉到有余震。

彭元宏先生：我们知道余震的时候已经是数小时后了。

彭元宏：要是我有事的话，他知道的太迟了，有命就有，没命就没命了。

记者：那妹妹呢，当时知道妈妈要走的时候？

小女儿：我觉得很辛苦。

彭元宏：你很辛苦还是我很辛苦？

大女儿：你。

记者：那你自己呢？

小女儿：不太辛苦。起初不是太习惯，但是过了几个月就习惯了，因为她还有几个礼拜会回家。

彭元宏：现在科技比较发达，我们用视频聊天。

彭元宏丈夫：通过视频跟她汇报，今天他们两个什么样，发生什么事情。

记者：一般视频聊天多长时间？

彭元宏：有时候半小时，有时候一小时。

记者：主要是跟陈先生说，然后看着两个女儿。

彭元宏：对。但是一般跟他说，也一边在打报告，因为有太多的报告要做。

彭元宏先生：她很忙。

彭元宏：他每次看我都是在打报告，就是睁开眼睛就上班，闭上眼睛才下班。有时候做到一两点，第二天又要开始。

记者：当时去四川的时候，因为跟女儿分开，有没有特别带一些东西比如照片什么的？

彭元宏：有。把她们的照片带去，把她两岁的照片带在身边，她两岁的时候，她牙齿才四颗。

记者：当时就带这张照片？

彭元宏：对。每天看看她，因为她们两个很像的，所以看一张就等于看着两个人了。

记者：当时妈妈不在旁边的时候，有发生什么事情特别想跟妈妈说说，但是感觉不在身边？

彭元宏：有啊，当时她的手发炎了，你看这两边不一样的。这个事情是我在成都只能够遥控，不能够立刻来帮忙。

记者：现在不能过多地运动了是吗？

彭元宏：她现在的力量和活动还是可以的，然后运动就不能做很多了。小提琴也放弃了，当时本来还说要考一个级的，后来因为太痛了就放弃了。

记者：那同心有没有怪妈妈不在旁边？

小女儿：不会。

彭元宏：我还是下了一些功夫，令她看医生的时间上可以省却一些。

对于三年来两地奔波的劳碌和牵挂，无论是女儿、丈夫，还是彭元宏本人，都只是轻描淡写。而彭元宏更是将此后的人生与四川紧密相连，她已经开始着手把汶川地震的伤员陆续接到香港治疗，以确保他们的伤病得到最细致的康复治疗。

记者：我听说你最喜欢的一首歌曲是《感恩的心》？

彭元宏：对，《感恩的心》。因为我第一次听的时候很激动，看着他们做着手语，对着伤员，一个这样的情绪。但是慢慢下来他们真是感恩，伤员们也很感谢，感谢康复方面的医师让他们慢慢恢复恢复，再加上自己的努力，所以我觉得这个歌是很写实的，给人鼓励，还有激励的。要是说职业或者说专业生涯，我已经过了一半了，我90年毕业，工作了21年了，还有17年就退休了，我觉得要是在这38年里面我有两三年或者是三四年的时间可以为一个地方做一些事情，尤其是为祖国做一些事情是很好的。我觉得我就是一根拐杖，他们就是持着拐杖继续去旅途的人，对我来说，我可以在短短的时间给他们一些帮助是很幸福的。

2月，彭元宏将结束在四川的服务，回到香港的家。过去的三年时光，家庭的理解给予她奉献的力量，在最需要她的地方，为同胞、为国家做了力所能及的工作，体味了小家与大家的温暖，见证了血浓于水的真情。

第五集　何伯的"渔"快生活

晨光破晓，香港最繁华的中环早已从睡梦中提前苏醒，城市里为生计奔波的人们更是行色匆匆。

而距离中环350公里外的元朗新田米铺，鸟儿啼鸣，荔枝飘香，何伯正悠闲地开始他一天的劳作。

何先生：阿昌，你好啊。我明天就出16担鲩鱼啊，10担大头啊，10桶乌头，大概什么价格啊？

何丙棋家住在香港元朗和合鱼塘区，早年间父亲从广东东莞移民香港，从事渔业养殖，如今他已经是第二代渔民。何先生的家紧邻深圳河，河水潺潺，鸟儿嬉戏。六月里一个阳光明媚的上午，记者在当地渔户署工作人员的陪同下走进了他的鱼塘、他的家。

渔户署：何先生。

记者：何先生您好您好。这就是您的鱼塘是吗？

何先生：是的，我正在喂鱼。

记者：太好了，我们看看。你一共有几个鱼塘啊？

何先生：6个。

记者：大概有多大面积？

何先生：大概100多亩。

何先生的鱼塘每天喂鱼两次，上午8点到10点，下午4点到5点。为了提高效率，何先生使用了自动喂食机，饲料通过输入口放进装置里，就会通过一个内部连接的管道自动播撒到鱼塘里。何伯说，由于有了这些高科技手段来帮忙，与父亲养鱼时相比，自己省力多了。

记者：您从什么时候开始用自动喂食机了？

何先生：10年了，以前养别的鱼种用这个机。

记者：这是您自己设计的还是买的？

何先生：是从台湾买的，2500港币。

当然，由于鱼塘众多，除了机器喂养之外，有时也需要人工喂鱼来帮忙，何先生邀请我们一起登上了他的小船。

鱼儿们有着天生的本领，知道它的主人来喂食了，都在水中欢呼雀跃起来。何先生的鱼饲料都用一个个编织带装着，统一放在池塘边的一个仓库里。

记者：您喂的这是什么啊？

何先生：公仔面。

记者：方便面？鱼还吃方便面？什么鱼会比较喜欢？

何先生：都可以啊。

记者：这是人吃的那种吗？

何先生：是，但是它是比较碎的那种。

记者：您多长时间买一次饲料？

何先生：没有了就叫人送过来。通常订了7天或10天后就会有了。鱼在吃东西呢，我们过去看看。

何先生如今和妈妈、妻子住在一起。他们的房子就在鱼塘边。小院里散落着锄草机、渔网、捕鱼小船等各种工具。沿路何妈妈栽植的荔枝树、何太太种下的小花，还有那几条看家护院的小柴狗儿，都丰富着这个渔家小院儿的生活气息，营造着恬静、舒适的生活氛围。

何先生：这是我妈妈。

记者：您好，您在做什么啊？

何妈妈：洗菜做饭。

记者：您今年多大年龄了？

何妈妈：85了。

记者：看起来身体很好啊！

何妈妈：脚不行了。刚才去除草了，很热啊。

何妈妈个子不高，皮肤黝黑，脸上爬满的皱纹是岁月和勤劳刻下的烙印。一双细长的眼睛里充满着慈爱。由于刚刚劳动完，汗珠将她花白的头发一缕缕的沾裹在脸上。老人家非常热情，见到我们来了，立刻放下手中的活把我们请进了屋。这是一个传统的乡村民居，一进门便是一个方方正正的大厨房，足有20平方米。民以食为天，在这里得到了最好的诠释。再往里走，就到了主人的房间，何妈妈就住在这里。

何先生：我去切点西瓜。

何妈妈：好啊好啊，去切西瓜。

何先生：吹吹电风扇吧，天气太热了。

6月的香港早已是烈日骄阳，酷暑难耐，三十几度的室外温度，仅站着不动都会大汗淋漓，更何况何先生一家要经常在这样的天气里坚持劳作。屋内虽没有空调，但风扇吹出的袭袭微风也让我们消退了几分暑气。而何妈妈又是拿凳子，又是递水果的贴心照顾，更让我们多了份宾至如归的亲切感。

记者：您一共有几个儿子啊？

何妈妈：4个。

记者：都是在养鱼吗？还是在做别的生意？

何妈妈：就只有何先生在养鱼，还有两个打工，还有一个在开车。

何妈妈的房间其实并不小，但被各种各样的物品高低错落地堆放，就变得满满当当，好似一个大仓库。有何爸爸生前留下来的老家具，有儿子买来孝敬老人家的按摩椅，还有孙子买的逗老人开心的招财猫。既有旧物，更多的是新品。老人都像宝贝似的把它们一样样地摆着，睹物思人，晒着自己越来越多的幸福。

记者：这个椅子是谁买的啊？

何妈妈：儿子买的了。

记者：都是谁用啊？

何妈妈：我有用，儿子也有用。

记者：这个椅子用着舒服吗？

何妈妈：舒服，呵呵，只有舒服才能卖得出去嘛。哈哈哈。

何妈妈的房间还像一个何家的博物馆，在这里不仅能看到今天何家的幸福生活，也能看到何家的过去。

记者：这墙上供的是谁啊？

何妈妈：是我们的祖先啊，何家的祖先。我们何家就是这样一代代传下来的。

记者：现在每年还回东莞拜山吗？

何妈妈：会啊，每年都有去，只是我腿脚不好，两三年都不去了，我儿子他们每年都会去。

何先生：吃西瓜了，吃西瓜了。

众人：好啊好啊。

记者：这个按摩椅是您买的吗？

何先生：是啊，是啊，买了六七年了。我那还有一个。

记者：您家好多按摩椅啊，为什么这么喜欢按摩椅啊？

何先生：用的时候很痛。你要不要试试？

记者：我不试了，您可以试试。哈哈哈。您一般什么时候会用？

何先生：喜欢就用了。

记者：用了会觉得舒服一些吗？

何先生：按的时候很痛，按完就舒服一些。

何先生住的老宅本有两间木房，现在生活好了，赚钱多了，两年前，何先生在原址重新盖了间新房。我们在他的指引下走进了他的新家。

众人：哇很好啊。好漂亮啊！

何先生：呵呵，一般般。

记者：不简单啊。

何先生的新房是一个两室一厅，雪白色的墙壁、崭新发亮的各色家具、随处可见的蕾丝桌布，都透露着女主人的用心和浪漫。何伯的家就在深圳河边，河对面就是深圳福田。何伯说，香港回归前，对面的福田看得见摸不着，回归后，去福田比去中环还要方便。

记者：这些家具是在哪里买的呢？

何先生：在深圳。

记者：装修花了多少钱啊？

何先生：3万多。书柜、沙发、床都是叫一辆车一起拉回来的。

记者：去那边买便宜是吧？

何先生：对，而且款式多一些，有很多欧洲的款式。

打开何伯储物的柜子，里面最多的就是花花绿绿的各式相册。何伯说，香港回归祖国后，他们的生活圈子更大了。

何先生：我坐高铁去过武汉。

记者：好多人会觉得开快了会有点晕，您觉得吗？

何先生：我没有，我觉得很安静，很稳当，开车也静，停车也静。

记者：除了武汉，内地还去过哪里啊？

何先生：好多了，东北三省啊，青岛啊，北京啊，上海啊。

回归14年来，何伯不仅盖上了新房，足迹也从自己的渔家小院遍布了三分之一个中国。1997年7月1号，对于何伯一家来说，开始加速幸福起来。

第十二集　光影人生　澳门岁月

澳门自由摄影师陈显耀，个头不高皮肤黝黑步伐急促。多年来，他把镜头对准澳门，用心去感受澳门的人，用一张张的照片记录着澳门的历史。

行走间城市变，

添高楼展新颜，

用照片连成串，

不知不觉中澳门在眼前。

陈显耀：这一片啊！你看看，十年前的葡京这一带是没有什么高楼的。

记者：这时候还没建新葡京是吗？

陈显耀：对，对。新葡京应该在这里嘛。你看看，什么都没有的，就是中银大厦比较高一点，基本上很平的。我们再往回看，你看看差了多少！完全两回事啊。这个没有，这个没有，这个、这个、这个全部没有的！

记者：整个变了个样。

陈显耀：再看其他，澳门蛋同一个角度你看看。

记者：都不认识了。

陈显耀：同一个角度来的，澳门蛋看不到了，被新建的高楼挡住了。

记者：哦，澳门蛋现在被挡住了。

陈显耀：在这里，在这里，在这里其实是同一个角度来的，一样的角度。这是港珠澳大桥的现场。

记者：这是在基础地建设。

陈显耀：对，对对对对。因为这一片我是不断地拍。它从这个在海上一直在选，在这个探这个地址我已经开始拍了，在测量。

记者：你还得关注这每一个规划从什么时候开始？

陈显耀：我觉得做记录摄影的你必须要对很多东西很敏感，我每天起来第一件事是打开电脑。我看看报纸，看看有什么新闻，有什么东西要发生。所以现在我拍片，其实站在摄影的角度我的画面不是很美，但是我要从这个历史角度去考虑。

在陈显耀的照片里，我们看到了澳门日新月异的变化。而这些建筑的变化也折射出普通澳门人的勤劳与智慧。我们下面介绍的这张照片中的主人公梁伯就是其中之一。梁伯是拉老爷车的，年近六十岁，身体依然灵活。因为心情好拉起车来都精神头十足。

梁伯：以前没有这样繁华。以前拉车都没有这么多高楼大厦，是烂地了嘛，没有这么漂亮啊。当然我的心情当然是开心了嘛。

澳门的载客三轮车出现于上世纪40年代末期，很快风靡一时。梁伯是60年代开始入行的，他说那时候澳门汽车很少，三轮车是主要代步工具，有上千辆之多。随着经济的发展，巴士、出租车大量出现，澳门三轮车日渐式微，车夫纷纷转行。眼下，三轮车在澳门已从交通工具变成观光工具了。但是，这三轮车却是澳门现代与传统之间的一个纽带，它一边拉着传统的澳门，一边又服务着现代的澳门。

时光如水，岁月留痕；

新旧澳门，交织呈现；

摩登澳门，时尚动感；

古老澳门，容颜不变。

在陈显耀的照片里，与三轮车和梁伯一起承载着历史的，还有那些老店和它们的守店人。从2001年开始，陈显耀用镜头记录小商铺们的继续，体会身边忙碌的普通人，展现十几年来澳门的变迁。照片中，定格记忆里的双喜椰子、灯笼扎作、理发裁缝。快门声里，捕捉香烛一帐、关公寄宿、虾糕蚝油。显影液的明暗之中拼出杏仁饼、打小人、舞醉龙的城中小景。

陈显耀：这家店我以前拍过，是她丈夫经营的。她丈夫前两年去世了，去年。

老板娘：去年啊。

陈显耀：现在老板娘出来顶替她丈夫的工作。

记者：这家店有名字吗？

陈显耀：华记鞋业。这个店名有很久的历史了。

老板娘：三四十年了。

记者：一直在这里？

陈显耀：对对对，一直在这里。

老板娘：我们以前卖铜章的。

记者：卖铜章？

陈显耀：他们以前自己做鞋来卖的。

记者：老字号。

陈显耀：对。

陈显耀：这个糕很有名的。

记者：石明碟粉。

陈显耀：对，这张图片是我拍的，那时候在逸夫楼展览的时候，那天开幕时候，老板亲自过去。

记者：这位就是那个老先生。您好您好！这是您，他拍的。

老先生：他拍的。

陈显耀：这是我人文社会生活类的图片，很大一部分是在……

记者：在这条街？

陈显耀：在这一带拍出来的。

记者：这也是澳门最古老的一块地方是吧？

陈显耀：是，关前街，是澳门最古老的商业街。

在澳门，有一个酒楼历经了百年沧桑，这就是佛笑楼。在那里，时光仿佛凝固住了，就连里面的人都有了古老澳门的那种漫不经心当中的历史厚重感。陈显耀的照片当中，有一位人物——荣叔，他是佛笑楼年龄最大的服务生，瘦小但精神矍铄，笑容可掬。今年84岁的荣叔，15岁开始在佛笑楼工作，将近70年了。

荣叔：以前这里是木楼，那个时候找工作很艰难的，有人请就很好了。这里的老板对我很好，没有骂我，所以一直在这里做。

说起佛笑楼的现在，荣叔更加高兴了。

荣叔：好多人的，需要排队的。

如今的佛笑楼生意越来越红火，而84岁的荣叔仍然在伴随他一生的佛笑楼里安静地存在，不经意间就成了一张充满了年代记忆的照片。

摩登澳门，

传统澳门，

澳门人的澳门，

生活经历，

融入城市，

成为一员。

澳门有着属于它的荣光与记忆。而生活在这里的人，享受着这个城市给予自己的一切。他们默默地生活，却是澳门最生动的面容。陈显耀热爱澳门，每天他都背着沉重的照相机用自己的脚步丈量着这个东方小城的每一寸土地。清晨的阳光，夜晚的繁星，都映照着他的身影。闪光灯的一次次亮起背后，是他对于摄影的钟爱。

记者：很重的一套设备是吗？

陈显耀：对。你看我的镜头，我出去一般拿六个镜头。

记者：六个镜头，出去一趟一般都得全都背着？

陈显耀：对。

记者：光背着就够重了。每天一般什么时候出来工作？

陈显耀：说不定。夏天就早一点。

记者：夏天就早一点。

陈显耀：夏天有时候五六点都出去了。

记者：早上五六点？

陈显耀：对，如果冬天就稍微迟一点出去。

记者：冬天不是那么热。

陈显耀：对。

爱这里，努力做着自己的工作，为澳门添光加彩。陈显耀镜头里的普通澳门人伍志刚，做了三十年的消防员，依然在自己的岗位上尽职尽责。

伍志刚：通常我每次出勤之后回来都会和我的同事一起总结刚才所作的经验，和我们刚才有什么地方错误或有什么问题给他们解释，同时将我以前所经历过的经历和经验教给他们。

在陈显耀镜头里，还有一些新澳门人，同样对这个城市充满了热爱和憧憬。澳门大学的学生廖汀锴来自祖国北方城市大庆。

廖汀锴：就是澳门嘛，然后我自己也蛮想来的。

陈显耀十二岁的女儿阿涛也跟随父亲的镜头观察着这个养育自己的城市。

阿涛：比较多的博物馆吧，多了很多建筑物。

他们都鲜活而生动，用自己的故事为澳门岁月写下了温润的注脚，他们是澳门发展的经历者也是见证人。

光影人生，

澳门岁月，

镜头里的澳门人；

镜头里的澳门城；

光影一瞬间的凝固便是城市的永恒。

成　长

第一集　民生为天

世界上没有哪个地方可以是这样，两个城市，两种制度，老人却可以随意选择在彼处安老，并且福利随身携带。回归后的香港可以，内地广阔的空间为香港的人口老龄化舒缓了压力，使香港的老人多了一种选择，为香港的养老政策寻到了一个出口。

广州番禺，上午九点，78岁的杨太太和她的"老友记"们准时出现在祈福轩茶楼，享受一天中最快乐的时光。杨太太退休前是一位香港电工，2006年来广州探访亲友，被这里优越的生活条件吸引，于是和老伴儿决定留下来。

杨太太：如果我们在三十多、四十万的时候在香港根本买不到一个小的洗手间，但是我在这里可以买三房、一个厅，还有两个洗手间。大、宽好多。所以对我们退休的人来说呢那个住还是最重要的。另外行跟吃，吃哪我们也习惯广东这些地方，特别在这里呢，口味啊都是可以啊，价钱也不贵，但是在香港没那么舒服，在这里电视台都有差不多有一百个电视台，但是香港现在只有一个电视台。

据统计，目前有将近四万名香港长者像杨太太这样定居在广东。而对垂暮之年的老人，内地张开广阔的怀抱，博爱、包容地接纳。一个社会对待老人的态度决定了它的文明程度，而内地的这份包容更因为那份血浓于水的母子深情。

香港工联会内地服务中心负责人邵建波：这部分人呢年轻的时候在香港打拼，为香港的社会发展做出了贡献。年纪大了回内地去养老了，这个其实也就体现到内地政府对他们宽广的胸怀。尽管他们对内地相对来讲贡献没那么大，但是内地政府还是可以接纳他们，让他们安心在这边养老，体现了祖国的胸怀啊。

在内地，领取香港的福利金也很方便。

杨太太：生果金呢就是一千多一点点，你说好多也不是很多，说少也不少啊，但是呢主要看出特区政府还是没有遗忘你老人家。

杨太太说的"生果金"，也叫长者生活津贴，是特区政府作为"全民退休保障计划"过渡期设立的一项福利金，支援有生活经济需要的65岁以上香港永久居民。然而，很长一段时间，居住在内地的香港长者没有办法领取，为了帮助长者在内地安心养老，在香港工联会的倡议下，2013年，特区政府推出了"广东计划"，使得"移居广东的老年人同样受惠于高龄津贴"。而6月15日，特区政府宣布"广东计划"再豁免需居港一年的限制，这无疑是为香港回归20年送上的一份礼物。

香港工联会理事长吴秋北：我们觉得"广东计划"既然做得比较成功，受惠的真的是各得其所。香港的福建籍的民众一百二十万的人口，那么为什么不在福建也同样来进行这个工作呢？所以我们就也在"广东计划"基础上倡议政府，进行同样的"福建计划"。今年的梁行政长官的施政报告里面就把这个方向定下来，大概就是18年的时候可以实施。

有报告显示，2015年香港女性平均寿命为87.32岁，男性平均寿命为81.24岁，均位列全球第一！香港回归二十年来，特区政府对老年人的关爱不遗余力。据统计，过去四年，香港特区政府用于老年人的经常性开支已由421亿港元增至658亿港元，增幅达56%。而回归，让香港的安老服务柳暗花明！

深水埗，香港历史最悠久的城区之一，也是贫困人口最集中的地方。街边的唐楼鳞次栉比，斑驳的墙面混着菜贩的叫卖声让这里充满了生活的烟火气。晚上六点，顺宁道323号2楼，一个特殊的饭堂准时开饭。

左伯：要一个A餐。

社工：A餐？

左伯：是的。

六十多岁的左伯伯世代居住在深水埗，四年前第一次来饭堂吃饭，如今他已经是一位老顾客了。

左伯：第一餐饭在这里吃起码经济没有那么困难，而且在外面价钱很高的，和我们经济相比较，减少支出，可以省下很多钱。

由于租金便宜，深水埗地区居住着大量的老年人和新来港人士。微薄的收入令这里的人们生活窘迫，想吃上一顿像样的餐饭并不那么容易。从2009年开始，浸信会爱群社会服务处获得商界及社区人士的帮助，开办了"开饭"服务。通过提供只要10块钱的"一饭两菜一汤"的优惠晚餐，来舒缓低收入街坊的经济负担。

记者：来看看今天您吃的是什么饭？

左伯：蒸水蛋，我们广东人很喜欢吃的水蛋，还有小唐菜。

记者：还有汤是吧，今天汤水是什么？

左伯：汤就是萝卜还有雪梨。

记者：梨，是梨。

8岁的伟仔已经习惯了每晚和妈妈来这里吃饭，在他看来，这里已经远远超越了"饭堂"的概念。

伟仔妈妈：那他喜欢这里有很多姐姐跟他玩，他很喜欢挑战人家，还有很多新创意，因为我跟爸爸有时候上班很忙嘛，没有时间跟他玩那些游戏，他喜欢到这里来。

记者：你是每天跟着爸爸妈妈一起来这边吃饭吗？

伟仔：是的。

记者：觉得这个饭堂的饭好不好吃？

伟仔：很好吃的。

记者：最喜欢吃什么菜呢？

伟仔：番茄鱼肉。

从2009年的深水埗，到后来的茶果岭，"开饭"服务已经遍布了九龙、港岛的13个地区。每当夜幕降临，这13间饭堂便犹如夜空中的星光，照亮归家人的路。一碗热腾腾的米饭，捧在手里，暖在心中，也让人们品尝、咀嚼出了更多的人情味。

社工：他们就是跟我们说他们家里的事情或者是他们来这边吃饭之后的感受或是改变，因为他们有些就是平常不太会跟别人接触，然后他们觉得来这边吃饭可以省钱，然后在旁边认识别的朋友，他们平常不在饭堂的时候，会一起出去玩。或者是家里有电视坏掉了，然后别的有多的电视也会送给他们，他们自己互助。

在香港，超过90%的社会服务工作是社会服务机构协助特区政府完成的。已经有着70年历史的香港社会服务联会就是最大的社会服务组织，旗下有着450个诸如浸信会这样的会员机构。大家携手并肩，帮助特区政府共同推动社会福利服务向前发展。

香港社联行政总裁蔡海伟：一直以来，长期以来政府都会说，政府跟社联是伙伴。大家是合作关系，一起来推动社会福利服务的发展。当然政府有拨款资助社联，大概占我们开支的25%左右。政府通过社联联系很多社会服务团体，让我们可以将社会服务团体的经验、意见反映给政府。比如，政府这届有扶贫委员会，那我就是扶贫委员会其中一个成员，也是它四个小组里面其中一个小组的主席，我有很重要的角色就是建立一个平台，让民间团体的声音可以直接去到政府那边。

社会服务人员深度参与社会治理，这可以称得上是一项"香港经验"。回归二十年的香港，犹如一个意气风发的青年，健壮又充满活力。而同其他发达经济体一样，他也有着成长中的烦恼。远眺港岛，香港是一座插满了摩天大楼的富裕之城。而从摩天大楼环顾四周，却能看到那藏于楼宇之间的贫富差距。

民生在勤，勤则不匮。过去十年，特区政府不遗余力地改善民生，推出了系统化的扶贫政策。2010年，香港立法会通过了《最低工资条例》，这是香港第一个法定最低工资条例，目的是防止工资过低，来提高居民收入。过去五年，还陆续推出了长者津贴、低收入家庭津贴，为特殊人士提供适切的帮助。

数据显示，在一系列福利政策介入后，2014年香港贫穷人口微跌至96万人，贫穷率为14.3%，为2009年以来的新低。

香港特区行政长官梁振英：过去的扶贫工作有理念，有方向。现在政府对长者贫穷和在职贫穷问题在短短时间推出"长者生活津贴"和"低津"，两个全新的津贴计划。时间之紧凑，动作之大，如果大家不介意的话，我想再用"破天荒"三个字来形容。

蔡海伟：其实在六年前当政府订立最低工资以后，低收入工人的收入是改善了，但是问题是，一块是特别重要的就是房屋，其实特区政府在这几年是也看到这个问题，所以在五年前它就开始做长期房屋策略。

"居者有其屋"，这恐怕是很多香港人的终极梦想。大家寻着那希望的光亮，盼望着梦想照进现实的那一天。2015年，林太太同两个孩子来到香港，投奔在此打工的先生，成为了香港的新移民。初来乍到的日子并不好过，经老乡介绍，他们住在了只有两个床位的劏房里。

那段时间真的是很难过的时间，一个房间就一张床，上铺睡两个，下铺就睡我们夫妻两个，那基本上不够睡，孩子也都10岁左右大，也经常会有矛盾，弟弟比较调皮会说"（姐姐）不要在这边睡，你下去下去”，姐姐比较老实，经常哭。厕所是公用的啦，早上或者晚上回来的话肯定是排队了。住的环境不好，家庭也会有矛盾，也会有一些磕磕碰碰。

不记得有多少个夜晚，简陋的劏房里，林太太仰望星空，度过不眠黑夜，她在心里默默许下了一个愿望：如果有一天，能有一间房，不用太大，但是有“光”可以照进来，一家人在一起，勤奋努力、相亲相爱地生活该有多好。

同乡的人就说，哎呀你去雅丽珊中心那边啊，那他知道我们这情况社工会去深入群众，去关心我们，他进去看我们这个房间，觉得很辛苦，也很热心，帮我们小孩子教功课啦。

后来，经过社工的介绍，林太太一家真的搬进了一个叫“深井光屋”的楼房，这里溪水潺潺，树木葱茏，房间里可以看得见远处的青马大桥，虽然离市区有一定的距离，但是，在偌大的香港，一家人终于有了一个属于自己的房间，重要的是，有“光”照进来，令他们看到希望。

记者：当时第一次进这个房间的时候还记得是什么感觉吗？

林太：除了开心之外还是觉得哇这个真的非常好，给我们感觉是很敞亮，所以我觉得“深井光屋”的这名字起得好，很光明，很光亮。

虽然特区政府在争分夺秒地兴建公屋，但短时间内仍无法满足大批港人上楼的需要。于是，2009年一个叫做“要有光”的房屋项目计划出现在社会人士余伟业的脑海中。他想，如果可以把一些善心业主低价出租的房子和一些政府闲置的物业整合利用起来，或许可以一定程度上缓解房屋紧缺的问题。而“深井光屋”的前身就是特区政府80年代的一间纱厂宿舍，于是余伟业找到了政府相关部门，希望可以活化再利用，但由于未有先例，政府部门犯起了难。

"要有光"项目传讯经理曾静雯：然后Ricky就开始去找不同的政府部门，但是都觉得很困难，因为每一个部门都觉得这个想法太突破了，太创新了，每个部门都觉得我都不知道怎么搞了。后来Ricky就想到，这个是房屋，还有扶贫元素，现在在香港政府有一个"扶贫委员会"，去那里敲门啊，这个扶贫委员会是林郑月娥负责的，最后就找到她了。当然林郑听到就觉得那么好的项目，她就觉得"好，我来负责"。所以有她的开灯，支持，我们大概在14年开始有这个概念，然后16年又筹到（钱），16年初就装修了，很快，然后在10月的时候就可以正式推出。

要将一个已经破败不堪的旧楼打造成焕然一新的公寓，也并非易事。重新架设电缆引电上山，给已经漏水的天台铺设防水，裸露的钢筋妥善清除，人力、物力、财力缺一不可。曾小姐说，令她感动的是，改造"深井光屋"期间，得到了政界、商界、建筑界多方人士的通力帮助与配合。在政治争拗显现的今日香港，"民生"团结了大多数，人性显露出了"善"的一面。

曾静雯：其实他们都希望可以用自己的力量去生活，所以他们一进来的时候有一个很明确的目标："啊，我希望可以搬出去以后我会有怎样一个生活。"所以他们就会向着这个目标努力。他们一有一个机会，他们会站起来，向前走，他们可以跑得很快。

据统计，"要有光"计划的"光房"项目推出至今已经有60多个家庭迁出，流转率达141%，而"光屋"项目至今已受惠超过百人。短短几年，"要有光"项目已经成为社会创新的成功案例，无数人顺着那束"光"的指引，找到了生活的方向，也为特区政府解决住屋问题提供了创新经验。

（养老院）社工：抓老鼠

众人：哈哈哈，哦……

每星期周二、周四的下午，秋燕都会到荃湾张庆华慈善基金康复中心做义工,陪老人聊天、做游戏已经成为了她生活的一部分。

秋燕:他们也有的是单身的嘛,也有的是儿女就忙啊没空啊,可能是手脚不方便,就日间就过来复康中心嘛。我们中心义工他们吃完中饭,然后我们就过去给他们一些娱乐,鼓励一下他们,做一些活动这样子,玩一下,唱一下歌啊。

秋燕是一名家庭主妇。全家人仅靠丈夫一人赚钱,生活并不富裕。生活压力大,封闭自己,令她的生活变得灰暗。自从参加了麦理浩夫人中心的"社区互惠银行"项目后,她结识了更多的街坊,做义工的过程不但可以贡献社会,还能赚取积分节省家庭开支,令她恢复了生活的自信与力量。

记者:您现在那个卡里面有多少积分了?

秋燕:差不多5000分。

记者:像你刚才做的这么多种类,每一项能一次得到多少分?

秋燕:不分工种,你是探访老人啊,反正一个小时就是60分,然后60分我们就可以社区里面有一些油啊,米啊,还有一些衣物啊,小孩子的笔啊,还有那些作业本啊,这些都可以换取的。

和秋燕一样,心心也是一位全职妈妈。10年前独自带着儿子仔仔住进公屋斗室,陌生的环境令她天天只能在家看电视,然而自从参加了"社区互惠银行"之后,她却找到了另一个自己。

心心:初来的时候都是皱着眉头,现在很开心的,慢慢地多说话了。

记者:那你看到他们成绩提高了很开心的样子,你自己是什么感觉?

心心:感到很高兴,很温暖。

记者:原来是不是也没有想到,就是自己还能有这方面的这样的能力去帮助别人?

心心：对，初始绝对没有想到。

"社区互惠银行"，2010年由麦理浩夫人中心创办。通过设立一个"社区积分"的交易平台，发掘和培育社区街坊的才能和优势长处，并将他们的才能转化为服务及产品，实现授之以渔，助人自助。

麦理浩夫人中心部门主任王馥雅：：因为我们很注重将街坊的角色做一个转化，也就是说由一个被动受助者变成一个社区的助人者。我们有很多不同的义工服务，比如剪发队，街坊们学了，从不会剪发到会剪发，然后去帮助区里面很多不同长者剪发。因为我们觉得弱势社群，他们也有很多正面的力量和长处，只要有机会去发挥的时候，其实你只提供给服务，作用是不足够的，反而去鼓励他们建立自信心，提高他们解决问题的能力，这才是对他们来说最有帮助的。

麦理浩夫人中心总干事沃太太：：传统的帮忙方法就是给他们钱啊，给他们需要的东西，但是我们想这个不是长远的解决方法。所以我们就试试看用一个比较新的概念去提供这个帮助。

香港回归祖国二十年，"弱冠"之年的香港既有乘风破浪、飞速发展的喜悦，也经历着成长中的阵痛。令人欣喜的是，无论是特区政府、社会机构，还是香港市民都用心、努力，经营着这个"大家"，在"一国两制，港人治港"的道路上越走越精彩！

蔡海伟：这20年社联的工作跟20年前其实有很大的变化。回归前我们主力的都是帮政府去订立一个比较成熟的社会福利政策。第一就是在政策研究，第二块比较多的就是推动不同界别的参与，第三块是我们成立了社联学院，就开始提供更多的培训课程给我们的会员机构。我想如果说跟回归有关系，我想是香港现在很多人都在说"港人治港"，香港人要一起去推动香港社会的发展，不只是个人、我这个团体、这个界别的责任，而是全部香港不同的界别都要参与其中。以前可能大家就觉得政府给钱了，社会服务团体就够，但现在是多了很多这样大家的氛围说，整个社会一起要推动来发展。

深水埗，左伯伯申请做义工，给周围不方便来饭堂吃饭的老人家送饭，不管风雨，雷打不动。

记者：今天您打算做点什么呢？

林太：做点干饭，然后呢弄一条鱼。

深井光屋，林太开始准备晚饭。在那间可以看得见"光"的房间里，烹调出了感恩的味道。

杨太太友人：贵州啊，其他地方都有去。去年咱们还⋯⋯

而生活在广东番禺的杨太太，正和老伴儿计划着下一站内地之行的行程。回归，让他们的生活圈变大了！

民生为天，在这片蓝天下，每一个港人都在被尊重，被关爱。而他们也在努力地把这份情感传递出去，织就一张更大的关怀与爱的网络！

第六集　故宫与香港

——穿越历史的相会

　　故宫的珍贵文物正在列队，即将启程，接受香港市民的检阅。那些长年藏在深宫的文物，凿空历史，穿越时光，化身为香港特区行政长官梁振英心目中最好的礼物：

　　梁振英：明年是香港回归祖国的20周年，香港故宫文化博物馆也将于明年动工，这将是庆祝香港回归祖国20周年最好的、最大的礼物。

　　这个礼物是如此的与众不同。1976年的一个午后，北京，当香港古玩鉴赏家翟健民第一次走进故宫时，如同进入了一个巨大的历史容器，沉落在飞檐上的夕阳，将眼前的一砖一瓦勾勒出了一道金边，哪些精美的古玩字画，仿佛让他拥有了穿越时光的能力，展开了一次逆光的旅行。

　　翟健民：当时不容易去的，不批的。香港的中银公司，还有华润公司帮我们写邀请函的。但是我进故宫的午门之后，顿然眼界完全就开了，哇，原来皇帝是这样子的。

　　翟健民是对故宫感情深厚的香港人之一，作为中央电视台《鉴宝》节目的特邀嘉宾而广为人知。他自称与故宫有半世情缘。2004年，40多岁的翟健民从北京大学考古学系自费学习毕业后，在老师的介绍下走进紫禁城，悉心学习瓷器等艺术品的鉴赏与修复。每天沉浸在成千上万件凝聚了中国人智慧和技艺的文物中，他说："我能想到的两个字，就是'伟大'。"

翟健民：那时学到好多历史的东西，当时我们学术很浅，故宫带的一些重要的文物，比如说朗士平的画，比如说瓷器、珐琅彩等等，这个都是一丁点在尘埃里面凝聚起来就是无穷无尽的一种学问，这种幸福。

令翟健民不曾想到，10年后这种幸福的感觉能够再度来临。2016年年底，香港西九文化区管理局与北京故宫博物院签署了一份合作备忘录，计划在西九文化区兴建"香港故宫文化博物馆"，长期向北京故宫借入所藏文物展出。这个喜讯点燃了翟健民全家人心中的热情。

翟健民：我们在收藏界，当我们知道这个消息的时候都激动坏了，特别是说我家里，我儿女都欢喜若狂的。我们儿女当然是受我们的熏陶，但是他也代表一大串的年轻人，他们的年轻人的想法是，对于我们香港来说，有一个那么重要的一个故宫博物院来香港作为分馆的话，这个是一个什么的礼物。

这份特殊的大礼，来自历史留下的那座六百多年的宫殿。明月清风与我们一起见证这悠长的文化如何无有间断，生生不息。如今她化作一场及时的甘霖撒向香港，为这片曾经的文化沙漠孕育着春意。

佳士得香港有限公司中国瓷器及艺术品部副总裁连怀恩：我觉得香港这个地方虽然是一个经济很繁荣而且各方面都很发达的地方，但是文化方面还是比较缺失。那我觉得在这么重要的一个商业城市还是需要有一个文化底蕴来推动他，所以我觉得故宫到香港绝对是一个非常好的事情。

香港中华厂商联合会会长李秀恒，曾不止一次地感慨，香港作为中西文化的汇集地，有不少文化类的博物馆，但大多展现的西方艺术和现代艺术，中国传统文物的展品却非常稀少，不免让人遗憾。

李秀恒：要看我们国家的东西，香港实实在在就没有一个正规的博物馆来展示。这20年真的进步了很多，现在也是跟国际的水平也非常一致，现在我们下一步，我们要争取的是什么，我看就是文化的修养。我们是一个礼仪之邦，我们有悠久的文化历史，怎么样把这种我们老祖宗给我们的好的传统，好的东西，我们进一步地发扬推广，也把我们的文化带出去到全世界，给他们理解中国的文化，我们博大精深的一个悠久历史的一个精神，我看是我们需要来做的。

对文化的渴求，让像翟健民这样普通的香港市民珍惜每一次故宫藏品来香港展览的机会。翟健民至今还记得2007年故宫珍宝《清明上河图》来香港展览的场景。

翟健民：07年故宫来香港做过一个展，其中一张《清明上河图》，我家里人还有我陪我妈妈去了三次，最后我都没进去。第一排队排到尖沙咀天星码头，大热天，排一个小时差不多了，两个小时都没排到，放弃了。那不要周末了，一到五，结果还是那么多人，那就放弃了，三次最后都没看到。

几十年来，故宫的独特魅力吸引着包括翟健民一家在内的万千香港市民，而在故宫博物院院长单霁翔的眼中，香港同样是魅力之都。今天，北京故宫绝不应该是一座文化的孤岛，香港故宫博物馆的存在将是北京故宫博物院的重要补充，让中华文明在不同区域内形成良性的互动。

翟健民：故宫博物院充满文化资源，其中一项文化资源就是我们的藏品，比如156000件书画和碑帖，世界最多。有11000件金银器、19000件漆器、6600件珐琅器；陶瓷有367000件，织绣居然有180000万件，帝后生活用具4000件。我们经过努力，在故宫博物院每年有50个左右的陈列展览，但我们能够展出文物只能占0.6%，我们希望这些文物藏品有更多的展示地方。

身为香港政协委员的李秀恒与单霁翔一样，都在思索着如何让故宫文化的价值最大化。

李秀恒：故宫我经常去，作为我是全国政协委员，我也写过几个报告给北京。说实在的，去到我们北京博物馆心里也感觉有一些需要关注跟改善的地方。博物馆挺大的，但是我们要看文化藏品的机会不多，因为它的馆很小，所以我们收好的东西都放在地库里面，我们应该放在给普罗大众，给我们子孙后代，给我们来看的。所以我们也有一些心愿，是不是可以在故宫外面我们也可以展示故宫里面的东西，要是国家需要民间参与，需要香港参与，我们也很愿意捐款来策划来筹办这个事。所以我希望我的梦想未来可以实现。

李秀恒的心愿成为了香港各界的心声。就在香港故宫博物馆即将兴建的消息刚刚宣布的时候，由香港多个民间文化艺术团体组织发起的"支持兴建香港故宫文化博物馆"大联盟召开了记者会，对特区政府计划在西九龙文化区兴建香港故宫文化博物馆表示支持，也表达了香港众多文化艺术者盼望多年的夙愿。

香港各界文化促进会理事长李国强：一直以来，大家都感觉，香港跟中华文化应该有更密切的联系。如果能够在香港长期建立一个国宝级殿堂跟大型的展览，对香港同胞，对整个香港，特别是对年轻一代是非常重要，能够提高整个香港文化界的影响，提升香港的地位，所以大家有这个意愿。平时在聚会上有提出支持建立大联盟，支持在香港正式落实好在西九的北京故宫的文化博物馆。

香港西九文化区，是近年来香港特区政府治理打造的一块新地标，也是全球规模最大的文化项目之一。这里有10多个类型不同的艺术场馆和23公顷的公众休闲空间，是一处充满活力的文化天地。未来香港故宫文化博物馆就将落户在这里。

李国强：为什么选择在西九呢，因为西九是香港未来的地标，是文化的中心所在，也是一个未来非常重要的一个文化阵地，他交通方便，面积大，各方面的条件都非常好，所以北京来这选址绝对是最好的安排。

正当香港社会为香港故宫文化博物馆即将兴建的消息欢欣鼓舞的时候，一些"欠缺咨询"等不和谐的声音却开始出现，曾在香港理工大学就读的李卓濂坦言，在他的身边也不乏有一些年轻的朋友，对此不甚理解。

李卓濂：有一些人可能他会连中国朝代也搞不清楚，唐宋元明清他会不懂得，但是这些对我来说是基本的常识。所以我觉得念历史不仅仅是他们去读历史，而是他们要怎样去承载，怎么样发展他们的思维，就好像香港好多青少年就会觉得香港的或者西方的那边民主比较完美。但是就从历史来看，他们也不是那么完美，他们也有很多问题，这会让我的思维比较全面。

站在历史的基石上眺望未来，才能更加坚定清晰地书写好当下的答卷。面对这些针对故宫的困惑和质疑，香港特区候任行政长官林郑月娥曾在立法会会议上掷地有声地回应：

林郑月娥：香港故宫博物馆要解决几方面的问题，第一是土地的问题；第二是资金的问题；第三是检查的问题，检查问题就包括故宫的文物进出境。选址方面，当然落户西九文化区，有人认为本身就有争议，说要咨询，西九文化区的愿景，成为一个国际文化枢纽，要求我们能够利用西九文化区加强香港与国际和中国文化的互动同合作。

李国强：落户在九龙文化区，是真正能够提升西九文化区的地位，只有一些不全面的西方艺术，那是不伦不类，如果没有中华文化来支撑，他的地位是轻飘飘的，不重要的。所以，现在落实好在西九建立好博物馆，有利于弘扬中华文化在香港以及在海外的传扬，也有利于把西方优秀的文化通过大量的游客来参观、实践，也能够帮助互相交流，所以这是一个双赢的做法。

只有相互给予，才能合作共赢。作为故宫博物院首个以故宫名义在内地以外的地区兴建的场馆，北京与香港两个故宫，在地理上虽然彼此分离，但在精神上却水乳交融。它们出生于相同的母体，如同并蒂双花，成长历程也注定将相互交织。

故宫博物院院长单霁翔：它不属于故宫博物院，是香港特区政府建的博物馆，但是我们会有长期的合作，合作不是一个单方面的展览合作，而是一个多方面的一个整体的文化构建的合作。

北京和香港两地故宫一脉相承，相伴相生。如何让更多的人接近和喜爱故宫，让这座古旧的帝王宫殿拥有新的生命气息，如何让故宫所蕴含的文化精神得到最大程度的认可和实现，众多香港有识之士建言献策。关于故宫，他们希望实现的不仅是商业诉求，更是文化抱负。

翟健民：我觉得通过这个故宫能够传播更多的知识，更多的中华民族的博大精深的文化，给来自全世界的人。

在李秀恒的心中，香港作为一个自由的港口，拥有极强的多元文化的聚合力，而香港故宫的兴建可以让这种优势得以更大程度地发挥。

李秀恒：我看单纯文化是不实在的，你单搞文化他赔钱，你一定要跟经济效益来挂钩。你说是博物文化产品，这也是一个文化产业，这也是一个交易的平台。因为我刚才也说过，我们很多的香港的优势在，我们免税的，进口没有管卡的，我们出入是自由的，诸如此类的，所以很适合在一些文化交易的平台，所以香港政府应该多推广一些在香港的文化交易。

将文化融入生活，或许未来，故宫在香港将以另一种方式被重新定义。来自内地的小店店主求求是西九文化区计划在故宫落户后邀请的第一批经营者。现在她在香港成功地经营了一家"心灵便当"的小店，店里卖的都是包含中国元素的一些文创小礼品。原本在香港浸会大学学习电影的她，认为这些承载了中国传统元素的文创产品同样是一种文化的语汇，在香港这座国际大城市里讲述了当代年轻人对历史和生活的理解。

李秀恒：因为本身我们品牌的定位就是要根植于中国传统文化，然后去做能够跟现代人心灵产生结合的这样一个设计。手工的这个艺术只是一个载体，然后同时我们很喜欢跟顾客做很多交流、聊天。因为我们叫心灵便当，所以我们希望这个交流的过程能提供很多精神上的食粮、能量给予我们的顾客。香港这个城市需要这一点的。作为一直生活在香港的人，也有一点点私心，就是希望香港这边能让更多人去汲取营养的地方。那么我觉得博物馆这样的存在是一个很必要的事情，所以我也希望香港能有越来越多的这样博物馆类型的存在。

在香港荃湾一片高楼大厦的掩映下，几幢保存完整的古建筑显得格外与众不同。这里便是香港三栋屋博物馆，迄今已经有两百多年的历史，它是香港历史最悠久的客家围村之一。2016年6月，这里成为香港非物质文化遗产中心所在地。

香港非遗咨询委员会主席郑培凯：非物质文化传承，它是一个传承，它不是遗产，不是死掉的东西。我们现在最重要的就是以这个地方为基地，希望多推展一些非遗的活动让老百姓、本地的居民、整个香港地区多认识到中国历史文化从非遗展现出来的东西，许多同事大家很努力的，做得很好。

目前，香港已有10个具有高文化价值的国家级非物质文化遗产项目，其中，粤剧已于2009年成为世界级非物质文化遗产。在馆长邹兴华看来，粤剧、凉茶、中秋大坑舞火龙、大澳端午龙舟游涌等这些融入市民生活的传统文化习俗，都是地道"港味"的鲜活体现。这些文化遗产不少从内地传入，在香港得到发展传承，形成体系。"东西荟萃"这四个字是对香港非遗最好的概括。

邹兴华：最好的存活方式就是在民间，其实就是他们生活一部分，他们在生活发挥应有的作用。怎么样把它传承，就是新一代看能不能认清这个传统，后来怎么把它发扬光大。所以这个主要是靠教育方面。刚过去的两个月，我们搞了一个非遗的训练班，就是训练这些从7岁到11岁小学生，请那些人来讲，用他们的语言讲什么是粤剧，什么是舞火龙，什么是太平清醮。请那些全真教的道士，音乐是怎么样一回事。那些小学生很多问题，问的很好的，发现他们都非常爱好这个东西，而且是追寻他们自己文化的根源。

在邹兴华看来，只有"活的"非物质文化遗产才能真正得到传承和发展。非遗是祖先留给我们的宝贵财富，并不只是因为它的技艺和美感，更在于他强大的适应力和生命力。近些年，香港与内地在非遗项目的交流与合作让非遗这些古老的艺术更鲜活地存在于香港市民的生活里。

邹兴华：我们另外跟文化部都有很多交流，比如说从2011年开始，搞"根与魂"的系列。今年是跟浙江省，他们有很多浙江非遗的项目都带来香港，我们搞很大型的展览，介绍给本地市民，虽然展期不长，十来二十天左右，但是进场人很多。

出现如此繁荣的非遗文化市场，在郑培凯看来并不是一种偶然，他认为这是香港经济高度繁荣的今天，内心动荡不安的香港人寻找到的安身立命之本，也是他从事非遗工作的意义所在。

郑培凯：现在香港已经回归了20年了，为什么好像回归20年的时候有这么多的冲突、挫折，这么多的不安？爆发出来以后，我觉得现在大家比较冷静了，这个我觉得是青春期慢慢成长的过程。你一定要找到一条路，因为不管怎么样，你98%香港的人，他是中国人，他必须要找到一个让他安身立命的想清楚的一个东西，可能他现在不太适应这个大的变化。所以我觉得长远来讲，香港人会想出一个东西，而且现在在文化上他会更加的关心。因为他不关心的话他永远解决不了这个内心迷惘的问题。我觉得其实年轻人一定会经过一个迷惘的阶段，全世界都一样。像我们大家以为说是做的是一个小的区域的非遗传承的问题，其实我们涉及的就是整个中国传承的走向问题。

文化会让香港看见自己来时的路，也找到未来的方向。

香港经贸商会总干事彭少良：中华文化一个很奇怪的地方，年轻的时候不大感兴趣，但是随着年纪的增长，你就会迷进去，去追求它的生产过程，背后的故事。我觉得香港是一个开放的城市，它保存中华传统文化以外，也融入了很多西方的文化，它自成一体。但是中华传统是主流的，在香港生活的中国人都是保存着中国传统的文化，这是根。

翟健民曾回忆，当年在故宫里与那些精美绝伦的文物打交道的时刻，是他生命中最难忘的一段时光。每天伴着晨光走在故宫的石板路，每一步都仿佛踏在历史上。今天，历史的大道仿佛在他们脚下再度展开，他们深知作为这段历史最初的开创者，也是最好的接力者，这场文化的接力或许永远没有终点，只有方向，那就是将更好的香港交给未来。

第八集 星空中也有香港的一段"丝路"

　　中国人的太空梦从来就没有停止过脚步——探月工程、载人航天工程等一次次刷新着记录，吸引着世界的目光。2016年10月17日，神舟十一号飞船在酒泉卫星发射中心发射。有趣的是，此次飞船不仅搭载了两位男航天员，还有另一名"航天员"在特制的"太空屋"里睡觉而不为人所知，它就是蚕宝宝"秋丰白玉"。曾制造东方红一号卫星到天宫、嫦娥系列飞行器的529厂，为此专门为蚕宝宝设计了"太空屋"，用尖端技术保障蚕宝宝在太空中的"吃穿住行"。

　　这项实验的设计者竟是四位香港女中学生，她们都来自香港基督教宣道会宣基中学。

　　黄采妍：我是黄采妍。

　　邓梓仪：我叫邓梓仪。

　　梁芷韵：我是梁芷韵。

　　王嘉宝：我是王嘉宝。

　　四个女孩子今年高中毕业，刚刚参加完香港中学文凭考试，相当于内地的高考。中学时期的她们对科学有着浓厚的兴趣，在一次香港生产力促进局与中国航天局合作的中学生实验比赛中，组团参加比赛并联合创意出"太空养蚕"的实验脱颖而出。当被问到这么好的创意是怎么萌发出来的？谁是第一个提出者时，黄采妍同学说：

黄彩妍：我们知道这个比赛是和中国航天局一起举办的，所以想要做出一个有中国特色的实验设计。我们就想到了蚕丝是中国的特色，为我们带来了很大的作用，像是保暖的作用，非常有名。我们就想蚕宝宝可以作为我们研究的目的。另外我们也相信如果中国能带人类以外的生物上太空的话，也会是一个很大的突破。所以我们就最后选定了蚕作为研究的对象。

来自香港恒生管理学院的学生说起她们的设想，由衷感叹：这个设想确实很不简单。但更让人自豪的是它搭乘的是我们自己的飞船。

上个世纪90年代，祖国内地的人们生活方式还比较单一，骑自行车，乘公交车，条件好的家庭安装一部电话机，知道bb机但普及范围很少，传说中的大哥大也只在香港电视剧中见到过。当时的内地是盛行看港剧的时代，一部部优秀的tvb剧集，让内地观众对剧中经常出现的小轿车、大哥大羡慕不已，对科技发达的香港充满了向往。

1997年7月1日，香港终于回到了祖国的怀抱。然而，回归前的香港科技发展之路并不平坦，当时的港英政府对香港一直奉行"积极不干预"放任自由的科技政策，导致长期以来香港的政府架构中没有设立科技发展的主管部门和机构，没有长远规划，只有少数几个官方和半官方的部门从事促进工业科技发展、资助学术研究的工作，科技政策几乎一片空白。香港著名科学家，香港科学院院长徐立之在回忆起当年香港科技发展之路，感慨颇多：

徐立之：因为在殖民地时代，很多大学的聘用教授，尤其是港大，请英国人帮忙的。到90年代香港科技大学、城市大学、理工大学变成大学，那时候只有香港大学跟中文大学，聘任教授还是从英国请来的多。因为上面管理层大部分还是英国的人，还是外国的人，所以他们往往就觉得本土还没有真的教授、科学家。那时候（不管）是讲师还是教授，还要请英联邦大学替港大去招聘的，我看到那些文件很可笑的，那是历史的事情。

1997年10月，时任香港特区行政长官董建华在施政报告中指出："把香港发展成为亚太地区创新中心，通过大力发展香港的创新科技，提高香港的长远竞争力，协助香港成功转型为知识经济。"接着，1998年，董建华又在第二份施政报告中指出："创新与科技是促进经济增长的主要动力。"政策保证有了，发展香港科技，人才更是核心。

徐立之：因为在香港，很多很出色的学者到国外去，很成功，像崔琦、高锟，诺贝尔奖得奖人都是在外国工作得奖。丘成桐，一个数学家，这些都是香港出去的科学家。

【解说】发展科技必须加大科研力量，可受到之前政府缺乏科研政策的影响，没有科研环境，缺乏科研资金，巧妇难为无米之炊。直到香港回归之后，这种窘境才得以慢慢解决。

徐立之：90年开始的时候，有了科技大学，因为科技大学主要是要做研究，因为科技，没有研究怎么是科技呢。所以政府就想到这个还是要资助一下，就是正式有研究经费。然后香港回归了，回归以后，有更多海归的、外地的到香港来做事。

香港回归以后的一个巨大的好处在于，香港的科学技术人员也可以申请内地的科研经费，这为他们加上了很大的一把助推力。

徐立之：还有科技部，甚至教育部，很多经费，香港的科学家可以去申请，很多国家重点实验室、联合实验室一个个建起来了。真的是突然之间很多的科研项目发生。

1998年3月，香港成立行政长官特设创新科技委员会，1997年下半年拨款33亿兴建科学园一期工程，1998年起10年内投资20亿成立应用科技研究院。可以说，回归后的香港每年都会启动重要的科研项目，也因此吸引着来自海内外大量的科技人才来到香港。

徐立之：因为回归的时候刚刚有很多的内地的学者、内地的学生、留学生，刚刚也念完书，要找工作。

记者：他们愿意来香港。

徐立之：愿意来香港，可以说科技大学的发生，就是因为有很多这些内地出去的留学生想回国，香港也是国家的一部分，所以很愿意到香港来。

记者：就是那会儿应该是对香港充满了期待的。

徐立之：因为香港非常国际化，很多的国际学者愿意到香港来服务，因为第一语言没有问题。第二，他们的生活比较习惯。第三，因为很多的事情，特别说在香港金融、中国的体制的研究等等，在外国很难做的，所以香港变成他们一个很好的跳板、基地，所以很多的国际学者愿意到香港来做事，其实他对香港有兴趣其实也是对中国有兴趣。香港的科研人员做的事情，他们贡献可能说是香港，但是最后得益的还是国家。

一份来自官方的统计，2010年以来，香港科技工作者和机构已成功申请国家973计划项目4项，获得研发资助1.6亿元人民币。截至2013年底，香港共有中国科学院院士、中国工程院院士39人，其中包括外籍院士，88位香港科学家作为主要人员获得国家自然科学奖、国家科学技术进步奖、科技发明等44个国家科技奖项。今天的香港，早已不再是科技的沙漠，创新科技正在蓬勃的发展。

2013年12月14日，嫦娥三号探测器成功落月，中国成为世界上第三个有能力独立自主实施月球软着陆的国家。同时搭乘"嫦娥三号"成功登月的"玉兔月球车"及时传回了清晰的着陆区全景照片，而安装在"玉兔号"顶上的相机指向系统直接关系到传回来的月球相片画质，同时对摄录机起到平衡和保护作用。它比欧美同类产品轻量，可以上下倾斜120度，左右转动350度，拍下照片后一秒便能传回地球。这项技术的研发力量就来自于香港。该项技术研发者，香港理工大学教授容启亮百忙之中接受了记者的采访，谈起了当年研发的过程：

容启亮：那个研发的时间将近两年，因为做一个能够上天的仪器不是一步就到位的，它是经过几个过程的，最先做一个原理样机，然后通过评审，比如说在不同的温度，真空，高温，低温的环境下，它对机械的特性，比如说放电、长度、走动的情况，是不是可以在空间的环境之下完成。

记者：当时是几位专家一起进行研发的？

容启亮：研发主要是我们团队里面的，有七八个员工。因为我们一直都是做高精度的机器人的设计方面有很长时间的研究历史，所以在这方面，我们对研发上天的仪器也比较熟悉，所以这一次就很荣幸，可以帮国家做一些有用的仪器。

"港产"仪器成功"登陆"月球，可以说不仅是科研领域的成就，更会鼓励香港年轻人参与到科研领域中来。工业的发展离不开科研，高科技可以推动企业做更高层次的产品，引领工业走向高端。神舟十一号飞船升空以后，从一张张图片到蚕宝宝的"太空舱"展示，香港的四位同学对蚕宝宝在太空中的"吃、穿、住、行"都做了精心的实验和设计，对于这项实验被选用，梦想成为现实的时刻，谁都掩饰不住的兴奋，梁芷韵同学认真地介绍了起来：

梁芷韵：其实我们在准备这个比赛的过程中是有真正地去养蚕宝宝，因为我们是第一次接触它们，所以我们在做实验的时候就会组队然后轮流的照顾它们，食物方面、住的环境、清洁等等。我们做的实验当中发现，它们平时在地球上吃的那些桑叶其实很快就会枯干。如果蚕宝宝吃了这些枯干的食物以后，它们就会很快地脱水死亡，从而去针对这些特性去设计我们实验的方案。

邓梓仪：当时还记得在发射的时候，我们当时全都在大声欢呼还有跳起来高兴，而我当时心情也是非常激动，因为我们一起共同努力的成果能够送上太空进行实验。感激我们同伴老师还有学校对我们的鼓励还有支持，还有感谢航天局和其他机构对我们的帮助，才能真的让我们参加这个比赛，让我们梦想实现。还有让我们有机会去观看发射，让我们留下一个很美好的回忆。

这份经历对于四个女孩子来说太宝贵，对于她们未来道路的选择也将带来一定的影响。高考过后，四个人将各自踏上不同的专业道路，开启新的人生旅程，尤其是王嘉宝同学，这次比赛带给她很大的启发，甚至改变了她人生的轨迹：

王嘉宝：因为透过这个比赛让我更清楚了解我是非常喜欢科学，就是在做实验或者是问专家的过程中，我发现科学是很有趣的，因为我们会遇到很多不同，我们不明白或者是我们没有想过的一些结果。所以我在选大学的时候也希望选一些与科学有关的科目。

此次比赛带队的周颖熙老师也是一位年轻充满激情的老师，国家给予的机会，学校的大力支持，也让这位年轻的老师干劲十足：

周颖熙：我可以有很多时间陪她们，因为科研队就是我其中一个工作，我要每个星期可以和学生会面，帮助她们解决她们的困难。一起研究，我觉得这是课程以外的东西，但是很有趣，我觉得学校可以给我这个时间和空间做这个事，我也很开心。

机会永远垂青有准备的人，年轻人有着无穷的活力，有着无穷创新的激情，勇于去创造，勇于去实现，下一个成功的人也许就是你。

在人类发展的几千年里，世界变得越加丰富多彩，我们可以用自然，用政治，用文化，用历史，为地球绘制出各种不同的版图。今天的香港，每天都在迎接来自世界各地的朋友，用它独特的视角记录着这座城市的繁忙与多元。

坐落在香港沙田的科技园是一座面积达22公顷，拥有630多家公司，13000多人工作的园区，可以说，这里集聚着大批有能力，有水平，有梦想，有创造力的科研人才。一直在科技领域工作的香港科技园行政总裁黄克强谈到香港的科技发展，底气很足：

黄克强：在过去几年，我觉得香港在科技方面发展是特别好的，最近两三年我觉得特别发展得快。如果说一些重点的话，其实我们在过去五年左右，跟很多重点城市有很多联系，包括北京、上海、广州都有签订一些合作的协议，这是一方面。另一方面其实我们也得到很多国家的一些支持，包括成立三个绿色服务行业跟集成电路一些伙伴基地。第三就是我们参加大型活动还有投资者生态环境，我们在投资者方面我特别看到有很多资金，其实香港有资金，过去这两三年，特别是很多人开始看香港一些技术、科技公司。

以科技改变我们生活的世界是香港科技园提倡的口号，致力培育新一代科研人才，推动香港成为创新科技中心，加强香港的多元经济发展，带来丰硕的发展成果。而回归，无疑给他们插上了振动的翅膀。商汤集团是一家母公司在香港科学园，子公司在北京、深圳的人工智能研发公司，短短几年时间，该公司的人工智能产品已广泛应用在安防、金融包括娱乐、互联网以及硬件提升等多领域，例如被大众广泛应用的美图、各类美颜工具，90%以上都出自于该公司的原创科技，源自于内地与香港的共同研发。

商汤集团总经理尚海龙：内地当然是大的市场，香港是原创动力。我们大概470余个科研人员，香港相对来说是掌握核心技术多一点，内地科研人员是应用层面较多的，相互之间有一个配合了。另外一点，香港也依托于内地研发的技术成为走出去的一个桥梁和纽带了。我们将它推向一带一路国家，如果单纯靠香港我们没有这么多科研人员和技术人员来持续研发不同的20多项领域核心技术，我们还需要依托内地一些人力资源和优秀的科研专家，从这方面内地和香港已经形成了融合的支持我们公司发展的一个状态。

在香港科技园中，有260多家孵化器里的初创企业，凡是经过科技园的筛选进入到计划当中的企业，第一年免租金，第二年会有优惠，同时帮助企业申请政府科技发展基金，寻找投资者，搞活创业气氛。未来机器人有限公司是一家2015年成立的初创企业，创始人方牧是一位从内地硕士毕业到香港读博并留下创业的年轻女孩：

方牧：我很感激香港这个环境。第一，它培养了我在科研和学术方面的（能力）。另外，我和我周围的伙伴决定成立这家公司，施展我们自己在专业上抱负的时候，也得到了香港政府这方面很大的资助。可以说是我们公司的起步，都是借助于香港的特别是科创局这方面的科研扶持。首先科学园他们给我们提供了一些展会，香港、机场这方面的展会，包括国际一些学术交流会、产品交流会都给我们提供了这样的机会。整个扶持计划都做得非常好。

与香港科技园齐名，以研究IT、金融为主要定位的数码港是香港政府另外一家全资拥有的公司，作为国际金融中心的香港，金融科技一直走在世界的前列，然而近两年内地在"互联网+"领域的异军突起，以及共享经济的迅猛发展，带给香港更大的启发，共同发挥各自优势，推动金融科技向更多领域迈进。

香港数码港行政总裁林向阳：互联网金融里面，其实它的领域非常非常大，后面怎么跟银行去合作，跟金融机构去合作，跟不同的监管机构去合作，我们还有很多很多不同的空间。我们香港很多专家，在内地很多新的领域的创新跟我们香港很多专家在传统金融产业内很好的经验跟专业，加在一起我估计出来的创新，不但是我们能够享受到，全世界应该都能够应用到我们做出来很多不同好的解决方案。

2017年5月15日，"一带一路国际合作高峰论坛"的召开将一带一路建设推向了新的阶段，习近平主席在论坛上提到："中国愿同各国加强创新合作，启动'一带一路'科技创新行动计划，开展科技人文交流、共建联合实验室、科技园区合作等。"香港如何发挥好超级联系人的作用令人期待，香港创新及科技局局长杨伟雄信心十足：

杨伟雄：第一点，我们是国际化的城市。目前香港一些专家在国家队上面，希望能够把一些国标变成市标，这个是我们绝对可以做到，协助做一个超级联系人，可以帮到国家达到的可能将来的成果。第二点，平台的功能也就是靠我们自由经济的体系，我们独立的法律制度，这都可以发挥出来。这两方面我相信香港都可以作为一个超级联系人帮到内地的企业。

这是一个万众创新的时代，更是合作共赢的时代，众人拾柴火焰高，着眼于世界，中国需要合作需要创新，一带一路建设就是最好的证明，回望自己，内地与香港，本来就是同根生，一家亲，无论科技还是文化、经济、历史、政治，优势互补，你中有我，我中有你，一首歌唱得好："天下荣，中国梦，复兴路上成就希望！"

我从香港来

第一集　架设无止桥的人

甘肃，白银，地处黄土高原和腾格里沙漠过渡地带，年降水量只有蒸发量的十分之一。土地皲裂，像干渴孩子的嘴唇。马岔村，离白银市约两个小时山路，在望不到边的旱地深处，群山莽莽，阻断了人们沟通世界的道路。

重庆，彭水，地质褶皱巨大且多，"两山夹一槽"是这里主要的地貌特征，山路弯曲繁复多重。抵达星光村，要驱车5个小时，辗转无数山路。假如有桥，对岸瞬间即可成为对面。

这是一座关于桥的故事，也是人的故事。人心就是桥。

桥的这头是繁华的都市，高楼大厦脚下，是现代化的交通工具，车水马龙。

桥的那头是遥远的大山深处，缺水少电，物质匮乏且艰苦。很多人只能满足基本的温饱，连行路都困难重重。

这原本是风马牛不相及的两个世界，却因为一座"无止桥"让他们连到了一起……

基金会同事：我是基金会的同事阿生，有两件事非常开心，明天上午可以看到所有的成果，大家开不开心……

学生：开心。

重庆市彭水苗族土家自治县芦塘乡星光村，是许多人从来没有听说过的地方。如果不是香港"无止桥"慈善基金会项目，大多数人一辈子也不会来这个地方。

可就在这里，此时聚集着来自内地、香港以及国外等近百人组成的志愿者团队为星光村搭建桥梁。这是"无止桥"慈善基金自2007年成立以来搭建的第38座桥梁。

纪文凤：桥梁很重要，因为人与人之间都需要桥梁，所以我特别喜欢桥的。

说话的这位，就是香港"无止桥"慈善基金的发起者，香港新世界集团执行董事纪文凤小姐。

纪文凤：2007年的时候，我感觉到当时香港回归十周年，但是，人心没回归，我想还有很多人对中国人有误解，所以我希望他们有沟通。但是用什么方法，所以筑桥的事我有个梦想：就是在贫困地区筑一个无止桥，是为农民做一个方便桥，这是一个工具，也是一个联系，这是比较实体。但是无形的更重要，就是人与人之间的沟通，一条桥，我就希望互通香港和内地。

纪文凤叱咤香港商界30余年，20年的广告生涯，16年的北上经历，给她的人生留下了深深的印记。如今，年逾60岁的她每年还会抽出大量的时间辗转不同的"无止桥"项目，奔走在祖国内地最贫穷、最落后的地区。这些地方不仅意味着生活条件的艰苦，有时，还会受伤。

纪文凤：最苦是丽江有一个石头村，要走下坡，很陡的，我有一次在云南已经弄伤了背，拉伤了，然后这次看到斜坡很担心，好怕。好多人看着我，一看太多人，我就扭伤了。这次很惨，我到了还要走半个小时等我去开幕。做完之后，仪式完了，我的脚肿得跟猪蹄一样，然后到现在我的腿有时候都没力。

那次受伤，让纪文凤再也没有机会从事她最喜欢的网球和高尔夫运动。

纪文凤：我觉得做什么事情，榜样很重要，以身作则很重要，第一我要给他们鼓励；第二我要给义工鼓励；第三要给学生打气。

善是人心之间最好的沟通语言。2005年7月，位于甘肃省庆阳市毛寺村的一号桥建成。从广东话"毛寺村"的谐音，所获得的"无止桥"名称的灵感，由此启发了无止桥慈善基金会的成立。"无止桥"的含义，就是桥无止境，爱无止境。每当谈起修桥，无止桥慈善基金创始成员、西安建筑科技大学建筑学系主任穆钧都感触良多。

穆钧：当时是在香港中文大学建筑学院读博士。跟随吴恩融教授。有一个慈善项目，说是给甘肃庆阳捐建一个小学，就在甘肃庆阳的毛寺村。那个村很典型的那种黄土高原的贫困的村落。

穆钧和他的同伴们在建学校的过程中发现，一条河把整个村子分成两半。有一半的学生来学校上学，必须先通过这条河。河上只有一条危险的独木桥，而且每年5月汛期一来，独木桥就会被大水冲走，直到10月份，村民才会把独木桥建好。这中间有几个月的时间，交通极为不便。

穆钧：我们也听到很多比较惨的事，就是说有一个妈妈带着孩子，他的儿子去上学，就是原来那个老学校去上学。然后刚要过河，因为那个汛期的时候，水是突然就涨了，然后就把他们俩给冲走了。村民们相当于是找了几天，才在下游几百公里外面找到他们俩的尸体。

这样的悲剧竟发生在干旱少雨的西北农村，且经常发生，这大大触动了人们的思绪。穆钧想能帮村民做点什么，于是他们用了一年的时间研究设计，发动了六十多个香港和内地的大学生志愿者，用了六天时间和村民一起完成了第一座无止桥。

穆钧：这个时候纪文凤小姐，她就看到了这个新闻，然后主动联系到吴恩融教授，纪小姐发动了好多的资源，共同发起了这样一个基金会，我们也希望能够换取更多的社会的关注，2007年香港回归十周年，无止桥作为香港回归十周年的其中一个活动就成立了。

于是，从2007年开始，纪文凤和几位专家、一群学生奔忙于云南、贵州、甘肃等六个省、区、市最贫困地区，搭建了30余座桥，惠及周边广大村民。纪文凤介绍说，甘肃毛寺村的桥建成后，一位老人拄着拐杖和志愿者说："这么多年我没想到自己还能过河看河对面的老兄弟。"在云南昭通，村民们开心地说，从此去对面山上的医院，原本三小时路程，现在直接过河可缩短至一小时了……

记者：你在这上学吗？几年级啦？

小朋友：四年级。我，我，她，她，还有那个胖墩儿，都是四年级。

记者：都是四年级的学生了啊，那这些哥哥姐姐过来干什么你们知道吗？

小朋友：修那个桥。

记者：给你们修桥是吗？

小朋友：是。

记者：修桥做什么知道吗？

小朋友：帮助那边过来的学生好走路。

记者：以前没有桥的时候你们怎么走路？

小朋友：我不知道，我姐姐说他们原来小的时候，一旦下大雨，老师就拿个凳子放在那边，把学生一个一个抱过来。

高中生：我们美丽星光村，小朋友们要注意，烧水盖村由我做起。小朋友们要注意，喝了污水拉肚子，汲水饮用危害身体……

就在重庆星光村星光小学志愿者队伍当中，活跃着一群来自香港的中学生。这些中学生志愿者以自己的方式表达着对这份工作的喜爱和投入，他们把环保节约、垃圾处理、饮水卫生等现代生活理念和卫生常识编成歌词，配上现有流行歌曲旋律，并把这些改编过的流行歌曲教给村里的孩子们，用这种生动有趣的方式，在一个个幼小的心灵中种下文明的种子。而这些中学生在香港人眼中却是被视为"废青"的边缘少年，纪文凤在长期的志愿者工作中，发现了这些孩子身上的长处，也发现了参与志愿活动对这些孩子的好处。

记者：来内地的机会多吗？

高中生：多，但是来这种村庄就比较少。

记者：来之前有想象会去的是什么样的地方吗？

高中生：这里已经比想象中好了。

记者：你们想象的是什么？

高中生：想象的是没有水抹身，又没有厕所，我想象的是完全没有厕所。

记者：你们几天没洗澡了？

高中生：五天、六天吧。

记者：住在哪里？

高中生：住在这里，208教室。

记者：睡地上？

高中生：睡地上。

记者：打地铺然后有睡袋？

高中生：是。

帮助别人就是帮助自己，这是一个朴素的理念，就像这润物无声的水一样，滋养着年轻人的心灵。纪文凤常说，"无止桥"表面上是城市人在帮助农村人建设家乡，而实际上农村人给城里人带来的无形的帮助更是深远而有意义的。"无止桥"慈善项目每次的志愿者队伍大都是由内地及香港各高校大学生组成，而他们当中大多都是连农村都没去过的城市孩子。

纪文凤：一般我都跟这些来参加的志愿者说，你不需要这三年都要来，你来一次就够了，一生一次。最重要的是，从大学这个门槛进到社会门槛，整个人生完全是不一样的了。以前你可以没责任感，以后你要有家庭，有事业，你要争取好多事情，以前有爸爸妈妈照顾。我觉得在这里，他可以发现不用太长时间，七天、十天，对他们一生受用不尽。首先我们就用这个铲刀先把上面比较硬的地方全部铲掉……

西安建筑科技大学研究生、"无止桥"核心成员李强强，作为"无止桥"另一项目甘肃马岔村现场施工负责人，从前期设计方案，到组织志愿者学习操作现场施工项目，他都亲力亲为。内敛的他说起"无止桥"来滔滔不绝。

李强强：从去年第一次组织无止桥来做这件事情，然后年终的时候又去了一次香港。然后我感觉给我的设计又增加了一份意义，就是我突然就换了一个视角来理解我现在所做的事情，我不止是在做一个建筑设计而已，不是在盖一个房子。

李强强设计的马岔村的建筑是一个村民活动中心，包括一个幼儿园、一个图书馆和一个戏台，还有其他功能性建筑。土木结构加钢梁的主体，建筑材料都是用当地的，而工艺和结构却借鉴了现代建筑与科技。整个建筑坐落在群山环抱、梯田围绕的环境中，既别具一格又浑然一体，无声地传递着现代美学的理念，散发着对人文环境的影响教化。

李强强：我每次会更多地关注我自己内心是怎么如何成长的，我觉得很多人就像一面镜子一样，通过他们我又看到了我自己的一些特点，可能我以前没有发觉的，然后也看到一些缺点，也是可能以前没有发现的。每天大家互相帮忙，大家都特别白地来，然后最后都黑黑地走。

来自香港恒生管理学院的大二学生李根兴曾在贵州的无止桥项目做过志愿者，当地的农村学生在艰苦的条件下的勤奋与刻苦对他触动很大：

李根兴：那边的学生每天花两个小时，他们走一些山路，然后要跨过一个溪才能去小学，他们每天很早很兴奋地这样去上学。然后有一天我们就陪他一起走上学，在那个过程中我感受到他们对学习，追求是很大。所以这个我也来到农村之后才真正感受到。

主持人：我们再请另一个嘉宾帮我们念下一个分享。

纪文凤：他分享的是何先生，还有威哥，他们富有经验又肯给机会给后辈，使参与者获益良多。另外他也很欣赏后勤的组员们，他们每天早起来为大家准备各样所需，他说辛苦了。当然了所有的学生们都很努力，希望以后有机会再见。

学生们：威哥！威哥！威哥！

威哥：很激动……

他们建的是一道桥，留下的是一段情。桥无止境，爱无止境。就在这个偏僻的小山村，因为一座桥，拉近了人心之间的距离。无论你来自哪里，身处其中，都会被此时此刻的分享深深地打动，香港中文大学校长沈祖尧坐在当中，享受着这个过程：

沈阳尧：我们住在城市里的人，老师也好，学生也好，在农村里面从来没有住过，也没有生活过，但是来了以后，我感觉这种农村跟城市人的感情建立得非常好，所以我说，我们不但是做一个桥，而是做一个关系。

"无止桥"细水长流，一批一批城市来的大学生和义工都是农村的过客，但就在那短暂的时空，一齐并肩于当地农村，为改善民生出一分力。在遥远的村落里，缺水少电，基本没有物质财富，网络信号基本消失，伴着大自然的虫鸣犬吠入睡，听着嘹亮的公鸡打鸣而醒，你会发现，在这里可以放下一切，回到原点，回归生活的本真，可以寻找到单纯的快乐！

主持人：我是来自清华大学的沈志佳。我是来自香港中文大学的刘聚聚，首先感谢大家来到九龙仓星光村无止桥竣工典礼现场，在过去的几天里，我们大家一起同心协力，陆续完成了包括施工、水池修建及水管铺设、屋顶排水及过滤系统的搭建、校园美化、图书角搭设、小学活动、村民家访等等的项目。

在远方，热闹过后，城市的客人走了，农村回复宁静，村里的小朋友有时候会想起"无止桥"的哥哥姐姐，望着他们留下的变迁和思念。"无止桥"将人作为桥梁，以生命影响生命。穆钧老师说得好：希望有一天，城市与乡村的区别，不再是发达与落后，富足与贫困，而是代表着两种相互平行且各富魅力的栖居模式。人们可以在其中根据自己的人生态度和情趣，自由地选择理想的栖身之所，为心灵寻找温暖的归宿。穆钧和他的同事们把自己的乡村梦贯穿在"无止桥"项目的设计中，用建筑作为载体，无言地诠释着"无止桥"的爱与包容，在人与人的沟通中重新认识自我。纪文凤说，"无止桥"能发展到今天，不是她个人的影响力，而是一个群体。

纪文凤：实体的桥是一个工具，但是最重要的是这个是无形的沟通之桥。人与人之间应该是不分彼此的，要放下自己，你就可以接受别人。所以很多人以前问我，纪小姐你常常说你是为梦想工作，你是喜欢它的过程还是它的结果？我说要是问我的话，我喜欢这个过程，一路可能我好辛苦、麻烦，哎呀怎么办，但是你觉得这个过程你每一步克服的时候，你又走近一步了，这个感受很不同的。然后到了终点，有结果了，你就说那又怎么样？

纪文凤有很多很多头衔，新世界执行董事、政协委员、"无止桥"基金会董事等，这些身份注定了她的忙碌与操劳。但纪文凤说，有了"无止桥"这个平台，是对个人能力的最大限度地延伸。

纪文凤："无止桥"是我创办的，我不可以说是我的儿子，我不放手。我有一天会放手，但是我一定要找到接班人，有新的人。因为我现在是主要是做发展，怎么发展，怎么继续，你不可以一个慈善资金，明天没人没钱就倒了，我觉得这个可以发扬光大，这个概念很好，因为是讲沟通的，讲连接的，然后讲爱心的。

记者：尽您自己的一份力量。

纪文凤：对，我爱香港，也爱中国。爱，无止境的，没有界限的，所以可以去得很远很远。

"无止桥"继续在广袤的中国大地，在乡村田野间寻找着需要它的地方，温暖地回应着远方的呼唤，它们像是散落在这片土地上的一粒粒种子，生长着，也连接着人们的心。

第十三集　孙家的天堂信

孙曦：亲爱的爸爸，你离开我们已经快两年了，在过去的这些时间里，我们无时无刻不在想念你。还记得医院大院里你亲手种下的桂花树吗？它们又长高了，花开得也好。记得你生病的时候，最喜欢去的……

十月的苏州，桂花飘香，温暖而甜蜜。而这封天堂信的存在却让空气中更多了一种善与爱的味道。写信的人名叫孙曦，是苏州九龙医院的董事长。信是写给他的父亲孙福林的，信里流露出浓浓的亲情，充满了子承父业的爱，还有一种回报乡梓的善。这种善与爱通过孙家两代人的接力、传承，在吴中大地扎根，生长，绵延不绝。

孙福林是苏州吴江人，是九龙医院的创建人。

吴江日报总编某某：他在香港发展，之后回到乡村，造了很多产业，特别是九龙医院。

孙曦妈妈：第一年亏了六七百万，把香港的积蓄全部拿出来。

老朋友：他身家几个亿的老板，家里连个像样的保姆都没请一个。

患者：他这个想法是对的，不以营利为目的，有公益心的。

老朋友：11月29日走的时候，乡里乡亲的人真的不少，有些老年人就是自己亲人死的时候也没有怎么哭，他这哭得很伤心。

孙曦：这种精神，我觉得还是延续下去。

孙曦妈妈：我最欣慰的一个就是我儿子能把这个事业继承下来，我相信他爸爸在天之灵也感到很欣慰。

孙曦：这就是我们家的老房子，我们今年过年还回来住过。

苏州吴江区七都镇倪家港村，孙福林先生的老家。上个世纪70年代，夫妻二人就是从这里出发去了香港，虽然旅港多年，但是村子里、镇子上，提到孙家，提到孙福林，大家记忆犹新。因为他已走入了乡亲们的生活。老朋友严凯峰说：

那个时候大家都穷，但是他对我们说：你们放心，我过段时间办个大的厂子让你们都进来。那么经过三年的时间在当地政府的关心支持下办了九龙电缆厂。但是这个厂对年龄也有限制，所以剩余劳动力50岁到60岁的这个人就没用，他结果针对老年人又办了一个厂，塑管厂，他是不限文化的，这属于体力就行，他总共前前后后办了10个企业。那么整个这几年在慈善方面无论是七都中学、庙岗镇小学，他都是出资的，不是出一点点，都是很大一笔钱。当时他来的时候家乡是泥路，还没有硬化，他出钱出来修路，他好事真的做的不少。

倪容林，世世代代在倪家港务农，六年前的一天，他却多了一份赚钱的活计。每天早上四点到七点，负责为村子里的老年活动室做服务员。农闲的老人们可以在这里喝喝茶，聊聊天，打打牌。服务全部免费。而这个活动室就是孙先生给大家建的。

倪容林：老年人在这里喝喝茶，喝喝酒，就讲没有这样的老板，不付钱叫你们老年人在这里相聚，没有的。

记者：您现在主要负责什么呢？

倪容林：早上一个卫生，一个烧水。

记者：每个月给您多少钱？

倪容林：一年两万。

记者：那也不少了。

倪容林：是啊，所以嘛，我要是到了晚了人家坐在那里等就不好了，影响不好了，我来的要比人家早一点，水要开始烧好，是不是。

其实1997年香港回归前夕，孙福林的父亲给他在加拿大就已安排好了工作，打算举家移居海外。没想到，在香港居住了多年的孙福林却在反复考量后做出了大胆的决定，加拿大不去，香港也不留，而是返回内地。

严凯峰：他当时跟我在太湖边上走，他问我你说我去不去，最后他还是选择留在家乡，他是有感情的。我记得1997年回归的时候他回到香港，电视上还有他一个镜头，他举着国旗，好像很高兴的样子还说什么回归了之类的话。

距离孙福林老家70公里外的苏州工业园区，是中国和新加坡两国政府的合作项目，开创了中外经济技术互利合作的新形式。2003年，苏州工业园区准备大力发展金鸡湖东侧，彼时，正在准备招商一家外资医院。由于之前孙福林支持西部大开发，曾在甘肃投资过一个医院，老乡沈海林得知这个消息后第一个想到了他。孙福林太太回忆说：

我们想都不敢想，这个医院要几个亿，对于当时我们来说有这个想法，没有这个胆量。后来他说这个项目正好是工业园区里面关于招商的一个项目，你们聊一聊吧。后来一聊我这心里觉得好像是这个医院也是为老百姓。我先生他说哎哟我看西边那个医院建起来蛮好的，我们已经做了，就是也是赚了点钱为家乡。

回报乡梓，这个小小的善念促使他们作出了这个决定。然而不懂技术、没有人才，面对空旷的土地，夫妻俩经常觉得自己当时胆子实在太大了。

孙福林太太：当时想想这个事情确实花的太大了，就是把地圈起来，还要造员工宿舍、餐厅、门诊大楼、住院大楼，哎哟这个困难怎么冲下去，我们两个人只能往前冲，咬牙也是蛮累的，把香港的积蓄全部拿过来，我们就是不怕，一定要做好。

靠着多年来夫妻俩打拼天下的韧劲儿坚持，工程终于开始上路了，于是一砖一瓦、一草一木都留下了他们的回忆。

孙福林太太：03年开始，我和我先生两个人就是亲力亲为，皮鞋都走坏了好几双。你到了工地你想象当中，鞋子不像鞋子，我拿一个塑料袋，每次来都是要从塑料袋里面拿出来一双鞋，用塑料袋套在上面。到了车上再换上一双鞋。好多的心血在里面。03年的时候开始打桩，我们周围没有一栋房子，我们到北京，住在北京饭店，他拿这个脚一步步这样走。跨一下人家这个走廊有多大，你看我们这个医院的走廊的开阔程度。我们装修的材料是怎么样的，就是住院部走廊里面，我们都用瓷砖，因为我们在香港住的地方，大堂就是瓷砖，几十年下来就是干干净净的，我觉得他确实是用了（哽咽）……我们两个人从香港到现在，做什么事，每天都要总结今天做了什么，明天要做什么。

记者：在这医院办的过程中，前几年亏损还是蛮严重的？

孙福林太太：第一年差不多有六七千万，当时我们泰昌投资了一个项目，我们把这个项目投资的钱都扔在里面，

就这样，经过两年700多个日日夜夜的努力、筹备，门诊部、住院楼、员工食堂，一个个拔地而起，2005年11月1日，九龙医院，这个名字中就透露着香港气息的医院在苏州工业园区正式开门迎客，然而也就在这一天，孙福林的身体却出现了状况。

孙福林太太：当时我在这个办公室，沈主任就跟我说肝上发现了一个囊肿，我这个脑子一片空白，医生护士都报道了，知道你老板出这样的事情，那肯定人心惶惶，我怎么办？我就赶紧给香港圣保罗医院的医生打了电话，说有这样一个情况，他说肯定不得了，我们64层的试剂很清楚，他说肯定是这个，你要做手术的。16号我们两个人

去香港，16号的晚上做化验，18号做手术。

彼时的加拿大，漫天飞雪，孙福林的儿子孙曦正在准备参加年末的考试，母亲突如其来的越洋电话，让孙曦的心好似身边的天气，冷到冰点，20岁的他完全没有意识到，从这一天开始，他的人生轨迹注定要发生改变。

孙曦：原来想的是肯定要回国，但是可能不一定回医院，可能自己出去开公司什么的。

记者：没有想过留在国外或者去香港吗？

孙曦：加拿大可能环境各方面生活比较好，但是经济活力不如中国好，香港其实也很不错，可是香港毕竟还有很多局限性，实际上很多不光是香港，应该说全球人都认为内地肯定是潜力要大得多，虽然香港有它的优势，可是在我看来就是实际上内地的优势越来越凸显。

2013年11月，六年间的六次手术，依然没能使得孙福林先生康复，他带着对九龙医院无比的眷恋和惦念离开了……

严凯峰：11月29日走的时候在乡下放的三天，那个乡亲来的人真不少。我算了一下大概有一千人吧。平时被他照顾的人，真的伤心得不得了。

倪容林：以前老板回来都会发一碗面给他，那这两年老板没有了，到年了他们怀念得要命，包括想起他们很难受的，我也一样的，我不想说这个，他说他要照顾我一辈子，结果他先走了。我不想说这个，真的不想说……

孙福林太太：因为他爸爸过世后，我们回了老家，当时有一个老太太就拿个小板凳坐在他爸爸身边哭，说一直都是你帮助我生活到现在，你走了之后我们的生活怎么办？我儿子听了以后就跟我说，他说妈妈我爸爸以前给哪一个村庄的哪一个老太太的钱，我要记下来，妈妈你帮我写一些，叫村子里的人拿着这个名单，他叫我去做。

一张张陌生的面孔，一声声难舍的哭诉，老乡们对父亲的那种依恋、不舍，让孙曦似乎一下子理解了父亲以往所做的一切。家族的企业需要人接管，父亲的慈善事业需要人传承，只有28岁的孙曦在2013这一年明白了"责任"的含义，他选择坚守，守住这份事业，守住父亲的信仰。

邻居：曦曦？

记者：您认识他吗？

邻居：认识啊，他就住我隔壁嘛。

记者：您住哪里的？

邻居：我就住这个房子。

年底将近，按照父亲在世的传统，每年过年都要给村子里60岁以上的老人发红包，买衣服。从父亲去世的那一天，孙曦便决定，要把这个"父亲的传统"变为"孙家的传统"，这一天，他特意回老家，落实一下今年的情况。

孙曦：现在每年这个钱还都发是吧？

村民：是的。

记者：每个人发多少？

村民：1000，前段中秋节还发钱了呢。

记者：您知道这个钱是谁发的嘛？

村民：老板发的嘛。

记者：老板就是他，他发的。

村民：哦，对年轻的老板。

村民：曦曦跟他爸爸长得像。

记者：哪里像？

村民：身材、耳朵都很像。做事也像。

然而生长在香港，求学于加拿大，不同的经历背景使得孙曦与父亲做事的方法像又不像。关于做慈善，除了继承，他更要发扬。

医生：好的，把下巴颏放在这个台子上，好的，往前看，不眨眼。

有点白内障。

村民：白内障是吗？那怎么办？

医生：我一会给你开点药水……

10月的一个周末，孙曦带着九龙医院的精英团队来到了同里镇给乡亲们义诊。他要让更多的人足不出户就可以享受到港资医院的医疗服务。

孙曦：今天这个现场看起来人还是挺多的。

镇干部：我们昨天就通知了，今天来的人不少。

孙曦：我们今天一共带来了八个科室，一共20名大夫。

镇干部：我看好像没有骨科，好多人腿脚不好走不远，都有这个需求。

孙曦：哦好的，那下次我们带骨科过来。

记者：您觉得今天这样的义诊好吗？

村民：好啊，我们不用跑远了就可以看病啊。

记者：那如果您要是平时没有义诊去哪里看？

村民：要跑的好远，还得坐车，要一两个小时呢。

7月的一个晚上，九龙医院原本安静的急诊室突然繁忙起来，一位70多岁的苏州市民因为心脏病突发，情况危急。

患者周伯伯：一般这个手术四个小时就差不多了，但是当时大夫给我接了两次，可是我的血管都滑了出来，我老婆在外面等的急得不得了。

患者周伯伯：七个小时他们不吃不喝不上厕所，为了救我，当时刘院长说，他是参加过援越的老兵，我们还是再救救他吧。

患者周伯伯：我真的很感激他们。是他们救了我。

周伯伯能够成功获救，除了医生们高超的技艺、仁爱的善心，胸痛中心的成功应用功不可没。2015年2月，江苏省首批、苏州市首家国家级的胸痛中心落户在了九龙医院。胸痛中心是一个远程指挥中心，通过中心大屏上显示的120调度信息、患者生命体征监测，使得院前急救和院内抢救无缝衔接。为抢救患者生命赢得宝贵时间。现代的办医理念、最先进的技术、中西方合璧的管理模式，这一切也是孙曦所追求的目标。胸痛中心是孙曦接管医院后的又一力作，成功挽救了无数像周伯伯这样的心脏病人。

医生：周师傅，咱们明天就可以出院了，回去以后呢还是要注意休息，不要生气，下个月回来复查……

夕阳西下，周伯伯坐着九龙医院免费接送病人的班车回家了，在他看来，九龙医院已经不仅仅是一个治病救人的地方，这最后一公里的爱与温暖也注定留在了他的记忆里。而孙家两代人编织的爱的大网仍在吴地蔓延。

孙曦：亲爱的爸爸，明年就是医院建成10周年了，之前你总说，北面的那块地得充分地用起来，如今我正在那里兴建二期，年底就会竣工，等到明年桂花开的时候，住院的病人就可以在树下乘凉了……

第十四集　丝路使者王敏刚

西域，一片夹在雪山和戈壁之间的蛮荒之地。千百年前，无数行脚僧和商贾无不经历着悬度之险、穿行往来于这片土地，开辟了横贯欧亚的文明之路，于是这条路称为丝绸之路。而处于这条商贸和文化走廊黄金地段的敦煌，因其独特的地理位置正荟萃着东西方文化的饕餮盛宴。

香港，顾名思义，芳香的海港，曾是运香、贩香的港口。历史上，由于这里具备东亚地区优良港口的潜力，被英国殖民统治150多年之久。凭借低端的劳动力和进行转口贸易的优势，这里曾是一片车水马龙的繁华之地，于是这座城谓之东方明珠。千百年间，在海上日夜航行的船只和岛上互通有无的车队形成了开放包容的胸怀，搭建着东西方经济的坚固桥梁。

东部与西部本就因为相距遥远的地理位置，表现出截然不同的两种地貌和文化。对于身处在香港的商人王敏刚来说，这种巨大的反差更是激发了他强烈的好奇心。1995年，刚刚担任第八届人大代表的他，敏锐地嗅到了祖国经济未来将向西部倾斜的气息，决定去西部考察。

"走马川，雪海边，平沙茫茫黄入天；一川碎石大如斗，随风满地石乱走。"这是唐代诗人岑参对西域环境的真实写照，对比祖

346

国另一端的繁华景象这可谓是天壤之别。当时，由于基础设施的陈旧和交通条件的落后成了西部与外界交流的最大障碍。而王敏刚一路费尽周折，劳顿奔波到这里竟用了整整四天时间。

王敏刚：我们是坐车过来的，第一个晚上在张掖过，是兰州过来的。第一次来兰州，当时也没有什么震撼的感觉，可是我来到敦煌，住在敦煌宾馆一比较，发现怎么这么差？！敦煌这里是我第一个，因为无论你怎么样看，原来敦煌它的历史氛围，作为一个文物1600年，是一个活的文物，世界没有几个。所以它是那么博大精深，所以我们当时是研究了整个丝绸之路。

身临其境的感受和对西部文化的喜爱，成了他打算在敦煌投资一家酒店的最初动机，经过先后15次的考察，王敏刚决定斥资1.5亿元人民币在敦煌建酒店，这在当地乃至业内都是一件匪夷所思的事情。

敦煌山庄市场部总监刘正珠：到了敦煌以后才知道，他刚开始要建酒店，我就觉得老板干嘛要把这么大的一个投资放到西北来？

王敏刚：我想过当时肯定会亏，而且持续了很长一段时间，但是我坚信它一定会好起来的。因为当年我们也知道，在中国西部，你要融资很困难，所以当时我们是实资实本都打起来，18个月就建起这个了。

1995年的夏天，这座南与五色沙土遥遥相峙，北接茫茫大漠戈壁，三面绿洲环绕，气势恢宏的建筑赫然屹立于沙漠之上。杜亚东是王敏刚多年的好友，也是首批跟随他来到这里的建设者之一。虽然作为一个陕西人，他对西部恶劣的自然环境早有心理准备，但到达时眼前的这一切还是令他大跌眼镜。

杜亚东：来了之后有一点失落，失落的原因是没想到这么大名气的敦煌，就是位置这么偏，交通这么不方便。当时来敦煌的香港、北京、深圳、西安的多。我们这些从四面八方召集来的同事，都是费尽周折，最漫长的是坐飞机从深圳到西安，从西安再坐火车到敦煌，需要四天才能到敦煌这个地方。

忆当年，虽有无数心酸均在今朝的喜悦下化为笑谈。2000年，随着西部大开发战略的实施，西部的基础设施建设条件不断得到改善。现如今，敦煌已拥有了自己的机场，实现了旅游资源的"空铁联运"，而且在2015年的夏天还开通了香港直飞的航线。旅游资源的深度挖掘让敦煌一举成为炙手可热的旅游胜地，而王敏刚出资建设的敦煌山庄更成为敦煌乃至西部旅游的重要地标之一。20年的时间过去了，现如今敦煌山庄的影响力早已超越了酒店的价值，成为敦煌文化和丝路文化的重要标本。这在他看来，一切都是机缘巧合。

王敏刚：很巧的一个机缘，1992年，我们去世界旅游组织做过一些宏观的调研，原来旅游是两个概念，旅就是交通，游就是吃喝玩乐。后来我们通过调研了解到，在1980年代的时候，日本平均一年有30万游客要到丝绸之路，主要来看敦煌，可是当时我们的接待能力只有5万，而且档次还是不太高的。所以有这个市场的动力，我们就考虑投资的酒店不是一般的城市酒店，而是提供一个需求。敦煌是文化旅游，这些客人都是文化旅客。

历史的巧合往往给予拓荒者一个美丽的开始，但延续这个"巧合"却充满了艰难险阻。20年间，比起交通条件的改善，王敏刚文化旅游理念的推广却十分困难。文化与商业的矛盾，首先难倒的便是负责运营的杜亚东。

杜亚东：1998年那几年相当困难，主要的困难来自于别人不理解。2000年，我回来以后，我一翻我们的账本，账面上只有800多元现金。我们还外欠了好多钱，我都不敢到菜市场去，因为菜市场都知道敦煌山庄欠债，欠人钱。现在虽然生意也都好转了，但实际上从经营的角度上看，完全达不到经营回收这样的回报（成本）。你说文化和商业是有密切关系的，这个文化是能挣钱的，那你怎么亏成这样？

王敏刚：其实文化和商业是没有冲突的。什么是文化？文化是我们文明演化的元素，它包含了我们人类有形生活的状态。衣食住行，以及无形的我们的思维、理念和信仰。同时，我们文明的符号还通过创意文化，就像你穿衣服是自己做出来的，大家觉得好穿，就从一个创意文化变成了一个普及文化，变成一个时代和一个文明的符号。那么文化的力量在哪里？有形的衣食住行做出了我们很多经济的力量，而无形的文化则通过历史的教训，可以移山倒海，可以改朝换代。我们可以取之不竭，代代相传，生生不息。文化的力量很强！

文化的力量强大但却有些缥缈，它可以移山倒海，却很难在很短的时间里"变现"，这可急坏了杜亚东。常年的亏损迫使王敏刚开始在策略上做出调整，但文化理念却必须坚守。

杜亚东：后来他调整了，调整一下确实也改观了。到2000年以后，他就不再管了。但是在文化上，还是要咨询他的观念，当然我们也产生过矛盾。在2000年前后，有很多日本游客，他们住酒店是一定要泡澡的。山庄是因为考虑到当时的设计理念和客源的预测情况，就没有在客房的卫生间里设置浴盆，我们提出来要安装浴盆。就这个事情，王先生谈到他的理念问题，一方面敦煌缺水，再一个来敦煌的旅客的目的不是以享受为主，整个服务的流程上需要有一些敦煌的特色。这就产生了很大的矛盾，我们讨论过很多次，后来他表示可以搞浴缸，但不要做现代的大理石的，而是要做木桶的，这个我的印象非常深。

王敏刚：既然立足于文化做一个命题，我们就需要好好了解一下。我们看来欧洲从威尼斯、土耳其，到东方的日本，其实他们对文化旅游的产业都已经有很好的经验了，可内容却没有中国丰富。我们就借他们的过去，思考怎样运用中国的题材。我们有很多历史文化，不一定适合外国的，最终还是回归到丝绸之路。历史告诉我们，文化旅游只此一家，是不可复制的。"

记者：这个门梁上面都是采用木质结构吧？

刘正珠：对，你看顶上采用的也是莫高窟主要的莲花背景图案。

向我们介绍酒店设计理念的人是这里的销售总监刘正珠，20年前她和王敏刚一起从遥远的东南沿海来到这里。转眼间20年的时间过去了，出生在广东的刘正珠早已成为了大西北的儿媳，并在这里"生根发芽"。

记者：您的丈夫和其他家人都是本地人吗？

刘正珠：我的丈夫是外地人，但我们都在敦煌，已经20年了。

记者：他的家在西部吗？

刘正珠：是，我的老公是西北人。

记者：你们是东南和西北的结合，现在是不是开始喜欢上这片土地了？

刘正珠：有点离不开，敦煌是这样，北方很干燥，而且这里不下雨，我喜欢不下雨的天气。广东一到立春之后就开始下雨，一直等到10月份秋天开始才不下雨。我也爱上敦煌了，离不开这里。敦煌有很多这样的人，刚开始来这边是自己创业打拼，有一些做建筑，他们说回到自己家乡已经受不了了，太潮湿了。

刘正珠告诉我们，和她一起来到敦煌的伙伴还有100多人。敦煌在他们的印象中是一个神秘而遥远的西域坐标，而敦煌山庄则是王敏刚在丝绸之路上重塑的一段汉唐记忆。

刘正珠：你看到外面的墙体，能看到是一种沙甩石的结构，这个与莫高窟的外墙风格是吻合的。我们的窗户是小窗户，看上去像是一个小佛龛，所以他的建筑采用的莫高窟的外墙。里面是木质结构为主，还有青砖大瓦这种。当时我们1995年开业的时候，很多来的游客他们有点接受不了，说这个酒店是不是没有完工，还是怎样？经过十几二十年的打造，客人们认可了，觉得这也是一种特色，是种文化的东西。

记者：当时并不是所有人都完全理解你的这个想法。

王敏刚：是的，还给人骂。

记者：是吗？

王敏刚：对啊，因为他们说比我家的还土，他们都不用青砖，他们家中已经用马赛克了。用当地的喷涂延伸整个外墙。假如风沙经过，我们同事说你不要拆掉，我们就要营造创伤感，那个就是文化。每一个地方发展的过程，人还是要经过一个思考，我们现在所做的慢慢越来越多的人可以体会到，还是老祖宗留下的一些东西。

漫步在敦煌山庄，你仿佛穿越回古代，有一种梦回汉唐的感觉。大殿中高耸矗立的汉代石柱、回廊间精心雕琢的飞天壁画、房间里古色古香的木桶躺椅、墙壁上原汁原味的泥土禾草。在这里，抬头能看见满天星斗，仿佛在诉说着历史轮回的百转千回；在这里，伸手能抚摸古今沧桑，仿佛记录着丝绸之路上的悲欢离合。20年前，港商王敏刚并没有将时髦的琉璃瓦从香港带到敦煌；20年后，文人王敏刚却将对文化的思考从敦煌带向世界。

王敏刚：20年前，我签约的那天在兰州，当时发言的时候我是这样说的。我说50年后我可能看不见，但我现在做的这个建筑有一个文化价值在那里，已经有的四星、五星的城市酒店，可能已经拆过很多次了，但是我那个店一定会超过那个时间，因为我有一个文化，一个价值。你看每一个细节的元素，我们都是考究的。我们需要专业地去经营，把机缘变为文化，从保护好文化的内涵和原真，文化的史前价值就会不断地释放开来。

时任敦煌研究院院长樊锦诗：这优秀的文化，实际上对我们中国自己来说，它确实是我们一个根，准确说是一个精神的支柱，或者说是个命脉。

这是香港培华教育基金会在香港举办的一场酒会，这个酒会是在欢迎从内地西部地区远道而来的"一带一路旅游培训班"的学员们。王敏刚是这个机构的一员，这已经是这个培训机构的第八次培训，在他看来，意义非凡。

王敏刚：这次大家来香港参加培训，有一个非常重要的契机与时机。"一带一路"刚刚启动，它最主要影响的地域还就是在我们西部地区。旅游业作为"一带一路"最重要的部分，你们第八期有着更加重要的任务。希望大家能够从国家"一带一路"的视角，把香港的这些经验与你们当地的同事能够分享。

2013年，国家主席习近平出访哈萨克斯坦，第一次提出建设"丝绸之路经济带"和"21世纪海上丝绸之路"的合作倡议，得到了"一带一路"沿线各国的积极响应，为国与国之间搭建了实现互利共赢、互联互通的新平台。

习近平：站在这里，回顾历史，我仿佛听到了山间回荡的声声驼铃，看到了大漠飘飞的袅袅孤烟。东西方的使节、商队、游客、学者、工匠川流不息，沿途各国互通有无、互学互鉴，共同推动了人类文明进步。

时任敦煌研究院院长樊锦诗认为，千百年来，在这条古老的丝绸之路上，南来北往的人们共同谱写了文明互鉴的华美乐章，这是一条交流之路、对话之路。

樊锦诗：丝绸之路就是交流、对话之路，这个意味深长，对话里边我想也包括文化，也不止是文化，交流里面有文化也不止是文化。习近平主席提出这个"一带一路"，当然我觉得是很有深远意义的。作为我们敦煌来说，古代叫"华客所交一都会"，华就是中华，客也可以说是外国，也可以说民族，各个民族，融合的一个城市。

驼铃声声，孤烟袅袅，古丝绸之路经过的地方，曾经为沟通东西方文明，促进不同民族、不同文化相互交流作出过突出的贡献。而对于王敏刚而言，"一带一路"给西部的文化旅游业带来机遇的同时，也让他看到了对于高端人才的培训已经迫在眉睫。

　　王敏刚：我们2015年，就是今年在推动"一带一路"配合各方面的事情，我们有了20年的经验，我们还积累了一些资金，所以跟在"一带一路"的大"车轮"后面，可以提供一个长远的发展机会。假如你要问我，比较顾虑的是什么？答案就是人才的需求。我们30年的改革开放，发展速度已经很快了，每个领域的人才在质和量方面都是缺乏的。高端人才有，可是小部分不足以照顾全面。

　　在敦煌山庄的大厅正中央悬挂着一幅巨大的壁画，壁画的颜料20年间从未消退，上面刻画着古今中外往返于丝绸之路上的形形色色的人们。王敏刚告诉我们，他很喜欢这幅画，并给这幅画取了一个响亮的名字，叫做《丝路英豪》。而在我们看来，这幅画还有另外一个名字，叫做《使者》。王敏刚就是这样一位奔波于内地与香港，穿行在中国与世界之间的文化使者。

　　记者：在古丝绸之路众多的使者中，有一个非常重要的群体就是商人。现如今，很多人把您也并入到了使者的行列中，您怎么看这个评价？

　　王敏刚：我觉得每个人都可以作为一个丝路的使者，每个人都有一个文化使者的角色在那里。无论你是经商，还是从事社会事业，每个人的一举一动都可以起到一个交流的作用。作为一个使者传递信息，我希望传递大家比较少提到的，那就是丝绸之路的精神。所谓丝路精神就是要把丝绸之路的实体扩展到一个精神领域，每个人都可以分享。

　　记者：20年过去了，您一直扮演使者的角色，您觉得做得怎么样？

　　王敏刚：我来的时候就是从一个商人的角度来研究文化的市场，有那个市场的价值，就希望可以从中赚取一些利润。可是我投入业务以后发觉除了一个可以赚取利润的机会以外，还可以有一个更大的社会的效益，对于一个文化和文明的贡献。

　　记者：20年前您从香港来，未来会到哪里去？

　　王敏刚：20年前，丝绸之路当时有很多市场的力量，我估计未来更多，我们有重要对人类文明有启发的历史文物，我们好好地把这些机缘开发成有可以释放正能量的文化产业，是我未来要做的，很多朋友都对文化产业有兴趣，未来"一带一路"我们还要做很多文章，会继续在这条路上走下去。

共命运，同出发

第一集　创新，听见时代的脉搏

2016年10月17号，神舟十一号载人飞船即将被长征二号F遥十一火箭送入太空。指挥员有力的口号、不断递进的数字，与这个国家的心跳正在同频共振。世界的眼光正在注视着14亿人口的东方大国向信息时代转型的轻盈一跃……

在神舟十一号的对接目标天宫二号上，香港中学生太空科技设计大赛的获奖作品"太空养蚕"正在太空展开试验。蚕丝曾经织起古代中国发展的巨大画幅，遨游太空的蚕丝串起了神州大地上的创新脉络，如今织就的中国创新璎珞里也有着香港和澳门的鲜明位置。

中山大学港澳珠江三角洲研究中心副主任袁持平：香港在一些科技的原创方面还是有优势。内地的科技优势主要是在企业的创新、企业的专利，还有内地对科技的重大的需求的市场。进行一个有效的结合的话，就会使我们整个科技的创新，从思想的原创到整个社会的基础条件，到整个产业化的路径就会变得非常明晰，整个科技创新的系统就会变得比较完善。

"中国创客第一人"，是创业者送给李克强总理的有趣称谓。这位精力充沛的总理走到哪里都不忘推销中国的创新成果——高铁，而他也身体力行地推动着中国的创新发展，切入口就选在了与

357

香港车程只有一个小时的城市——深圳。

工作人员：创客是把众多的想法变成实物的人……

李克强：众人合在一起这智慧就不是一星点儿了，变成"众人拾柴火焰高"，你们是"大众创业，万众创新"的典型，我们要给你们添把火……

2015年1月4号，新年的第一个工作日，正在深圳考察的国务院总理李克强来到柴火创客空间，体验各位年轻"创客"的创意产品。

李克强：……有销售的对象。自己不会，说我在这儿空想一个东西，做出来以后别人不要……

而在随后举行的世界经济论坛的特别致辞中，李克强总理强调，中国经济要顶住下行压力，必须实现"双中高"。那就要对传统的思维说"不"，为创新体制叫好。

中国社会科学院经济研究所宏观经济研究室主任袁钢明：中国现在到了十三五的阶段，和原来十一五的时候相比，整个GDP的总量要超过一倍。不能简单地靠数量、规模的扩张，而必须通过产业结构的改进才能够推向一个新的水平。必须摆脱过去旧的模式所造成的成本过高、耗费过高，或者是污染排放过重这样严重的压力的状态。这种创新不仅是企业层面的创新，更重要的是发展方式、发展思路、发展前景上我们要找到一种新的力量，来实现一种新的生机吧。

俄新社报道：过去几代人发自内心地认为，创新只能源自西方，而现在事实正相反。创新，仿佛天生就有一种神奇的力量，它如同一针强心剂，激发时代发展的脉搏。当"大众创业，万众创新"入选2015年度中国十大关键词，融入百姓的日常用语，足见创新的基因已经深入中国人的骨髓，激发了亿万民众的创造活力，不仅是科技、商业、文化等领域的"创"，尤其在于观念之"创"，制度之"创"，它在未来或者说正在改变亿万民众的命运。

男：就我都收到好几个讯息。

女：这些讯息是香港的用户反馈的吗？

男：对，香港的用户反馈的。

女：内地的MV里面像点头像进入个人的页面已经成为一个习惯了。

男：他送的礼物好像是内地用户看不到的……

香港创业者张龙华的命运正在被"创新"二字所改写，历经十二年，跨越北京、香港、深圳三座城市，其间更是经历了癌症的生死考验，他从不讳言自己生病的经历。不知道是不是创业带给了他太多干劲，虽已是不惑之年，但时光都不忍心在他身上留下太多的痕迹。

在深圳前海深港青年梦工场的工作室里，外面是舒展的草坪，绿色和白色的空间视觉效果让人放松。这间不大的办公室里坐满了他的创业团队，其中还有一位是来自于乌克兰的外国小伙子，与众不同的金色头发倒像是办公室里特别的点缀。张龙华说起自己的创业经，那种热情如南国六月的温度扑面而来。

张龙华：不管是传统也好，还是互联网也好，因为看到他们很多教的东西都是大家所谓的刚需，都是什么会计、职业这些。但是其实除了这些知识是刚需以外，很多时候怎么演讲、怎么面对传媒、怎么沟通都是刚需。你不要以为这些没用，你会计很好，你有了这些之后会让你更好，没了这些就只能像头牛一样拼命做，我们做的就是后面的教你怎么演讲、怎么说话，教你礼仪，一些文化上的东西。

张龙华有着香港人的奋斗精神和精明眼光，同时也有香港这个国际化都市先天带来的语言优势，英语、普通话、粤语他都可以随意切换。

因为在香港他们很多时候每天接触的人群还是不一样，我们很容易去到一些地方接触到全世界不同国家的人，就会听到很多新的概念，马化腾说的，微创新嘛。我们看到他们的概念以后我们也可以有一些微创新用在我们的应用里面。

在时光悠然的变迁里，香港在内地"闯出一片天"的时代里曾扮演过送来资金、技术、管理经验的角色，成为内地"闯"时代的助推器。而在内地随后经济高速发展的映衬之下，香港的身影却显得日益单薄。

就像经典的香港电视剧《上海滩》里的主题曲所唱的那样，时代的洪流不会给任何人踟蹰和犹豫的时间。全球经济发展的大趋势也是创新。香港过去一直在不断转型，从制造业到外贸，再到金融，未来科技产业或许是香港转型的必经之路。当今时代，不创新不行，创新慢了也不行。香港极力想抓住机遇，对科创发展给予空前重视。

2015年，香港成立创新及科技局；2016年，特区行政长官梁振英在施政报告中宣布，专门成立两笔分别为20亿港元的基金，用以资助香港高校的科研以及香港科创企业。目前这些新措施已全部获得立法会通过。更早之前，2014年，特区政府设立了"学科技初创企业资助计划"，至今已资助121家初创企业，涉及金额超过6500万港元；2013年，推出"创新及科技基金"……再加上国家大力提倡"大众创业，万众创新"，香港又有"一国两制"独特优势，可谓给科创发展添足了燃料。

香港创新及科技局局长杨伟雄：创科局是最主要就是希望能够为香港的经济找一条新的出路。另外一方面也利用创新科技来解决一些社会民生问题。现在整个世界来讲，互联网的发展迅速了，所以创新及科技已经成为重要的一环，对于整个产业的升级跟转型都很重要，这方面香港现在在努力之中。

毗邻香港中文大学的香港科学园异常的安静,而一到午餐时间,那种喧嚣热闹就给人一种恍如走进购物中心般的错觉。不同工作室里的创业者会利用这一休憩时光交流上下游产业的信息。

杨伟雄:介绍一下吧,这个是我们的一个产品。它两个部分:一个部分是主机,另外一个是耳机。它是通过骨传导的方式来发声音的,它可以帮我们显示一下这个声音。这个主机里面其中一个部分就是GPS,你在公开水域游的时候,你就可以马上知道你的方向,另外一个就是你游得多快,游得多远。

年轻的面孔有着强烈的热情与憧憬,这里的一切都与"新"字相关,新的一代、新的思想、新的创意、新的项目……多维的、立体的、互动的,每个人眼睛里都有光,梦想的力量、做出改变的意愿都让这种光汇聚、呼应、灿烂、夺目。

香港科学园2004年开幕,从一期已经发展到了三期,连接三座大楼的走廊里安放着一枚"时光胶囊",里面封存着第一批来此创业的年轻人写下的梦想。

"你的如果,香港的成果",这句话在科学园的一个醒目位置,来来往往的人都会停下来读一读,想一想,这是将"万众创新"里的"众"对应到了确定的你、我、他。对社会痛点的发现与解决,都是在某个层面上为人类的造福,对历史的推动。不要小看了这股力量,当集群效应开始显现,只用一个支点,就可以撬起整个地球。

香港特区立法会议员、新民党主席叶刘淑仪:香港作为一个城市,在创新科研方面的实力很难跟一个国家比较的。但是我们的大学也有很多优秀的科研人才,但是怎么产业化是一个最大的问题,因为香港的成本昂贵、土地昂贵。比方大江的王涛先生,他是香港科技大学的毕业生,但是他的生产是在内地,在深圳。因为深圳有大量的土地,不光是廉价,而是能够找到他需要的工程师。所以我觉得我们应该结合深圳，在产业方面产业化，把科研成果产业化方面的优势连接一起。香港很难独立创造一个腾讯、阿里巴巴这种公司，因为我们的市场不够大，但是跟深圳或者南沙连接一起就有机会。

2015年，阿里巴巴董事局主席马云赴香港为年轻人演讲：

马云：以前如果是个制造的年代，今天是一个创造的年代。每个人创业就是一定改变昨天的状态。只是香港今天年轻人问，敢不敢向前跨一步……

火爆的场面至今仍在被很多人津津乐道："演讲开始前，中环交通一度爆堵。活动不得不推迟20分钟，原本可容纳6000人的会展中心3楼挤进了超过7000名听众，大家交流得很尽兴。"

马云：……现在是IT向ET时代的转移，这次以IT、Internet为主的是彻底释放人的脑袋……

回归19年，香港和内地的往来虽然遭遇了一小撮港独分子的阻碍，但是大浪淘沙，全球经济发展的大趋势之下，谁又能做螳臂当车的无用功？更何况，香港本来就是祖国的一部分，来来往往的叮叮车上有着内地互联网企业的广告，香港市民也更频繁地开始使用内地的社交应用。

澳门与香港只有不到一个小时的船程，又因为相似的历史背景和相近的地理位置而经常被放在一起简称"港澳"。从香港到澳门的路途中已经可以看到跨海而过的港珠澳大桥，2016年9月27号，长达22.9公里的主桥桥梁全面贯通。南宋时，文天祥曾有"零丁洋里叹零丁"的感慨，那是"山河破碎风飘絮"的无奈，而如今的港珠澳大桥用独具特色的"中国结"造型无声地讲述着这样一个事实——"连接"正在改变和塑造中国在世界的新形象。

澳门特区经济财政司司长梁维特：今年年头的时候，我们政府总理的工作报告里面说，我们港澳要融入到国家深度改革以及发展之内，同时要发挥港澳特殊作用。澳门有怎么样特殊作用呢？我们具备一国两制的制度优势；澳门跟香港有什么不同呢？我们具备葡语系国家这个关系。其实某种程度上也符合我们国家所提出来的命运共同体啊。

"创"联结着新与旧，对既有关系重新梳理与调整，结合新形势的发展要求，以新的思维模式对待和改善既有关系，发挥的就是创造精神。澳门以安逸著称，悠闲的生活节奏和优渥的福利都曾经让年轻人缺乏斗志，而现在澳门正在力图改变经济发展单一化格局的时代中，澳门年轻人的创新热情也被激发了出来。李卉茵正是其中一位：

李卉茵：当年普通澳门人看的是《东周刊》、《壹周刊》，还有什么旅游杂志，其实基本上都是外地出版的。因为整个澳门只有我们一个是做澳门本地杂志的——《SD杂志》。《SD杂志》到底是什么意思呢？很多人问我，其实最初的时候它有一个中文名字叫《"梳打"杂志》，为什么叫"梳打"呢？澳门以前的旧称就叫"梳打埠"。"梳打埠"它是一个老澳门的称呼，基本上老一代的澳门人都知道。我们当时创这本杂志的时候就一心想着，当做一本本地的文化、生活、吃喝玩乐、生活类型的杂志。因为社会民生其实有很多报纸已经在做了，但是那么多大的漂亮的酒店落成，没有一个渠道去好好地介绍一下：到底有什么玩，到底有什么文化生活，看个什么秀，吃个什么米其林餐厅等等，其实没有人介绍。报纸有，但是很短的版面，所以我们觉得这块生活类的还是有的做的。那所以，我们当时就创这个，一直到现在，已经今年是第七年了。

李卉茵，妆容精致，谁能想象得出，创业的时候她还在暨南大学读书，而创业给了她很多历练，也让她的眼光更为敏锐，从她的言谈话语间就可以感受到这个精明干练的女子对澳门未来发展的独到见解。而开发横琴，给了像她这样拥有创新梦想的年轻人以更大的舞台。澳门年轻人有干劲儿，而国家层面的保障也为这种干劲在保驾护航。

梁维特：横琴片区也是我们非常重视的。当年的时候，横琴开放，主要是为了配合澳门产业系的多元，这是非常重要的。国家非常爱护澳门，给予我们一个中心、一个平台定位以外，也希望在我们临近的横琴提供更多的机会，让我们澳门的企业，包括是中小企业，包括业内人士，包括年轻人，有更好创业以及就业的发展空间。

也许有人会认为，创新是现代社会转型时期的应有之义，而实际中国从古至今创新的步伐就没有停止过。

高水满：……什么时候哪个小木人出来，其实他已经是原来就把这些小木人固定在你该在什么位置就在什么位置……

在厦门同安科技馆馆长高水满的眼里，宋代的科学家"苏颂"就是一位典型的"创客"：

高水满：这座水运仪象台的功能其实非常多，简单说就是一个综合的天文钟，三楼他可以进行天文观测，类似于我们现在的国家天文台。这座水运仪象台创下了几项世界第一，代表当时科技史发展水平的几项世界第一。一个是三楼的地方，设计了一个活动屋顶，屋顶活动的话，就是你要进行观测，人通过楼梯爬上去，把那个活动屋板掀开，掀开的话你就可以观测……

北宋时期苏颂发明的水运仪象台总是被描绘成一件盖世神器，它被看做是传统中国制造的典范。

其中的擒纵器被英国科学史研究者李约瑟判定为"欧洲中世纪天文钟的直接祖先"。如果说对地球之外区域的探索是创新的集大成表现，那么在这方面，中国人始终在路上——"嫦娥奔月"还是神话，水运仪象台正在摸索，而如今的超级"天眼"则完全是开眼看宇宙。2016年9月25日，500米口径的球面射电望远镜在贵州省平塘县落成。中央人民广播电台记者周强也来到了天眼所在的地方，亲眼目睹了天眼"开眼"的过程：

周强：各位听众，天眼是利用天然的喀斯特洼坑作为台址的。在这里，我看到洼坑内铺设了数千块单元组成冠状主动反射面，它采用轻型索拖动机构和并联机器人实现接收机高精度定位。借助这只巨大的"天眼"，科研人员可以窥探星际之间互动的信息，观测暗物质，测定黑洞质量，甚至搜寻可能存在的星外文明。众多独门绝技让它成为世界射电望远镜中的佼佼者，这也将为世界天文学的新发现提供重要机遇。

创新是国情的必然，也是我们生存与发展的需要，更是人类的飞翔之路。在中国和平崛起的时代，在全世界的经济发展都靠"创新"驱动的关键时刻，中国从新与旧的连接当中找寻着发展的新机会，大众通过创新的实践实现创业的可能，而传统的经济引擎也通过增加公共产品和服务来呈现新光彩。

袁钢明：未来五年是我们国家非常关键的时期。中国经济已经到了一个中高收入的水平阶段，将来这一段时间里头我们要有一种新的整体上的一种更大的努力。所以到了十三五的时候，我们要实现新的飞跃的时候，还要在产业结构方面，要在我们的发展方式方面，要在宏观的一些大的关系上面，要进行新的调整、新的思路。我们要更多地发展具有长远发展前景的又能够带动或者激励起民间活力的这种产业。

"闯"字有马，一往无前，声势浩大，那是重整山河的筚路蓝缕；"创"字从刀，披荆斩棘，大刀阔斧，那是直挂云帆的壮志豪情。

"创"和"闯"，这两个字读音相近、内涵相承，勾勒出给中国社会带来深刻变革的一种气质。中国政府的十三五规划中将"创新"这个关键词放在未来发展的第一位，并将之提升为中国经济"新引擎"。这个"创"接续的，便是发轫于改革开放初期那样一种"闯"的精神。

　　《广雅》当中对"创"的解释是："创，始也。"与"创"字相联的是开端，是建设，也是颠覆，而这螺旋上升的逻辑链条中，一个"新"字成为了其紧密联系的焊接点，从"闯"到"创"的变革已经完成了脱胎换骨的改造，也像一部巨大史诗当中的开篇之语，正在讲述发生在中国偌大国土上有关创新的故事与传奇。

第三集　绿色，映照希望的色彩

在不少港澳人眼里，香港和澳门像是两个巨大的块茎，而内地就是一片无比庞大且充满有机能量的绿叶。

绿色，从来都是人类共同的向往。200多年前，当德国哲学家康德仰望星空时曾发出这样的感慨："有两样东西，我对它们的思考越是深沉和持久，就愈发地赞叹和敬畏，那就是我头顶灿烂的星空和内心崇高的道德法则。"

或许，香港大学的哲学硕士蔡素玉也曾像前辈康德一样无数次地仰望苍穹，在自然怀抱里体会天地宇宙间庄严的节律。她曾梦想45岁就退休，然后环游世界，却在机缘巧合之下，做了七年的香港特别行政区立法会环境事务委员会主席。

蔡素玉：其实，引起我注意对环保有特别要花心思的就是因为香港有一个所谓策略性污水排污计划，就把香港所有的污水收集起来，然后用深水管道送到珠江三角洲口，这个是当时港英政府那个彭定康做的。我在立法会里面当时一票对五十九票，我输得够惨的，我反对。当然后来那个项目给我在董建华面前哭了，我是差不多跪在他面前，哭到说不出声，我真的感觉到委屈是一回事一个小事情，而是感觉到了天要塌下来了，你怎么可能咱们香港做一些这样对人家，你不要说国家祖国什么样，我们怎么可以这样，这个还是危害人类。

　　在蔡素玉的奔走呼吁之下，香港特区政府成立了专门的国际专家小组，开始重新审视、评估，并修改这一计划。这次勇敢的经历，让无心从政的蔡素玉坚定了要在环保之路上继续前行的决心。2008年，蔡素玉当选十一届全国人大代表，开始用自己的认真履职续写人生传奇。

　　蔡素玉：那年第一年我上人大，温家宝来做施政报告，当时总理提出2020年港珠澳规划大纲，提出了珠江三角洲跟港澳在经济、教育、金融8个还是9个合作的范围。我就说讲了一连串东西怎么没有环保，我说就算你不加环保，你也在后面加个"等"。结果最后那个报告要经过修改，修改成把环保放到第二点。

　　这个意见的受重视程度是蔡素玉始料未及的。更让她高兴的是，2008年12月，国家发改委出台了《珠江三角洲地区改革发展规划纲要（2008—2020年）》，其中专门提到加强资源节约和环境保护。

　　蔡素玉：我总是说我当了人大（代表）才几个月，我对香港环保的影响比起我过去十一年当立法会议员，作了七年立法会环境事务委员会主席所起的作用要大，对香港帮助更大，我就在这里就发觉很多问题，环保太多问题了。

　　在中国，环境问题出现井喷式地爆发绝非偶然。作为世界上人口最多的国家、增长最快的经济体，中国正经历着人类历史上规模最大的城镇化与工业化进程，也正以历史上最脆弱的生态环境承载着最大的环境压力。30多年来，中国经济增速与生态环境恶化如同高速路上背道而驰的两辆快车，渐行渐远。

　　频发的中国环境问题已经敲响了生存的警钟，让这个埋头行进的社会在那一瞬间停下脚步，审视自己身处的环境。生存还是毁灭？前进中的中国将何去何从？2013年，在两会的新闻中心最后一场记者会上，中国环境保护部副部长吴晓青郑重承诺：

吴晓青：从今年开始，在重污染区域，火电、钢铁、石化、水泥、有色、化工等六大行业实现大气污染物特别排放限制，这是迄今为止我国污染治理史上最严厉的一项措施。

此后的三年里，我国先后出台了史上最严格的新环境法、"水十条"、"土十条"、"大气十条"等一系列环境保护制度，在《"十三五"生态保护规划》中将约束性的指标增至12项，站在中国绿色发展的新起点上，环保部副部长赵英民曾说这是一场大气、水、土壤污染防治三大战役，而在这场战役中港澳与内地结成了最坚定的同盟。

香港，维多利亚港，特区政府总部大楼。身为香港环保局长的黄锦星在这里已经工作了十多年。每天他和很多同事一样都会乘坐电动车上下班，他总是把办公室里的温度恒定地设在28度，比香港室内的平均温度要高出3—4度。透过办公室巨大的落地窗，每天他都可以一览无余地看见窗外的空气和维港水面的环境状况。

黄锦星：过去差不多四年左右，香港一般空气都改善了30%左右。但是我们觉得如果香港跟广东要进一步改善空气的话，区域合作是重要的。所以近来我们也跟广东，跟澳门一起来强化空气检测方面的设施，一起来加强课时研究。

我们现在研究香港最重要的空气污染是船舶的排放。所以现在我们跟广东省一块来研究，希望在珠三角海港建立一个排放空气处，让船走进珠三角的海域的时候，要用比较清洁的能源来改善区域的空气。在亚洲来讲，是第一个地区希望做一个空气的立法。

与香港一水之隔的澳门，同样是区域环境合作的受惠者。澳门水利局局长黄穗文至今仍然忘不了2006年，澳门是如何安然渡过那一场特大咸潮的侵袭。在水利部的在统一调度下，来自贵州、广西的淡水从千里之外奔涌进入珠江，调水范围涉及1300多公里行程，调水总量达到40亿立方米。

黄穗文：从那时候开始，经过大概已经是超过10年的过程，当初的时候就是一些应急的应对，比如说一开始的时候叫调水压咸。从那时候开始，我们在粤澳联席会议的架构当中，专门有一个供水专责小组。我们通过跟广东省水利厅跟他们沟通，有一些中长期的计划，比如说我们在10年就已经建好了竹银水库。长远其实现在珠江水利委员会也在做，他们在广西的大藤峡，已经动工了。

一江碧水惠珠澳，涓涓清流润万家。这场咸潮让澳门市民对中央的支持和帮助感怀在心，也悄然改变着他们的日常生活。

黄穗文：通过这次危机全澳市民都特别感受深。我们有时候见到一些街上有一个水龙头开了，然后他就打来跟我们投诉，你们怎么能这么浪费，国家这么支持我们，你们都把自来水白白浪费掉了。他们就觉得这一次中央政府还有广东省政府对澳门的帮助真是很大，令老百姓上了很好的一课。

每一次巨大的历史灾难，无不以巨大的历史进步为补偿，正是这一次次环境的危机，让人们开始对自己的生产方式和消费方式进行反思和修正。

吴晓青：脱离经济发展抓环境保护是"缘木求鱼"，离开环境保护搞经济发展是"竭泽而渔"，必须坚持在发展中保护，在保护中发展，来提高我们经济增长的质量，来调整我们的产业结构，来扩大我们的内需，用生态保护来优化生产力的空间布局，这样才能推动使我们的经济发展的方式实现绿色转型。

中国需要GDP，更需要绿色的GDP，绿色才是百姓生活中的必需。总部设在香港的协鑫集团经过数次的技术改良与革新，完成了从传统煤电跨入天然气发电再到征战光伏行业的两次大跨越，在协鑫新能源控股有限公司公共关系总监佘炜看来，通过协鑫的光伏材料，把阳光这种大自然最好的馈赠集成之后再输送到光伏电站，应用于百姓生活之中，这就是"把绿色能源带进生活"。

佘炜：老板一直在提我们虽是港资企业，但是我们做得都是优先在内地发展，我们并没有说向上海、北京、深圳这种最好的地方去发展，而是率先在四省藏边藏区，在海南、云南、陕西榆林，我们要围绕现在的"一带一路"尽所能地把我们的清洁能源、新能源、绿色能源，我们无条件地释放出去，让更多人来了解我们。这是我协鑫老板作为一个中间的纽带，把港企跟我们内地的企业包括我们百姓民生智慧这块做了一个有机的串联。

将两地优势有机串联，优势互补，在澳门生态协会会长何伟添的眼中这种合力也将为澳门经济开拓出一片新的出海口。

何伟添：绿色经济并不等于是陆地的经济，它事实上也应该包括海洋经济。讲一个比较成功的事例是，海洋局下面有一个第三研究所在厦门，他们在这个海洋科技、海洋医药和环境保护方面做的技术成果很多，那这样我们通过跟他们签协议，把他们的科研成果转化到澳门，然后让澳门的医药界、青年创业者，他可以透过这种的成果转化，专利转让马上就可以在澳门设计澳门生产，变成澳门自己的品牌，自己的产品。这样的海洋经济的产品9月已经出了第一批了，对于他们来说也解决研究人员的研究经费来源，不单单靠国家给。

通过私营领域的投资，补充政府支持的不足，用以满足解决气候变化问题的需求，这便是通俗意义的"绿色金融"。中国政府2015年公布的"十三五"规划也第一次将"绿色金融"写入了五年发展规划。2016年9月，在杭州举行的G20峰会上，首次将绿色金融纳入G20峰会的重点议题。

人民银行副行长易纲：我们中国不仅仅是在讨论概念，讨论原则，在讨论指导意见、实际上我们中国在绿色金融的行动上也走在了前面。今年的头七个月中国发行的绿色债权已经是1200亿人民币，占全球同期发行绿色债权的40%左右，所以呢我们在绿色金融的问题上我们不仅仅是说，而且我们更重要的是实践，去做，把它真正地扎实地做好。

今天，当我们环顾四周，从有形到无形的种种成就，纷纷写下绿色之名，在这场全球性的绿色浪潮中，中国已经从边缘者、跟随者、模仿者转变成为发动者、创新者和引领者。而香港金融圈在这个千载难逢的历史机遇面前也展现出极大的参与热情。

香港金发局在2016年中发表了《发展香港成为区域绿色金融中心》，希望推动香港绿色金融发展。今年7月22日，首个由香港企业及亚洲房地产企业发行的绿色债券在港交所挂牌上市。

中国人民大学财政金融学院副院长赵锡军：根据我们以往的经验，在改革开放初期，我们有很多的内地的融资是通过香港完成的，而且香港市场的国际性是比较强的，所以从绿色融资的角度来讲，绿色债权的市场和融资也可以借助香港这个市场拓展他的国际性，利用国际好的经验，吸引国际投资者，来完成融资，用于支持我们内地这些绿色产业的发展，打通国际市场和国内资金使用之间的渠道。同时，香港市场由于他的国际性、他的商业标准和法律的完善的程度是比较高的，可以保证债权发行的质量和信息披露方面的要求，能够更好地提振投资者的信任，对提升市场的信心提升市场的可持续性的发展也有很好的作用，我想这两块是相辅相成的。

2016年10月，雅安，这个因为地震被人们知晓的中国西南边陲，在重建后的第三年迎来了一批来自香港特区政府全国人大代表团的客人。他们要代表香港市民看看在那场灾难中他们曾施以援手的雅安今天的模样。

名山区委书记余力介绍了牛碾坪万亩观光茶园，正在提问的是港区全国人大香港代表刘佩琼：

刘佩琼：它有一个结构图，就组织了一个基地联盟，我就要问了，在农村里头搞联盟，一个农作物的联盟是怎么回事。我一直觉得我们国家的农业要走产业化的道路，这个就是产业化的一步。

不仅仅是在茶产业，如今在雅安，大力发展生态农业，推动传统农业绿色再造已经成为了新的生态经济模式。"绿而金"、"绿而美"成为像雅安一样中国城镇发生蜕变的一条新思路。家住雅安名山的胡晓媛，提起乡村的未来满是自信的表情。

胡晓媛：以前我们的产业主要发展的是比如说是种粮食，现在呢我们是在种经济作物了，比如说我们的猕猴桃还有我们的茶，比如说，我们在发展茶产业的时候，我们将农业和我们的旅游融合在一起，实现了我们这个农业还有旅游的生态富民的效应。如果按照比如说绿色发展的一个理念，或者生态文明这样一个理念，来推我们的社会治理或者我们的环境建设、我们的城乡建设的话，我们这个社会肯定会越来越好的，肯定是青山绿水，空气常新。

面对浴火重生后的雅安这一片青山绿水、清风雅雨，香港工会联合会理事长吴秋北除了感动还有感慨。

吴秋北：我们说雅安其实这个茶、农作物，这里的猕猴桃，我就觉得都可以输到香港去，加大合作。如果要更好地，持续地发展，这个先进的管理香港这方面也有很多的经验，或者资金的融资啊。所以我觉得绝对有这方面合作的一些空间。

或许未来，雅安与香港将共同握住这支画笔描绘出一个美丽的生态家园，新的画卷正在徐徐展开，它的底色是青翠。

雅安日报记者罗光德：雅安原来我们提出来的理念，人在城中，城在山中，山水是相连的，我们随便放眼一望，家园就像一个微缩的盆景。一次，我陪客人到宝兴去，这个农村人就很轻描淡写地告诉我们说每年到了生竹笋的季节，他睡在床上就看到熊猫来了。它在这个竹林里面他要转悠五六天才走，所以熊猫到自己的家门口来，我们也不去打扰他。这种生活我觉得是当从我们原有的贫困生活到现在富裕起来以后应该去追随和坚持保护的一个生活方式。

　　什么是最好的生活方式，从乡村到城市，无数人都在探寻更多元的解答方案。站在香港首个零碳环保建筑"零碳天地"生态广场仰头环视，九龙湾高档写字楼玻璃幕墙反射过来的光线，有些晃眼。但近旁的几丛苇草郁郁葱葱，被风拂动着，在阳光下兀自招摇。

　　零碳天地总设计师梁文杰：你会发现我们没有把所有屋顶都盖上太阳能板，板与板之间我们加了绿色的屋顶，绿色屋顶可以把温度降低。基本上太阳能能满足它大概二分之一到三分之一。另外我们有二分之一能源是用一个转废为能的方法，我们用一些香港生产的我们叫生物柴油。

　　梁文杰所在的吕元祥建筑事务所一直持续活跃在绿色建筑设计前沿。现在事务所的领军人物吕庆耀已经成为该领域在亚洲的代表设计师之一。香港零碳天地、香港华润大厦等作品纷纷在他笔尖勾勒下拔地而起，变身香港城市中亮眼的"绿色细胞"，并且为他囊括了多项设计大奖。

　　吕庆耀：环保这个概念我觉得是建筑师本身的责任。我现在想的不止是环保，是整个社区的健康、生活的健康。你要为下一代设计一个更加好的生活。健康的生活、开心的生活，人与人之间的关系、伦理之间的关系，这些都是重要的，所以在小区的设计上必须要提供空间。

　　在吕庆耀看来，随着内地不断推进城镇化建设，尤其是北京、上海等一线城市已经开始意识到城市的规划发展需要更多地关注人的需求和感受，而这正恰好为他的设计理念落地开花提供了肥沃的土壤。

　　吕庆耀：内地过去20年，它进步的速度超级快。我对内地发展挺有希望的，我看到他们学习的速度非常之快。很有胆量采用，香港反过来还是想会不会太危险了？不行。想太多，这种改善我觉得真的是会让国家长远的发展。

我觉得内地能改善的地方太多了，我们希望能够提供对他们生活上提高一些新的生活模式，更好的生活模式，我觉得这个机遇挺大的。只是做项目来说，希望让他们活得更好。

这里是成都市龙江路小学，30年前，门前的那条府南河，一度曾臭水横流、垃圾遍地，被市民们戏称为"腐烂河"，而今天，这里河水长流、绿树成荫，偶尔还有白鹭经过，所有的改变要从一封信开始。

龙江路小学校长徐攀：门前这条河叫"南河"，80年代开始城外边的往城里涌。人员一集中以后，就开始出现了环境问题，很脏，很臭。臭到了什么地步？孩子经常捂着鼻子到学校来。这样的环境，孩子们看了以后就很头疼也很恼火，当时就跟时任市长写了一封信。这封信写去以后，市委市政府就很重视这个事情。1993年时成都市市政府就启动了一号工程，就是"府南河整治工程"。孩子们做了一件功德无量的事情，他们真是推动了我们政府，或者是说这个城市的一个变革。

直到今天，龙江路小学的孩子们对南河的关注仍在继续，他们组成了"南河卫士"，每天对河水的水质进行监测汇总，并将数据上传到市环保网上。

徐攀：我们的理念是永不结束的环保课，我们在这样的理念下，也制定了目标。让每一个龙娃娃成为环境知识的关注者、宣传者，环境问题的关注者、保护者，优美环境的创造者与享有者。环境问题没有得到彻底的解决，我想我、我们学校，还有我们的孩子们以及社会它永远都在路上，应该一直继承下去，进行下去。

环境问题一天没有解决，我们就永远在路上，这是龙江路小学的师生们绿色的接力，也是承载着每一代中国人绿色梦想的决心和回答。它是共识，是机遇，更是创造。

全国人大常委会委员范范徐丽泰：我觉得我们国家在过去改革

开放的时候，为了要提升我们国家的经济能力，所以在环境方面做出了很多的牺牲，到了今天我们已经有了这个能力，那我们必须要为我们的下一代，子子孙孙保存一片乐土，这个乐土就是青山绿水。

澳门特区政府经济财政司司长梁维特：澳门特区政府是非常重视可持续发展、环保、绿色经济，所以将来也不排除有机会有一天，我们也需要推动一些绿色金融这方面的工作。环境保护没有疆界，它们的有力发展最终有力支撑国家产业的优质化，对澳门就是好事啊，澳门就可以搭上国家发展的快车。

时任香港特区立法会环境事务委员会主席蔡素玉：其实咱们国家对环保的重视跟投入，我总是用两个字，很少人会用这两个字，勇敢。咱们国家在任何的国际场合，在国际条约里面，我们还不只是同意跟随，我们还领导，所以国家的环保我已经没有担心，只有感恩，只有感动。

港澳、内地，山水同色，乡愁同浓。那曾经令人绝望的冬天，也是充满希望的春天，正孕育着前所未有的勃勃生机。那是创造崭新的绿色文明的生机，也是掀起绿色浪潮的生机。今天，"绿色"已经成为美丽中国最诗意的表达，也是最坚定的选择。

第五集　共享，兄弟情深的相握

澳门，就像是莲花池里的一粒莲子，回归17年来，它在内地和澳门百姓的精心浇灌培育下，盛开出鲜艳的花朵。如今，它凝眸北望，又将种子播种于苏南平原、西太湖之滨的江苏武进。2016年10月20日，澳门，苏澳合作园区备忘录正在这里签署。

常州市市长费高云：我们将与澳门共同推动园区建设。

澳门特区政府经济财政司长梁维特：共建园区是澳苏两地政府的重大创新尝试。

澳门文化繁荣，经济独秀，人均寿命已位列世界前列，而江苏也是内地的第二大经济强省，两强相遇，必将形成合力。

中山大学港澳珠江三角洲研究中心副主任袁持平：澳门是一粒能量巨大的种子。它要把自己播种在内地这个最肥沃的土地上，那么这样才能让自己结出更多的果实，从而回馈我们脚下共有的土地。

澳门特区经济财政司长梁维特：合作园区将在"一国两制"框架上，在双方多元合作中优先打造四个平台。苏澳全面深化合作平台、中国与葡语国家合作项目的承接平台、澳门青年在内地创业创新的落地平台、苏澳青年公务人员交流学习的锻炼平台。

就在此前的一个月，即2016年9月27日，广东珠江口外，一条巨龙绵延驰骋在伶仃洋海面上，历时四年建设，全长55公里，世界最大的跨海大桥——港珠澳大桥桥梁主体工程在这天全面贯通。

澳门"一国两制"研究中心教授杨允中：港珠澳大桥这个工程竣工以后对澳门未来的发展至关重要。一旦通车之后呢，对澳门进一步疏通人流、物流、资金流、信息流应该会发挥更大的作用。特别是人流，对促进澳门旅游进一步健康发展至关重要。

香港"一国两制"研究中心主任方舟：这个机遇当然是非常大的，因为我们珠江口其实已经形成了一个A字形结构，顶上是广州，一侧珠海，一侧是深圳香港，如果港珠澳大桥建成以后，对沟通我们两个底角，对我们珠三角形成一小时生活圈的概念有一个非常大的促进作用。

对于内地和香港、澳门来说，"共享"概念从不陌生。上个世纪八九十年代，借助港澳的独特优势，中国向世界打开了两扇窗；今天，中国成为世界第二大经济体，港澳又搭乘上国家发展的快车；而港珠澳大桥的Y字型桥面更如一个巨大拥抱，将三地紧紧联系在一起，共享未来更多的发展机遇。

可以想象，未来港珠澳大桥将成为内地连接香港、澳门的主动脉。而在更多细小的地方，内地与香港之间的毛细血管已经在发挥着强健肌体的作用。深圳，一座拥有着开放包容基因的城市，前海，特区中的特区，秉承深圳的城市基因，发挥毗邻香港的优势，多年来，在体制、机制、金融、贸易、法制等多方面大胆探索，先行先试，为深港共享发展探索新路。

10月12日，2016年全国大众创业万众创新活动周深圳主会场活动及第二届深圳国际创客周在前海梦工厂正式开幕。这一天，世界的目光聚焦深圳。来自国内和海外的多家创客团队济济一堂，进行头脑风暴。而近水楼台的香港创客队伍早早地来到这里，他们要共享这个平台所提供的一切机遇。

朱仲豪：我很喜欢，因为它能够让我们在很短时间里边跟很多深圳这边或者内地这边创业的人一起来交流。

朱仲豪，香港创客团队成员，今年8月，他和队员共同参加了首届前海深港青年创新创业大赛的初赛，在香港赛区中脱颖而出，入围决赛，今天来这里是参加集训营活动。

朱仲豪：其实大家不是住的那么远，就一河之隔，但是有很大的分别，这样一些活动可以让我们更认识彼此的思想，还有就是你会发现如果能够真的把我们不同地区的人想法结合起来的时候，我相信能够创造更大的效益，跟一个更好的项目。

洪为民是前海管理局香港业务首席联络官，多年的对港工作经验，以及身处深圳的地缘优势让他深深地意识到，作为优势凸显的深港两地，前海梦工厂的角色就是一个建筑师，要在深港两地间搭建起一个又一个供双方尽情展示、交流的平台，从而实现优势互补，携手共赢。

洪为民：深圳的，它一般做技术做得比较深，比较喜欢在技术上想一些东西。香港的很多时候在商业模式的创新想得比较多，他们更多是利用已经存在的技术，从用户体验也好从商业模式也好，去找一些创新点。我觉得一个真正好的理想的情况是什么呢？我们这里很多青年创业者夜以继日地在做研发，他们出来的东西怎样推向市场？怎么利用这些技术真正应用上面的东西？可以利用香港这方面的一些优势、点子，还有一个香港比较强的我过去说是什么？在设计和品牌方面。那我们觉得说这个集训营，其实集训营现在已经缩短了，原来我们的想法是一天的时间，或者说住一个晚上，让他们深入的交流，更好地磨合一下。我们猜这样以后就会有机会出现真正的混合团队，这就不是说我们逼出来的，而是他们自己就结合了。

以打造"中国的曼哈顿"为自身定位，前海深港合作区的先试先行已经在中国现代服务业市场掀起了一场创新共享的大潮，金融共享、现代物流共享、现代科技服务共享等核心服务业令人应接不暇。而随着大量的金融公司、现代服务业公司的相继入驻，法律服务市场也逐渐迎来了一个需求高峰，于是，一个更加深入的共享合作在深港两地展开。

前海企业公馆，一座黑色的小楼里，华商林李黎（前海）联营律师事务所林新强律师正在和合伙人王寿群律师交流本周工作。

2011年，国务院出台《国务院关于支持深圳前海深港现代服务业合作区开发开放有关政策的批复》，当时就在广东省特别是深圳市的律师界引起了轰动。香港和内地在法律制度和环境上差距很大，要进行司法领域的合作尝试，人们觉得胆子太大了。

王寿群：因为深港两地的法律制度是完全不同的，我们是大陆法系，而香港是英美法系。我觉得在因为香港的这个保险问题上，因为香港他们的保险制度非常完善的。由于双方我们内地的保险市场也是没开放，所以保险问题一直解决不了，像因为法律是涉及到国家主权的，就最后可能还是只是形成了逐步开放的这样一个结果，最后我们联营所先只能做这种商事业务，最后为商事主体服务，而对刑事和行政业务，可能暂时还不能做，我们相信这也是一个过程，让这个联营律师事务所大家先成立，然后试点得比较好的时候，我相信司法部会进一步放开。

显然，在前海成立联营所，创新的政策是第一位的。随后，在通往深港联营律所的路上，人们欣喜地看到一扇扇门打开了，从中央到司法部再到广东省司法厅均给予了政策支持。而华商林李黎也成为了在前海落地的第一家内地与香港的联营律所，两地共享司法服务成为了可能。

前海管理局副局长王锦侠：联营律师事务所落户前海的实践，它不但能够为中外企业有效地提供境内、境外律师提供的综合服务，对于前海来说更进一步提升了法律服务业的国际化水平。

当然，作为第一个吃螃蟹的人，合作的初期自然是一个磨合的过程，但也是增进彼此了解和信任的过程，更是凸显特色，共享合作的过程。

王寿群：其实在这个整个谈判的过程当中，大家也都互谅互让，最终达成了这样一个共识，其实香港方面在很多方面也做了让步，就刚才我提到的在保险方面，就他们是这个问题就搁置了，就没有去明确，可以有待于在市场中去解决。而香港方面的话，当时是要求50人以上的律所才能有资格来参与这个律所的设定。但是香港呢，因为市场比较小，所以他们的律师事务所其实10人以上的都属于中型律师事务所了，而那种真正的大所的话其实是很少的。所以内地方面也做了修改，就最后确定，就是10人以上的所就可以有资格来参与这个联营律师事务所的设立。所以说在很多方面，大家都经过一个是双方了解，然后不断地磨合，最终达成了这样一个共识。

华商林李黎联营律师事务所林新强律师：其实对于香港的律师来说，我们不是真的来职业内地的法律，我们也不懂，也风险很高，我们只是提供香港的法律服务，还有我们跟海外律师网络比较明白他们普通法地区怎么样提供法律服务，所以我们可以提供一个很好的平台，来做一个中介的角色。

"挫折是成功道路上的绊脚石，踢开了，路也就通了。"深港联营律所的设立打破了内地和港澳律所之间的隔阂，对优势资源进行整合、共享，持久发展下去必将成为两地互通、深化深港合作的典范。未来，前海还将在深港合作的更多领域进行共享探索，成就一片希望之海。

王锦侠：未来深港两地通过前海可以在多个领域、多个方面进一步实现共享。首先是空间共享，前海坚持三分之一以上土地面向港资企业提供。其次是产业共享，目前有3912家港资企业在前海集聚，分别在创新金融、现代物流、信息服务、专业服务、科技服务和文化创意方面都打造了产业的新平台，这六大产业的发展将使香港服务业进一步拓展了发展空间，获得了新的成效。第三个方面就是人才共享，深港人才的融合进一步加深。

深圳，一座充满无限机遇与可能的城市，毗邻香港的地缘优势，使得两地的合作自然、便利。而这种共享发展的理念也犹如一股巨大的能量从特区中的特区——前海不断释放，蔓延到整座城市。

李闯：那天我跟你讲了嘛，是不是，将这个甲基，将这个烯丙基氧化，二氧化硒，或者PCC，或者PDC……

深圳南方科技大学化学实验室，李闯创教授正在给刘鑫讲解化合物特性。这是刘鑫本学期在南科大上的最后一次实验课。明天就要返回澳门大学继续在那里的学习。2015年，从暨大研究生毕业的刘鑫跟随李老师从事实验员的工作，当得知了南科大将与港澳学校联合培养博士研究生的计划，他做了一个决定，结束工作状态继续深造。

刘鑫：就是说具体的一个方案是比较清楚的，澳门大学那边去上课，然后这边过来做研究，然后澳门大学的课程就是一年，这边就是两到三年。当时想既能做自己感兴趣的事，对澳门地区有机会去感受一下文化的差别，我觉得这是我最初的想法。

"联合培养"，这个概念并不陌生，不过以往大都是内地和国际上的学校进行，与港澳的联合培养是个新鲜事物。在南科大贡毅教授看来，与港澳高校的合作更能体现"联合培养"的价值。

贡毅：他们有这么好的机会能去香港去读书我觉得对他们来说是个幸运，有些联合培养，比如说跟美国，跟英国，跟澳洲，毕竟隔了好多时区，隔了几千、上万公里，他们的联合培养，其实是分开的。而深港澳，靠在一起很近，如果我要去香港随时可以去，他们要过来随时可以过来。我们可以经常举行很多这种交流啊。比如说下个月我去趟香港大学，有什么课题有什么需要双方导师需要沟通一下,确定博士的选题,这个时候就需要双方导师密切地沟通交流,不能说对方选一个就要听他的,或者我选一个就要听我的,不是,真的是三方。要真正在国外,在澳洲,在美国,我们不太可能经常进行这种交流。

学生:发了几天了,然后目前还没有收到

吴老师:有回复吗?

学生,没有,还没有回复。

吴老师:OK,可能你要把你的信给我看看,看看是不是信里写的方法有问题,或者是你找错人。

10月的一个午后,南科大大四学生高一帆因为早前寄出的申请国外学校的推荐信石沉大海而发愁,于是他找到物理系教授吴文政,在他的眼里,这位从香港来的老师一定可以帮上他忙。作为一个从本科到博士都在港大就读的香港人,吴文政在毕业时有机会申请研究助理教授,直接留校工作。但一个来自深圳的邀请改变了他命运的轨迹。

吴文政:我那时候科研的合作方是唐淑贤院士,他跟我提到有这样一个机会,问我愿不愿意过来,建一个新的学校,我想想我在香港工作的机会,跟深圳发展的前景,我发现在香港当然学校的名气也建立很久,历史也很久,但是政府对于科研的支持或者工业界对于科研的支持远远不足的,但是深圳反过来说,对教育科研的支持,对应它的GDP,比例是香港的几倍,长远发展来说,深圳是非常有前途的。就是这个原因我过来深圳了。

无论是内地学生的走出去,还是香港教师的引进来,深港两地的教育共享如汨汨活水,滋润着两地发展!

深圳南方科技大学常务副校长汤涛:通过这个项目呢,我觉得我们的老师和境外的老师积极性比较高,因为大家都充分认识到这个研究生培养，不只是单纯的研究生培养，是通过研究生的培养，是一种桥梁，可以真正把这个老师之间研究的兴趣，和老师之间研究的合作的项目能提高。我觉得这是培养研究生的同时，能够得到的一个非常积极的效果。

香港被誉为美食天堂，它超过90%的食物靠进口，其中绝大部分鲜活食品都从内地进口。在内地人士、海外过客的心目中，香港的食品、酒楼，都很有口碑，被称为"一流"。自从上世纪60年代开通"三趟快车"至今，内地供港食品在中央政府的高度重视下，几十年风雨无阻。这些食品，在进入香港之前，已经受了两重防线的护佑。

袁持平表示：那么如果没有内地有关当局积极配合，那么香港的美食天堂只是空中楼阁。

生产要素的自由流动是实现区域经济可持续发展的必要条件。而2003年CEPA的实施则为这个必要条件提供了顶层设计。

黄家和，被誉为香港的"奶茶大王"。他的"大排档"、"乐满家"都是香港响当当的品牌。可就是这样一个餐饮界大王，2003年，也难抵"非典"的重击。眼见店铺一家接一家地关闭，黄家和心急如焚。

黄家和：2003年6月29号，中央和香港签订了CEPA，之后就有很多的措施推出来，对于我们零售业、餐饮业来说是一个很大的鼓舞。

CEPA大大减低乃至消除了港资进入内地零售业的政策障碍，黄家和也同时奏响了奶茶王国进军内地的进行曲。

黄家和：有很多朋友最初的时候就怀疑，要是到内地创业的话，是很难很难的事，我就觉得肯定有需求，所以我也不顾一切地在内地开业。

就这样，摸着石头过河，黄家和开始了他的北上创业之路，这也是一条互惠互助的民生之路。

黄家和：两地的经营上文化有差别，我们要慢慢地适应当时在内地的一些市场，一些政策的改变。比如说，在香港开公司很简单，24小时就可以注册一家公司。但是在内地的话就麻烦了，要盖很多的章，用很多的时间。我们有时候就做一些免费的试饮，在很多传媒接受访问，后来我们在不同的城市办一些比赛。

谁无暴风劲雨时，守得云开见月明。伴随着CEPA及此后一系列补充协议的推广，奶茶王国发展的步伐开始提速。

黄家和：我们看到从2005年、2006年这两年，我们的餐饮行业发展得特别快。我记得当时2005年的时候，差不多每一年有超过1000家餐厅开业。

CEPA及其补充协议签署十三年来，涵盖了贸易、金融、旅游、文化、国际交流、区域合作等多范畴，给香港经济带来了实实在在的好处。截至2015年底，内地注册的香港个体工商户7766户，从业人员21778人，资金数额7.2亿元人民币。个体工商户的开放，为香港的小微企业、青年创业就业提供了新的发展空间。两地共享机遇成为可能。

而在中国的东部江苏，澳门人用他们的智慧与财力，也为共享机遇写下了厚重的一笔。10月20日，江苏省政府与澳门特别行政区政府签订关于联合筹建苏澳合作园区备忘录，共同决定在江苏省常州市合作开发建设苏澳合作园区。而就在十天前，国务院总理李克强首次视察澳门时强调，中央政府一如既往支持澳门经济适度多元发展，保持澳门繁荣稳定。"苏澳合作园区的建设"无疑点亮了澳门适度多元发展的新希望。

梁维特：我们期望在苏澳全面深化合作的实践中，创新的活力、深化产业对接，让这里的企业包括中小企业都能有效地参与集中，为澳门青年朋友提供创新发展的广阔平台。着重发挥澳门作为中国合作平台的功能，服务好国家对外开放，我们相信共建园区将为苏澳两地的发展，为各个葡语国家的发展提供更好的平台和机遇。

西太湖在太湖的上游，南接宜兴，北通长江，西接长荡湖。它静静地镶嵌在苏南大地上，藏古纳今，浸润着吴越大地。而苏澳合作园区凭借常州武进优越的自然和人文条件，落户在了西太湖畔。常州市副市长方国强历数了这里的优势：

方国强：第一，生态环境优美，西太湖是苏南第二大湖泊，有14公里这样的临湖的黄金岸线，环境宜人，是发展现代服务业和高科技产业的理想之地，也能够为未来澳门和葡语国家投资者提供宜居宜业的生产生活环境。第二，产业特色鲜明，我们现在在西太湖已经解决了互联网、健康医疗、碳材料、文化旅游等一批特色产业，在西太湖现在已经有中国和以色列的创新园，国家智慧旅游平台，产业的特点，从国际化的合作平台都十分符合澳门适度多元发展的这样一个选择。第三，创业氛围浓厚，常州武进区是全省唯一、全国首批双创示范基地之一，那么这样的一个创业环境、创业空间、创业氛围能够成为澳门青年来内地创新创业的一个理想选择。第四，人力资源充沛，常州是我们著名的高等职业教育示范基地，在校学生十多万。第五，辐射带动能力强，常州刚好位于长江三角洲的中心位置，有两个综合保税区、常州国际机场、一类的开放的长江口岸、便捷的高铁和内河运输网络。同时我们构建了跨境电商等互联网平台，也非常适合澳门及葡语国家来开展双边贸易。第六，创业成本相对比较低，我们吸引了很多青年的创新人才、海归人才，包括国际领军型人才来常州创业创新，到了常州他们都安居乐业、落地生根。

尽管相隔1500公里，但苏澳的合作确实有基础，有缘分，有机遇。据了解，去年江苏与澳门进出口额2.06亿美元，同比增长22.9%，与葡语国家进出口额109.85亿美元，约占中国与葡语国家贸易总额的11%。

　　若想行得快，一人独行；若想行得远，携手前行。一边是苏南龙头城市常州，一边是高度国际化的澳门，两地的共享合作大幕才刚刚开启，前景可期！

　　每一个时代，都有独特的时代精神。中国的时代精神是和平、开放、包容式的发展。包容，意味着接纳不同，而在中国发展的过程中，"共享"已经犹如一个基因烙印在内地和港澳的发展之间，它既是实现三地共赢发展的密码，也是成就中国发展时代精神的需要！

穿越世纪的生命线

第一集　风雨无阻五十年

记者：这个菜心好，嫩一点。

基地负责人：对，这个嫩。

记者：菜农是到这儿交菜还是你们到田里收？

基地负责人：我们到田里收，这里有一个冷库。

记者：现在的检查是什么手段？

基地负责人：都是仪器，那种化学检测。

三里基地，位于湖北武汉黄陂区，是广地农业科技有限公司的供港蔬菜基地。这里每天会有3到4货柜车的菜心、芥蓝等新鲜蔬菜，通过公路直运香港，从内地田间到港人餐桌，不超过24小时。

走在供港蔬菜基地，你能从空气中嗅出"甜"的气息，能从话语中感受到"爱"的责任。

这份"责任"源于50年前中央政府的一个决定，1962年，同样是在湖北武汉，有一趟列车载着这份责任，一路南下，直达香港。

原外经贸部供应港澳三趟快车办公室主任金旭：这种情况后来被中央知道了，我们港澳办向中央写了一个报告，把香港同胞遇到的苦难跟中央说了。当时，周总理亲自关心过问，说虽然内地刚经受过三年自然灾害，但是我们家大、业大，所以在周总理的亲自关心下，商务部和铁道部共同研究，用专列的形式保证时间，定时定点地把收集到的这些香港需要的副食品，用最快的速度运到香港。

于是，从1962年开始，751、753、755三趟列车分别从武汉、上海和郑州发出，每天将各类鲜活物资运往香港，由于速度快，又是从三地发出，他们被亲切地称作"三趟快车"。

为了保证供港食品的新鲜和优质，"三趟快车"检验检疫工作也格外严格。当年那些痛并快乐着的日子，湖北省黄石检验检疫局的潘师傅至今仍然历历在目：

潘师傅：我们为了抽取一些尿样，或者进行一些器官上的检验，可能花费的时间会比较长，而且可以说是比较狼狈。有的时候，可能一上午的时间就是为了采取一份尿样，花了很多精力，包括和猪场的饲养员一起在猪栏里围追堵截的，经常会发生这样的情况。

列车押运工作是保证供港商品质量的关键环节，为了降低活口牲畜残死率，押运员们不怕脏累，无论寒暑都悉心照料着供港禽畜。当年三趟快车的押运员李朗晓回忆说，由于长年与畜禽相伴，许多人常常浑身恶臭，即便下车后沐浴更衣，臭气依然长久不散。

李朗晓：它是两边是猪笼，中间是属于押运员的生活区，不足五平方米，就这么小的区域里还要放一个柏油桶，专门用来调饲料的，地方小，味道比较大，在路上经过的时候，行人都要掩鼻而过的

50年间，寒来暑往，尽管经历了雨雪冰冻、重重困难，但内地供港澳物资从未间断过，从50年前的"三趟快车"到现在的每天从广东、湖北、广西等8个主供口岸通关的500多趟货柜车，10多艘货轮，如今，内地对港澳物资供应提升的不仅是速度，更是数量和质量。

武汉广地农业科技有限公司副总经理陈雄：我们现在正在打造一个品牌叫"四寸菜心"，就是从根到心，菜心菜心就是说的这部分，一点都不用浪费的。

所谓"四寸标准"，就是人工采摘时只采摘花心顶部往根部的四寸距离，因为这是最精华也是最有营养的部位，吃起来口感清脆、微甜。菜心更好看，更好吃，不过对于种植和采摘的菜农来说，就有了更高的标准和要求。

菜农王建：超长、大了、小了都不行，都要返工的。

记者：刚来的时候是不是会返工？

王建：对。

记者：现在呢？

王建：不会啦。

记者：是不是在每个框上都有一个条形码？

王建：对。

记者：你的是多少？

王建：212。

记者：区域是2片，田块、默认人员，2片12组这就是你是吧？

王建：是的。

记者：这个标签会跟着蔬菜到香港，看到212就是你种的？

王建：是的。

正像菜农王建所说，这里每个采摘篮都贴有一个条形码。通过这张小小条形码，蔬菜从"农田到餐桌"的每个环节都能够被记录追踪。

武汉广地农业科技有限公司副总经理陈雄：这里面包括谁去采割，哪一块田，用了多少种子，所有记录都在这里，还包括我们去哪一块销售市场。所有问题保持在12个小时之内解决。

我们要前后经过五次检测的，检测四次以后，最后送到文锦渡那边检验检疫局还要检。

在深圳文锦渡口岸和珠海拱北口岸，一辆辆满载供港澳鲜活商品的货车有序地通过海关验放通道，徐徐驶往香港和澳门特区的街市。

运送的车队年复一年,许多司机都是父子相传。

司机:天天早上都是四点来钟,就到鸡场拉出口鸡到澳门,每天早上都是一样的。

在深圳文锦渡口岸过关时,新鲜的供港蔬菜还要经过最后一轮怎样的质量检测呢?

深圳文锦渡出入境检验检疫局货检一科科长朱建华:我们这边负责离境产品的查验,按照相关的程度由电脑抽中,我们才对这批货进行核查,证书和货物是否相符,这批货物有没有异常,这车有没有夹带没有经过申报的产品供港。发现异常情况我们会进行相应的处理。在离境口岸,我们为了确保供港产品的质量,保证香港人民吃得好,吃得放心,用得放心。

在香港回归祖国15周年前夕,香港食物及卫生局宣布:"内地供港食品的安全率达到了99.99%,这在全世界都很难得。"

香港食物环境卫生署助理署长李小苑医生:我们整个香港有一个食物监察计划,我们每年抽大概六万五千个样本去化验,我们的合格率是超过99%的。超过95%都是从祖国运过来的。

99.99%的合格率,得益于供港蔬菜的种植基地化、检验检疫的标准化、监督监管的严格化,而这一系列辛勤工作的背后,寄托的更是内地人民对港澳同胞的深情厚谊。

从事供港产品检验检疫工作长达二十多年的广东省出入境检验检疫局副局长黄伟明:

黄伟明:不管是回归前还是回归后,从中央政府到省政府,乃至我们国家总局或是基层的检验检疫部门,始终把供港澳食品、农产品的安全作为我们一项最重要的任务来抓。可以说,我们见证了人民对港澳市民的食用品,特别是鲜活商品的那份情感,我们可以说是一个见证人。

风雨无阻五十年，这条穿越世纪的生命线，凝聚了国家对港澳的关爱。

默默奉献半世纪，这条穿越世纪的生命线，记录了内地和港澳同胞的鱼水情深。

第三集　"猪宝宝"选秀

猪宝1：嗨，老兄，您这是要去哪儿啊？

猪宝2：我要去香港啊！

猪宝1：去特区啊，好地方，能带我一起去吗？

猪宝2：哟，那这可不成，您有身份证吗？您参加出境前的选秀了吗？我们这能去特区的猪宝宝们，可是经过层层筛选，严密把关的！

猪宝1：哦？

猪宝2：我们一出生可就是有了身份证的！

这只有了身份证的猪宝宝，来自广东省畜牧发展总公司养殖基地。在经过养殖基地、中转仓、口岸工作人员的层层选拔、监管和检验检疫后，肉质优良、外貌可观的猪宝宝，方能顺利通过口岸，运送到港澳地区。广东省畜牧发展总公司的何先生告诉我们，在他们的养猪场里，每头猪一出生就戴上了它的身份证——电子耳标。

工作人员：现在我们都是电脑管理，都给种猪编号，有耳标。刚出生的一窝一窝的猪仔，都作了记号。还有猪的耳牌，都打在这里，都有标记的。

这些从小猪们一生下来就打上的耳标，它的神奇之处在哪里呢？

深圳清水河中转仓隋进强：通过产地标记的这种二维码的电子耳牌，在猪经过检疫通道的时候，就跟我们人去火车站，走通道时一样，比如和谐号可以刷卡，一刷卡门就开了，猪的电子耳牌标记使得猪通过通道时，发出"嘀"的一声响，只要发出这种声响，就证明这头猪是产地经过电子耳牌标注过的，实现全程的这样一种监控。

正如清水河中转仓的隋进强所说，这种"电子耳标"，不同于以往的牲畜传统耳标。它能提供更多、更准确的信息，只要供港的猪通过扫描器，阅读机上就能全方位地显示它的猪种来源、吃过的饲料、免疫情况、临床检验等到全部信息。也就是说，这里的小猪，出生时就有了户口，建立了档案，人们可以清楚地了解到一头猪生长的每一个步骤。

猪宝2：听到了吧？这电子耳标啊，就是我们的身份证。每个猪宝要想到香港到澳门，都要有这个。不仅是我们要有身份证，就连我们的猪场，也要有注册证的，每个注册场有一个专用的注册号，只有来自注册猪场的猪，才能供给港澳呢。

猪宝1：哦，我明白了，那我也去备个身份证，和你一起去香港。

猪宝2：喂，你想得也太简单了吧。不是有证就能去的，还要是健康的猪宝！

让港澳同胞吃得健康，吃得放心，是来自中央的关怀，也是供港澳食品工作人员携手努力的目标。这里的每一头猪都像刚出生的婴儿一样被百般呵护。工作人员进入猪场，必须沐浴换上防护服，还要经过消毒，以防止疫情的发生或传播，确保每头猪的健康。

广东省畜牧发展总公司何先生：我们的工作人员很辛苦，每天都要洗澡换衣服六次。早上上班要洗澡，换衣服，消毒，到了生产线里面，又要换衣服，消毒。手、脚都要，每天上午下午都这样，一共冲凉六次。非常严格的，一个猪场一年有四万头猪，万一发生什么问题，就麻烦了。

猪宝1：哇！在这么严格、规范的猪场里养出来的猪宝一定是可以供港澳的了！

猪宝2：当然不是这样。即使在这样的条件下养殖出来的猪宝，也不是每一头都有资格供应港澳的，我们不仅要健康，还要又帅又靓呢！带你去看看我们的选秀场吧。

猪宝3：老兄，别挤，就你这瘦子，肯定通不过选秀，省省吧。

猪宝4：嘿，瞧您那儿耳朵耷拉的，您也不见得能去港澳吧。

猪宝5：我说两位，你们别争了，我们不是有裁判吗？他就是广东省畜牧发展总公司的何先生。

何先生：出口肯定是要漂亮一点，要卖个好价钱啦。不要太肥，要比较健康，屁股要翘一点，身材要修长，要结实一点，一般出口以一百公斤为标准，五个半月的样子。

"身材要修长，屁股要翘，不要太瘦，不要太肥，年龄要适宜"，都已成为供港活猪的选秀标准。这些在生产基地挑选出的既健康又漂亮的优良猪宝宝，就算迈出了它们供港供澳的第一步。距离口岸近的养殖基地的猪宝宝，会被直接运送到关口进行最后的检验；而距离口岸远的活猪，在长途跋涉后，则需要先进入中转仓，进行保养检验，合格之后才能运往各个关口。深圳清水河供港活畜中转仓是全国唯一的供港活畜中转基地，上世纪90年代初，这里曾一度容纳了120多栋标准仓库，年货物吞吐量最高时达400万—500万吨，被誉为"中华第一仓"。

隋进强：猪进入中转仓，我们要求企业的备案兽医，进行一个巡仓，我们也会进行一个不间断的巡仓。巡仓就是去发现有没有什么问题，有的话我们及时隔离、筛选，巡仓之后，就是一个出仓检疫的过程。因为香港的拍卖时间比较提前，早上买手要拍卖，时效性比较强，查验的时候我们采取双人查验的模式，方法和手段是一个静态检查一个动态检查，还有一个是个体检查和群体检查。在动态和静态、群体和个体检疫之后，我们在动物证书上核签上我们检疫官的姓名、日期、出口的数量。证书核签完之后，这栏猪就可以装车了。由香港的深港两地直通车，来进行装车。装车出去之后我们在清水河二路有一个识封点，我们检验检疫人员监督在识封点打封条，打封条时我们还要进行一层把关，还要在看一下我刚才所说的猪的临床症状、头数、针印号等。所以说，在我们中转仓至少有了四层把关。进仓把关、巡仓把关、出仓把关和识封把关。

　　隋进强为我们介绍的中转仓的这四道把关，为本来就已在选秀中脱颖而出的优良活猪更增添了一道质量的保障。

　　猪宝1：老兄，没想到，咱们猪宝要去港澳特区，要经过这么严格的筛选呢！

　　猪宝2：那是，为了保证港澳同胞吃上健康、放心的猪肉，我们在到达港澳特区前，至少要过十几道关！

　　猪宝1：那，在中转仓保养检验之后，是不是就可以直接送往港澳了呢？

　　猪宝2：那还要看我们在通关时的检验是不是合格呢。走，我带你到最后的关口看看吧。

　　隋进强：一个猪身上大概有三四个针印，这里也有啦，它是用针印打印上去的，每次我们都要从这个头看到尾，我们一般都是看猪脚。你看我冲水的时候，都是冲的猪脚比较清楚一点，因为猪脚不搞干净看不清。我们冲猪身主要是看注册号，猪身不用怎么看，主要是看注册号。脚呢，是一定要冲洗干净的。

　　每天文锦渡口岸的检验检疫工作人员都要在这个专用查验台上，拿着水枪冲洗猪脚、猪身，查验上面的针印和注册号，看猪宝宝们是否健康，确保每一车的活猪都是符合标准的。除了冲洗猪身查验针印，还有专门的工作人员负责安全证书的核对。

赵希文：动物卫生证书是产地检验检疫机构出具的，证明这批猪已经经过了产地的检验检疫。我们这里主要是核对品名、数量、针印号，来验证是否是经过注册猪场生产的猪。我们看完后，对现场的猪是否有疫病作了判断，如果身体健康、数量相符，我们就会在检验检疫官员这里签字。签字后，检务盖章，这个证书拿到香港去就是有效的。

鹏飞：我们看到现在正在检查的这辆车的配套证书叫做《中华人民共和国出入境检验检疫动物卫生证书》，您刚才谈到的检查的几个项目分别是：种类是活大猪，报检数量是50头，发货人是广州市广三宝畜牧有限公司，起运地是广东省增城市，到达国家或地区是中国的香港。我们每天在这是抽检是吗？

赵希文：不是，广东省的猪在这，要进行百分百的离境检疫。

百分百离境检疫，百分百层层把关，百分百配备身份证。正是这一系列严格的监管体系，才使得几十年来内地供香港食品合格率为99.99%，澳门达到了100%，创下了为港澳同胞提供安全食品的完美纪录。

纪录是详尽而又完美的。每天一车车的健康猪宝宝，打扮得整洁、漂亮，坐着运输供港澳鲜活产品的专车，到达美丽的香江。而为它们的健康、它们的美丽付出辛劳和汗水的工作人员，却不曾见过香江美，不曾拥有修饰自己的时光。

隋进强：我们的老检疫员是一年365天从来没休息过的，因为香港人民要吃肉，我们这里是不会停歇的。我们有一个工作岗位是24小时都有人值班的，那个识封的岗位。

猪宝2：瞧见了吧，这些人啊，天天为我们忙东忙西，保证我们的健康，打造我们的美丽，自己却天天泡在汗水里，闻着难闻的气味儿！

猪宝1：是啊，为了能让港澳同胞吃上放心的猪肉，这些工作人员可真是付出了常人难以想象的辛苦劳动啊！

猪宝2：好了老兄，我们要走了！希望你也早日通过选秀，顺利通关，看香江水，赏金莲花！

第六集　爱心餐桌

时间：凌晨3点；地点：中山进出口食品有限公司的养殖基地。

工作人员将检验合格的活禽、活猪装车，准备运往澳门。在晨曦到来之前，开始了他们一天的工作。

时间：早上8点；地点：香港街市。

清晨8点，从内地过关而来的鲜活商品已经进入了香港街市，商贩们开始忙碌起来，为一天的售卖做好准备。

记者：这菜很新鲜啊，是哪来的？

菜贩：是啊，是从宁夏那边过来的，宁夏菜心。这段时间从广西广东那边运过来的也有。

记者：与以前相比，现在菜的品种是不是越来越多了？

菜贩：是的，这两年真的多了很多。

记者：那菜价会不会也贵了？

菜贩：不会的！

记者：菜的质量会有保证吗？

菜贩：很好的，吃得很安心的，都有经过检验才进来的。

时间：早上8点；地点：澳门街市。

记者：有没有从内地过来的蔬菜？

老板：大部分都是！青萝卜是天津的，椰菜是昆明的，菜心有部分是湖南的。

猪肉档主1：我来这里做了几十年了，四十年都有了，这些猪肉的质量是很好的，又瘦，市民们很容易接受我们的猪肉，很好卖的。

猪肉档主2：澳门的猪全部都是祖国来的，没有别的地方的，有湖南的，有肇庆的，还有广西的，十多个口岸运来的，最好的猪肉才会到澳门的。

时间：中午13点；地点：香港许记茶餐厅。

香港茶餐厅，是地道的平民餐厅，遍布香港的大街小巷。人们在飞沙走奶、畅聊马经之余享受着美味与闲适。

餐厅老板许先生：在香港，种菜的很少，除了新界个别地方外，香港的蔬菜大多来自内地。像鸡肉什么大的都是从广东运过来的。基本上一顿饭的原材料都是广东来的，做法也是广东做法，排骨煲萝卜、豉油鸡、炒白菜。

时间：晚上7点；地点：澳门市民石太太家。

提起石太太的手艺，有机会吃过她亲自下厨的人都是赞不绝口。但是由于家境并不富裕，所以对于每天食材的选择，质量和价格都是必须考虑的因素。

石太太：你都知道的，我们一家四口人，就靠老公一个人在内地打工，每个月除了供楼，供子女读书，家用的钱也不多。买菜啊，要计算的。今天做的这几个菜，价格又便宜，品质又好，一家人吃得开开心心最重要啦。

生果我也是买内地供的，便宜好多呢。现在日本进口的苹果三十几元一个，内地供港的是十几元一袋。价格相差几十倍，当然买内地的啦。

在香港和澳门，也许并没有很多人清楚地知道，三趟快车开通后的50年岁月里，即便是在遭受自然灾害、温饱都无法保证的时刻，内地对港澳的鲜活食品的供应都从来没有间断过。在香港和澳门，也许并没有很多人清楚地知道，他们选购的内地供港澳鲜活商品都有完善的质量可追溯体系。

但是在香港和澳门，对于一个普通的菜贩，菜摊上的蔬菜新鲜、丰富、卖得好，他就会开心一整天。对于买菜的市民，饭菜不贵，吃得健康，他们就会放心、舒心。幸福，就是在这平凡而满足的日子里不经意体现出来。

香港食物环境卫生署助理署长李小苑医生：我们跟质检总局还有其他地方的检验检疫局合作的都非常好，非常的紧密，这几年来合格率也非常高，我知道这是质检总局在供港的食品上做了很大工夫，这一方面我们是非常感谢的。

澳门特区政府民政总署委员会主席谭伟文：我们全部的鲜活食品都来自于内地，所以供澳的鲜活商品，其实安全重要，供应稳定也非常重要，在这一方面，国家给澳门、港澳特区很大的支持。

从内地到港澳，从田间到餐桌，50年风雨无阻，那是无法割舍的手足情爱。

货丰菜鲜，欢乐祥和，港澳人家餐桌前的欢声笑语，飘溢的是背靠祖国的踏实与信心……

附　录

中央人民广播电台对港澳节目中心
荣获中国新闻奖、中国广播影视大奖及中广联台港澳研委会、中央人民广播电台一等奖作品目录
（2009年—2018年）
(共95件)

2009年：

1.《华夏原创金曲榜》荣获中央人民广播电台十佳栏目奖

2.《专访香港特别行政区行政长官曾荫权》荣获中央人民广播电台新闻访谈一等奖

3.《荣归十年·盛世莲花》荣获中央人民广播电台大型直播一等奖

4.《澳门记忆》荣获中央人民广播电台对港澳台节目特别奖

5.《腾飞粤港澳》荣获中国广播电影电视社会组织联合会（以下简称中广联）台港澳研委会一等奖

2010年：

6.《历史的回响》荣获中国广播影视大奖、中广联台港澳研委会一等奖

7.《透视9+2》荣获中国广播影视大奖提名奖、中央人民广播电台对港澳台节目一等奖

8.《古今传奇——牡帕密帕》荣获亚广联提名奖、中国广播影视大奖提名奖、中央人民广播电台音乐节目一等奖

9.《新闻空间》荣获中央人民广播电台十佳栏目奖

10.《激情绽放三十年——纪念经济特区建立三十周年特别节目》荣获中央人民广播电台大型节目一等奖

11.《梦想开花的地方》荣获中央人民广播电台访谈节目一等奖

12.《走进草原》荣获中广联台港澳研委会专题节目一等奖

2011年：

13.《港澳人家》荣获中国广播影视大奖提名奖、中广联台港澳研委会系列报道一等奖

14.《新闻密码》荣获中央人民广播电台十佳栏目奖

15.《网络文化看点》荣获中央人民广播电台十佳栏目奖

16.《文化名人系列访谈》荣获中央人民广播电台对港澳台节目一等奖

17.《从自然景观到人文景观的转变——话说西湖》荣获中央人民广播电台文学节目一等奖

2012年：

18.《穿越世纪的生命线》荣获中国新闻奖三等奖、中央人民广播电台对港澳台节目一等奖

19.《共赢之路》荣获中国广播影视大奖、中广联台港澳研委会系列报道一等奖

20.《光阴的故事》荣获中国广播影视大奖、中央人民广播电台音乐节目一等奖

21.《high青春》荣获中央人民广播电台十佳栏目奖

22.《城市新跨越》荣获中央人民广播电台对港澳台节目一等奖

23.《由〈共赢之路〉说起——浅议思辨性广播专题节目的创作规律》荣获全国广播电视学术论文评比论文三等奖、中广联台港澳研委会业务研究论文一等奖、中央人民广播电台论文一等奖

24.《终端制胜：广播新闻的形态之变—— 兼论广播新闻研究的现状》荣获中央人民广播电台论文一等奖

25.《守望可可西里》荣获中广联台港澳研委会专题节目一等奖

2013年：

26.《西方一些政要正在充当香港民主道路的绊脚石》荣获中国新闻奖二等奖、中广联台港澳研委会评论一等奖、中央人民广播电台评论一等奖

27.《人生搀扶》荣获亚广联公益广告奖、中央人民广播电台公益广告一等奖

28.《古街纪事》荣获中国广播影视大奖提名奖、中央人民广播电台对港澳台节目一等奖

29.《融合》荣获中国广播影视大奖提名奖、中广联台港澳研委会系列专题节目一等奖

30.《证券大本营》荣获中央人民广播电台十佳栏目奖

31.《从200毫升到200次》荣获中央人民广播电台长消息一等奖

32.《回望先秦》荣获中央人民广播电台对港澳台节目一等奖

33.《莎腰妹，你看天使在微笑》荣获中央人民广播电台专题节目一等奖

34.《坡芽之花·爱情密码》荣获中央人民广播电台音乐节目一等奖、中央人民广播电台播音作品一等奖

35.《红豆飘香60年——回顾广州粤剧团成立六十周年》荣获中央人民广播电台戏曲曲艺节目一等奖

36.《大数据时代下广播媒介的发展与创新》荣获中央人民广播电台论文一等奖

37.《"一点两翼"策略助力媒体塑造国家形象》荣获中央人民广播电台论文一等奖

38.《传世作品的写作途径：技术全面、艺术精湛、思想深邃》荣获中央人民广播电台论文一等奖

39.《突发事件中的媒体角色定位与交互影响——以"海娜号事件"为例》荣获中央人民广播电台论文一等奖

40.《梁振英：香港政改不需外国干预》荣获中广联台港澳研委会短消息一等奖

2014年：

41.《齐心写未来——专访香港特区行政长官梁振英》荣获中国新闻奖二等奖、中央人民广播电台新闻访谈节目一等奖

42.《石鼓·广州》荣获中国新闻奖二等奖、中央人民广播电台对港澳台节目二等奖

43.《在法治的通道上不允许有违章建筑》荣获中国广播影视大奖、中广联台港澳研委会评论一等奖

44.《只有依法普选才能依法治港》荣获中国广播影视大奖、中央人民广播电台评论一等奖

45.《香江观潮》荣获国家新闻出版广电总局广播电视创新创优节目奖、中央人民广播电台十佳栏目奖

46.《城市风骨》荣获中央人民广播电台对港澳台节目一等奖

47.《生命禁区的欢歌》荣获中央人民广播电台音乐节目一等奖

48.《梦想舞台2014》荣获中央人民广播电台综艺节目一等奖

49.《信仰》荣获中央人民广播电台播音作品一等奖

50.《温暖——〈青青草有约〉12周年》荣获中央人民广播电台节目包装一等奖

51.《幸福澳门》荣获中央人民广播电台对港澳台节目特别奖

52.《风云两汉》荣获中广联台港澳研委会专题节目一等奖

2015年：

53.《湿地音乐会——那木和他的自然之声》获亚广联最佳广播节目奖

54.《水脏了，用什么洗？》荣获亚广联推荐奖、中央人民广播电台公益广告一等奖

55.《公益华夏》荣获中央人民广播电台十佳栏目奖

56.《香港政改之路》荣获中广联台港澳研委会评论一等奖

57.《弘扬香港法治精魂　铺就青年成长正道——专访香港特区律政司司长袁国强》荣获中央人民广播电台新闻访谈一等奖

58.《我从香港来》荣获中央人民广播电台对港澳台节目一等奖

59.《盛世大唐》荣获中央人民广播电台对港澳台节目一等奖

60.《一半勾留是此湖》荣获中央人民广播电台播音作品一等奖

61.《新媒体视域下对港澳广播新脉象》荣获中央人民广播电台论文一等奖

62.《香港特区政府普选法案能否通过存在变数　加强舆论引导为当务之急》荣获中央人民广播电台内参一等奖

63.《"港独"是香港肌体上的癌细胞》荣获中广联台港澳研委会评论一等奖

2016年：

64.《将法律之剑高悬于"港独"分子之顶》荣获中国广播影视大奖、中广联台港澳研委会评论一等奖

65.《共命运·同出发》荣获中国广播影视大奖提名奖、中央人民广播电台大型节目一等奖

66.《魅力中国》荣获中央人民广播电台优秀栏目奖

67.《政务民为本·司职勤当先——专访香港特区政务司司长林郑月娥》荣获中央人民广播电台新闻访谈一等奖

68.《粉墨新声》荣获中央人民广播电台戏曲曲艺节目特别奖

69.《南沙成长记》荣获中央人民广播电台播音作品一等奖

70.《城市新跨越》荣获中央人民广播电台新媒体专题一等奖

71.《自由行走的花儿》荣获中广联台港澳研委会音乐节目一等奖

2017年：

72.《香港高等法院裁定取消四名立法会议员资格》荣获中央人民广播电台短消息一等奖

73.《成长》第1集《民生为天》荣获中央人民广播电台专题节目一等奖

74.《鼓浪寻梦》荣获中央人民广播电台广播剧一等奖

75.《浴火凤凰——穿越千年的箜篌梦》荣获中央人民广播电台音乐一等奖

76.《音乐节目王潮歌：更多的人死于三十六岁》荣获中央人民广播电台访谈节目一等奖

77.《暌违六十年，108好汉复排粤剧传统例戏〈香花山大贺寿〉》荣获中央人民广播电台播音作品一等奖

78.《媒体报道中有关非物质文化遗产内容应注意的伦理规范问题》荣获中央人民广播电台论文一等奖

79.《香港高校已成"港独"分子主要宣传阵地 应警惕香港高校学生会演变成政治团体》获中央人民广播电台内参一等奖

80.《香港的明天会更好》荣获中广联台港澳研委会评论一等奖

81.《澳门，在历史节点上的新起航——访澳门特别行政区经济财政司司长梁维特》荣获中广联台港澳研委会访谈节目一等奖

82.《从新闻访谈〈回望——大逃港〉看历史题材的现实重构》荣获中广联台港澳研委会论文一等奖

83.《香港回归二十年寻根万里行》荣获中广联台港澳研委会新媒体专题一等奖

2018年：

84.《中华文化探源》荣获国家新闻出版广电总局广播电视创新创优节目奖、中央人民广播电台特等奖

85.《文化之旅》荣获中央人民广播电台优秀栏目奖

86.《居住证让港澳台居民享受与内地（大陆）居民基本相同的服务》荣获中央人民广播电台长消息一等奖

87.《对话林郑月娥：香港每天都有新的机会》荣获中央人民广播电台访谈节目一等奖

88.《同心圆梦桥》荣获中央人民广播电台专题节目一等奖

89.《测试！重回改革开放初期你的职业是……》荣获中央人民广播电台新媒体创意互动一等奖

90.《土生葡人佐治：打开你的心，世界很温暖》荣获中央人民广播电台音乐节目一等奖

91.《夏帽嘎布——八廓街上白色帽子的见证》荣获中央人民广播电台播音作品一等奖、中广联台港澳研委会专题节目一等奖

92.《我们一起走过》荣获中广联台港澳研委会专题节目一等奖、中广联台港澳研委会专题节目一等奖

93.《在香港的土地上必须铲除"港独"的土壤》荣获中广联台港澳研委会评论一等奖

94.《共享荣光——改革开放40年港澳媒体内地采访》荣获中广联台港澳研委会新媒体专题一等奖

95.《心无止架桥无止》荣获中广联台港澳研委会专题节目一等奖